GRöLS Verlage

„Bücher sind wie Fallschirme. Sie nützen uns nichts, wenn wir sie nicht öffnen."

Gröls Verlag

Redaktionelle Hinweise und Impressum

Das vorliegende Werk wurde zugunsten der Authentizität sehr zurückhaltend bearbeitet. So wurden etwa ursprüngliche Rechtschreibfehler regelmäßig *nicht* behoben, denn kleine Unvollkommenheiten machen das Buch – wie im Übrigen den Menschen – erst authentisch. Mitunter wurden jedoch zum Beispiel Absätze behutsam neu getrennt, um den Lesefluss zu erleichtern.

Um die Texte zu rekonstruieren, werden antiquarische Bücher von Lesegeräten gescannt und dann durch eine Software lesbar gemacht. Der so entstandene Text wird von Menschen gegengelesen und korrigiert – hierbei treten auch Fehler auf. Wenn Sie ebenfalls antiquarische Texte einreichen möchten, finden Sie weitere Informationen auf www.groels.de

Viel Freude bei der Lektüre wünscht Ihnen das Team des Gröls-Verlags.

Adressen

Verleger: Hermann-Josef Gröls,

Im Borngrund 26, 61440 Oberursel

Externer Dienstleister für Distribution & Herstellung:

BoD, In de Tarpen 42, 22848 Norderstedt

Unsere „Edition | Werke der Weltliteratur" hat den Anspruch, eine der größten und vollständigsten Sammlungen klassischer Literatur in deutscher Sprache zu werden. Nach und nach versammeln wir hier nicht nur die „üblichen Verdächtigen" von Goethe bis Schiller, sondern auch Kleinode der vergangenen Jahrhunderte, die – zu Unrecht – drohen, in Vergessenheit zu geraten. Wir kultivieren und kuratieren damit einen der wertvollsten Bereiche der abendländischen Kultur. Kleine Auswahl:

Francis Bacon • Neues Organon • **Balzac** • Glanz und Elend der Kurtisanen • **Joachim H. Campe** • Robinson der Jüngere • **Dante Alighieri** • Die Göttliche Komödie • **Daniel Defoe** • Robinson Crusoe • **Charles Dickens** • Oliver Twist • **Denis Diderot** • Jacques der Fatalist • **Fjodor Dostojewski** • Schuld und Sühne • **Arthur Conan Doyle** • Der Hund von Baskerville • **Marie von Ebner-Eschenbach** • Das Gemeindekind • **Elisabeth von Österreich** • Das Poetische Tagebuch • **Friedrich Engels** • Die Lage der arbeitenden Klasse • **Ludwig Feuerbach** • Das Wesen des Christentums • **Johann G. Fichte** • Reden an die deutsche Nation • **Fitzgerald** • Zärtlich ist die Nacht • **Flaubert** • Madame Bovary • **Gorch Fock** • Seefahrt ist not! • **Theodor Fontane** • Effi Briest • **Robert Musil** • Über die Dummheit • **Edgar Wallace** • Der Frosch mit der Maske • **Jakob Wassermann** • Der Fall Maurizius • **Oscar Wilde** • Das Bildnis des Dorian Grey • **Émile Zola** • Germinal • **Stefan Zweig** • Schachnovelle • **Hugo von Hofmannsthal** • Der Tor und der Tod • **Anton Tschechow** • Ein Heiratsantrag • **Arthur Schnitzler** • Reigen • **Friedrich Schiller** • Kabale und Liebe • **Nicolo Machiavelli** • Der Fürst • **Gotthold E. Lessing** • Nathan der Weise • **Augustinus** • Die Bekenntnisse des heiligen Augustinus • **Marcus Aurelius** • Selbstbetrachtungen • **Charles Baudelaire** • Die Blumen des Bösen • **Harriett Stowe** • Onkel Toms Hütte • **Walter Benjamin** • Deutsche Menschen • **Hugo Bettauer** • Die Stadt ohne Juden • **Lewis Caroll** • *und viele mehr….*

Inhalt

Der Geheimagent

Joseph Conrad

I

Wenn Herr Verloc morgens ausging, so ließ er sein Geschäft angeblich in der Hut seines Schwagers. Das konnte er tun, weil im allgemeinen wenig Kunden kamen und vor den Abendstunden überhaupt keine. Herr Verloc kümmerte sich wenig um seinen angeblichen Laden, und überdies wurde sein Schwager von Frau Verloc beaufsichtigt.

Der Laden war klein, ebenso wie das ganze Haus. Es war eines der rußigen Backsteinhäuser, wie es sie in großen Mengen gab, bevor in ganz London mit Neubauten begonnen wurde. Der Laden glich einer viereckigen Schachtel, deren Stirnseite mit kleinen Scheiben verglast war. Unter Tags blieb die Tür geschlossen, abends aber stand sie unauffällig, doch verdächtig offen.

Das Auslagefenster enthielt Lichtbilder von mehr oder weniger unbekleideten Tänzerinnen; unterschiedliche Dinge in Packungen, die an Heilmittel gemahnten; geschlossene gelbe Briefumschläge, recht dünn, und in dicker, schwarzer Schrift ausgezeichnet mit 2/6. Einige Nummern alter französischer Witzblätter hingen an einem Bindfaden, wie zum Trocknen. Ein schmutziger Napf aus blauem Porzellan, ein Kästchen aus schwarzem Holz, einige Flaschen Merktinte, Stempelkissen; einige wenige Bücher, deren Titel auf unsauberen Inhalt deuteten; einige augenscheinlich alte Nummern dunkler Tagesblätter, schlecht gedruckt, mit Titeln wie: „Die Fackel“, „Der Gong“ – Skandalblättchen. Die beiden Gasflammen im Laden waren immer klein gestellt, sei es nun aus Sparsamkeit oder aus Rücksicht auf die Kunden.

Diese Kunden waren entweder ganz junge Leute, die sich eine Zeitlang vor dem Auslagefenster herumdrückten, bevor sie hastig hineinschlüpften, oder Männer gesetzten Alters, die aber gemeinhin aussahen, als wären sie schlecht bei Kasse. Einige dieser letzten Art trugen die Kragen ihrer Überzieher bis zur Schnurrbartspitze aufgeschlagen; die Säume ihrer Beinkleider wiesen

Schmutzspuren auf und schienen abgetragen zu sein und nicht eben kostbar. Die Beine, die darin staken, sahen in der Regel auch nicht nach viel aus. Die Hände tief in den Seitentaschen ihrer Röcke vergraben, schoben sich diese Leute, mit einer Schulter voran, seitlich durch die Türe, als fürchteten sie, die Glocke zum Tönen zu bringen.

Diese Glocke, an einem gebogenen Stahlband an der Türe befestigt, war schwer zu vermeiden; sie war hoffnungslos heiser; abends aber schnatterte sie beim leisesten Anreiz mit unverschämter Hartnäckigkeit hinter jedem Besucher her.

Sie schnatterte; und auf dieses Zeichen pflegte Herr Verloc hastig durch die staubige Glastüre hinter dem Ladentische aus dem rückwärts gelegenen Wohnzimmer einzutreten. Seine Augen waren von Natur schwer; er sah immer aus, als hätte er sich ganz angezogen einen vollen Tag auf einem ungemachten Bett gewälzt. Ein anderer Mann hätte ein solches Aussehen wohl als ausgesprochen nachteilig empfunden, denn im Kleinhandel hängt ja so viel von der freundlichen und einladenden Erscheinung des Verkäufers ab. Herr Verloc aber kannte sein Geschäft und ließ sich von ästhetischen Zweifeln über sein Äußeres nicht anfechten. Mit einer kalten, starr blickenden Unverschämtheit, die das Lautwerden irgend einer scheußlichen Drohung hemmen zu wollen schien, pflegte er über den Ladentisch weg irgendwelche Dinge zu verkaufen, deren Wert sich ganz offenbar lächerlich unter dem Preise bewegte, der dafür verlangt wurde: eine kleine, augenscheinlich leere Pappendeckelschachtel zum Beispiel, oder einen jener gut verschlossenen gelben Briefumschläge, oder einen schmutzigen Pappband mit verlockendem Titel. Dann und wann kam es vor, daß eine der ausgebleichten gelben Tänzerinnen an einen Liebhaber verkauft wurde, als wäre sie jung und lebendig.

Manchmal war es Frau Verloc, die auf den Ruf der heiseren Glocke hin erschien. Winnie Verloc war eine junge Frau mit voller Büste in engem Mieder und mit breiten Hüften. Ihr Haar war sauber geordnet; kühl blickend wie ihr Gemahl, bewahrte sie hinter der Brustwehr des Ladentisches eine anscheinend unergründliche Gleichgültigkeit. Dann pflegte wohl ein Kunde zarteren Alters in jähe Verwirrung zu geraten, weil er es mit einer Frau zu tun hatte, und, Wut im Herzen, den Wunsch nach einer Flasche Tinte hervorzustammeln, im Werte von sechs Pence (Preis in Verlocs Laden ein Schilling sechs Pence), die er, draußen angelangt, heimlich in die Gosse fallen ließ.

Die abendlichen Besucher – die Männer mit aufgeschlagenen Kragen und tief sitzenden weichen Hüten – nickten Frau Verloc vertraulich zu und schoben sich mit einem gemurmelten Gruße durch die Klappe am Ende des Ladentisches, die den Durchgang zu dem rückwärtigen Wohnraum und dem anschließenden Gang mit der steilen Stiege bildete. Die Ladentür bot den einzigen Eingang zu dem Hause, in dem Herr Verloc sein Geschäft als Verkäufer minderer Waren betrieb, seinen Beruf als Beschützer der Gesellschaft ausübte und seine häuslichen Tugenden zur Geltung brachte. Diese letzteren waren ganz ausgesprochen, er war überaus häuslich; weder seine seelischen, noch seine geistigen, noch seine körperlichen Bedürfnisse waren danach angetan, ihn viel außer Haus zu führen. Er fand innerhalb seiner vier Wände Ruhe für seinen Leib, Frieden für sein Gewissen, zugleich mit Frau Verlocs weiblichen Aufmerksamkeiten und der ehrerbietigen Wertschätzung von Frau Verlocs Mutter.

Winnies Mutter war eine stämmige, kurzatmige Frau mit großem braunen Gesicht; sie trug eine schwarze Perücke unter einer weißen Haube; ihre geschwollenen Beine zwangen sie zur Untätigkeit. Sie glaubte an ihre französische Abstammung, vielleicht mit Recht; und nach langjähriger Ehe mit einem konzessionierten Gastwirt mehr alltäglicher Klasse brachte sie sich durch die Zeit ihrer Witwenschaft mit dem Vermieten möblierter Zimmer an Herren, nächst Vauxhall Bridge Road, an einem Platz, der einstmals zu den besseren gehörte, gerade noch an der Grenze des Stadtbezirkes Belgravia; diese Ortsbezeichnung bot ihr bei Ankündigung ihrer Zimmer einigen Vorteil; die Mieter der würdigen Witwe aber gehörten nicht unbedingt zu den besseren Leuten. Ihre Bedienung besorgte die Tochter Winnie, die gleichfalls Spuren der französischen Abstammung aufwies, deren sich die Mutter rühmte, vor allem in der überaus sorgfältigen und künstlichen Anordnung ihres üppigen dunklen Haares. Winnie hatte noch andere Reize: ihre Jugend, ihre vollen, rundlichen Formen, ihre reine Haut, endlich ihre unergründliche Zurückhaltung, die aber nicht so weit ging, jegliche Unterhaltung unmöglich zu machen; diese wurde dann von des Mieters Seite angeregt und von ihr selbst mit gleichbleibender Liebenswürdigkeit fortgeführt. Herr Verloc mußte wohl für diese Reize empfänglich gewesen sein; Herr Verloc war kein Dauermieter; er kam und ging, ohne irgendwelchen ersichtlichen Grund. Gewöhnlich tauchte er in London (wie die Influenza) vom Festland her auf, nur wurde sein Kommen nicht von der Presse angekündigt, und seine Besuche setzten mit vollem Ernste ein. Er frühstückte im Bett und blieb schwelgerisch, mit dem Ausdruck stillen Vergnügens, jeden Tag bis Mittag liegen – manchmal sogar noch länger. Ging er aber einmal aus, dann schien er nur mit größter Mühe den Rückweg zu seinem zeitweiligen Heim am Belgravia-Platz zu finden. Er verließ es spät und kam früh zurück – um drei oder vier Uhr früh; beim Erwachen um zehn Uhr morgens sprach er Winnie, die ihm das Frühstücksbrett brachte, mit spaßhafter, müder Höflichkeit an, in dem heiseren, lispelnden Tonfall eines Menschen, der anhaltend mehrere Stunden hindurch geredet hat. Seine hervorstehenden Augen mit den schweren Lidern sandten verliebte und schmachtende Seitenblicke. Die Bettdecke hatte er bis zum Kinn heraufgezogen, und sein weicher schwarzer Schnurrbart bedeckte die dicken Lippen, von denen so viel Honig träufeln konnte.

In den Augen von Winnies Mutter war Herr Verloc ein äußerst netter Herr; nach ihren Lebenserfahrungen, in verschiedenen „Geschäften“ gesammelt, hatte sich die gute Frau Verloc in den Ruhestand ein Idealbild des Gentleman herübergenommen, wie es etwa von den Inhabern einer besseren Bar verkörpert wird. Herr Verloc näherte sich diesem Ideal tatsächlich, er erreichte es sogar.

„Natürlich werden wir deine Einrichtung mitnehmen, Mutter“, hatte Winnie gesagt. Das Logierhaus mußte aufgegeben werden, seine Fortführung schien untunlich, denn die hätte für Herrn Verloc zu viel Unruhe mit sich gebracht und zu seinen sonstigen Geschäften nicht gepaßt. Was für Geschäfte das waren, sagte er nicht; nach seiner Verlobung mit Winnie aber nahm er sich die Mühe, vor Mittag aufzustehen, die Treppe zum Erdgeschoß hinunter zu steigen und sich Winnies Mutter im Frühstückszimmer angenehm zu machen, wo diese reglos ihre Zeit hinbrachte. Er streichelte die Katze, schürte das Feuer, ließ sich unten das Mittagessen auftragen, und verließ die etwas dumpfige Traulichkeit mit offenbarem Widerstreben, blieb aber desungeachtet doch bis spät in die Nacht aus. Niemals forderte er Winnie auf, mit ihm in ein Theater zu gehen, wie es ein so netter Gentleman doch hätte tun müssen. Seine Abende waren besetzt. Seine Tätigkeit war sozusagen politisch, hatte er Winnie einst gesagt, und sie würde sich, wie er eindringlich hinzufügte, seinen politischen Freunden gegenüber äußerst nett zu zeigen haben. Mit ihrem geraden, unergründlichen Blick hatte sie geantwortet, daß sie das natürlich tun würde.

Ob und was er ihr sonst noch über seine Tätigkeit gesagt hatte, konnte Winnies Mutter nicht herausbringen. Das Ehepaar nahm sie samt ihrer Einrichtung mit. Der kümmerliche Eindruck des Ladens überraschte sie, die

Übersiedlung vom Belgravia-Platz in die enge Gasse in Soho hatte eine üble Wirkung auf ihre Beine, die ganz ungeheuerlich anschwollen. Andrerseits empfand sie wohltuend die völlige Freiheit von Geldsorgen. Die gewichtige Gutmütigkeit ihres Schwiegersohnes gab ihr das Gefühl völliger Geborgenheit. Die Zukunft ihrer Tochter war unstreitig gesichert, und sogar um ihren Sohn Stevie brauchte sie nicht länger bekümmert zu sein. Sie hatte sich nicht verbergen können, daß er eine böse Last war, der arme Stevie. Doch angesichts von Winnies Liebe für den bresthaften Bruder und von Herrn Verlocs Güte und freigebiger Gemütsart fühlte sie, daß der arme Junge vor den Tücken dieser rauhen Welt doch geschützt war, und im Innersten ihres Herzens war es ihr vielleicht gar nicht unlieb, daß die Verlocs keine Kinder hatten. Da dieser Umstand Herrn Verloc selbst völlig gleichgültig schien, und Winnie in ihrem Bruder ein Ziel für ihre mütterlichen Triebe fand, war es so für den armen Stevie wohl das beste.

Denn der Junge war nicht leicht zu haben; er war zart und in bescheidenem Maße auch hübsch, wenn man davon absehen wollte, daß er die Unterlippe so täppisch hängen ließ. Unter unserem ausgezeichneten System zwangsweiser Schulbildung hatte er übrigens lesen und schreiben gelernt, trotz dem unvorteilhaften Aussehen seiner Unterlippe. Als Laufjunge allerdings hatte er keinen wesentlichen Erfolg zu verzeichnen. Er vergaß seine Aufträge; allzuleicht ließ er sich von dem engen Pfade der Pflicht weglocken, durch den Anreiz streunender Katzen und Hunde, denen er durch enge Durchlässe bis in trübe Hinterhöfe folgte; durch die Komödien der Straße, denen er mit offenem Munde anwohnte, zum Schaden seiner Auftraggeber, oder durch die Tragödien gestürzter Pferde, deren heftiges Pathos ihn oft zu durchdringendem Schreien zwang, mitten in einer Menge, der es mißfiel, in dem ruhigen Genuß des nationalen Schauspiels durch schmerzliche Töne gestört zu werden. Wurde er dann von einem ernsten Schutzmann väterlich hinweggeleitet, so ergab es sich oft, daß der arme Stevie seine Adresse vergessen hatte, wenigstens vorübergehend. Eine plötzliche Frage ließ ihn stottern bis zum Ersticken. Aus Schreck über irgend etwas Unerwartetes begann er scheußlich zu schielen. Immerhin hatte er niemals Krämpfe (was doch ein Trost war), und vor den natürlichen Ausbrüchen von Ungeduld seitens seines Vaters konnte er sich immer, in den Tagen der Kindheit, in den Schutz der kurzen Röcke seiner Schwester Winnie flüchten. Andrerseits war der Verdacht gerechtfertigt, daß sich ein Schatz bedeutender Ungezogenheit in ihm verberge. Als er vierzehn

Jahre alt geworden war, hatte ihm ein Freund seines verstorbenen Vaters, ein Vertreter einer ausländischen Firma für Büchsenmilch, versuchsweise die Stelle eines Kontorlehrlings übertragen. Dabei wurde er an einem nebligen Nachmittage, in Abwesenheit seines Chefs, überrascht, wie er im Stiegenhaus emsig Feuerwerk abbrannte. Rasch hintereinander ließ er ein Paket stolzer Raketen los, wütende Feuerräder und Knallfrösche dazwischen, und die Sache hätte leicht recht böse ausgehen können. Eine furchtbare Panik verbreitete sich durch das ganze Haus. Wild blickende, halberstickte Schreiber trampelten durch die raucherfüllten Flure, seidene Glanzhüte und ältere Geschäftsleute wurden gesehen, wie sie getrennt voneinander über die Stiege hinunterrollten. Stevie schien von seiner Tat keine persönlichen Vorteile zu erwarten, die Beweggründe für sein eigenartiges Vorgehen waren schwer zu entdecken; erst viel später gelang es Winnie, ihn zu einem verworrenen und schleierhaften Geständnis zu bringen, und darnach schien es, als ob zwei andere Lehrlinge in dem Geschäftshause ihn mit Erzählungen von Ungerechtigkeiten und Unterdrückungen bearbeitet hatten, bis sein gesteigertes Mitgefühl sich in dem erwähnten Ausbruch Luft gemacht hatte. Der Freund seines Vaters aber entließ ihn auf der Stelle, um, wie er sagte, sein Geschäft vor völligem Niedergang zu bewahren. Nach diesem Beweis werktätiger Nächstenliebe wurde Stevie dazu verwendet, in der Küche im Erdgeschoß Geschirr zu waschen und den Stammgästen des Hauses am Belgravia-Platz die Schuhe zu putzen. Diese Tätigkeit bot ganz offenbar keine Zukunft. Die Gentlemen steckten ihm dann und wann einen Schilling zu. Herr Verloc erwies sich als der freigebigste unter ihnen, aber auch seine Gabe mitgerechnet, konnte von Gewinn oder Zukunftsaussichten nicht die Rede sein, so daß, als Winnie ihre Verlobung mit Herrn Verloc ankündigte, ihre Mutter mit einem Blick in die Spülkammer einen Seufzer und die stumme Frage nicht unterdrücken konnte, was aus dem armen Stevie nun wohl werden würde?

Es ergab sich, daß Herr Verloc bereit war, den Jungen zugleich mit der Mutter seiner Frau und der Einrichtung, die das gesamte sichtbare Vermögen der Familie darstellte, mit hinüber zu nehmen. Herr Verloc nahm alles, wie es kam, an seine breite, gutmütige Brust. Die Einrichtung wurde aufs beste im ganzen Hause verteilt; Frau Verlocs Mutter mußte sich aber auf die zwei Hinterzimmer im ersten Stock beschränken. In einem davon schlief der unglückliche Stevie. Zu dieser Zeit hatte ein dünner Flaum, wie ein goldener Nebel, die scharfe Linie seines kümmerlichen Unterkiefers zu umsäumen begonnen. Er half seiner

Schwester mit blinder Liebe und Gelehrigkeit in ihren Haushaltspflichten. Herr Verloc war der Meinung, daß ihm einige Beschäftigung gut tun würde. Seine freie Zeit brachte er damit zu, mit Zirkel und Blei Kreise auf ein Stück Papier zu ziehen. Diesem Zeitvertreib gab er sich mit größtem Eifer hin, mit ausgebreiteten Ellenbogen tief über den Tisch gebeugt. Durch die offene Tür des Wohnzimmers hinter dem Laden sah Winnie von Zeit zu Zeit nach ihm, mit einem Blick voll mütterlicher Wachsamkeit.

II

Dies also war das Haus, der Haushalt und der Laden, die Herr Verloc hinter sich ließ, als er sich um halb elf Uhr morgens nach Westen zu auf den Weg machte. Das war für seine Verhältnisse ungewöhnlich früh; seine ganze Persönlichkeit hauchte den Zauber tauiger Frische aus, er trug seinen blauen Tuchüberzieher offen, seine Stiefel glänzten, seine Wangen, frisch barbiert, hatten eine Art Glasur, und sogar seine Augen unter den schweren Lidern sandten, erfrischt nach einer Nacht friedlichen Schlummers, verhältnismäßig muntere Blicke aus. Durch die Gitter des Parkes trafen diese Blicke Männer und Frauen, die in der Allee ritten; Paare, die einträchtig dahingaloppierten; andere, die gemäßigt vorwärtsschritten; müßige Gruppen von drei oder vier; einzelne Reiter, die wie Eigenbrödler wirkten, und einzelne Damen, in großem Abstand gefolgt von Stallburschen mit einer Kokarde auf dem Hut und einem Ledergürtel über dem eng sitzenden Leibrock. Wagen rollten vorbei, vor allem zweispännige Kaleschen, dann und wann auch eine Viktoria, mit irgendeinem Raubtierfell darinnen und dem Antlitz und Hut einer Frau über dem zusammengeklappten Wagendach. Und eine eigene Londoner Sonne – gegen die nichts weiter gesagt werden konnte, als daß sie blutunterlaufen aussah – überstrahlte alles das mit ihrem Glanz. Sie hing in mäßiger Höhe über Hyde Park Corner, wie mit pünktlicher und wohlwollender Wachsamkeit. Sogar das Pflaster unter Herrn Verlocs Füßen hatte eine Altgoldtönung in dem gedeckten Licht, in dem weder Mauer, noch Baum, noch Tier, noch Mensch Schatten warf. Herr Verloc schritt nach Westen, durch eine Stadt ohne Schatten, in einer Atmosphäre von zerstäubtem Altgold. Rotkupfrige Glanzlichter lagen auf Hausdächern, auf Mauerecken, auf Wagenwänden, ja sogar noch auf dem Fell der Pferde und auf dem Rückteil von Herrn Verlocs Überzieher, wo sie entfernt wie Rost wirkten. Doch Herr Verloc war sich nicht im entferntesten bewußt, verrostet zu sein. Er verfolgte durch das Parkgitter mit beifälligen Blicken die Schaustellung des Überflusses und Wohllebens der Stadt. Alle diese Leute mußten beschützt werden; Schutz ist das erste Bedürfnis bei Überfluß und Wohlleben. Sie mußten beschützt werden; und ihre Pferde, Wagen, Häuser, Diener mußten beschützt werden, und die Quelle ihres Wohlstandes mußte beschützt werden, im Herzen der Stadt und im Herzen des Landes; die ganze gesellschaftliche Ordnung, die ihnen ihre gesunde Untätigkeit erlaubte, mußte beschützt werden gegen die blanke Mißgunst ungesunder Arbeit. Das mußte sein – und Herr Verloc hätte sich zufrieden die Hände gerieben, wäre er nicht von Natur jeder überflüssigen Anstrengung abhold gewesen. Seine Untätigkeit war nicht gesund, paßte aber gut zu ihm. Er war ihr sozusagen ergeben, mit einer Art von trägem Fanatismus, oder vielleicht eher mit fanatischer Trägheit. Von fleißigen Eltern geboren, für ein Leben voll Arbeit, hatte er sich der Untätigkeit zugewandt, unter einem Antrieb, der so echt wie unerklärlich und nicht minder zwingend war, als der andere, der einen Mann eine bestimmte Frau unter tausend wählen läßt. Sogar für einen bloßen Demagogen, für einen Volksredner, für einen Arbeiterführer war er zu träge; das alles machte zu viel Mühe. Er brauchte eine vollendetere Art von Ruhe; vielleicht auch war er das Opfer eines philosophischen Glaubens an die Unwirksamkeit jeder menschlichen Anstrengung. Eine solche Art von Untätigkeit hat einen gewissen Grad von Intelligenz zur notwendigen Voraussetzung. Daran fehlte es Herrn Verloc nicht – und bei dem Bewußtsein, daß der menschlichen Gesellschaftsordnung Gefahr drohe, hätte er vielleicht sich selbst zugezwinkert, wäre nicht zu diesem Ausdruck von Skepsis eine Anstrengung nötig gewesen. Seine großen, vorstehenden Augen eigneten sich nicht gut zum Zwinkern. Sie waren eher dazu geschaffen, sich feierlich und majestätisch zum Schlummer zu schließen.

Schlicht und stämmig wie ein Mastschweinchen schritt Herr Verloc seines Wegs, ohne sich zufrieden die Hände zu reiben, oder seinen eigenen Gedanken skeptisch zuzuzwinkern. Er trat mit seinen glänzenden Stiefeln wuchtig das Pflaster und sah, im ganzen genommen, wie ein besserer Handwerker aus, der für sich einen Gang macht. Er konnte alles sein, vom Glaser bis zum Schlosser: ein Arbeitgeber kleinsten Ausmaßes. Doch hatte er auch ein unbeschreibliches Etwas an sich, das kein Handwerker im Lauf seiner Arbeit, und wäre sie noch so unehrlich ausgeübt, erworben haben konnte; dieses Etwas, das allen denen gemeinsam ist, die von den Lastern, den Narrheiten oder niedrigen Ängsten ihrer Mitmenschen leben. Ein Ausdruck innerer Haltlosigkeit, wie ihn die Besitzer von Spielhöllen und verrufenen Häusern zeigen, die Privatdetektive und Spitzel, die Schnapswirte und, ich möchte sagen, auch die Verkäufer von elektrischen Kraftgürteln und die Erfinder von Patentheilmitteln. Dieser letzteren bin ich übrigens nicht ganz sicher, da sich meine Nachforschungen nicht so weit in die Tiefe erstreckt haben; meinetwegen könnte ihr Ausdruck auch ganz teuflisch sein. Es sollte mich nicht überraschen. Was ich aber betonen möchte, ist, daß Herrn Verlocs Ausdruck keineswegs teuflisch war.

Bevor er Knightsbridge erreichte, bog Herr Verloc nach links ab, aus der breiten Verkehrsstraße, die von dem Hin und Her der schütternden Omnibusse und trabenden Geschäftswagen dröhnte, zwischen die fast lautlos und rasch gleitenden Reihen von Droschken. Unter seinem Hut, den er leicht nach hinten gesetzt trug, hatte er sein Haar sorgsam und ehrbar glattgebürstet, denn er hatte bei einer Gesandtschaft zu tun. Und Herr Verloc, ruhig wie ein Fels – ein harmloser Fels – schritt nun durch eine Straße, die am besten mit dem einen Wort „Privat" gekennzeichnet wäre. In ihrer Breite, Leere und Länge lag die Majestät unbeseelter Natur, einer Sache, die nie vergeht. An die Sterblichkeit gemahnte einzig nur der Wagen eines Arztes, der in erhabener Einsamkeit am Randstein hielt. Die blankgeputzten Türgriffe glänzten von weitem, und die sauberen Fenster gaben dunklen, opalartigen Schein. Und alles war ruhig, nur ein Milchwagen ratterte lärmend durch den fernen Hintergrund; ein Fleischerjunge, der mit der hehren Todesverachtung eines olympischen Wagenlenkers fuhr, sauste um die Ecke, hoch über seinen roten Rädern thronend. Eine schuldbewußte Katze tauchte irgendwo aus den Steinen, rannte eine Zeitlang vor Herrn Verloc her und verschwand dann in einem anderen Kellerloch; und ein dicker Schutzmann, dem jegliche Gemütsbewegung fremd schien, als gehörte auch er zur unbeseelten Natur, tauchte scheinbar aus einem Laternenpfahl hervor, ohne Herrn Verloc im geringsten zu beachten. Mit einer Wendung nach links verfolgte Herr Verloc seinen Weg durch eine enge Gasse längs einer gelben Mauer, die aus unerfindlichem Grunde in schwarzen Buchstaben die Inschrift trug: Nr. 1 Chesham Square. Chesham Square war mindestens sechzig Meter weit weg, und Herr Verloc, Weltmann genug, um sich von Londons geheimnisvollen Ortsbezeichnungen nicht täuschen zu lassen, schritt bedächtig fort, ohne Anzeichen von Überraschung oder Entrüstung. Schließlich erreichte er mit geschäftlicher Beharrlichkeit den Platz und überquerte ihn in der Richtung auf die Nr. 10. Diese prangte an einem gewaltigen Einfahrtstor in der hohen, sauberen Mauer zwischen zwei Häusern, deren eines verständlich genug die Nr. 9 trug, während das andere die Nr. 37 aufwies; die Tatsache aber, daß dies letztere zu Porthill Street gehörte, einer in der

Nachbarschaft wohlbekannten Straße, war durch eine Inschrift oberhalb der Erdgeschoßfenster verkündet, dort von der wie immer Namen habenden Behörde angebracht, deren Aufgabe es ist, Londons verirrte Häuser unter Aufsicht zu halten. Warum vom Parlament (eine kurze Anfrage würde genügen) nicht die Machtmittel verlangt werden, diese Gebäude zur Rückkehr an ihren Bestimmungsort zu zwingen, bleibt eines der Geheimnisse städtischer Verwaltung. Herr Verloc beschwerte sich den Kopf nicht damit, da er seine Lebensaufgabe in der Beschirmung der gesellschaftlichen Ordnung sah, nicht in deren Verbesserung oder auch nur Beurteilung.

Es war so früh am Tage, daß der Pförtner der Gesandtschaft sich noch in den linken Rockärmel hineinarbeitete, als er hastig aus seiner Loge gestürzt kam. Er trug eine rote Weste und Kniehosen, schien aber verwirrt. Herr Verloc merkte den Flankenangriff, wehrte ihn durch den Vorweis eines Briefumschlages mit dem Wappen der Gesandtschaft ab und schritt vorbei. Den gleichen Talisman zeigte er auch dem Diener, der ihm öffnete und zurücktrat, um ihn in die Halle einzulassen.

Ein helles Feuer brannte in einem hohen Kamin, und mit dem Rücken dazu stand ein älterer Mann im Frack, mit einer Kette um den Hals; er blickte von einer Zeitung auf, die er mit beiden Händen vor seinem ruhigen, ernsten Gesicht ausgebreitet hielt, rührte sich aber im übrigen nicht; doch ein anderer Lakai, in braunen Hosen und Frack mit schmalen gelben Litzen, näherte sich Herrn Verloc, lauschte auf den gemurmelten Namen, wandte sich schweigend und begann davonzugehen, ohne sich ein einzigesmal umzusehen. Herr Verloc, der so durch einen Flur zu ebner Erde, links von dem teppichbelegten Stiegenhaus geführt wurde, sah sich plötzlich in einem ganz engen Raum, der als Einrichtung nur einen schweren Schreibtisch und einige Stühle aufwies. Der Lakai schloß die Türe, und Herr Verloc blieb allein. Er setzte sich nicht; Hut und Stock in einer Hand blickte er umher und strich sich mit der freien Polsterhand über den glatt gebürsteten Kopf.

Eine andere Türe ging lautlos, und Herr Verloc sah starr in ihre Richtung, konnte aber zunächst nur einen schwarzen Anzug, einen kahlen Schädel und einen wehenden grauen Backenbart wahrnehmen, der zu beiden Seiten zweier runzliger Hände niederfiel. Die Persönlichkeit, die eingetreten war, hielt sich einen Pack Papiere vor die Augen, schritt etwas zimperlich zum Tisch und sah sich dabei um. Der Geheime Staatsrat Wurmt, Siegelbewahrer der Gesandtschaft, war sehr kurzsichtig; dieser verdiente Beamte legte die Papiere auf den Tisch und enthüllte dabei ein teigfarbenes Gesicht von trauriger Häßlichkeit, umgeben von reichen, langen, dunkelgrauen Haaren und nach oben von dicken, buschigen Brauen schwer abgeschlossen. Er setzte einen schwarz geränderten Zwicker auf die ziemlich plumpe Nase und schien von Herrn Verlocs Anwesenheit überrascht; unter den drückenden Brauen zwinkerten seine schwachen Augen feierlich durch die Gläser.

Er machte kein Zeichen eines Grußes, auch Herr Verloc, der seinen Abstand zu wahren wußte, tat dies nicht; doch ein feiner Wechsel in den Umrissen seiner Schultern und seines Rückens ließ unter der weiten Oberfläche seines Überziehers eine leichte Beugung von Herrn Verlocs Rückgrat vermuten. Das ganze wirkte bescheiden und ehrerbietig. „Ich habe hier einige ihrer Meldungen“, sagte der Bureaukrat mit überraschend milder und müder Stimme, während er die Spitze seines Zeigefingers nachdrücklich auf die Papiere legte; er machte eine Pause, und Herr Verloc, der seine eigene Handschrift sehr gut erkannt hatte, wartete in atemlosem Schweigen. „Wir sind nicht sehr zufrieden mit der Haltung der hiesigen Polizei“, fuhr der andere fort, mit allen Anzeichen geistiger Ermüdung.

Herrn Verlocs Schultern deuteten, ohne sich eigentlich zu bewegen, ein Zucken an, und zum erstenmal an diesem Morgen, seitdem er sein Heim verlassen hatte, öffneten sich seine Lippen.

„Jedes Land hat seine Polizei“, bemerkte er nachdenklich, doch da der Beamte der Gesandtschaft ihn unverwandt anblinzelte, fühlte er sich verpflichtet, hinzuzufügen: „Gestatten Sie die Feststellung, daß ich keine Möglichkeit habe, auf die hiesige Polizei einzuwirken.“

„Was gewünscht wird,“ sagte der Mann mit den Papieren, „ist irgendein entscheidendes Ereignis, das ihre Wachsamkeit wecken müßte. Das läge wohl in Ihrer Macht, oder nicht?“

Herr Verloc antwortete nur mit einem Seufzer, der ihm unwillkürlich entschlüpfte, und versuchte augenblicklich, seinem Gesicht einen heiteren Ausdruck zu geben. Der Beamte blinkerte stärker, wie angegriffen von dem trüben Licht im Zimmer, und wiederholte tonlos:

„Die Wachsamkeit der Polizei – und die Strenge der Behörden! – Die allgemeine Milde des Gerichtsverfahrens hier und das völlige Fehlen von Unterdrückungsmaßnahmen sind ein europäischer Skandal. Was grade jetzt gewünscht wird, ist die Betonung der Rastlosigkeit – der Gärung, die zweifellos vorhanden ist."

„Zweifellos, zweifellos", fiel Herr Verloc ein, in einem tiefen, ehrfürchtigen Volksrednerbaß, so grundverschieden von seinem früheren Sprechton, daß sein Gegenüber lebhaft überrascht schien. „Die Gärung hat einen gefährlichen Grad erreicht, meine Meldungen während der letzten zwölf Jahre beweisen das zur Genüge."

„Ihre Meldungen während der letzten zwölf Jahre", begann Staatsrat Wurmt in seinem höflichen und leidenschaftslosen Tone, „sind von mir gelesen worden. Ich konnte nicht entdecken, warum Sie sie überhaupt geschrieben haben."

Eine Zeit lang herrschte trübes Schweigen. Herr Verloc schien seine Zunge verschluckt zu haben, und der andere starrte auf die Papiere auf dem Tisch. Schließlich gab er ihnen einen leichten Stoß.

„Der Zustand, den Sie hier beschreiben, ist, als Grundbedingung für Ihre Anstellung, als bestehend angenommen; nun ist es nötig, nicht zu schreiben, sondern ein entscheidendes Geschehnis zustande zu bringen – ich möchte fast sagen, ein furchterregendes Geschehnis!"

„Ich brauche wohl nicht zu versichern, daß mein ganzes Bestreben darauf gerichtet sein wird", sagte Herr Verloc mit bebender Überzeugung, in seinem heiteren Gesprächston. Das Bewußtsein aber, hinter den Blendscheiben der Augengläser auf der anderen Seite des Tisches wachsam angeblinkert zu werden, beunruhigte ihn. Er brach kurz ab, mit einer Gebärde unbedingter Ergebenheit. Das wichtige, hart arbeitende, wenn auch nach außen hin unbekannte Mitglied der Gesandtschaft schien plötzlich einen Einfall zu haben.

„Sie sind sehr wohlbeleibt", sagte er.

Diese Bemerkung, von feiner Psychologie eingegeben und mit dem bescheidenen Zögern eines Beamten vorgebracht, der mit Tinte und Papier vertrauter ist, als mit den Anforderungen des tätigen Lebens, traf Herrn Verloc wie ein scharfer, persönlicher Vorwurf. Er trat einen Schritt zurück.

„Wie? Was belieben Sie zu sagen?" rief er aus, heiser vor Kränkung.

Der Siegelbewahrer der Gesandtschaft, mit der Führung dieser Unterredung betraut, schien sich der Aufgabe nicht länger gewachsen zu fühlen.

„Ich glaube," sagte er, „Sie sollten lieber mit Herrn Vladimir sprechen. Ja gewiß, Sie sollten mit Herrn Vladimir sprechen. Wollen Sie bitte hier warten", sagte er und tänzelte hinaus.

Sofort strich sich Herr Verloc mit der Hand über das Haar. Ein leichter Schweiß war auf seiner Stirne ausgebrochen. Er ließ die Luft aus den geblähten Lippen aus, wie ein Mann, der auf einen Löffel heißer Suppe bläst. Als aber der Lakai in Braun stumm in die Türe trat, hatte Herr Verloc sich keinen Zoll breit von der Stelle gerührt, die er während der ganzen Unterredung eingenommen hatte. Er war reglos stehen geblieben, als fühlte er sich von Fallgruben umgeben.

Nun schritt er durch einen langen, von einer einsamen Gasflamme erleuchteten Gang, dann eine Flucht gewundener Treppen empor, durch einen verglasten, lichten Flur im ersten Stock. Der Lakai stieß eine Tür auf und trat beiseite. Herr Verloc fühlte einen dicken Teppich unter seinen Füßen. Der Raum war groß, mit drei Fenstern; und ein junger Mann mit glatt rasiertem, großem Gesicht, der in einem geräumigen Armstuhl vor einem mächtigen Mahagonischreibtisch saß, sagte auf französisch zu dem Staatsrat, der mit den Papieren in der Hand hinausging:

„Sie haben ganz recht, mein Lieber, er ist fett – der Bursche."

Herr Vladimir, der erste Sekretär, war in den Salons bekannt als angenehmer und unterhaltender Mann. Er war ein Liebling der Gesellschaft. Sein Witz gipfelte in der Herstellung lächerlicher Beziehungen zwischen durchaus nicht zusammengehörenden Gedanken. Und wenn er dieses Spiel trieb, so saß er weit vorgebeugt, die linke Hand erhoben, als wollte er seine spaßhaften Beweise zwischen Zeigefinger und Daumen hochhalten, während sein rundes, glatt rasiertes Gesicht den Ausdruck komischer Verwunderung trug.

In dem Blick, den er jetzt auf Herrn Verloc richtete, lag aber weder Heiterkeit noch Verwunderung. Zurückgelehnt in seinem tiefen Armstuhl, die Ellbogen gespreizt und ein Bein über ein dickes Knie gelegt, sah er mit seinem glatten, rosigen Gesicht wie ein übernatürlich rasch gewachsener Säugling aus, der sich von niemand etwas gefallen lassen will.

„Ich nehme an, Sie verstehen Französisch", sagte er.

Herr Verloc bejahte heiser. Sein ganzer, großer Körper zeigte eine Neigung nach vorne. Er stand auf dem Teppich mitten im Zimmer, Hut und Stock in eine Hand geklemmt; die andere hing leblos an seiner Seite. Er murmelte bescheiden in tiefem Kehltone einiges, wie, daß er bei der französischen Artillerie gedient habe. Sofort wechselte Herr Vladimir mit launischer Nichtachtung die Sprache und fuhr in englischer Mundart fort, ohne den leisesten Anklang fremder Aussprache:

„O ja, natürlich; – sagen Sie nur, wieviel bekamen Sie für die Beschaffung der Zeichnungen zu den verbesserten Verschlußstücken der neuen Feldgeschütze?"

„Fünf Jahre schweren Kerker in einer Festung", gab Herr Verloc unerwartet zurück, doch ohne jedes betonte Gefühl.

„Da sind Sie billig davongekommen", war Herrn Vladimirs Antwort. „Und jedenfalls ist Ihnen recht geschehen, weil Sie sich erwischen ließen. Wie sind Sie dazu gekommen?"

Man hörte Herrn Verlocs heisere Gesprächsstimme von Jugend reden, von einer unglücklichen Neigung zu einer unwürdigen – –

„Aha, cherchez la femme", geruhte Herr Vladimir zu unterbrechen, nachlässig, doch ohne Freundlichkeit. Es lag sogar eine Spur von Grimm in seiner Herablassung. „Wie lange werden Sie schon von unserer Gesandtschaft verwendet?" fragte er.

„Seit den Tagen des verstorbenen Barons Stott-Wartenheim", antwortete Herr Verloc unterwürfig und schob betrübt die Lippe vor, als Zeichen des Kummers um den verblichenen Diplomaten. Der erste Sekretär beobachtete schweigend dieses Mienenspiel.

„Ah, seit damals … nun gut, was haben Sie für sich vorzubringen?" fragte er dann scharf.

Herr Verloc gab einigermaßen überrascht zurück, daß er nichts Besonderes zu sagen wisse, er sei brieflich bestellt worden – und dabei griff er geschäftig in die Seitentasche seines Überziehers, ließ aber unter dem spöttischen Späherblick Herrn Vladimirs seine Hand darin stecken. „Bah," sagte der, „was soll es denn heißen, daß Sie so ganz außer Form kommen? Sie erfüllen ja nicht einmal die körperlichen Bedingungen für Ihren Beruf? Sie – ein Mitglied des hungernden Proletariats – niemals! Sie – ein verzweifelter Sozialist oder Anarchist – was sind Sie?"

„Anarchist", bestätigte Herr Verloc dumpf. „Unsinn," fuhr Herr Vladimir fort, ohne die Stimme zu heben, „Sie haben sogar den alten Wurmt überrascht. Sie könnten keinen Trottel täuschen; das sind sie zwar alle, am Rande bemerkt, –

Sie aber scheinen mir einfach unmöglich. Sie haben also Ihre Verbindung mit uns damit begonnen, daß Sie die französischen Geschützzeichnungen stahlen. Und dabei wurden Sie selbst erwischt. Das muß für unsere Regierung recht unangenehm gewesen sein. Sie scheinen mir nicht sonderlich geschickt."

Herr Verloc versuchte einige heisere Entschuldigungen.

„Wie ich Gelegenheit hatte, vorher zu bemerken, war es die unglückliche Neigung zu einer unwürdigen – –"

Herr Vladimir hob eine große, weiße, plumpe Hand: „O ja, eine verfehlte Verbindung Ihrer Jugendjahre. Sie nahm das Geld und verkaufte Sie dann der Polizei, wie?"

Der schmerzliche Wechsel in Herrn Verlocs Zügen, das plötzliche Zusammensinken seiner ganzen Persönlichkeit bildeten das Eingeständnis, daß der bedauerliche Fall tatsächlich so lag. Herrn Vladimirs Hand umspannte den Knöchel, der auf seinem Knie lag. Die Socken waren von dunkelblauer Seide. „Das war nun nicht übermäßig schlau. Sie sind vielleicht allzu leicht erregbar."

Herr Verloc wandte in gedämpftem Kehllaut ein, daß er nicht mehr jung sei.

„Oh, das ist ein Fehler, der mit dem Alter nicht besser wird", bemerkte Herr Vladimir mit unangenehmer Leutseligkeit. „Aber nein, Sie sind eigentlich zu fett dazu, Sie hätten es nie zu diesem Aussehen bringen können, wenn Sie überhaupt erregbar wären. Ich will Ihnen meine Meinung sagen: Sie sind ein Faulpelz! – Wie lange beziehen Sie schon Gehalt von dieser Gesandtschaft?"

„Elf Jahre", war die Antwort, nach einem Augenblick störrischen Zögerns. „Ich war mit mehreren Sendungen nach London betraut, während seine Exzellenz Baron Stott-Wartenheim noch Gesandter in Paris war; dann übersiedelte ich auf Weisung Seiner Exzellenz nach London. Ich bin Engländer."

„Oh! sind Sie das, so?"

„Ein geborener englischer Untertan," sagte Herr Verloc, nicht ohne Festigkeit, „doch mein Vater war Franzose und so –"

„Schenken Sie sich die Erklärung," unterbrach der andere, „Sie könnten Marschall von Frankreich und Parlamentsmitglied von England sein – und dann vielleicht von einigem Nutzen für unsere Gesandtschaft."

Dieser Scherz rief den Schatten eines Lächelns auf Herrn Verlocs Gesicht hervor. Herr Vladimir bewahrte unerschütterlichen Ernst.

„Aber, wie gesagt, Sie sind ein Faulpelz, Sie nützen Ihre Fähigkeiten nicht aus. Zu den Zeiten des Barons Stott-Wartenheim liefen eine Menge Schwachköpfe hier bei uns herum. Die brachten dann Burschen Ihrer Art zu einer ganz falschen Auffassung von dem Wesen eines Geheimfonds. Ich habe nun die Pflicht, dieses Mißverständnis aufzuklären, durch die Feststellung, was der Geheimdienst *nicht* ist. Er ist keine Wohltätigkeitsanstalt. Ich habe Sie eigens kommen lassen, um Ihnen das zu sagen."

Herr Vladimir bemerkte den Ausdruck peinlicher Verwunderung auf Herrn Verlocs Gesicht und lächelte höhnisch.

„Ich sehe, daß Sie mich vollkommen verstehen. Ich glaube, daß Sie für Ihren Beruf doch klug genug sind. Was wir nun wünschen, ist Tätigkeit – Tätigkeit." Während er diese letzten Worte wiederholte, legte Herr Vladimir einen langen weißen Zeigefinger auf die Ecke des Tisches. Aus Verlocs Stimme schwand jede Spur von Heiserkeit. Der fette Wulst in seinem Nacken leuchtete scharlachrot über dem Samtkragen des Überziehers. Seine Lippen zitterten, bevor sie sich weit öffneten.

„Wenn Sie nur die Freundlichkeit haben würden, meine Meldungen anzusehen," dröhnte er in seinem mächtigen, klaren Rednerbaß, „so würden Sie bemerken, daß ich erst vor einigen Monaten eine Warnung einschickte, bei Gelegenheit des Besuches des Großherzogs Romuald in Paris; diese Warnung wurde von hier an die französische Polizei telegraphiert und ..."

„Pst, Pst", unterbrach Herr Vladimir stirnrunzelnd. „Die französische Polizei hatte keine Verwendung für Ihre Warnung. Brüllen Sie nicht so! Was zum Teufel denken Sie sich?"

Mit einem Untertone bescheidenen Selbstbewußtseins entschuldigte sich Herr Verloc, daß er sich vergessen habe. Seine Stimme, sagte er, seit Jahren berühmt in Arbeiterversammlungen unter freiem Himmel und in großen Sälen, habe mitgeholfen, seinen Ruf als guter und vertrauenswürdiger Genosse zu begründen. Sie bildete demnach einen Teil seiner Brauchbarkeit. Sie hatte Vertrauen zu seinen Grundsätzen erweckt. „Ich wurde in kritischen Momenten immer von den Führern aufgefordert, zu sprechen", erklärte Herr Verloc mit offenbarer Genugtuung. Es gebe keinen Lärm, so fügte er hinzu, den er nicht übertönen könne; und plötzlich entschloß er sich zu einem Beweis.

„Sie erlauben", sagte er mit gesenkter Stimme, ohne aufzusehen; rasch und gewichtig durchquerte er das Zimmer, bis zu einem der französischen Fenster.

Wie unter einem unerklärlichen Zwang öffnete er es ein wenig. Herr Vladimir sprang verblüfft aus dem tiefen Armstuhl auf und sah ihm über die Schulter. Tief unten, jenseits des Hofes der Gesandtschaft, noch weit außerhalb des offenen Tores, war der breite Rücken eines Schutzmannes zu sehen, der in guter Ruhe dem überlebensgroßen Kinderwagen eines reichen Säuglings zusah, wie er prunkhaft über den Platz gerollt wurde.

„Schutzmann", sagte Herr Verloc, ohne mehr Anstrengung, als wenn er geflüstert hätte, und Herr Vladimir lachte auf, als er sah, daß der Schutzmann wie gestochen herumfuhr. Herr Verloc schloß ruhig das Fenster und kehrte in die Mitte des Zimmers zurück.

„Mit einer solchen Stimme", sagte er und setzte den heiseren Gesprächsdämpfer auf, „fand ich natürlich Vertrauen. Auch wußte ich, was ich zu sagen hatte."

Herr Vladimir richtete an seinem Selbstbinder und beobachtete ihn in dem Spiegel über dem Kamin.

„Ich kann wohl sagen, daß Sie den revolutionären Sprachschatz hinlänglich im Kopf haben", meinte er verächtlich. „Vox et ... Sie haben nie Latein studiert, oder?"

„Nein," grunzte Herr Verloc, „das konnten Sie wohl auch nicht von mir erwarten! Ich gehöre zu der Million. Wer versteht Latein? Nur ein paar Hundert Trottel, die sich selbst nicht zu helfen wissen."

Herr Vladimir studierte noch dreißig Sekunden länger im Spiegel das fleischige Profil und den mächtigen Leib des Mannes hinter ihm. Zur selben Zeit hatte er den Vorzug, seine eigenen Züge zu betrachten, glatt rasiert und rund, mit rosigem Doppelkinn und mit den dünnen, sinnlichen Lippen, eigens geschaffen für die geistreichen Witzworte, die den Diplomaten zum erklärten Liebling der höchsten Kreise gemacht hatten. Dann wandte er sich und schritt ins Zimmer hinein, mit solcher Entschlossenheit, daß die Enden seines gesucht altmodischen Maschenbinders voll unaussprechlicher Drohungen zu zittern schienen. Die Bewegung war so schnell und grimmig, daß Herr Verloc, der sie aus den Augenwinkeln beobachtete, zu innerst erbebte.

„Aha! Sie wagen es, frech zu werden", begann Herr Vladimir in erstaunlich singendem Kehltone, der sich nicht nur ganz unenglisch, sondern ganz uneuropäisch anhörte und sogar Herrn Verloc, trotz seiner Kenntnis der

Winkelkneipen in aller Welt, überraschte. „Sie wagen es! Nun gut, ich will auch gut englisch mit Ihnen reden! – Die Stimme macht's nicht, wir brauchen Ihre Stimme nicht, wir brauchen keine Stimme. Wir wollen Taten, die Aufsehen machen, – verflucht!" fügte er hinzu, mit wütender Höflichkeit, grade in Herrn Verlocs Gesicht.

„Kommen Sie mir nicht mit Ihren hyperboreischen Umgangsformen", wehrte Herr Verloc heiser ab, den Blick auf den Teppich gesenkt. Daraufhin schaltete sein Gegenüber, spöttisch über den breiten Maschenbinder weglächelnd, ins Französische um.

„Sie geben sich als Agent provocateur aus; der wahre Zweck eines Agent provocateur ist: zu provozieren. Soweit ich aus Ihren hier aufbewahrten Meldungen ersehen kann, haben Sie während der letzten drei Jahre nichts getan, um Ihr Geld zu verdienen."

„Nichts!" rief Verloc aus, ohne ein Glied zu rühren oder die Augen zu heben, doch mit dem Zittern echten Gefühls in der Stimme. „Ich habe mehrmals zu verhindern gewußt, was vielleicht – –"

„Es gibt ein Sprichwort hierzulande, das sagt, Vorbeugen sei besser als Heilen", unterbrach Herr Vladimir und warf sich in den Armstuhl. „Das ist durchaus töricht. Das Vorbeugen nimmt kein Ende. Aber es ist kennzeichnend. Man liebt hierzulande das Endgültige nicht. Seien Sie mir nicht zu englisch, und, in unserem besonderen Fall: machen Sie sich nicht lächerlich! Das Übel ist schon da, wir wollen nicht *vorbeugen* – wir wollen *heilen*!" Er unterbrach sich, wandte sich zum Tisch und fuhr, während er einige herumliegende Papiere durchstöberte, in verändertem, rein geschäftlichem Ton fort, ohne Herrn Verloc anzusehen:

„Sie wissen natürlich von der internationalen Konferenz, die in Mailand tagt."

Herr Verloc gab krächzend zu verstehen, daß er gewöhnt sei, die Tageszeitungen zu lesen. Seine Antwort auf eine weitere Frage ging dahin, daß er das Gelesene auch begreife. Daraufhin murmelte Herr Vladimir und lächelte schwach in die Papiere hinein, die er immer noch durchstöberte: „Solange es nicht lateinisch geschrieben ist, vermute ich!"

„Oder chinesisch", fügte Herr Verloc bockig hinzu.

„Hm, manche Auslassungen Ihrer revolutionären Freunde sind in einem Kauderwelsch geschrieben, das mindestens so unverständlich ist wie Chinesisch

–“ Herr Vladimir ließ verächtlich einen grau bedruckten Aktenbogen fallen. „Was sollen alle die Flugzettel, die am Kopfe Z. P. tragen und einen Hammer, eine Feder und eine Fackel, durchkreuzt. Was heißt dieses Z. P.?“ Herr Verloc näherte sich dem gewaltigen Schreibtisch.

„Die Zukunft des Proletariats. Das ist eine Gesellschaft“, erklärte er und blieb wuchtig neben dem Armstuhl stehen. „Nicht grundsätzlich anarchistisch, aber für alle revolutionären Abstufungen geöffnet!“

„Sind Sie dabei?“

„Einer der Vizepräsidenten“, flüsterte Herr Verloc mit Nachdruck, und der Erste Sekretär der Gesandtschaft hob den Kopf, um ihn anzusehen.

„Dann sollten Sie sich vor sich selbst schämen!“ sagte er scharf. „Bringt Ihre Gesellschaft nichts weiter fertig, als diesen prophetischen Unsinn in schlechten Lettern auf schmieriges Papier zu drucken? Warum *tun* Sie nichts? Sehen Sie, ich habe diese Sache jetzt in der Hand und sage Ihnen offen, daß Sie Ihr Geld zu verdienen haben werden! Die Zeiten des guten alten Stott-Wartenheim sind vorüber! Keine Arbeit, kein Geld!“

Herr Verloc hatte ein merkwürdiges Gefühl von Schwäche in seinen dicken Beinen. Er trat einen Schritt zurück und schnaubte laut durch die Nase.

Er war tatsächlich peinlich überrascht. Der rostige Londoner Sonnenschein arbeitete sich durch den Londoner Nebel und warf gedämpftes Licht in das Bureau des Ersten Sekretärs; und durch die Stille hörte Herr Verloc eine Fliege leise gegen eine Scheibe summen, – seine erste Fliege in diesem Jahre, – die besser als alle Schwalben das Nahen des Frühlings verkündete. Die nutzlose Rührigkeit dieses winzigen, kraftbewußten Lebewesens weckte in dem großen Mann, der sich in seiner Untätigkeit bedroht sah, peinliche Gedanken. In der Pause machte Herr Vladimir ganz für sich eine Reihe häßlicher Bemerkungen über Herrn Verlocs Gesicht und Figur. Der Bursche war über jedes Maß gewöhnlich, schwer, und schamlos dumm. Er sah ganz lächerlich einem Spenglermeister gleich, der seine Rechnung einkassieren kommt. Der Erste Sekretär der Gesandtschaft hatte von gelegentlichen Ausflügen in das Reich amerikanischen Humors eine besondere Art von Vorstellung von jener Art von Handwerkern mitgebracht, die ihm als das Sinnbild betrügerischer Faulheit und Nichtigkeit erschienen.

Das also war der berühmte und vertrauenswürdige Geheimagent, so geheim, daß er niemals anders als mit dem Buchstaben A in dem amtlichen, halbamtlichen und vertraulichen Briefwechsel des seligen Barons Stott-Wartenheim bezeichnet worden war. Der gefeierte Agent A, dessen Warnungen die Reisepläne königlicher, kaiserlicher und großfürstlicher Herrschaften ändern und manchmal ganz zunichte machen konnten. Dieser Bursche! Und Herr Vladimir gab sich innerlich einer ungeheuren, spöttischen Heiterkeit hin, teils über sein eigenes Erstaunen, das ihm kindlich vorkam, hauptsächlich aber auf Kosten des allgemein betrauerten Barons Stott-Wartenheim. Der verblichene Exzellenzherr, den die erhabene Gunst seines kaiserlichen Herrn als Gesandten über mehrere widerstrebende Außenminister gestellt hatte, war zu Lebzeiten bekannt gewesen für seine eulenhafte, leichtgläubige Schwarzseherei. Für Seine Exzellenz war die soziale Revolution zur fixen Idee geworden. Er hielt sich selbst für einen Diplomaten, der aus besonderer Gnade ausersehen war, das Ende der Diplomatie und fast auch das Ende der Welt in einem schauerlichen Volksaufruhr mit anzusehen. Über seine prophetischen und schmerzgebeugten Depeschen hatte man in mehr als einem auswärtigen Amt jahrelang gelacht. Man erzählte sich, daß er auf seinem Totenbette (wo er von seinem kaiserlichen Freund und Meister besucht worden war), ausgerufen hatte: „Unseliges Europa! Du sollst untergehn an dem Wahnwitz deiner Kinder!“ Es war sein Schicksal, das Opfer des ersten besten hergelaufenen, aufschneiderischen Schurken zu werden, dachte Herr Vladimir, mit einem verlorenen Lächeln zu Herrn Verloc hin.

„Sie haben allen Grund, das Andenken des Barons Stott-Wartenheim in Ehren zu halten“, rief er plötzlich aus.

Herrn Verlocs schlaffe Züge trugen das Gepräge eines düsteren, müden Kummers.

„Gestatten Sie die Bemerkung,“ sagte er, „daß ich hierher kam, weil ich durch brieflichen Befehl dazu aufgefordert war. Ich bin während der letzten elf Jahre nur zweimal sonst hier gewesen, und sicher nie um elf Uhr morgens. Es scheint mir nicht sehr weise, mich so herkommen zu lassen. Wie leicht könnte ich gesehen werden, und das wäre kein Spaß für mich.“

Herr Vladimir zuckte die Schultern.

„Es würde meine Brauchbarkeit zerstören“, fuhr der andere hitzig fort.

„Das ist Ihre Sache“, murmelte Herr Vladimir mit gedämpfter Roheit. „Sobald Sie aufhören, brauchbar zu sein, wird man aufhören, Sie zu verwenden. Jawohl.

Ab! Schluß! Sie werden – –“ Herr Vladimir unterbrach sich, schien mit gerunzelten Brauen nach einem genügend mundartlichen Ausdruck zu suchen und entblößte dann in plötzlichem Grinsen ein blendend weißes Gebiß. „Sie werden gespritzt“, stieß er hervor.

Wiederum hatte Herr Verloc mit aller Willenskraft gegen ein Schwächegefühl zu kämpfen, das ihm die Beine hinunterlief und das seinerzeit einmal einen armen Teufel zu dem Wortbild begeistert hatte: „Mein Herz fiel mir in die Schuhe!“ Herr Verloc überwand das Gefühl und hob tapfer den Kopf.

Herr Vladimir hielt den eindringlich prüfenden Blick mit größter Gemütsruhe aus.

„Wir wollen der Konferenz in Mailand ein kleines Stimulans eingeben“, sagte er leichthin. „Ihre Erwägungen über internationale Maßnahmen zur Unterdrückung politischer Verbrechen scheinen zu keinem Ende zu führen; England läßt aus. Dieses Land ist ganz lächerlich, mit seiner gefühlsduseligen Rücksichtnahme auf persönliche Freiheit. Der Gedanke ist unerträglich, daß alle Ihre Freunde nur herüber zu kommen brauchen, um – –“

„So habe ich sie alle unter Augen“, fiel Herr Verloc heiser ein.

„Es wäre weit richtiger, sie alle unter Schloß und Riegel zu haben! England muß aufgerüttelt werden! Die verdammte Bourgeoisie dieses Landes macht sich zum Mitschuldigen eben der Leute, deren Ziel es ist, die Bourgeoisie aus ihren Häusern zu treiben und in der Gosse verhungern zu lassen. Und dabei hätten sie die politischen Machtmittel noch, wenn sie nur die Einsicht hätten, zu ihrer eigenen Erhaltung davon Gebrauch zu machen. Ich hoffe, Sie geben zu, daß die Mittelschichten verdummt sind?“

Herr Verloc bejahte krächzend:

„Sie sind es!“

„Sie haben keine Vorstellungskraft. Sie sind von törichter Eitelkeit verblendet. Jetzt brauchen sie einmal einen tüchtigen Schrecken; das ist der richtige Augenblick, Ihre Freunde ans Werk zu setzen! Ich habe Sie herrufen lassen, um Ihnen meine Ansicht darzulegen.“

Und Herr Vladimir entwickelte seine Ansicht ganz von oben herab, mit verächtlicher Leutseligkeit, und zeigte dabei zugleich eine derartige Unwissenheit über die wahren Ziele, Gedanken und Wege der Revolutionswelt, daß er den schweigsamen Verloc zu innerst verblüffte. Er verwechselte Ursachen und Wirkungen in nicht mehr entschuldbarem Maße, die ausgezeichnetsten Propagandaredner mit einfachen Bombenwerfern, nahm eine Organisation an, wo sie nach Lage der Dinge unmöglich bestehen konnte, sprach von der sozialrevolutionären Partei in einem Augenblick als von einer ganz durchgebildeten Armee, wo das Wort des Führers letztes Gesetz war, und im nächsten wieder wie von einer losen Zusammenrottung verzweifelter Räuber, wie sie nur je in einer Bergschlucht hauste. Einmal hatte Herr Verloc den Mund geöffnet, doch eine Bewegung einer weißen, wohlgeformten Hand hatte ihm Schweigen geboten. Bald war er auch zu verblüfft, um an Widerspruch denken zu können. Er lauschte in starrem Entsetzen, das nach außen hin wie reglose Aufmerksamkeit wirkte.

„Eine Reihe von Anschlägen“, fuhr Herr Vladimir ruhig fort, „hier in diesem Lande; aber nicht nur hier *geplant* – das genügt nicht – sie würden es nicht achten. Ihre Freunde könnten das halbe Festland in Brand setzen, ohne die öffentliche Meinung hierzulande zugunsten eines allgemeinen Unterdrückungsgesetzes beeinflußen zu können. Die Leute hierzulande sehen über ihre Gärtchen nicht hinaus.“

Herr Verloc räusperte sich, fand aber nicht den Mut und sagte nichts.

„Diese Anschläge brauchen nicht sonderlich blutig zu sein,“ erläuterte Herr Vladimir, als hielte er eine wissenschaftliche Vorlesung, „aber sie müssen erschreckend, genügend wirksam sein. Lassen Sie sie zum Beispiel gegen Gebäude gerichtet sein! Was ist denn heutzutage der Fetisch, vor dem sich die ganze Bourgeoisie beugt – nun, Herr Verloc?“

Herr Verloc öffnete seine Hände und zuckte leicht die Schultern.

„Sie sind zu faul zum Nachdenken“, bemerkte Herr Vladimir zu dieser Gebärde. „Achten Sie darauf, was ich sage: heutzutage ist der Fetisch weder das Herrschertum, noch die Religion. Darum müssen der Palast und die Kirche in Ruhe gelassen werden. Sie verstehen, was ich meine, Herr Verloc?“

Der Kummer und die Spottsucht Verlocs machten sich in dem Versuch eines Scherzes Luft.

„Gewiß; aber wie ist's mit den Gesandtschaften? Mehrere Anschläge auf die Gesandtschaften“, begann er, konnte aber dem kalten, scharfen Blick des Ersten Sekretärs nicht standhalten.

„Sie können auch witzig sein, wie ich sehe", warf dieser hin. „Das ist ganz recht. Das wird vielleicht Ihre Rede in sozialistischen Versammlungen würzen. Hier aber ist nicht der Ort dafür. Es wäre Ihnen unendlich viel zuträglicher, aufmerksam dem zu folgen, was ich Ihnen sage. Da es Ihre Aufgabe sein wird, Taten zu liefern anstatt Ammenmärchen, so sollten Sie lieber Vorteil aus dem zu ziehen trachten, was ich mir die Mühe nehme, Ihnen auseinanderzusetzen. Der allerheiligste Fetisch dieser Zeit ist die *Wissenschaft*. Warum bringen Sie nicht einige Ihrer Freunde dazu, diesem hölzernen Götzenbild zu Leibe zu gehen? Wie? Muß nicht ein gut Teil dieser Einrichtungen weggefegt werden, bevor das Reich der Z. P. anhebt?"

Herr Verloc sagte nichts. Er fürchtete sich, die Lippen aufzutun, um nicht stöhnen zu müssen.

„Das sollten Sie versuchen; ein Anschlag gegen ein gekröntes Haupt oder einen Präsidenten macht ja ein gewisses Aufsehen, aber doch nicht mehr so wie einst. Das gehört heute schon zum Begriff eines Staatsoberhauptes. Es ist fast herkömmlich, besonders seitdem so viele Präsidenten umgebracht worden sind. Nun nehmen wir einmal einen Anschlag, sagen wir, auf eine Kirche! Schrecklich genug im ersten Augenblick, gewiß, und doch nicht so, wie ein Durchschnittsmensch glauben möchte. Sei er noch so revolutionär und anarchistisch gemeint, so wird es doch mehr als einen Narren geben, der in dieser Tat eine religiöse Kundgebung sehen wird, und das würde dem Anschlag die besonders aufrüttelnde Wirkung nehmen, die wir wünschen. Ein Mordüberfall auf ein Restaurant oder Theater wäre in gleicher Weise der Mißdeutung ins Unpolitische ausgesetzt; die Verzweiflung eines Hungernden, eine Tat sozialer Rachsucht, – all dies ist verbraucht. Als Lehrbeispiel für revolutionären Anarchismus kommt es nicht mehr in Betracht. Jede Tageszeitung hat fertig geprägte Phrasen, um solche Kundgebungen zu verreden. Ich entwickle Ihnen hier eine Philosophie des Bombenwerfens von meinem Gesichtspunkt aus, von dem Gesichtspunkt also, dem Sie während der letzten elf Jahre gedient zu haben behaupten. Ich will versuchen, nicht über Ihren Kopf weg zu reden. Die Empfindlichkeit der Klasse, die Sie angreifen, stumpft sich rasch ab. Eigentum scheint ihnen unzerstörbar; Sie können bei ihnen weder auf Mitleid noch auf Furcht recht lange rechnen. Ein Bombenanschlag, der heutzutage auf die öffentliche Meinung richtig wirken soll, muß über den Begriff Rache oder Terrorismus hinausgehen. Er muß einfach zerstörend sein. Das und nur das muß er sein, ohne den leisesten Einschlag irgend eines anderen Beweggrundes. Ihr Anarchisten dürftet keinen Zweifel daran lassen, daß ihr fest entschlossen seid, den ganzen gesellschaftlichen Aufbau glatt wegzufegen. Wie aber könnte man diese ungewöhnlich widersinnige Absicht den Köpfen der Mittelschicht begreiflich machen, sodaß kein Zweifel mehr möglich ist? Das ist die Frage. – Die Antwort: indem ihr den Stoß gegen etwas richtet, was außerhalb der alltäglichen Leidenschaften der Menschheit liegt. Natürlich gibt es auch noch die Kunst. Eine Bombe in der Nationalgalerie würde einigen Lärm machen. Es wäre aber nicht ernst genug. Kunst war nie ihr Fetisch. Es ist, wie wenn man einem Mann in seinem Hause ein paar Hinterfenster einschlagen wollte. Um ihn aber wirklich zum Aufstehn zu bringen, müßte man ihm doch mindestens das Dach abdecken. Natürlich gäbe es ein wenig Geschrei, aber von wem? Von Künstlern, Kunstkritikern und dergleichen, von Leuten ohne Bedeutung. Niemand achtet darauf, was sie sagen. Aber da ist nun die Bildung, die Wissenschaft. Jeder Dummkopf, der es zu einem Einkommen gebracht hat, glaubt *daran*, er weiß nicht warum, aber er glaubt an ihre Bedeutung. Das ist der allerheiligste Fetisch. Alle die verdammten Professoren sind im Herzen unnachgiebig; machen Sie ihnen zu wissen, daß ihr großer Götze auch weg muß, um der Zukunft des Proletariats Platz zu machen. Ein Geheul aller dieser Idioten wird fraglos die Arbeiten der Mailänder Konferenz fördern. Sie werden in die Zeitungen schreiben, ihre Entrüstung wird über jeden Verdacht erhaben sein, da keine materiellen Interessen im Spiele sind, und die ganze Selbstsucht der Klasse, auf die es ankommt, wird wachgerufen werden. Sie glauben daran, daß in irgendeiner geheimnisvollen Weise die Wissenschaft die Quelle ihres Wohlstandes ist. Das tun sie. Und die hirnverbrannte Grausamkeit eines solchen Anschlags wird sie tiefer packen, als die Niederlegung einer ganzen Straße oder eines Theaters voll von ihresgleichen. Zu einem Ereignis der letzten Art werden sie immer sagen können: ›Oh, es ist ein blanker Klassenhaß!‹ Was aber sollte man zu einem Ausbruch von Zerstörungswut sagen, der unverständlich, unerklärlich, undenkbar, tatsächlich verrückt ist? Irrsinn allein ist wahrhaft erschreckend, da er sich weder durch Drohung, Überredung, noch Bestechung besänftigen läßt. Überdies bin ich ja ein gesitteter Mensch, es könnte mir nie einfallen, Ihnen zu der Veranstaltung einer Metzelei zuzureden, auch wenn ich die besten Ergebnisse davon erwarten könnte. Von einer Metzelei könnte ich aber gar nicht das erwarten, was ich brauche. Mord ist uns vertraut, er ist sozusagen eine feststehende Einrichtung. Die Kundgebung muß sich gegen die Bildung, gegen die Wissenschaft richten, aber auch nicht gegen jede beliebige Wissenschaft. Der

Angriff muß all die empörende Sinnlosigkeit einer willkürlichen Gotteslästerung haben. Da Bomben zu Ihren Ausdrucksmitteln gehören, so wäre es tatsächlich vielsagend, wenn einer eine Bombe in reine Mathematik werfen könnte. Aber das ist ja unmöglich. – Ich habe versucht, Sie zu erziehen, ich habe Ihnen Ihre Verwendungsmöglichkeiten von höherer Warte klar gemacht und einige neue Gesichtspunkte eröffnet. Es ist nun Ihre Sache, meine Lehren in die Tat umzusetzen. Als ich es aber unternahm, mit Ihnen zu verhandeln, habe ich zugleich auch der praktischen Seite der Frage einige Aufmerksamkeit zugewendet. Was denken Sie davon, die Astronomie anzupacken?“

Herrn Verlocs Unbeweglichkeit neben dem Lehnstuhle ähnelte schon eine ganze Weile dem Zustande eines Schlafkranken – völlige Gefühllosigkeit, von leichtem Aufschrecken unterbrochen, wie man es bei Haushunden beobachten mag, die neben der Feuerstelle schwer träumen. Und es klang auch wie das Knurren eines Hundes, als er dumpf wiederholte:

„Astronomie.“

Er hatte sich noch nicht wieder erholt von der Verwirrung, in die ihn die Anstrengung, Herrn Vladimirs raschen und schneidigen Schlüssen zu folgen, gestürzt hatte. Sein Anpassungsvermögen war erschöpft. Er war zornig, und sein Zorn war mit Ungläubigkeit gemengt. Plötzlich dämmerte es ihm auf, daß all dies ein verdächtiger Spaß sei. Herr Vladimir zeigte in einem Lächeln seine weißen Zähne und Grübchen in seinem runden, vollen Gesicht, das sich gefällig über die flatternden Enden seines Maschenbinders beugte. Der Liebling der Damen besserer Kreise war in die Stellung verfallen, in der er in den Salons seine geistreichen Witzworte vorzubringen liebte. Er saß vornübergebeugt, die weiße Hand erhoben, und schien mit Zeigefinger und Daumen seine feine Beweisführung zu stützen.

„Es gibt nichts besseres, ein solcher Frevel verbindet die weitestgehende Rücksicht auf Menschenleben mit der schrecklichsten Entfaltung blinder Zerstörungswut. Ich möchte wohl sehen, ob es der Erfindungsgabe der Journalisten gelingen könnte, ihren Lesern begreiflich zu machen, daß irgendein Mitglied des Proletariats einen persönlichen Haß gegen die Astronomie haben könnte. Auch der Hunger könnte dabei nicht ins Spiel gebracht werden. Und es gibt noch andere Vorteile. Die ganze zivilisierte Welt hat von Greenwich gehört, noch die Schuhputzer an der Untergrundbahnstation in Charing Cross wissen etwas davon, wie?“

Herrn Vladimirs Züge, in der besten Gesellschaft durch ihre heitere Gesittung so wohl bekannt, strahlten nun zynische Selbstzufriedenheit aus, was die gebildeten Damen, die seinen Witz so gerne belachten, zweifellos wundergenommen hätte. „Ja," fuhr er mit einem verächtlichen Lächeln fort, „die Sprengung des ersten Meridians wird fraglos eine Flut von Verwünschungen erregen."

„Eine schwierige Sache", murmelte Herr Verloc in dem Gefühl, daß sonst nichts zu sagen war.

„Was ist dabei? Halten Sie nicht die ganze Bande in der Hand? Den Topf am Henkel, sozusagen? Der alte Terrorist Yundt ist hier. Ich sehe ihn fast täglich in seinem grünen Havelock in Piccadilly herumgehen. Und Michaelis, der Bewährungsfristapostel – wollen Sie mir etwa sagen, daß Sie nicht wissen, wo er ist? Wenn Sie es nämlich nicht wissen, so kann ich es Ihnen sagen", fügte er drohend hinzu. „Wenn Sie glauben, daß Sie der einzige auf der Geheimliste sind, so sind Sie im Irrtum!" Diese völlig grundlose Andeutung veranlaßte Herrn Verloc, mit dem Fuße zu scharren.

„Und die ganze Lausanner Bande, he? Hat die sich nicht bei der ersten Andeutung der Mailänder Konferenz scharenweise hier herumgetrieben? Dies ist ein blödsinniges Land."

„Es wird Geld kosten", sagte Herr Verloc, von einer Art Instinkt getrieben.

„Das zieht nicht mehr", gab Herr Vladimir mit verblüffend echtem englischem Tonfall zurück. „Sie bekommen Ihr Monatsgehalt und keinen Pfennig mehr, bevor nicht etwas geschieht, und geschieht nicht bald etwas, so bekommen Sie nicht einmal das. Was ist nach außen hin Ihre Beschäftigung? Wovon leben Sie angeblich?"

„Ich habe einen Laden", sagte Herr Verloc.

„Einen Laden? Was für einen Laden?"

„Schreibwaren, Zeitungen. Meine Frau – –"

„Ihre – was?" unterbrach Herr Vladimir, in seinem innerasiatischen Kehlton.

„Meine Frau." Herr Verloc hob seine Stimme ein wenig. „Ich bin verheiratet."

„Verdammt nochmal", rief der andere in echter Verwunderung. „Verheiratet? Und Sie wollen geschworener Anarchist sein? Was ist das für ein verwünschter

Unsinn? Oder ist es nur eine Redensart? Anarchisten heiraten nicht, das weiß jeder; sie können es nicht; es wäre Fahnenflucht."

„Meine Frau ist keine Anarchistin", bockte Herr Verloc. „Überdies geht Sie das nichts an."

„O doch, o doch!" bellte Herr Vladimir. „Ich komme allmählich zu der Überzeugung, daß Sie durchaus nicht der rechte Mann für die Tätigkeit sind, für die Sie hier bezahlt werden. Wie denn – Sie müssen sich ja in Ihrer eigenen Welt durch Ihre Heirat um alles Vertrauen gebracht haben? Wäre es denn ohne das gar nicht gegangen? Dies also ist Ihre tugendhafte Neigung, wie? Und mit Neigung und Neigung hören Sie auf, brauchbar zu sein."

Herr Verloc blies die Backen auf und stieß heftig die Luft aus; sonst nichts. Er hatte sich mit Geduld gewappnet. Aber recht lange durfte es nicht mehr so fortgehn. Der Erste Sekretär wurde plötzlich ganz kurz und schneidig.

„Sie können jetzt gehen", sagte er. „Ein Dynamitanschlag muß geschehen. Ich gebe Ihnen einen Monat Zeit. Die Sitzungen der Konferenz sind unterbrochen; bevor sie wieder aufgenommen werden, muß hier etwas geschehen sein, sonst hört unsere Verbindung mit Ihnen auf."

Er wechselte nochmals mit absichtsloser Leichtigkeit den Ton.

„Denken Sie über meine Worte nach, Herr – Herr Verloc", sagte er mit spöttischer Vertraulichkeit und winkte mit der Hand gegen die Tür. „Packen Sie den ersten Meridian! Sie kennen die Mittelklasse nicht so gut wie ich. Ihre Empfindlichkeit ist erschöpft. Den ersten Meridian. Nichts besser und nichts leichter, scheint mir."

Er war aufgestanden und sah, mit einem lustigen Zucken um seine dünnen, sinnlichen Lippen, im Spiegel über dem Kamin zu, wie Herr Verloc sich schwerfällig und rücklings hinausschob, Hut und Stock in einer Hand. Die Tür schloß sich.

Der Lakai in Kniehosen tauchte plötzlich im Korridor auf, führte Herrn Verloc einen anderen Weg hinaus und ließ ihn durch eine schmale Tür in der Ecke des Hofes ins Freie. Der Pförtner im Torweg beachtete seinen Abgang überhaupt nicht, und Herr Verloc schritt seinen Pilgerweg vom Morgen wieder zurück wie in einem Traume – einem bösen Traume. Seine Ablösung von der dinglichen Welt war so völlig, daß, obwohl seine sterbliche Hülle durchaus nicht übermäßig durch die Straßen gehastet war, doch der Teil von ihm, dem füglich die

Unsterblichkeit nicht abzusprechen war, sich plötzlich vor der Ladentür wiederfand, als wäre er von West nach Ost auf den Schwingen des Sturmes gereist. Er ging sofort hinter den Ladentisch und setzte sich auf einen Holzstuhl, der dort stand. Niemand störte seine Einsamkeit. Stevie, mit einem grünen Schurz angetan, kehrte und staubte im ersten Stock ab, eifrig und gewissenhaft, als wäre es ein Spiel; und Frau Verloc, die in der Küche den Klang der heiseren Glocke vernommen hatte, war nur bis zu der Glaswand des Wohnzimmers gekommen, hatte den Vorhang beiseite geschoben und in den halbdunklen Laden hineingespäht. Sobald sie die wuchtigen Umrisse ihres Mannes erkannt hatte, war sie an ihren Herd zurückgekehrt. Etwa eine Stunde später nahm sie ihrem Bruder Stevie den grünen Tuchschurz ab und befahl ihm, sich Gesicht und Hände zu waschen, in dem gebieterischen Ton, den sie sich für solche Falle seit fünfzehn Jahren zugelegt hatte – seit damals, als sie aufgehört hatte, ihn selbst zu waschen. Während des Tischdeckens nahm sie sich jetzt die Zeit, einen Blick auf das Gesicht und die Hände zu tun, die Stevie ihrer Prüfung mit einem Ausdruck von Selbstvertrauen darbot, das nicht ganz frei von Angst war: früher einmal war der Zorn des Vaters das Druckmittel für diese Reinlichkeitsbestrebungen gewesen, aber Herrn Verlocs häusliche Sanftmut würde jede Androhung von Zornesausbrüchen selbst für den Schwachsinn des armen Stevie unglaublich gemacht haben. Nun wurde vorgegeben, daß Herr Verloc durch jeden Mangel an Reinlichkeit bei den Mahlzeiten unsäglich traurig und bekümmert würde. Winnie hatte nach dem Tode ihres Vaters einen erheblichen Trost in dem Gedanken gefunden, daß sie nicht länger mehr um den armen Stevie zu zittern brauchte. Sie konnte es nicht vertragen, den Knaben geschlagen zu sehen, das machte sie verrückt. Als kleines Mädchen war sie oft mit blitzenden Augen dem jähzornigen konzessionierten Schankwirt zur Verteidigung ihres Bruders entgegengetreten. Jetzt allerdings ließ nichts in Frau Verlocs Erscheinung vermuten, daß sie eines leidenschaftlichen Ausbruchs fähig war.

Der Tisch im Wohnzimmer war gedeckt. Sie ging an den Fuß der Treppe und schrie hinauf: „Mutter“; dann öffnete sie die Glastüre zum Laden und sagte ruhig: “Adolf“. Herr Verloc hatte seine Stellung nicht verändert. Er hatte anscheinend während anderthalb Stunden kein Glied gerührt. Er stand schwerfällig auf und kam zum Abendessen, im Überzieher, mit dem Hut auf dem Kopf und ohne ein Wort zu sagen. Sein Schweigen allein hatte nichts Verwunderliches, in diesem Haushalte, der tief in dem Schatten der schmutzigen

Gasse, wohin kaum je die Sonne drang, verborgen war, hinter dem Laden mit seinem zweifelhaften Kram. Nur war Herrn Verlocs Schweigsamkeit an diesem Tage so auffallend nachdenklich, daß sich die beiden Frauen darüber Gedanken machten. Sie saßen selbst schweigend da und hatten ein wachsames Auge auf den armen Stevie, damit er nicht etwa in einen seiner Anfälle von Gesprächigkeit ausbreche. Er sah Herrn Verloc über den Tisch weg an und saß still und brav mit leerem Blick. Das ständige Bestreben, ihn davon abzuhalten, daß er sich dem Herrn des Hauses lästig bemerkbar machte, brachte in das Leben der beiden Frauen eine beträchtliche Sorge. „Der Junge“, wie sie ihn untereinander milde nannten, war fast vom Tage seiner Geburt an eine Quelle solcher Sorgen gewesen. Die Demütigung, die der selige konzessionierte Gastwirt bei dem Gedanken empfand, ein so ganz eigenartiges Geschöpf zum Sohn zu haben, hatte sich in eine Neigung zu übertriebener Strenge umgesetzt, denn er war feinfühlend in seiner Art, und sein Schmerz als Vater und Mann war durchaus echt. Späterhin mußte Stevie davon abgehalten werden, die Junggesellen, die zur Miete wohnten, zu behelligen, denn diese sind, wie man weiß, ein wenig querköpfig und leicht verärgert, und überdies blieb noch der ständige Kummer um sein nacktes Dasein. Der Gedanke, ihr Kind in einem Krüppelheim in Zwangserziehung zu haben, hatte die alte Frau in dem Frühstückszimmer des ehemaligen Hauses am Belgravia-Platz oft und oft schwer bedrückt. „Wenn du nicht einen so guten Mann gefunden hättest, meine Liebe,“ pflegte sie zu ihrer Tochter zu sagen, „dann weiß ich nicht, was aus dem armen Jungen geworden wäre.“

Herr Verloc zeigte für Stevie einen Grad von Aufmerksamkeit, wie ihn etwa ein Mann, der Tiere nicht besonders mag, für die Lieblingskatze seiner Frau übrig haben könnte. Seine Aufmerksamkeit, wohlwollend und oberflächlich, war tatsächlich genau dieser Art. Beide Frauen gaben innerlich zu, daß man von Rechts wegen nicht viel mehr erwarten konnte. Es genügte auch, um Herrn Verloc die ehrerbietige Dankbarkeit der alten Frau zu sichern. In der ersten Zeit, mißtrauisch gemacht durch die Härte der freudlosen Jahre, fragte sie manchmal ängstlich: „Du glaubst nicht, mein Kind, daß Herr Verloc es satt bekommt, den kleinen Stevie unter Augen zu haben?“ Darauf pflegte Winnie immer nur mit einem leichten Kopfschütteln zu antworten. Nur einmal gab sie mit fast ingrimmiger Entschlossenheit zurück: „Dann müßte er mich zuerst satt bekommen.“ Ein langes Schweigen war gefolgt. Die Mutter hatte die Beine auf einem Stuhl gelagert und schien zu versuchen, diese Antwort zu ergründen, deren weibliche Tiefe ihr ans Herz gegriffen hatte. Sie hatte es niemals wirklich verstanden, warum Winnie Herrn Verloc geheiratet hatte. Es war sehr vernünftig gewesen und war auch zum besten ausgeschlagen, doch ihre Tochter hätte doch wohl Aussicht gehabt, einen Mann in jüngeren Jahren zu finden. Ein gesetzter junger Mann war dagewesen, der einzige Sohn eines Fleischers in der Nachbarstraße, der seinem Vater im Geschäft half und mit dem Winnie augenscheinlich gerne ausgegangen war. Allerdings war er von seinem Vater abhängig, aber das Geschäft war gut und seine Aussichten glänzend. Er hatte ihre Tochter mehrmals ins Theater geführt; als sie aber grade zu fürchten begonnen hatte, von der Verlobung der beiden zu hören (denn was hätte sie mit dem großen Haus anfangen sollen, allein und noch mit Stevie auf dem Hals), da fand die Idylle ein jähes Ende, und Winnie ging ganz verstört herum. Zugleich tauchte Herr Verloc auf, wie von der Vorsehung geschickt, mietete das Vorderzimmer im ersten Stock, und von dem jungen Fleischer war nicht mehr die Rede. Es war ganz offenbar eine Fügung.

III

„... jede Verklärung macht das Leben ärmer. Es verschönern, heißt ihm seine Vielgestaltigkeit nehmen, heißt: es zerstören. Überlassen Sie das den Moralisten, mein Junge; wohl wird die Geschichte von den Menschen gemacht, sie machen sie aber nicht in ihren Köpfen, die Gedanken, die in ihrem Bewußtsein auftauchen, spielen im Lauf der Ereignisse nur eine untergeordnete Rolle. Die Geschichte wird beherrscht und gelenkt durch Werkzeug und Arbeit – durch die Macht der wirtschaftlichen Verhältnisse. Der Kapitalismus hat den Sozialismus erzeugt, und die Gesetze, die der Kapitalismus zum Schutz des Eigentums erlassen hat, sind die Ursache des Anarchismus. Niemand kann sagen, welche Formen die Gesellschaft in der Zukunft annehmen wird. Warum also sich in Wahrsagereien verlieren, die doch bestenfalls nur die Meinung des Wahrsagers dartun und keinen tatsächlichen Wert haben können? Überlassen Sie diesen Zeitvertreib den Moralisten, mein Junge."

Michaelis, der Bewährungsfristapostel, sprach mit gleichmäßiger Stimme, die nur etwas keuchend klang, als ob sie sich mühsam durch die Fettpolster auf seiner Brust durcharbeiten müßte. Er war aus einem höchst hygienischen Gefängnis gekommen, rund wie ein Kessel, mit ungeheurem Bauch und verquollenen Wangen von bleicher, halb durchsichtiger Färbung, als hätten fünfzehn Jahre lang die Diener einer beleidigten Gesellschaft ihren Ehrgeiz hineingesetzt, ihn in einem dumpfen und lichtlosen Keller mit nahrhaften Speisen zu mästen; und seither war es ihm nicht gelungen, auch nur eine Unze von seinem Gewicht zu verlieren.

Man erzählte sich, daß eine sehr reiche alte Dame ihn drei Badezeiten hintereinander zur Kur nach Marienbad geschickt hatte – wo er sich einmal in die öffentliche Aufmerksamkeit mit einem gekrönten Haupt teilen durfte. Doch hatte ihm die Polizei damals befohlen, innerhalb zwölf Stunden abzureisen. Seine Marter wurde noch verschärft, indem man ihm den weiteren Zutritt zu den heilkräftigen Wassern verbot; nun aber hatte er entsagt.

Seinen Ellenbogen, der keine Spur eines Gelenkes zeigte, sondern nur wie eine Biegung im Glied eines Strohmanns wirkte, hatte er über eine Sessellehne gelegt und beugte sich über seine kurzen und ungeheuren Schenkel leicht vor, um ins Feuer zu spucken.

„Jawohl, ich hatte Zeit, die Dinge ein wenig durchzudenken“, fügte er gleichmütig hinzu. „Die Gesellschaft hat mir Zeit genug zu Betrachtungen gegeben.“

Auf der anderen Seite des Kamins, in dem roßhaargepolsterten Lehnstuhl, in dem zu sitzen sonst Frau Verlocs Vorrecht war, kicherte nun Karl Yundt böse aus verzerrtem, zahnlosem Munde. Der Terrorist, wie er sich selbst nannte, war alt und kahl, mit einem schmächtigen, schneeweißen Ziegenbart, der lose von seinem Kinn baumelte. Ein ungewöhnlicher Ausdruck verhaltener Bosheit lebte noch in seinen erloschenen Augen. Als er sich mühsam erhob und dabei seine häutige Greifhand, durch Gichtknoten entstellt, vorschleuderte, da erinnerte diese Bewegung an die Anstrengung eines sterbenden Mörders, der den Rest seiner Kraft zu einem letzten Dolchstoß zusammennimmt. Er stützte sich auf einen dicken Stock, der in seiner anderen Hand zitterte.

„Ich habe immer geträumt“, bellte er, „von einer Schar von Männern, eiskalt entschlossen, keine Bedenken in der Wahl der Mittel gelten zu lassen; stark genug, sich selbst die Zerstörer zu nennen, und frei von der entsagenden Schwarzseherei, an der die Welt verfault. Kein Mitleid für irgend etwas auf Erden, sich selbst mit eingeschlossen, und den Tod von Rechts wegen in den Dienst der Menschheit gestellt – das hätte ich gern sehen mögen.“

Sein kleiner, kahler Kopf bebte und brachte den Zipfel des Geißbarts in lächerliche Schwingungen. Seine Auslassung wäre für einen Fremden wohl völlig unverständlich gewesen. Seine abgelebte Leidenschaft, die in ihrer kraftlosen Wut an die Erregung eines alten Wüstlings gemahnte, gewann nicht durch die trockene Kehle und die zahnlosen Kiefer, die seine Zungenspitze zu fangen schienen. Herr Verloc, der in der Ecke des Sofas an der anderen Zimmerwand lehnte, ließ zweimal ein herzhaftes Beifallsknurren hören.

Der alte Terrorist drehte langsam seinen häutigen Hals von Seite zu Seite.

„Und es ist mir nie gelungen, jemals auch nur drei solche Männer zusammen zu bringen. Soviel für deine verfaulte Schwarzseherei", zischte er zu Michaelis hin, der seine dicken Beine, die wie Kissen aussahen, auseinander schlug und zum Zeichen der Verzweiflung seine Füße heftig unter den Stuhl schob.

Er, ein Schwarzseher! Unsinn! Er schrie auf, daß der Vorwurf Niedertracht sei. Schwarzseherei lag ihm so fern, daß er schon das Ende allen persönlichen Eigentums logisch und unvermeidlich herankommen sah, einfach nur durch das Weitergreifen seiner eigenen Verwerflichkeit. Die Besitzer irgendeines Eigentums hatten nicht nur mit dem erwachenden Proletariat zu rechnen, sondern sich auch untereinander zu bekämpfen. Jawohl. Streit und Kampf waren die Vorbedingungen für persönlichen Besitz. Das war Schicksal! Oh, er brauchte keine seelische Aufregung, um sich seinen Glauben zu erhalten, keine tönenden Reden, keine Wut, keine Gesichte von wehenden, blutroten Fahnen, oder rednerisch geschliffene Sonnen der Rache, die mit düsterem Schein über einer todgeweihten Gesellschaft aufgingen. Er nicht! Kalte Vernunft, so prahlte er, war die Grundlage seines Glücksglaubens, jawohl, Glücksglaubens!

Er unterbrach sein hartes Schnauben, schnappte ein paarmal nach Luft und fuhr dann fort:

„Glaubst du nicht, daß ich ohne diesen Glücksglauben in fünfzehn Jahren irgendein Mittel gefunden hätte, mir die Gurgel abzuschneiden? Und schließlich gab es ja auch immer noch die Wände, gegen die ich meinen Kopf rennen konnte."

Die Kurzatmigkeit nahm seiner Stimme alles Feuer und allen Nachdruck. Seine großen, blassen Backen hingen wie gefüllte Taschen, bewegungslos, ohne ein Zittern; aber aus seinen blauen Augen, die spähend zwinkerten, leuchtete der gleiche selbstbewußte Scharfsinn, fast verrückt in seiner Unveränderlichkeit, wie sie ihn auch gezeigt haben mochten, während der unverbesserliche Optimist die Nächte über sinnend in seiner Zelle gesessen war. Karl Yundt stand immer noch vor ihm, den einen Flügel seines schäbigen Havelocks ritterlich über die Schulter geworfen; gerade vor dem Kamin streckte Genosse Ossipon, gewesener Mediziner und Verfasser der meisten Z.P.-Flugblätter, seine kräftigen Beine aus, die Schuhsohlen der Glut zugewandt; ein Büschel blonden Kraushaars krönte sein rotes, sommersprossiges Gesicht, das mit der platten Nase und den vorstehenden Lippen in der Form des rohen Negertypus gegossen schien. Über den breiten Backenknochen schmachteten seine mandelförmigen Augen; er trug ein graues Flanellhemd, und die losen Enden eines schwarzseidenen Halstuchs hingen über seine hochgeschlossene Jacke; den Kopf weit zurück auf die Sessellehne gelegt, den Hals tief entblößt, führte er von Zeit zu Zeit eine Zigarette in einer langen Holzspitze zum Mund und blies Rauchkringel zur Decke hinauf.

Michaelis baute seinen Gedanken weiter – den Gedanken seiner Haftjahre, den Gedanken, der ihm den Kerker erträglich gemacht hatte und in ihm wie eine Offenbarung gewachsen war. Er sprach vor sich hin, gleichgültig für die Zu- oder Abneigung seiner Hörer, gleichgültig sogar für ihre Gegenwart, einfach aus der Gewohnheit heraus, hoffnungsfroh zwischen den vier weißgekalkten Wänden seiner Zelle laut vor sich hinzudenken, in das tote Schweigen des riesigen Ziegelblocks hinein, der düster und häßlich neben einem Flusse aufragte, wie ein Grabmal für die Schiffbrüchigen der Gesellschaft.

Er taugte nicht zum Wortstreit, aber nicht etwa deswegen, weil irgendein Beweismittel seinen Glauben hätte erschüttern können, sondern darum, weil der bloße Klang einer anderen Stimme ihn schmerzlich verwirrte und seine Gedanken sofort durcheinander brachte – diese Gedanken, die so lange, in einer geistigen Einsamkeit, ärger als die einer wasserlosen Wüste, keine lebendige Stimme bekämpft, beurteilt oder gebilligt hatte.

Nun unterbrach ihn niemand mehr, und wieder legte er sein Glaubensbekenntnis ab, das ihn unwiderstehlich wie eine Offenbarung erfüllte: die Erklärung des Weltsinnes aus der dinglichen Seite des Lebens; die wirtschaftlichen Verhältnisse der Welt, verantwortlich für die Vergangenheit und Träger der Zukunft; zugleich auch die Quelle aller Geschichte, aller Gedanken, maßgebend für die geistige Entwicklung der Menschheit, und Triebfeder aller Leidenschaften. –

Ein mißtöniges Lachen des Genossen Ossipon schnitt den Redestrom kurz ab, die Zunge des Apostels stockte, und in seine milde glühenden Augen trat der Ausdruck verwunderter Unsicherheit. Er ließ einen Augenblick lang die Lider sinken, als wollte er seine Gedanken sammeln. Schweigen trat ein; inzwischen hatten aber die zwei Gasflammen über dem Tisch und die Glut im Kamin das kleine Wohnzimmer hinter Herrn Verlocs Laden schrecklich überheizt. Herr Verloc erhob sich widerstrebend und schwerfällig vom Sofa, öffnete die Tür zur Küche, um mehr Luft einzulassen und entdeckte dabei den harmlosen Stevie, der gut und brav an dem Fichtentisch saß und Kreise, Kreise, Kreise zeichnete; unzählige Kreise, konzentrisch, exzentrisch; einen Wirbel von Kreisen, alle von gleicher Größe, die durch das Gewirr ihrer Verschneidungen an ein kosmisches Chaos gemahnten, an den Versuch einer wahnsinnigen Kunst, das Unfaßbare darzustellen. Der Künstler wandte den Kopf nicht; in der leidenschaftlichen Hingabe an sein Beginnen bebte sein Rücken, und sein dünner Hals, der aus der tiefen Höhlung an der Schädelbasis hervorwuchs, schien abbrechen zu wollen.

Herr Verloc grunzte, unliebsam überrascht, und kehrte zu dem Sofa zurück. Alexander Ossipon erhob sich, ganz schlank unter der niedrigen Decke, in seinem abgetragenen blauen Tuchanzug, reckte sich nach dem langen Stillsitzen und schlenderte in die Küche (zwei Stufen tiefer), um Stevie über die Schulter zu sehen. Er kam zurück und orakelte: „Sehr gut. Sehr charakteristisch, ganz typisch."

„Was ist sehr gut?" knurrte Herr Verloc, der sich wieder im Sofa zurecht gesetzt hatte. Der andere setzte seine Meinung nachlässig auseinander, mit deutlicher Herablassung und einer Kopfbewegung nach der Küche hin.

„Typisch für diese Form der Entartung – die Zeichnungen, meine ich."

„Wollen Sie sagen, daß der Junge entartet ist?" murmelte Herr Verloc.

Genosse Alexander Ossipon – mit dem Spitznamen „der Doktor", gewesener Mediziner ohne akademischen Grad; darnach Wanderlehrer in Arbeitervereinen über die soziale Zukunft der Hygiene; Verfasser einer halbwissenschaftlichen Abhandlung (in Gestalt eines billigen Schmökers, der von der Polizei sofort beschlagnahmt worden war), betitelt „Die fressenden Laster der Bürgerklasse"; Delegierter für literarische Propaganda des mehr oder weniger geheimnisvollen Roten Komitees, zusammen mit Karl Yundt und Michaelis, – Ossipon also wandte dem geheimen Vertrauten von mindestens zwei Gesandtschaften jenen Blick voll unerträglichen und unerschütterlichen Dünkels zu, den nur die

Beschäftigung mit der Wissenschaft in das Auge eines Sterblichen zu bringen vermag.

„So wäre er wissenschaftlich zu bezeichnen. Er zeigt sogar alle typischen Merkmale seines Falles. Man braucht nur seine Ohrläppchen anzusehen. Wenn Sie Lombroso lesen –"

Herr Verloc saß mürrisch und breit auf dem Sofa und fuhr fort, über die Reihe seiner Westenknöpfe hinunterzusehen; in seine Wangen aber stieg ein leichtes Rot. In letzter Zeit hatte selbst die entfernteste Erwähnung des Wortes „Wissenschaft" (ein Wort, das an sich gewiß harmlos und von dehnbarer Bedeutung ist) die merkwürdige Folge, daß ihm sofort, mit fast unnatürlicher Schärfe das lebhafte Bild des Herrn Vladimir vor Augen trat und ausgesprochen feindliche Gefühle in ihm weckte. Und dieses Phänomen, das billigerweise auf wissenschaftliche Würdigung Anspruch machen konnte, versetzte Herrn Verloc in einen Zustand zwischen Furcht und Verzweiflung, mit der Neigung, sich in heftigem Fluchen Luft zu machen. Er sagte aber nichts. Nur Karl Yundt ließ sich hören, unversöhnlich bis zum letzten Atemzug.

„Lombroso ist ein Esel!"

Genosse Ossipon ertrug diese erschütternde Lästerung mit furchtbar leerem Blick. Dem anderen lagen die erloschenen, glanzlosen Augen tief dunkel im Schatten der großen, knochigen Stirne; er murmelte und schnappte nach jedem zweiten Wort mit den Lippen nach der Zungenspitze, als wollte er sie ärgerlich zerkauen:

„Ist Ihnen jemals ein solcher Schwachkopf vorgekommen? Für ihn ist der Gefangene der Verbrecher; ganz einfach, nicht wahr? Was aber ist es mit denen, die ihn eingesperrt – hineingezwungen haben? Jawohl, hineingezwungen haben! Und was ist Verbrechen? Weiß er das, dieser Trottel, der seinen Weg in dieser Welt voll gesegneter Narren gemacht hat, indem er auf Ohren und Zähne von ein paar unglücklichen Teufeln sah! Zähne und Ohren kennzeichnen den Verbrecher? Wirklich? Und was ist es mit dem Gesetz, das ihn noch weit besser kennzeichnet – das nette Brandeisen, das die Überfütterten erfunden haben, um sich gegen die Hungrigen zu schützen? Rotglühend auf ihr elendes Fell gebracht – wie? Riechen Sie nicht, hören Sie nicht von hier aus, wie der dicke Qualm von Menschenfleisch aufzischt? So werden Verbrecher gemacht, damit deine Lombrosos ihren Blödsinn darüber schreiben können."

Sein Stockgriff zitterte mit seinen Beinen um die Wette, während der Rumpf, in die Flügel des Havelocks gehüllt, in seiner bekannten kühnen Haltung verblieb. Er schien die von der Gesellschaft erfundenen Foltern zu wittern, ihrem Geräusch angestrengt zu lauschen. Seine ganze Haltung strömte eine eigenartig zwingende Stimmung aus. Der jetzt kaum noch lebendige Veteran aus vielen Dynamitkriegen war seinerzeit ein großer Charakterdarsteller gewesen, auf Rednerbühnen, in Geheimversammlungen und in Einzelunterredungen. Der berüchtigte Terrorist hatte übrigens Zeit seines Lebens persönlich nie auch nur den kleinen Finger gegen den Aufbau der Gesellschaft gerührt. Er war kein Mann der Tat; es fehlte ihm sogar die wildbachartige Beredsamkeit, die die Massen in das brausende Gischten der Begeisterung mit fortreißt. Mit gutem Bedacht hatte er für sich die mehr heimtückische Rolle gewählt, die finsteren Triebe zu wecken, die unter dem blinden Neid und der verzweifelten Eigenliebe der Unwissenheit lauern, unter dem Kummer und Leid der Armut, unter all den Zerrbildern gerechten Zorns, Mitleids und Aufruhrs. Der Schatten seiner üblen Gabe hing ihm noch an, wie der Geruch eines tödlichen Giftes einem alten Gefäß, das nun leer ist, nutzlos und reif dafür, auf den Müllhaufen zu wandern, mit anderen Dingen, die ihre Zeit gedient haben.

Michaelis, der Bewährungsfristapostel, lächelte matt, mit geschlossenen Lippen; sein teigiges Mondgesicht senkte sich in trüber Zustimmung. Er war selbst Gefangener gewesen. Sein eigenes Fell hatte unter dem Brandmal aufgezischt, murmelte er; doch Genosse Ossipon, mit dem Spitznamen „der Doktor", hatte inzwischen die Erschütterung überwunden.

„Sie verstehen nicht", begann er verächtlich, brach aber kurz ab, eingeschüchtert durch die tote Schwärze der Augenhöhlen in dem Gesicht, das sich langsam mit leerem Blick ihm zuwandte, als folgte es nur dem Klange. Er gab das Gespräch mit einem leichten Achselzucken auf.

Stevie, der es gewöhnt war, herumzugehen, ohne beachtet zu werden, war vom Küchentisch aufgestanden und wollte seine Zeichnung mit ins Bett nehmen. Er war gerade rechtzeitig in die Wohnzimmertür getreten, um Karl Yundts bilderreichen Wortschwall mit aller Wucht zu empfangen. Das Blatt mit den vielen Kreisen flatterte ihm aus den Fingern, und er starrte den alten Terroristen an, als wäre er von seinem krankhaften Abscheu gegen körperliche Qualen auf den Fleck gebannt worden. Stevie wußte sehr gut, daß rotglühendes Eisen auf der Haut bitter weh tut. In seinen Augen stand Schreck und Empörung: es mußte furchtbar weh tun. Sein Mund klappte auf.

Michaelis hatte unverwandt ins Feuer gestarrt und dabei das Gefühl von Einsamkeit erlangt, das bei ihm zur Entwicklung einer Gedankenreihe notwendig war. Nun begann er, rosenrote Zukunftsbilder zu malen. Er sah den Kapitalismus schon in der Wiege dem Untergang geweiht, da er von Geburt an von dem Grundsatz des Wettstreits vergiftet war. Die großen Kapitalisten verschlangen die kleinen, sammelten alle Macht und Anlagen zur Erzeugung in ihren Händen, vervollkommneten jede Erfahrung und bereiteten mit allem irrsinnigen Vergrößerungsdrang nur den gesetzlichen Erbantritt des leidenden Proletariats vor. Michaelis sprach das große Wort „Geduld" aus – und sein klarer blauer Blick, zu der niedrigen Decke von Herrn Verlocs Wohnzimmer erhoben, strahlte von inbrünstiger, engelhafter Hoffnung. Stevie unter der Türe schien beruhigt in seinen Stumpfsinn zurückgesunken.

Das Gesicht des Genossen Ossipon zuckte vor Erregung.

„Dann ist es also sinnlos, etwas zu tun, vollständig sinnlos –"

„Das sage ich nicht", wehrte Michaelis milde ab. Diesmal stand ihm die Wahrheit so klar vor Augen, daß auch der Klang der fremden Stimme nicht daran rütteln konnte. Er blickte weiter in die Glut. Es war notwendig, die Zukunft vorzubereiten, und er war bereit, zuzugeben, daß der große Wechsel sich vielleicht in einem Aufruhr vollziehen würde. Doch übersah er nicht, daß die Revolutionspropaganda eine heikle Arbeit war, die größte Gewissenhaftigkeit verlangte. Sie sollte die Herren der Welt heranziehen und keine geringere Sorgfalt erfordern als die Erziehung von Königen. Ihm schien größte Vorsicht, sogar Ängstlichkeit in der Zielsetzung geboten, angesichts unserer völligen Unkenntnis der Wirkungen, die jede wirtschaftliche Veränderung auf das Glück, die Gesittung, das Gewissen und die Geschichte haben kann. Denn die Geschichte wird mit Werkzeugen, nicht mit Gedanken gemacht; und alles ändert sich mit den wirtschaftlichen Verhältnissen – Kunst, Philosophie, Liebe, Tugend, sogar die Wahrheit selbst!

Die Glut im Kamin fiel mit leisem Knistern zusammen; und Michaelis, der Einsiedler, der in der Wüste eines Kerkers mit Gesichten begnadet worden war, stand eifrig auf. Rund wie ein aufgepumpter Ballon öffnete er seine kurzen, dicken Arme, als wollte er in hoffnungslosem Überschwang ein aus eigener Kraft geschaffenes Weltall an seine Brust drücken. Er schnappte vor Begeisterung nach Luft.

„Die Zukunft ist so gewiß wie die Vergangenheit – Sklaverei, Adelsherrschaft, Individualismus, Kollektivismus. Das ist die Feststellung eines Gesetzes, keine leere Wahrsagung.“

Die Art, wie Genosse Ossipon verächtlich die Lippen aufwarf, unterstrich noch seine negerhafte Gesichtsbildung.

„Unsinn,“ sagte er verhältnismäßig ruhig, „hier gibt es weder Gesetz, noch Gewißheit. Die lehrhafte Propaganda soll der Teufel holen. Was die Leute wissen, ist gleichgültig, und wäre ihr Wissen noch so genau. Das einzige, was für uns in Betracht kommt, ist der Grad von Erregung in den Massen. Ohne Erregung gibt es keine Tat.“

Er unterbrach sich und fügte dann mit bescheidener Festigkeit hinzu:

„Ich spreche nun wissenschaftlich mit dir – wissenschaftlich – – wie? Was sagst du, Verloc?“

„Nichts“, grunzte Herr Verloc vom Sofa her, der beim Klang des verabscheuten Wortes ein inniges „verflucht“ vor sich hin gemurmelt hatte.

Nun ließ sich das häßliche Geifern des alten, zahnlosen Terroristen hören.

„Wißt ihr, wie ich die jetzigen wirtschaftlichen Verhältnisse nennen möchte? – Kannibalisch! Das sind sie! Die Herrschenden nähren sich vom zuckenden Fleisch und dem warmen Blut des Volkes – das tun sie!“ Stevie schlang den furchtbaren Ausspruch mit hörbarem Gurgeln in sich hinein und sank, als wäre es ein schnell wirkendes Gift gewesen, kraftlos in sitzende Stellung auf den Stufen zur Küche nieder.

Michaelis gab kein Anzeichen, daß er etwas gehört hatte. Seine Lippen schienen aufeinandergeleimt. Seine Backen hingen regungslos. Er spähte unruhig nach seinem runden steifen Hut und setzte ihn auf seinen runden Kopf. Sein runder unförmlicher Leib schien zwischen den Stühlen unter dem scharfen Ellenbogen von Karl Yundt wegzuschweben. Der alte Terrorist rückte mit unsicherer klauenartiger Hand einen großen, schwarzen Schlapphut zurecht, der die Höhlen und Runzeln seines verwüsteten Gesichts beschattete. Er setzte sich langsam in Bewegung und stieß bei jedem Schritt den Stock auf den Boden. Es war recht mühsam, ihn zum Hause hinaus zu bringen, da er immer wieder, wie in Gedanken, stehen blieb und keine Anstalten machte, weiterzugehen, bevor ihn nicht Michaelis vorwärtsdrängte. Der freundliche Apostel hielt ihn brüderlich liebevoll am Arm gefaßt. Hinter ihnen drein schob sich gähnend, die

Hand in den Hosentaschen, der kraftvolle Ossipon. Eine blaue Mütze mit wachsledernem Schirm, weit zurück auf sein blondes Kraushaar gesetzt, gab ihm das Aussehen eines norwegischen Seemannes, der nach einer furchtbaren Bierreise mit sich und der Welt zerfallen ist. Herr Verloc begleitete seine Gäste bis zur Haustüre und verabschiedete sich barhäuptig; sein schwerer Überrock hing offen, die Augen hielt er niedergeschlagen.

Er schloß die Türe hinter ihnen mit verhaltener Wut, drehte den Schlüssel um und schob den Riegel vor. Er war unzufrieden mit seinen Freunden. Im Licht von Herrn Vladimirs Philosophie des Bombenwerfens gesehen, erschienen sie hoffnungslos untüchtig. Da Herr Verloc bisher in der Revolutionspolitik lediglich die Rolle des Beobachters gespielt hatte, so konnte er nicht plötzlich, weder in seinem eigenen Hause, noch in größeren Versammlungen, von sich aus zur Tat drängen. Er mußte vorsichtig sein. Von der gerechten Empörung erfüllt, wie sie ein Mann von über Vierzig empfinden kann, der sich in seinem Teuersten bedroht sieht – seiner Ruhe und Sicherheit – fragte er sich verachtungsvoll, was anders wohl von einem solchen Kleeblatt zu erwarten gewesen wäre, von diesem Karl Yundt, diesem Michaelis – diesem Ossipon.

Im Begriff, die Gasflamme im Laden abzudrehen, versank Herr Verloc in abgrundtiefe, sittliche Betrachtungen. Mit der Einsicht eines geläuterten Charakters fällte er sein Urteil. Eine faule Bande – dieser Karl Yundt, der sich von einem triefäugigen alten Weibe ernähren ließ, einem Weibe, das er vor Jahren einmal einem Freunde abspenstig gemacht und seither öfter als einmal abzuschütteln versucht hatte. Zum Glück für Yundt hatte sie sich's einmal ums andere in den Kopf gesetzt, zu ihm zurückzukehren, sonst wäre jetzt wohl niemand da, der ihm am Gitter von Green Park aus dem Autobus half, wenn er an einem schönen Morgen dort spazieren kriechen wollte. Wenn die unbändig schnatterhafte alte Hexe starb, dann mußte das wacklige Gespenst mit ihr verschwinden – dann war es mit dem kühnen Karl Yundt vorbei. Auch die Hoffnungsfreudigkeit von Michaelis gab Herrn Verloc Anlaß zu sittlicher Entrüstung; denn der wieder hatte sich an seine reiche, alte Dame gehängt, die sich kürzlich dazu verstiegen hatte, ihn auf ihr Landhaus hinauszuschicken. Der alte Sträfling konnte sich Tag für Tag in köstlicher Untätigkeit auf schattigen Wiesen wälzen. Ossipon nun gar, der Gauner, brauchte sich gewiß um nichts zu sorgen, solange es noch dumme Mädel mit Sparkassenbüchern auf der Welt gab. Herr Verloc, der im Grunde mit seinen Genossen doch so gleichgeartet war, machte innerlich auf Grund kleiner Eigenheiten feine Unterscheidungen. Er machte sie mit einer Art Selbstgefälligkeit, denn das Gefühl für bürgerlichen Wohlanstand war sehr stark in ihm, wenn auch überwuchert von seiner Abneigung gegen jede Art von ehrlicher Arbeit – ein Fehler in der Veranlagung, den er mit vielen revolutionären Reformern einer gegebenen gesellschaftlichen Ordnung gemein hatte. Denn natürlich empört man sich ja nicht gegen die vorteilhaften Möglichkeiten dieser Ordnung, sondern gegen den Preis, der dafür bezahlt werden muß, in Form von sittlicher Selbstbeschränkung und Arbeit. Die Mehrzahl sind Feinde von Zucht und schwerer Arbeit. Es gibt auch andere, für deren Gerechtigkeitssinn der geforderte Preis unverhältnismäßig übertrieben erscheint, verabscheuungswürdig, erpresserisch, blutsaugerisch, unerträglich. Das sind die Fanatiker. Den Rest der Rebellen treibt die Eitelkeit, die Mutter aller edlen und verwerflichen Hirngespinste, die Begleiterin von Dichtern, Reformern, Scharlatanen, Propheten und Brandstiftern.

Eine volle Minute lang verlor sich Herr Verloc in den Abgründen dieser Erwägungen, ohne ihre letzten Tiefen ergründen zu können. Vielleicht war er dazu nicht fähig. Keinesfalls hatte er die Zeit dazu. Er schreckte auf bei der plötzlichen Erinnerung an Herrn Vladimir, noch einen seiner Bekannten, den er kraft feinster seelischer Verwandtschaft einwandfrei beurteilen konnte. Er hielt ihn für gefährlich. Ein Schatten von Neid fiel über seine Gedanken. Der Müßiggang war schon recht für die Kerle, die Herrn Vladimir nicht kannten und Weiber hatten, auf die sie sich stützen konnten; er aber, der für eine Frau zu sorgen hatte – – Hier fiel Herrn Verloc durch eine einfache Gedankenverknüpfung die Notwendigkeit ein, früher oder später an diesem Abend zu Bett zu gehen. Warum denn nicht jetzt – sofort? Er seufzte. Die Notwendigkeit war nicht so durchaus erfreulich, wie sie es für einen Mann seines Alters und seiner Gemütsart hätte sein sollen. Er fürchtete den Dämon der Schlaflosigkeit, der, wie er fühlte, von ihm Besitz ergriffen hatte. Er hob den Arm und drehte die flackernde Gasflamme über seinem Kopf ab.

Ein breiter Lichtstreifen fiel durch die Wohnzimmertüre in den Raum hinter dem Ladentisch und ermöglichte es Herrn Verloc, einen Blick auf die Zahl der Silbermünzen in der Ladenkasse zu werfen. Es waren nur wenige, und zum ersten Mal, seit er seinen Laden eröffnet hatte, versuchte er, ihn geschäftlich einzuschätzen. Diese Einschätzung fiel ungünstig aus. Ihn hatte keine geschäftliche Erwägung zum Handel geführt, vielmehr war bei der Wahl dieses Geschäftszweiges seine innerliche Neigung zu dunklen Machenschaften maßgebend gewesen, mit denen leicht Geld zu verdienen ist. Dann führte ihn dieser Handel auch nicht aus seinem Kreise heraus – aus dem Kreise derer, die von der Polizei beobachtet werden. Im Gegenteil, er wies ihm einen offenen, anerkannten Platz in diesem Kreise an, und da Herr Verloc geheime Beziehungen hatte, die ihn mit der Polizei vertraut machten und ihn der Notwendigkeit überhoben, auf sie aufzupassen, so bot diese Lage ausgesprochene Vorteile. Die Mittel zum Lebensunterhalt allerdings waren daraus allein nicht zu ziehen.

Er zog die Kassenschublade heraus und bemerkte, im Begriff, den Laden zu verlassen, daß Stevie immer noch unten war.

Was in aller Welt tut er noch hier, dachte sich Herr Verloc. Was sollen die Mätzchen? Er sah seinen Schwager zweifelnd an, ließ aber keine Frage laut werden. Herrn Verlocs Unterhaltung mit Stevie beschränkte sich auf ein gelegentliches Murmeln in den Morgenstunden, nach dem Frühstück, „meine Schuhe", und auch das war eher die allgemeine Verlautbarung eines Bedürfnisses, als ein unmittelbarer Auftrag oder Wunsch. Herr Verloc bemerkte mit einiger Überraschung, daß er nicht wußte, was er zu Stevie sagen sollte. Er stand mitten im Wohnzimmer und sah schweigend in die Küche hinunter. Er wußte auch nicht, was geschehen würde, wenn er etwas sagte. Und dies erschien Herrn Verloc ganz besonders merkwürdig, angesichts der Tatsache, die ihm nun plötzlich zum Bewußtsein kam: daß er für diesen Burschen auch mit zu sorgen haben sollte. An diese Seite von Stevies Dasein hatte er bisher noch keinen Augenblick gedacht.

Er wußte also tatsächlich nicht, wie er den Jungen anreden sollte. Er sah ihm zu, wie er in der Küche gestikulierte und murmelte. Stevie rannte um den Tisch wie ein gereiztes Tier. Der Versuch eines „Willst du nicht lieber zu Bett gehn?" blieb ohne alle Wirkung; und Herr Verloc ließ die starre Betrachtung von seines Schwagers Gehaben sein und durchquerte müde, die Kassenschublade in der Hand, das Wohnzimmer. Da die Ursache der allgemeinen Müdigkeit, die er beim Stiegensteigen fühlte, rein geistiger Art war, so fühlte er sich dadurch erschreckt. Er würde doch wohl nicht krank werden? Er blieb in dem dunklen Vorraum stehen, um seine Gefühle genau zu prüfen. Dabei störte ihn aber ein leises und beständiges Schnarchen, das die Dunkelheit durchdrang. Der Laut kam aus dem Zimmer seiner Schwiegermutter. Noch eine, für die gesorgt werden mußte, dachte er – und ging mit diesem Gedanken in sein Schlafzimmer.

Frau Verloc war eingeschlafen, während die Lampe auf ihrem Nachttisch (Gas war im ersten Stock nicht gelegt) hell brannte. Das Licht fiel unter dem Schirm hervor grell auf das weiße Kissen, das von dem Gewicht ihres Kopfes tief eingedrückt wurde. Sie lag mit geschlossenen Augen und hatte das Haar für die Nacht in viele Zöpfe aufgesteckt. Nun fuhr sie auf, als ihr Name ihr Ohr traf, und sah ihren Gatten über sich gebeugt stehen.

„Winnie, Winnie!“

Zunächst rührte sie sich nicht, lag ganz ruhig und sah nach der Kassenlade in Herrn Verlocs Händen. Als sie aber begriffen hatte, daß ihr Bruder „unten herumturne“, schwang sie sich mit einer jähen Bewegung auf den Bettrand. Mit den bloßen Füßen, die aussahen, als wären sie durch den Boden eines schmucklosen Kalikosacks, mit Ringen an Hals und Handgelenken eng zugebunden, durchgesteckt, tastete sie auf dem Boden nach den Pantoffeln, während sie ihrem Mann ins Gesicht sah.

„Ich weiß nicht, wie ich ihn bändigen soll,“ erklärte Herr Verloc verdrießlich, „und es geht doch auch nicht, daß er unten bleibt, mit all den brennenden Lichtern.“

Sie sagte nichts, glitt rasch durch das Zimmer, und die Tür schloß sich hinter ihrer weißen Gestalt.

Herr Verloc setzte die Kassenlade auf seinen Nachttisch und begann mit dem Auskleiden, indem er seinen Überrock auf einen weit wegstehenden Stuhl warf. Jacke und Weste folgten. Er ging in Socken durch das Zimmer, und seine stämmige Gestalt mit den Händen, die unruhig an der Kehle herumzerrten, tauchte immer wieder in der langen, schmalen Spiegeltüre des Kleiderkastens auf. Endlich schleuderte er die Hosenträger von den Schultern, riß dann ungestüm die Rolladen hoch und legte die Stirn gegen die kalte Scheibe. Diese dünne Glasplatte trennte ihn nun von der ungeheuren Anhäufung von Ziegeln, Schiefer und Steinen, Dingen, die an sich nicht schätzenswert und dem Menschen abhold sind und sich da draußen in naßkaltem, schmutzigem Dunkel ausbreiteten.

Herr Verloc empfand die Feindseligkeit der lauernden Außenwelt mit einer Stärke, die an körperliche Angst grenzte. Es gibt keine Beschäftigung, die einem Manne weniger Rückhalt bietet als die eines geheimen Polizeiagenten. Es ist, wie wenn das Pferd tot unter einem zusammenfällt, inmitten einer unbewohnten, wasserlosen Wüste. Der Vergleich drängte sich Herrn Verloc auf, weil er zu seiner Zeit mehr als ein Militärpferd geritten und nun das Gefühl eines bevorstehenden Sturzes hatte. Die Zukunft war so schwarz, wie die Fensterscheibe, gegen die er seine Stirn lehnte, und plötzlich tauchte das Gesicht des Herrn Vladimir, glattrasiert und witzig, in rosigem Schimmer auf, wie ein rotes Siegel auf dem schicksalhaften Dunkel. Diese leuchtende Erscheinung war so furchtbar körperlich, daß Herr Verloc vom Fenster wegsprang und den Rollladen rasselnd fallen ließ. Sprachlos bestürzt über die Wiederholung solcher Gesichte, merkte er noch, daß sein Weib wieder ins Zimmer trat und sich mit sozusagen geschäftlicher Ruhe wieder zu Bett legte, was in ihm das Gefühl wachrief, in der Welt hoffnungslos allein zu stehen. Frau Verloc äußerte ihre Überraschung darüber, ihn noch wach zu finden.

„Ich fühle mich nicht recht wohl“, stammelte er und fuhr sich mit den Händen über die feuchten Brauen.

„Schwindlig?“

„Ja, gar nicht gut.“

Frau Verloc ließ mit aller Sanftmut der erfahrenen Gattin eine vertrauliche Vermutung über den Grund laut werden und riet zu den üblichen Gegenmitteln; ihr Mann aber stand starr in der Mitte des Zimmers und schüttelte trübe den gesenkten Kopf.

„Du wirst dich erkälten, wenn du da stehen bleibst,“ sagte sie.

Herr Verloc gab sich einen Ruck, zog sich vollends aus und ging zu Bett. Tief unten in der ruhigen Gasse näherten sich gemessene Schritte dem Hause und verklangen wieder, fest und ohne Eile, als ob der, der da vorbeiging, sich vorgenommen hätte, in einer endlosen Nacht die Ewigkeit von Gaslampe zu Gaslampe zu durchmessen; und das schläfrige Ticken der alten Uhr im Stiegenhause war im Schlafzimmer deutlich zu hören.

Frau Verloc, die auf dem Rücken lag und nach der Decke sah, machte eine Bemerkung.

„Sehr kleine Einnahme heute.“

Herr Verloc, in der gleichen Lage, räusperte sich wie zu einer wichtigen Feststellung, fragte aber dann nur:

„Hast du das Gas unten abgedreht?“

„Ja, das tat ich," gab Frau Verloc zurück. „Der arme Junge ist heute abend recht aufgeregt", murmelte sie nach einer Pause, die drei Pendelschläge der alten Uhr lang gedauert hatte.

Herr Verloc kümmerte sich durchaus nicht um Stevies Aufregung, doch fühlte er sich elend wach und fürchtete sich vor der Finsternis und Stille, die dem Auslöschen der Lampe folgen mußten. Diese Furcht veranlaßte ihn zu der Bemerkung, daß Stevie seine Aufforderung, zu Bett zu gehen, nicht beachtet habe. Frau Verloc ging in die Falle und begann langatmige Erklärungen darüber, daß das nicht „Ungezogenheit", sondern einfach „Aufregung" gewesen sei. Sie versicherte, daß es in ganz London keinen jungen Mann dieses Alters gäbe, der williger und gelehriger wäre als Stephan, auch keinen, der so zärtlich und gefällig und sogar so nützlich war, solange ihm nicht die Leute seinen armen Kopf verdrehten. Frau Verloc wandte sich ihrem zurücksinkenden Gatten zu, erhob sich selbst auf dem Ellenbogen und beugte sich über ihn, in dem ängstlichen Eifer, ihn davon zu überzeugen, daß Stevie ein nützliches Mitglied der Familie sei. Die Wärme dieses schirmenden Mitgefühls, das schon in den Tagen ihrer Kindheit durch den Anblick der Leiden eines anderen Kindes krankhaft übersteigert worden war, brachte eine leise Röte in ihre bleichen Wangen und Glanz in ihre großen Augen unter den dunklen Lidern. Frau Verloc sah verjüngt aus; sie sah so jung aus, wie die Winnie früherer Tage, und sehr viel lebhafter, als die Winnie der Belgravia-Pension es sich gestattet hätte, den Junggesellenmietern zu erscheinen. Herrn Verlocs Ängste hatten ihn gehindert, in den Worten seiner Frau irgendwelchen Sinn zu suchen. Für ihn war es, als käme ihre Stimme von der anderen Seite einer sehr dicken Mauer herüber. Erst ihr Anblick brachte ihn zur Besinnung.

Er schätzte diese Frau, und das Bewußtsein dieser Wertschätzung, durch irgend etwas wie Gefühlserregung aufgerührt, steigerte noch sein inneres Angstgefühl. Als ihre Stimme verstummte, machte er eine Bewegung der Verlegenheit und sagte:

„Ich habe mich schon die letzten Tage her nicht recht wohl gefühlt."

Das war vielleicht als die Eröffnung einer richtigen Beichte gedacht; Frau Verloc aber legte ihr Haupt wieder auf das Kissen, starrte zur Decke und fuhr fort:

„Der Junge hört zu viel von dem, was da unten gesprochen wird. Hätte ich gewußt, daß die anderen heute abend kommen wollten, so hätte ich ihn mit mir zugleich zu Bett gehen lassen. Er war ganz außer sich über irgendeinen aufgeschnappten Satz von gegessenem Menschenfleisch und getrunkenem Blut. Was hat es für einen Wert, so zu reden?"

„Frage Karl Yundt," knurrte er wütig.

Frau Verloc erklärte Karl Yundt mit größter Entschiedenheit für „einen ekelhaften alten Mann", machte dagegen kein Geheimnis aus ihrer Zuneigung für Michaelis; über den athletischen Ossipon, in dessen Gegenwart sie hinter äußerlicher Zurückhaltung stets ein inneres Unbehagen verbarg, sagte sie gar nichts und fuhr fort, von ihrem Bruder zu sprechen, der durch so lange Jahre der Gegenstand ihrer Sorgen und Ängste gewesen war.

„Das, was hier gesprochen wird, taugt nicht für ihn. Er nimmt alles für bare Münze. Er versteht es ja nicht besser, und dann steigert er sich in seine Anfälle hinein."

Herr Verloc schwieg dazu.

„Er stierte mich an, als kennte er mich nicht mehr, als ich hinunter kam. Sein Herz schlug wie ein Hammer. Er kann ja nichts dafür, daß er so erregbar ist. Ich weckte Mutter auf und bat sie, bei ihm sitzen zu bleiben, bis er eingeschlafen wäre. Es ist nicht sein Fehler. Wenn man ihn sich selbst überläßt, fällt er wirklich niemandem lästig."

Herr Verloc schwieg dazu.

„Ich wünschte, er wäre nie zur Schule gegangen", hob Frau Verloc unversehens wieder an. „Jetzt holt er sich immer die Zeitungen aus dem Fenster zum Lesen. Er wird ganz rot im Gesicht, während er sie durchstudiert. Wir verkaufen ja kein Dutzend davon in einem Monat. Sie nehmen im Ladenfenster nur Platz weg, und Herr Ossipon bringt jede Woche einen Stoß der Z.P.-Flugblätter, die zu einem halben Penny das Stück verkauft werden sollen. Ich wollte keinen halben Penny für den ganzen Pack geben. Es ist lauter Unsinn – das ist es. Und das Zeug ist nicht zu verkaufen. Neulich erwischte Stevie eins von den Blättern, und da stand eine Geschichte von einem russischen Offizier darin, der einem Rekruten das Ohr halb abriß und straflos blieb. Das Vieh! An dem Nachmittag konnte ich mit Stevie gar nichts anfangen. Die Geschichte war ja darnach, um einem das Blut in Wallung zu bringen. Aber wozu braucht man solche Sachen zu drucken? Wir sind ja keine russischen Sklaven hier, Gott sei Dank. Es geht doch uns nichts an – oder?"

Herr Verloc antwortete nicht.

„Ich mußte dem Jungen das Vorlegemesser wegnehmen," fuhr Frau Verloc, nun schon ein wenig schläfrig, fort, „er schrie, strampelte und schluchzte. Er verträgt es nicht, von irgendeiner Grausamkeit zu hören. Er hätte den Offizier sicherlich wie ein Schwein abgestochen, wenn er ihn gerade in die Finger bekommen hätte. Es ist ja auch wahr! Manche Leute verdienen keine Gnade."

Frau Verloc verstummte, und der Ausdruck ihrer bewegungslosen Augen wurde während der langen Pause mehr und mehr beschaulich und verschleiert. „Geht es dir nun besser, mein Lieber?", fragte sie noch leise, wie von weither. „Kann ich jetzt das Licht ausdrehen?"

Die trostlose Überzeugung, daß es keinen Schlaf für ihn gäbe, lähmte zugleich mit der Angst vor der Dunkelheit Herrn Verlocs Zunge und Glieder. Er nahm sich mit Gewalt zusammen.

„Ja, lösche aus", sagte er tonlos.

IV

Die meisten der kleinen Tische mit den weiß auf rotem Grund gemusterten Tüchern waren im rechten Winkel an die dunkelbraune Wandtäfelung der Kellerhalle gerückt. Von der niedrigen, leichtgewölbten Decke hingen vielarmige Bronzelüster; die fensterlosen Wände wiesen rundlaufende Fresken auf, die Jagdszenen und Gartenfeste in mittelalterlichen Kostümen darstellten, Knappen in grünen Wämsern schwangen Hirschfänger oder Pokale mit schäumendem Bier.

„Wenn ich mich nicht sehr irre, so bist du der Mann, der Genaues über die leidige Geschichte wissen muß", sagte der Kraftmensch Ossipon und lehnte sich mit weit gespreizten Ellenbogen über den Tisch, während er die Füße ganz unter den Sessel zurückgezogen hatte. Seine Augen blitzten vor unbezähmbarer Neugier.

Ein mittelgroßes Piano neben der Tür, von zwei Topfpalmen flankiert, ließ plötzlich mit peinlicher Genauigkeit einen Walzer los. Der Lärm war betäubend. Als er so plötzlich, wie er begonnen hatte, abbrach, ließ sich das bebrillte, fadenscheinige Männchen, das Ossipon hinter einem schweren Bierhumpen gegenüber saß, in ruhigem Ton vernehmen – und es klang wie eine allgemeine Feststellung:

„Grundsätzlich kann das, was einer von uns über eine gegebene Tatsache weiß oder nicht weiß, für die anderen kein Gegenstand der Nachforschung sein."

„Gewiß nicht", stimmte Genosse Ossipon zu; „grundsätzlich."

Er hielt sein großes, blühendes Gesicht auf beide Hände gestützt und verwandte keinen Blick von dem fadenscheinigen Männchen mit Brille, das nun einen Schluck Bier trank und den Glashumpen auf den Tisch zurücksetzte. Seine flachen, großen Ohren standen weit vom Schädel ab, der zerbrechlich genug aussah, daß ihn Ossipon zwischen Daumen und Zeigefinger hätte zerdrücken können; die überbaute Stirn schien auf dem Rande der Brille zu ruhen: die eingefallenen Wangen, von grünlich ungesunder Farbe, waren lediglich durch ein spärliches, dunkles Backenbärtchen belebt. Die ganze erbärmliche Leiblichkeit stand in lächerlichem Gegensatze zu dem übertrieben selbstbewußten Gehaben dieses Mannes. Er sprach abgerissen und hatte eine besonders eindrucksvolle Art zu schweigen.

Ossipon redete nochmals zwischen seinen Händen hervor.

„Warst du heute viel aus?"

„Nein, ich lag den ganzen Morgen zu Bett", antwortete der andere. „Warum?"

„Oh, nichts", sagte Ossipon gleichgültig und innerlich doch voll Begierde, irgend etwas herauszubringen; aber die überwältigende Interesselosigkeit des kleinen Mannes schüchterte ihn augenscheinlich ein. So oft er mit diesem Genossen sprach, – was nur selten geschah – litt der große Ossipon schmerzlich unter dem Gefühl geistiger und sogar körperlicher Bedeutungslosigkeit. Immerhin wagte er noch eine Frage: „Bist du zu Fuß bis hierher gegangen?"

„Nein. Omnibus", gab der kleine Mann rasch genug zurück. Er lebte weit weg in Islington, in einem Häuschen am Ende einer schmutzigen Gasse, die mit Stroh und Papierfetzen übersät war, und wo nach Schulschluß eine Horde gleichgestimmter Kinder schrie und freudearm tobte und lärmte. Das einzelne Hinterzimmer, bemerkenswert nur durch einen übergroßen Tellerschrank, hatte er samt Einrichtung von zwei älteren Fräulein gemietet, kleinen Schneiderinnen, die ihre Kundinnen meist unter Dienstmädchen hatten. Er hatte ein schweres Vorhängeschloß an dem Schrank angebracht, war im übrigen aber ein Mustermieter, der wenig Arbeit machte und so gut wie keine

Aufwartung verlangte. Zu seinen Eigenheiten gehörte es, daß er darauf bestand, zugegen zu sein, wenn in seinem Zimmer reinegemacht wurde, und daß er beim Weggehen die Türe absperrte und den Schlüssel mit sich nahm.

Ossipon sah die runden, schwarzgeränderten Brillengläser vor sich, wie sie auf dem Dach eines Omnibusses durch die Straße rollten und ihr selbstbewußtes Glitzern über die Häuserreihen oder über die Köpfe des Menschenstromes wandern ließen, der unten auf dem Pflaster dahintrieb. Der Schatten eines bleichen Lächelns ließ Ossipons dicke Lippen zucken bei der Vorstellung, daß beim Anblick dieser Brillengläser die Mauern wankten, und die Menschen um ihr Leben zu rennen begannen. Wenn sie nur wüßten! Die Panik! – Er warf die Frage hin: „Schon lange hier?"

„Eine Stunde oder noch länger", gab der andere nachlässig zurück und trank einen Schluck Bier. Alle seine Bewegungen – die Art, wie er das Glas faßte, daraus trank, es wieder auf den Tisch setzte und die Arme kreuzte – zeigten eine überlegte, selbstsichere Bestimmtheit, neben der der Muskelriese Ossipon, wie er vornübergelehnt, glotzäugig und mit dicken Lippen dasaß, als die verkörperte Unentschlossenheit wirkte.

„Hm, eine Stunde", sagte er. „Dann weißt du vielleicht noch gar nicht die Neuigkeit, die ich eben jetzt gehört habe – auf der Straße. Oder doch?" Der kleine Mann verneinte mit einem unmerklichen Kopfruck. Da er aber keinerlei Neugier zeigte, so entschloß sich Ossipon hinzuzufügen, daß er die Neuigkeit grade vor dem Eingang zum Keller gehört habe. Ein Zeitungsjunge hatte ihm die Sache grade ins Gesicht gebrüllt, und da er auf nichts derart vorbereitet war, so hatte es ihn richtig erschreckt. Er war mit trockenen Lippen hier herein gekommen. „Ich dachte nicht daran, dich hier zu treffen", fügte er träge hinzu, die Ellenbogen immer noch auf dem Tisch.

„Ich komme mitunter hierher", sagte der andere und bewahrte dabei seine aufreizende Kälte.

„Es ist schon wunderbar, daß gerade du nichts davon gehört haben solltest", fuhr der große Ossipon fort. Seine Augenlider klappten nervös auf und nieder. „Du allein", wiederholte er lockend. Der große Bursche fühlte sich unerklärlich eingeschüchtert durch die offenbare Zurückhaltung des kleinen Mannes, der wiederum das Bierglas erhob und es nach einem Schluck mit selbstsicheren Bewegungen niedersetzte. Sonst nichts.

Ossipon wartete auf irgend etwas, ein Wort oder ein Zeichen, und als nichts kam, nahm er einen Anlauf, gleichgültig zu erscheinen. „Gibst du“, fragte er und dämpfte die Stimme noch mehr, „dein Zeug jedem ab, der dich darum fragen kommt?“

„Es ist mein fester Grundsatz, es niemandem zu verweigern – solange ich ein Gramm davon bei mir habe“, gab der andere Mann entschlossen zurück.

„Das ist ein Grundsatz?“ wiederholte Ossipon.

„Ein Grundsatz.“

„Und du hältst ihn für richtig?“

Die großen runden Brillengläser, die dem schmalen Gesicht den Ausdruck starren Selbstbewußtseins gaben, wandten sich Ossipon zu, mit dem ewig kalten Schein selbständiger Himmelskörper.

„Gewiß. Durchaus. Unter allen Umständen. Was könnte mich abhalten? Warum sollte ich nicht? Warum sollte ich zweimal darüber nachdenken?“

Ossipon schnappte heimlich nach Luft. „Willst du am Ende sagen, daß du es auch einem ›Verdeckten‹ geben würdest, wenn er dich darum bitten käme?“

Der andere lächelte verloren.

„Laß sie nur den Versuch machen, dann siehst du's schon. Sie kennen mich, aber auch ich kenne sie alle. Und die kommen mir nicht in die Nähe – die nicht.“

Seine dünnen, blassen Lippen schlossen sich fest. Ossipon gab sich nicht zufrieden.

„Aber sie könnten jemand schicken, dir eine Falle stellen, nicht? Dir das Zeug so herauslocken und dich dann mit Beweisen in der Hand verhaften.“

„Beweise – wofür? Für den Handel mit Sprengstoffen ohne Erlaubnisschein vielleicht.“ Das war wohl als verächtlicher Spott gemeint, doch blieb der Ausdruck des mageren, kränklichen Gesichts unverändert, und die Worte wurden hingeworfen. „Ich glaube nicht, daß einer von ihnen sich darum reißen wird, die Verhaftung vorzunehmen. Ich glaube nicht, daß irgendeiner es auf einen Versuch ankommen lassen würde, auch der beste nicht.“

„Warum?“ fragte Ossipon.

„Weil sie sehr gut wissen, daß ich mich niemals von der letzten Handvoll meiner Ware trenne, die habe ich immer bei mir.“ Er klopfte leise auf seine Brusttasche. „In einer dicken Glasflasche“, fügte er hinzu.

„So wurde mir gesagt“, meinte Ossipon leicht überrascht. „Ich wußte aber nicht, ob – –“

„Sie wissen es“, unterbrach ihn der kleine Mann hart und bog sich gegen die Lehne seines Stuhles zurück, die seinen kümmerlichen Kopf überragte. „Ich werde niemals verhaftet werden. Der Spaß käme jedem unter den Polizeileuten zu teuer. Mit einem Mann wie mir anzubinden, das verlangt blankes, nacktes, ruhmloses Heldentum.“

Wieder schlossen sich seine Lippen mit einem trotzigen Ruck. Ossipon unterdrückte eine Bewegung der Ungeduld.

„Oder Rücksichtslosigkeit – oder einfach Unkenntnis“, wandte er ein. „Sie brauchen nur jemand zu finden, der nicht weiß, daß du Sprengstoff genug bei dir trägst, um dich selbst und alles in sechzehn Meter Umkreis mit dir in Stücke zu reißen.“

„Ich habe nie behauptet, daß ich nicht beseitigt werden könnte,“ stimmte der andere bei, „doch das wäre keine Verhaftung, und überdies ist das auch nicht so leicht, wie es scheint.“

Ossipon widersprach. „Oh, sei du dessen nicht gar zu sicher. Wie denn, wenn ihrer ein halb Dutzend dich auf der Straße von hinten anspringen? Wenn man dir die Arme an den Körper preßt, so könntest du wohl nichts tun – oder?“

„Ja, doch. Ich bin selten nach Dunkelwerden unterwegs“, sagte der kleine Mann unbewegt, „und niemals zu später Stunde. Beim Gehen halte ich immer die Hände in der Hosentasche um einen Gummiball geschlossen. Ein Druck auf diesen Ball betätigt den Zünder in der Glasflasche, die ich an der Brust trage. Die Auslösung ist die gleiche wie beim Momentverschluß eines photographischen Apparats. Ein Schlauch geht hinauf –“

Mit einer kurzen Gebärde gab er Ossipons Blick ein Stück Gummi frei, das wie ein dünner, brauner Wurm aus dem Ärmelloch seiner Weste kroch und in der inneren Brusttasche seiner Jacke verschwand. Seine Kleider von unbestimmtem Braun waren abgetragen und fleckig, in den Falten verstaubt, mit ausgefransten Knopflöchern. „Der Zünder ist halb mechanisch, halb chemisch“, fügte er mit plötzlicher Herablassung hinzu.

„Er wirkt sofort, natürlich?“ murmelte Ossipon mit einem leichten Schauer.

„Keine Rede,“ gestand der andere widerstrebend, wobei es wie Schmerz um seine Lippen zuckte, „volle zwanzig Sekunden müssen von dem Augenblick, wo ich den Ball drücke, bis zur Explosion vergehen.

„Was“, hauchte Ossipon erschüttert. „Zwanzig Sekunden, grauenhaft! Willst du mir sagen, daß du das aushalten kannst? Ich würde verrückt – –“

„Wäre kein Schade. Natürlich ist das der schwache Punkt des Systems, das übrigens nur zu meinem persönlichen Gebrauch dient. Das Schlimme ist ja, daß für uns die Zündung immer der wunde Punkt bleibt. Ich versuche einen Zünder zu erfinden, der bei jeder Betätigungsmöglichkeit arbeitet und sogar bei ganz unvorhergesehener Betätigung, ein veränderlicher und dennoch vollkommen zuverlässiger Mechanismus. Ein Zünder mit Verstand, sozusagen.“

„Zwanzig Sekunden“, murmelte Ossipon nochmals. „Ah, und dann?“

Mit einer leichten Kopfwendung schienen die funkelnden Brillengläser die Größe des Biersalons im Keller des berühmten Silenus-Restaurants abzuschätzen.

„Niemand in diesem Raum hätte Hoffnung zu entkommen“, war das Ergebnis dieser Schätzung. „Nicht einmal das Pärchen, das eben die Stiegen hinaufgeht.“

Das Piano am Fuß des Treppenhauses donnerte eine schwungvolle Mazurka, als säße ein pöbelhaftes Gespenst davor.

Die Tasten hoben und senkten sich geheimnisvoll. Dann wurde alles still. Einen Augenblick lang stellte sich Ossipon den hell erleuchteten Raum in ein schauerliches, schwarzes Loch verwandelt vor, in den aus dem Durcheinander von zerstörtem Mauerwerk und verstümmelten Körpern giftige Rauchschwaden drangen. In dieser Vorstellung erlebte er den Begriff von Tod und Zerstörung so stark, daß er abermals erschauerte. Der andere bemerkte mit kalter Selbstzufriedenheit:

„Letzen Endes ist es nur der Charakter, der einem persönliche Sicherheit verbürgt. Es gibt ganz wenig Leute in der Welt, deren Charakter so allgemein anerkannt ist wie der meine.“

„Ich möchte nur wissen, wie du das fertig gebracht hast“, brummte Ossipon.

„Durch Kraft der Persönlichkeit“, sagte der andere, ohne die Stimme zu heben; und im Munde dieses so augenscheinlich kümmerlichen Lebewesens hatte diese

Behauptung einen Klang, daß der kräftige Ossipon sich in die Lippe biß. „Kraft der Persönlichkeit“, wiederholte er mit aufreizender Ruhe. „Ich habe die Mittel, mich zum Todbringer zu machen; doch das allein wäre natürlich noch kein ausreichender Schutz. Wirksam wird er erst durch den Glauben der anderen, daß ich meine Mittel auch benützen würde. Das glauben sie steif und fest, und dadurch werde ich erst zum Todbringer.“

„Auch unter den anderen gibt es Leute von Charakter“, deutete Ossipon tückisch an.

„Möglich. Aber es muß wohl auf den Grad ankommen, da ja z.B. ich keinerlei Eindruck von ihnen habe. Dann müssen Sie wohl untergeordneter Art sein, und es ist ja auch nicht anders möglich. Ihr Charakter fußt auf der herkömmlichen Moral, lehnt sich an die gesellschaftliche Form. Meiner steht frei von jeder künstlichen Stütze. Sie sind an allerlei Herkömmliches gebunden, sind an das Leben gebunden, das für sie in allerlei Hemmungen und Erwägungen eingezwängt und an unzähligen Punkten angreifbar ist; während ich nur an den Tod gebunden bin, der weder Hemmung noch Angriff kennt. Meine Überlegenheit ist sonnenklar.“

„Das ist eine übersinnliche Erklärung“, sagte Ossipon und beobachtete das kalte Glitzern der runden Brillengläser. „Ich hörte Karl Yundt vor nicht allzu langer Zeit dasselbe sagen.“

„Karl Yundt,“ murmelte der andere mit Verachtung, „der Abgeordnete des internationalen Roten Komitees, war Zeit seines Lebens nichts anderes als ein Schatten, der sich aufspielte. Ihr seid drei Abgesandte, nicht? Über die andern beiden will ich nichts sagen, da du ja einer davon bist; aber was du sagst, hat keinen Sinn. Ihr seid die würdigen Abgeordneten für Revolutionspropaganda, aber das Schlimme dabei ist nicht nur, daß ihr zu unabhängigem Denken gleich unfähig seid, wie irgendein ehrenwerter Krämer oder Zeilenschreiber, sondern daß ihr überhaupt keinen Charakter habt.“

Ossipon konnte ein zorniges Auffahren nicht unterdrücken.

„Aber was willst du denn von uns“, rief er mühsam beherrscht. „Was strebst denn du selbst an?“

„Ich suche den vollkommenen Zünder“, war die knappe Antwort. „Warum machst du so ein Gesicht? Da siehst du ja, daß du nicht einmal die Erwähnung von etwas Endgültigem vertragen kannst.“

„Ich mache doch kein Gesicht", knurrte der verärgerte Ossipon böse.

„Ihr Revolutionäre", fuhr der andere fort und sonnte sich in Selbstzufriedenheit, „seid die Sklaven der Gesellschaft, die sich vor euch fürchtet, Sklaven nicht minder als die Polizei, die zum Schutz dieser Gesellschaft da ist. Selbstverständlich seid ihr das, da ihr die Ordnung ja umstürzen wollt. Sie beherrscht eure Gedanken und natürlich auch eure Handlungen, und daher können weder eure Gedanken noch eure Handlungen jemals abschließend sein." Er verfiel unvermerkt in sein merkwürdiges Schweigen, fuhr aber plötzlich wieder fort: „Ihr seid nicht um ein Haar besser als die Macht, die gegen euch aufgeboten wird – als die Polizei zum Beispiel. Neulich einmal traf ich unversehens an der Ecke von Tottenham Court Road mit Oberinspektor Heat zusammen. Er sah mich finster an, ich ihn aber nicht. Warum sollte ich ihm einen Blick schenken? Er dachte an vielerlei – an seine Vorgesetzten, seinen Ruf, an das Gericht, sein Gehalt, die Zeitungen – an hundert Dinge. Ich aber dachte nur an meinen vollkommenen Zünder. Er bedeutete nichts für mich. Er war für mich so unwichtig, wie – ich kann mir nichts vorstellen, was unwichtig genug wäre, um mit ihm verglichen zu werden – ausgenommen vielleicht Karl Yundt. Gleich und gleich. Der Terrorist und der Polizeimann kommen aus dem gleichen Ei. Revolution und Gesetz – Gegenzüge im gleichen Spiel; Erscheinungsformen einer im Grunde gleichen Untätigkeit. Er spielt sein kleines Spiel, das tut ihr Propagandaleute auch. Ich aber spiele nicht; ich arbeite vierzehn Stunden am Tage und bleibe oft hungrig. Meine Versuche kosten dann und wann Geld, und da muß ich mich ein oder zwei Tage ohne Essen behelfen. Du schielst nach meinem Bier. Jawohl. Ich habe schon zwei Glas und werde mir gleich noch ein drittes bestellen. Heute ist ein kleiner Festtag, und ich feiere ihn allein. Warum nicht? Ich habe den Mut, allein zu arbeiten, ganz allein, vollkommen allein. Ich habe jahrelang allein gearbeitet." Ossipon war dunkelrot geworden.

„An dem vollkommenen Zünder was?" zischelte er leise.

„Jawohl", gab der andere zurück. „Das ist eine erschöpfende Erklärung. Du wärst außerstande, dich so kurz zu fassen, wenn du die Art deiner Tätigkeit in allen den Ausschüssen und Komitees erklären wolltest. Ich bin der wahre Propagandist."

„Darüber wollen wir nicht reden", sagte Ossipon mit einer Miene, als sei er über persönliche Erwägungen erhaben. „Übrigens fürchte ich, daß ich dir deinen

Festtag verderben muß. Heute früh ist ein Mann in Greenwich Park in die Luft geflogen."

„Woher weißt du das?"

„Seit zwei Stunden brüllen sie die Neuigkeit in allen Gassen aus. Ich habe das Blatt gekauft und bin hier hereingelaufen. Dann sah ich dich an diesem Tisch sitzen. Ich habe es jetzt in der Tasche."

Er zog die Zeitung heraus. Es war ein mittelgroßes Blatt, rosenrot, als wäre ihm die Wärme seiner eigenen hoffnungsfrohen Überzeugung ins Gesicht gestiegen. Ossipon überflog die Seiten hastig.

„Aha, da ist's. Bombe in Greenwich-Park. Es steht nicht viel davon drin. Halb zwölf Uhr. Nebliger Vormittag. Wirkungen der Explosion noch bis Romney Road und Park Place bemerkbar. Ungeheures Loch im Boden, unter einem Baum, mit Wurzelfetzen und zerbrochenen Zweigen angefüllt. Ringsherum die Reste eines Menschen, in tausend Stücke zerrissen. Das ist alles. Der Rest ist Zeitungsgewäsch. Zweifellos ein mißglückter Versuch, das Observatorium in die Luft zu sprengen, sagt sie. Hm. Das ist schwer zu glauben."

Er sah noch eine Weile schweigend in die Zeitung und reichte sie dann dem anderen hinüber, der nur einen Blick darauf warf und sie dann weglegte.

Es war Ossipon, der zuerst sprach, – nicht ohne Vorwurf.

„Die Reste nur *eines* Menschen, hörst du wohl. Daher: hat er *sich selbst* in die Luft gesprengt. Das verdirbt dir deinen Feiertag, nicht wahr? Hättest du etwas Ähnliches erwartet? Ich hatte nicht die leiseste Ahnung, daß so etwas hier im Werke war, in diesem Lande. Unter den gegebenen Umständen grenzt das an Verbrechen."

Der kleine Mann hob seine dünnen, schwarzen Augenbrauen in kühler Geringschätzung.

„Verbrechen, was ist das? Was ist Verbrechen? Was willst du damit sagen?"

„Wie soll ich mich ausdrücken? Man muß doch wohl die üblichen Worte gebrauchen", ereiferte sich Ossipon. „Ich meine, daß diese Geschichte unserer Stellung in diesem Lande sehr schaden kann. Ist dir das nicht Verbrechen genug? Ich bin überzeugt, daß du kürzlich erst etwas von deinem Sprengstoff ausgegeben hast."

Ossipons Blick forschte eindringlich, der andere nickte, ohne zu zögern, langsam mit dem Kopf.

„Das hast du getan“, brach der Herausgeber der Z.P.-Flugblätter in scharfem Flüsterton los. „Aber nein, – du gibst ihn also wirklich einfach so aus der Hand, wenn der erste beste Narr dich darum bittet?“

„Jawohl, gerade so! Die verdammte Gesellschaftsordnung ist nicht auf Tinte und Papier aufgebaut, und ich bin nicht der Ansicht, daß die Verwendung von Tinte und Papier ihr ein Ende setzen wird, wie immer du auch darüber denken magst. Jawohl, ich würde den Sprengstoff mit vollen Händen austeilen, an jeden, Mann, Weib oder Narr, der daherkäme. Ich weiß, wie du darüber denkst. Aber ich richte mich nicht nach dem Roten Komitee. Von mir aus könnt ihr alle von hier ausgewiesen, oder verhaftet, oder selbst hingerichtet werden wegen dieser Geschichte – und ich würde keinen Finger rühren. Was uns persönlich geschieht, ist ohne jede Bedeutung.“

Er sprach achtlos, ohne Wärme, fast auch ohne Gefühl, und Ossipon versuchte trotz seiner innerlichen Erregung, ihm diese Unbefangenheit nachzumachen.

„Wenn die hiesige Polizei ihr Handwerk verstünde, so würde sie dich mit Revolvern voll Löcher schießen oder dich bei hellem Tage von hinten niederschlagen.“

Der kleine Mann schien diese Möglichkeit schon in den Kreis seiner selbstsicheren Betrachtungen gezogen zu haben.

„Gewiß“, stimmte er mit größter Bereitwilligkeit zu. „Aber dafür hätten sie sich dann vor ihren eigenen Gesetzen zu verantworten. Siehst du? Das erfordert ungewöhnlichen Mut. Mut einer besonderen Art.“

Ossipon zwinkerte.

„Ich glaube aber doch, daß das dein Los wäre, wenn du etwa deine Werkstatt in den Staaten aufmachen würdest. Dort nehmen sie es mit ihren eigenen Gesetzen nicht so genau.“

„Ich habe keine Lust zu einem Versuch. Im übrigen ist deine Bemerkung richtig“, bekräftigte der andere. „Sie haben mehr Charakter dort drüben, und dieser Charakter ist im Wesen anarchistisch. Fruchtbarer Boden für uns, die Staaten – sehr guter Boden. Die große Republik trägt den Keim der Zerstörung in sich. Der Gesamtcharakter neigt zu Gesetzlosigkeit. Sehr gut. Sie mögen uns niederschießen, aber –“

„Du bist mir zu übersinnlich", knurrte Ossipon in dumpfem Ärger.

„Zu logisch", wehrte der andere ab. „Es gibt verschiedene Arten von Logik. Meine Art ist die erleuchtete. Amerika ist ganz recht. Nur dieses Land hier ist gefährlich, mit seinem schwärmerischen Begriff von Gesetzmäßigkeit. Der Gesellschaftstrieb dieses Volkes ist von peinlichen Vorurteilen gehemmt, und das schadet unserem Werke. Du sprichst von England als von unserer einzigen Zuflucht; umso schlimmer. Kapua! Wozu brauchen wir eine Zuflucht? Hier redet ihr, druckt, schmiedet Pläne und *tut* nichts. Das ist für solche Karl Yundts allerdings gerade das Rechte."

Nach einem leisen Achselzucken fügte er mit der gleichen Bestimmtheit hinzu: „Es sollte unser Ziel sein, mit der abergläubischen Ehrfurcht vor der Gesetzmäßigkeit aufzuräumen. Nichts könnte mich mehr freuen, als wenn Inspektor Heat und seinesgleichen anfangen wollten, uns mit der Zustimmung der Allgemeinheit am hellen Tage niederzuschießen. Dann wäre unsere Schlacht halb gewonnen; die Zersetzung der alten Sittlichkeit hätte in ihrer eigenen Hochburg angefangen. Das solltet ihr erstreben, aber das werdet ihr Revolutionäre nie verstehen. Ihr macht Zukunftspläne, verliert euch in Träumereien von gesellschaftlichen Zuständen, die von den bestehenden abgeleitet sind; während doch vor allem ein großes Aufräumen nottut und ein frischer Anfang unter einem neuen Lebensbegriff. Die Zukunft wird sich ganz alleine richten, wenn ihr nur Platz für sie schaffen wolltet. Darum wollte ich meinen Sprengstoff in Haufen an allen Straßenecken zusammen tragen, wenn ich genug davon hätte; und da dies nicht der Fall ist, so mühe ich mich redlich, einen wirklich zuverlässigen Zünder zu erfinden."

Ossipon, der sich während der langen Rede wie am Ertrinken gefühlt hatte, griff nun nach dem Schlußsatz, wie nach einer rettenden Planke.

„Ja. Dein Zünder. Es sollte mich nicht wundern, wenn einer deiner Zünder mit dem Mann im Park so gründlich aufgeräumt hätte."

Über das entschlossene, blasse Gesicht, das Ossipon zugekehrt war, glitt ein Schatten von Betrübnis.

„Die Schwierigkeit für mich liegt gerade darin, die einzelne Art auszuprobieren. Und ausgeprobt müssen sie werden. Abgesehen davon –"

Ossipon unterbrach:

„Wer kann der Bursche sein? Ich versichere dir, daß wir in London keine Ahnung haben. – Könntest du mir nicht die Person beschreiben, der du den Sprengstoff gegeben hast?“

Der andere drehte seine Brillengläser wie zwei Scheinwerfer Ossipon zu.

„Beschreiben“, wiederholte er langsam. „Ich glaube nicht, daß dem jetzt noch etwas im Wege stehen kann. Ich will dir die Beschreibung in einem Wort liefern – Verloc.“

Ossipon, der sich aus Neugierde halb aus seinem Stuhle erhoben hatte, fiel nun zurück, als hätte man ihn ins Gesicht geschlagen. „Verloc! Unmöglich!“

Der selbstbeherrschte kleine Mann nickte kurz.

„Jawohl. Er ist die Person. Du kannst gewiß nicht sagen, daß ich in diesem Fall meinen Stoff an den erstbesten hergelaufenen Narren gegeben habe. Er war, soviel ich weiß, ein hervorragendes Mitglied der Ortsgruppe.“

„Jawohl,“ sagte Ossipon, „hervorragend. Oder nein, eigentlich doch nicht. Er hatte den allgemeinen Nachrichtendienst unter sich und nahm gewöhnlich die Genossen in Empfang, die hier herüberkamen. Mehr nützlich als hervorragend. Ein Mensch ohne eigene Gedanken. Vor Jahren einmal pflegte er in Versammlungen zu reden – in Frankreich, glaube ich. Und auch das nicht besonders gut. Er hatte das Vertrauen von Leuten wie Latorre, Moser und all den alten Knaben. Seine einzige wirkliche Befähigung zeigte sich darin, daß er die Aufmerksamkeit der Polizei immer irgendwie abzulenken verstand. Hier zum Beispiel schien er nicht sonderlich beachtet zu werden. Er war richtig verheiratet, verstehst du. Ich glaube auch, daß er den Laden mit ihrem Geld eingerichtet hat. Er schien auch ein Geschäft dabei zu machen.“

Ossipon unterbrach sich, murmelte halblaut: „Ich möchte wohl wissen, was die Frau jetzt anfangen wird“, und fiel in Gedanken.

Der andere wartete mit einer unterstrichenen Gleichgültigkeit. Seine Herkunft war dunkel, und er war ganz allgemein nur unter dem Spitznamen „der Professor“ bekannt. Sein Anspruch auf diesen Titel gründete sich auf die Tatsache, daß er früher einmal Assistent für chemische Versuche an einer technischen Hochschule gewesen war. Damals war er mit dem Lehrkörper wegen ungerechter Behandlung in Streit geraten. Späterhin erhielt er eine Stellung in einer Farbenfabrik. Auch hier war er mit empörender Ungerechtigkeit behandelt worden. Seine Kämpfe, seine Entbehrungen, sein inneres, hartes Streben, sich auf der gesellschaftlichen Stufenleiter emporzuarbeiten, hatten ihn mit einer so überspannten Meinung von seiner Tüchtigkeit erfüllt, daß es für die Welt unendlich schwierig war, ihm Gerechtigkeit widerfahren zu lassen – was ja im Wesen so sehr von der Geduld des einzelnen abhängt. Der Professor hatte Genie, doch fehlte ihm die große, gesellschaftliche Tugend der Selbstbescheidung.

„Verstandesmäßig eine reine Null," sagte Ossipon laut und riß sich damit von den stillschweigenden Betrachtungen über Frau Verlocs verwaisten Leib und Laden los, „reiner Durchschnittsmensch. Du solltest lieber Fühlung mit den Genossen suchen, Professor", fügte er vorwurfsvoll hinzu. „Sagte er dir irgend etwas – deutete er seine Absicht an? Ich habe ihn einen Monat lang nicht gesehen. Es will mir nicht in den Kopf, daß er hin ist."

„Er sagte mir, es sollte ein Anschlag gegen ein Gebäude stattfinden", erklärte der Professor. „Das mußte ich natürlich wissen, um den Sprengstoff darnach einzurichten. Ich gab ihm zu bedenken, daß ich zur Erreichung eines durchgreifenden Erfolges keine genügende Menge im Hause hätte. Er bat mich aber eindringlich, mein Bestes zu tun. Da er eine Verpackung wünschte, die offen in der Hand getragen werden konnte, so schlug ich ihm vor, eine alte blecherne Fünfliterkanne von Kopallack zurecht zu machen, die ich zufällig zu Hause hatte. Der Gedanke gefiel ihm. Ich hatte ziemlich Arbeit damit, da ich den Boden erst herausschneiden und nachher wieder einlöten mußte. Als sie gebrauchsfertig eingerichtet war, enthielt die Kanne eine weithalsige, gut verkorkte Dose aus dickem Glas, ringsherum in weichen Lehm gelegt und mit einem halben Kilo von grünem X2-Pulver gefüllt. Der Zünder stand in Verbindung mit der Mündungsschraube der Kanne. Er war geradezu genial, eine Verbindung von Zeit- und Schlagzünder. Ich erklärte ihm die Vorrichtung genau. Es war eine dünne Zinntube mit –"

Ossipons Gedanken waren weit weg.

„Was ist deiner Ansicht nach geschehen?" fragte er.

„Kann's nicht sagen. Vielleicht hat er die Schraube, die den Kurzschluß herstellte, fest zugedreht und dann die Zeit vergessen. Der Zünder war auf zwanzig Sekunden gestellt. Allerdings konnte auch, wenn der Zeitkontakt hergestellt war, eine Erschütterung die Entzündung sofort herbeiführen. Entweder hat er also die Zeit falsch bemessen, oder er hat das Ding einfach fallen lassen. Der Kontakt wurde richtig hergestellt – das steht für mich fest. Das

System hat tadellos gearbeitet. Und doch sollte man weit eher meinen, daß ein Durchschnittsdummkopf in der Eile leichter noch vergessen würde, den Kontakt überhaupt herzustellen. Mit dem Gedanken an diese Möglichkeit hatte ich mir besonders den Kopf zermartert. Aber ein Dummkopf verfällt auf mehr, als der Klügste vorhersehen kann. Von einem Zünder darf man natürlich nicht verlangen, daß er völlig narrensicher ist."

Er winkte einem Kellner. Ossipon saß steif da, und sein verlorner Blick deutete auf hartes Nachdenken. Nachdem der Kellner einkassiert hatte und gegangen war, erhob er sich mit allen Anzeichen höchster Unzufriedenheit.

„Für mich ist das im höchsten Maße unangenehm", meinte er nachdenklich. „Karl liegt seit einer Woche mit Bronchitis zu Bett, es ist mehr als wahrscheinlich, daß er nicht wieder aufsteht. Michaelis spielt irgendwo auf dem Lande den Vornehmen. Ein großer Verleger hat ihm fünfhundert Pfund für sein Buch geboten. Das wird natürlich ein lächerlicher Fehlschlag. Er hat im Gefängnis die Fähigkeit zusammenhängenden Denkens verloren, mußt du wissen."

Der Professor war aufgestanden, knöpfte sich den Rock zu und sah den anderen mit kalter Gleichgültigkeit an.

„Was wirst du jetzt tun?" fragte Ossipon müde. Er fürchtete den Tadel des Roten Zentralkomitees, einer Körperschaft, die keinen festen Wohnsitz hatte, und deren Zusammensetzung ihm nicht genau bekannt war. Wenn diese Geschichte dazu führte, daß die bescheidenen Hilfsgelder für die Veröffentlichung der Z.P.-Blätter gestrichen wurden, dann allerdings würde er Verlocs unerklärliche Torheit zu bedauern haben.

„Es ist zweierlei, die Tat in ihrer äußersten Form zu billigen oder töricht rücksichtslos zu sein", fuhr er unvermittelt grob heraus. „Ich weiß nicht, was Verloc in den Sinn gekommen ist. Da steckt irgendein Geheimnis dahinter. Jetzt ist er ja hin. – Mach, was du willst, aber unter den gegebenen Umständen kann es für die revolutionäre Kampfgruppe nichts anderes geben, als jede Verbindung mit dem verdammten, tollen Streich abzustreiten. Mich beschäftigt nur die Frage, wie das überzeugend genug zu machen wäre."

Der kleine Mann war, wie er zum Gehen fertig dastand, kaum größer als der sitzende Ossipon. Seine Brillengläser waren gerade in gleicher Höhe mit Ossipons Gesicht.

„Du könntest ja von der Polizei ein Leumundszeugnis verlangen: die wissen, wo jeder von euch die letzte Nacht geschlafen hat. Vielleicht wenn ihr sie bittet, würden sie sich entschließen, eine Art amtlicher Feststellung herauszugeben."

„Zweifellos wissen sie genau, daß wir nichts damit zu tun hatten", murmelte Ossipon bitter. „Was sie aber sagen werden, ist eine andere Frage." Wieder verfiel er in Gedanken und schien die kleine eulenhafte Gestalt an seiner Seite zu vergessen. „Ich muß schleunigst Michaelis festzukriegen suchen, damit er in einer unserer Versammlungen wieder einmal so recht herzlich spricht. Das Publikum hat für den Burschen eine Art sentimentaler Vorliebe. Sein Name ist bekannt. Und ich habe Beziehungen zu den Berichterstattern einiger großer Tagesblätter. Natürlich wird er wieder lauter dummes Zeug reden, aber er hat eine Art, es vorzubringen, daß die anderen es doch schlucken."

„Wie Sirup", warf der Professor halblaut dazwischen, ohne eine Miene zu verziehen.

Ossipon fuhr fort, vor sich hinzumurmeln, wie ein Mann, der sich in völliger Einsamkeit etwas überlegt.

„Verdammter Esel! Mir einen solchen Schmarren aufzuladen! Und ich weiß nicht einmal –"

Er saß mit zusammengepreßten Lippen da. Der Gedanke, geradeswegs im Laden nach Neuigkeiten zu fragen, bot wenig Reiz. Seiner Meinung nach konnte Verlocs Laden zur Stunde schon in eine Polizeifalle verwandelt worden sein. Natürlich würden sie irgendwelche Verhaftungen machen wollen, dachte er mit einem Anflug ehrlicher Entrüstung; denn der glatte Verlauf seines revolutionären Daseins schien ohne sein Verschulden bedroht. Ging er aber nicht hin, so lief er Gefahr, in Unkenntnis von Umständen zu bleiben, die für ihn sehr wesentlich sein konnten. Dann überlegte er, daß der Mann im Park, wenn er wirklich, wie die Zeitung sagte, in tausend Stücke zerrissen war, auch nicht erkannt sein konnte. Und war das der Fall, dann hatte die Polizei keinen besonderen Grund, Verlocs Laden genauer zu überwachen als irgendeinen andern Ort, an dem bekannte Anarchisten verkehrten – nicht mehr Anlaß als etwa zur Überwachung des Silenus. Er würde überall auf Überwachung stoßen, ganz gleich, wohin er ging, und doch –

„Ich möchte nur wissen, was ich jetzt am besten tun sollte", fragte er sich im Selbstgespräch. Eine heisere Stimme neben ihm sagte verächtlich:

„Dich herzhaft an die Frau heranmachen.“

Nach diesen Worten ging der Professor vom Tisch weg. Ossipon, überrumpelt von der verblüffenden Einsicht des anderen, blieb mit aufgerissenen Augen sitzen, wie festgenagelt. Das einsame Piano, das nicht einmal einen Klaviersessel zur Seite hatte, schlug mutig ein paar Töne an, ging dann zu einer Auswahl von Volksweisen über und begleitete schließlich Ossipons Weggang mit den Klängen der „Glockenblumen von Schottland“. Die peinlich abgehackte Melodie verklang hinter ihm, während er langsam die Treppe hinaufstieg und durch die Halle auf die Straße trat.

Vor dem Eingang stand eine Reihe von Zeitungsjungen am Rand des Bürgersteiges, die vom Rinnstein her ihre Ware feilboten. Es war ein rauher, trüber Vorfrühlingstag, und der neblige Himmel, die schmutzige Straße, die Lumpen der schmutzigen Jungen stimmten vorzüglich zu den feuchten, schäbigen Papierfetzen, die mit Druckerschwärze besudelt waren. Die zerrissenen, verschmierten Anschlagzettel zierten wie ein Tapetenmuster den Rand des Bürgersteigs. Der Verkauf der Abendblätter war befriedigend, aber doch langsam im Vergleich zum reißenden Abgang der Extrablätter. Ossipon sah sich rasch nach allen Seiten um, bevor er sich in das Gewühl stürzte; aber der Professor war schon außer Sicht.

V

Der Professor war in eine Gasse nach links abgebogen und schritt nun mit krampfhaft erhobenem Kopf in einer Menge von Menschen dahin, deren jeder wohl seine schmächtige Gestalt überragte. Er konnte sich seine Enttäuschung nicht verhehlen. Aber das war nur ein Gefühl; die eiserne Ruhe seiner Gedankengänge konnte durch diesen oder einen anderen Fehlschlag nicht gestört werden. Das nächste Mal oder das übernächste Mal würde ein schmetternder Schlag gelingen – irgend etwas noch nie Dagewesenes – ein Stoß, der vielleicht die erste Bresche in den Machtbau der Gesetze legen würde, hinter dem sich die schauerliche Ungerechtigkeit verbarg. Er war von niedriger Herkunft und von so unvorteilhaftem Äußern, daß seine bedeutenden natürlichen Anlagen sogar darunter litten, und so war seine Einbildungskraft schon früh durch Geschichten von Männern befeuert worden, die sich aus den

Tiefen der Armut zu Macht und Einfluß emporgearbeitet hatten. Die übertriebene, fast asketische Reinheit seiner Denkweise, verbunden mit einer erstaunlichen Lebensfremdheit, hatten ihm gebietende Macht als Ziel vor Augen gerückt, das aber nicht mit Hilfe von Kunst, besonderen Gaben, Takt, Reichtum – sondern durch das bloße Gewicht des Verdienstes erreicht werden sollte. In diesem Punkte fühlte er sich des unbedingtesten Erfolges sicher. Sein Vater, ein Enthusiast von schwacher Gesundheit, mit fliehender Stirne, war ein gern gehörter Wanderprediger irgendeiner unbekannten, aber strengen christlichen Sekte gewesen, ein Mann, der sich auf das Vorrecht seiner Ehrbarkeit viel zugute tat. In dem Sohn, einem Einzelgänger von Geburt, verdrängte das Schulwissen jeden Glauben an die Wirksamkeit von Bet-Zirkeln und setzte sich in glühend überspannten Ehrgeiz um, den er wie eine heilige Flamme nährte. Als diesem Ehrgeiz nicht Genüge geschah, gingen ihm die Augen auf für das wahre Wesen der Welt und ihre verkünstelte, verderbte und lästerliche Moral. Selbst den gerechtesten Revolutionen wird durch sehr persönliche Beweggründe, die dann zu Glaubenssätzen umgeformt werden, der Weg bereitet. Der Professor fand für seine Entrüstung in sich selbst einen Grund, der ihn der Peinlichkeit enthob, aus Ehrgeiz zum Zerstörer werden zu müssen. Den allgemeinen Glauben an Gesetzmäßigkeit zerstören zu wollen, war nur die nicht ganz deckende Formel für seinen pedantischen Fanatismus, doch im Unterbewußtsein getragen von der klaren Erkenntnis, daß das Fachwerk einer bestehenden Gesellschaftsordnung ohne Gewaltanwendung in großem oder kleinem Maßstabe nicht erschüttert werden könne. Für ihn stand es fest, daß er eine moralische Sendung hatte. Und indem er sich ihr mit ganzer Seele hingab, verschaffte er sich auch den Anschein von Macht und persönlicher Haltung. Das durfte er sich bei aller rachsüchtigen Bitterkeit doch eingestehen. Es schläferte seine Unrast ein; und auf ihre Art suchen vielleicht die glühendsten Revolutionäre nichts weiter als den Frieden mit der übrigen Menschheit, einen Frieden gesättigter Eitelkeit, erfüllter Wünsche oder vielleicht nur beruhigten Gewissens.

Verloren in der Menge, elend und unter Mittelgröße, sann er stolz seiner Macht nach und hielt dabei mit der Hand in der linken Hosentasche den Gummiball umklammert, den letzten Bürgen seiner traurigen Freiheit; nach einiger Zeit jedoch kam ihm die Überfüllung der Straße mit Fahrzeugen und der Gehwege mit Menschen störend zum Bewußtsein. Er befand sich in einer langen, geraden Straße, die wohl nur von einem geringen Bruchteil einer unendlichen Menge erfüllt war. Er aber fühlte rings um sich, um und um, bis zu den Grenzen des Horizontes hinter den Ziegelbergen, die Macht der Menschen in ihrer Masse. Sie schwärmten zahllos wie Heuschrecken, fleißig wie die Ameisen und gedankenlos wie eine Naturgewalt, drängten blind dahin, jeder für sich, und doch auf Ordnung bedacht, und waren dem Gefühl so wenig zugänglich wie der Logik, oder vielleicht sogar dem Schrecken.

Das war der Zweifel, den er mehr als alles fürchtete – dem Schrecken nicht zugänglich! Oftmals während seiner Wanderungen, wenn er mit sich selbst uneins war, hatte er solche Anfälle drückender und tiefer Menschenverachtung. Wie, wenn sie überhaupt nicht in Bewegung zu bringen wären? Solche Augenblicke sind all denen vertraut, die nach unmittelbarer Herrschaft streben – Künstlern, Politikern, Denkern, Reformern oder Heiligen. Das ist ein jämmerlicher Gemütszustand, gegen den einem überlegenen Charakter die Einsamkeit hilft. Und mit innerlichem Triumph stellte sich der Professor seine sicheren vier Wände vor, den Raum mit dem verschlossenen Tellerschrank, verloren in einem Gewirr armseliger Häuser, die Klause des wahren Anarchisten. Um die Haltestelle seines Omnibusses früher zu erreichen, bog er plötzlich aus der belebten Straße in einen engen, schlecht erleuchteten Durchgang ab, der mit Steinplatten gepflastert war. Die niedrigen Ziegelbauten auf der einen Seite hatten in ihren verstaubten Fensterscheiben den blinden, sterbenden Blick unrettbaren Verfalls, leere Schalen, die der Zerstörung harrten. Denen auf der anderen Seite war das Leben noch nicht ganz entflohen. Grade bei der einzigen Gaslampe gähnte die Höhle eines Altwarenhändlers, wo sich ein schmaler Pfad durch einen wilden Urwald von Kleidungsstücken wand und aus einem Dickicht von Tischbeinen ein schmaler Pfeilerspiegel wie ein Waldweiher blinkte. Eine armselige, heimatlose Bettstatt, begleitet von zwei alleinstehenden Stühlen, zierte den Eingang. Das einzige menschliche Wesen, das außer dem Professor den Durchgang benützte, kam stramm und gerade aus der entgegengesetzten Richtung und hielt seinen wiegenden Schritt plötzlich an.

„Hallo", sagte der andere und trat aufmerksam ein wenig zur Seite.

Der Professor war schon stehen geblieben, mit einer raschen Wendung, die seine Schulter nahe an die andere Mauer brachte. Die rechte Hand ruhte leicht auf der Lehne der verkommenen Bettstatt, die linke blieb tief in der Hosentasche verborgen; die schwarzgeränderten Brillengläser gaben dem Gesicht einen eulenhaften Ausdruck.

Es war wie ein Zusammentreffen in dem Seitengang eines vollbesetzten Gasthofes; der stramme Mann war in einen dunklen Überzieher eingeknöpft und trug einen Regenschirm. Sein weit zurückgeschobener Hut ließ eine Stirne sehen, die im Dämmerlicht sehr weiß wirkte. Aus dunklen Augen blitzten durchbohrend die Augen. Ein langer, hängender Schnurrbart in der Farbe reifen Korns umrahmte den viereckigen Block des glattrasierten Kinns.

„Ich bin nicht auf der Suche nach Ihnen", sagte er kurz.

Der Professor rührte sich nicht. Die gedämpften Geräusche der Riesenstadt sanken zu undeutlichem Murmeln herab. Hauptinspektor Heat, von der Abteilung für besondere Verbrechen, änderte den Ton.

„Keine Eile, nach Hause zu kommen?" sagte er mit gemachter Schlichtheit.

Der elende kleine Sendbote der Zerstörung fühlte stummen Jubel angesichts der Wirkung, die von ihm ausging, da er es vermochte, diesen Mann, dem die Verteidigung der bedrohten Gesellschaft oblag, in Schach zu halten. Glücklicher als Caligula, der, um seinen Blutdurst besser stillen zu können, dem römischen Senat nur einen Kopf wünschte, sah er in diesem einen Mann alle die Mächte verkörpert, die er herausgefordert hatte: die Macht des Gesetzes, des Eigentums, der Unterdrückung und Ungerechtigkeit. Alle seine Feinde sah er in ihm und trat ihnen furchtlos entgegen, zur äußersten Befriedigung seiner Eitelkeit. Sie standen bestürzt vor ihm wie vor einem schlimmen Vorzeichen. Er frohlockte innerlich über dieses zufällige Zusammentreffen, das ihm seine Überlegenheit über die Masse der Menschheit bestätigte.

Es war tatsächlich ein zufälliges Zusammentreffen. Hauptinspektor Heat hatte einen bösen Arbeitstag gehabt, seit kurz vor elf Uhr vormittags das erste Telegramm aus Greenwich bei seiner Abteilung eingelaufen war. Peinlich genug war vor allem schon die Tatsache, daß der Anschlag kaum eine Woche nach dem Tag erfolgt war, wo er einem hohen Beamten versichert hatte, daß durchaus kein Ausbruch anarchistischer Tätigkeit zu befürchten sei. Wenn überhaupt je, so war er damals seiner sicher gewesen, als er diese Behauptung aufstellte. Er hatte es mit größtem Vergnügen getan, denn es lag auf der Hand, daß der hohe Beamte eben dies zu hören wünschte. Er hatte versichert, daß an nichts derart auch nur gedacht werden könnte, ohne daß die Abteilung innerhalb vierundzwanzig Stunden davon erführe; und er hatte so in dem Bewußtsein gesprochen, der große Sachverständige seiner Abteilung zu sein. Er hatte sich sogar zu Worten verleiten lassen, die wahre Weisheit vielleicht zurückgehalten hätte. Aber

Hauptinspektor Heat war nicht sehr weise, wenigstens nicht wahrhaft weise. Wahre Weisheit, für die nichts in dieser Welt der Widersprüche feststeht, hätte ihn daran gehindert, seine jetzige Stellung zu erreichen. Sie hätte seine Vorgesetzten beunruhigt und seine Aussichten auf Beförderung verschüttet. Er war sehr rasch aufgestiegen.

„Nicht einer ist darunter, Herr, auf den wir nicht zu jeder Stunde bei Tag und Nacht die Hände legen könnten. Wir wissen, was jeder von ihnen Stunde um Stunde tut", hatte er erklärt, und der hohe Beamte hatte zu lächeln geruht. Das waren so ganz offenbar die rechten Worte für einen Offizier von Hauptinspektor Heats Ruf, daß es ein wahres Vergnügen war, ihnen zuzuhören. Der hohe Beamte glaubte der Versicherung, die sich so ganz seinem Bild von der Sachlage einfügte. Sein Wissen war mehr amtlicher Art, sonst hätte er vielleicht eine Tatsache in Betracht gezogen, die weniger durch die Theorie, als durch die Erfahrung bestätigt wurde, daß nämlich in dem eng gewobenen Netz von Beziehungen zwischen Polizei und Verschwörern auch weitere Maschen mit unterlaufen, plötzliche Lücken in Raum und Zeit. Ein bekannter Anarchist mag Zoll um Zoll und Minute um Minute überwacht werden, und doch kommt ein Augenblick, wo er irgendwie für einige Stunden ganz außer Sicht und Fühlung kommt, und in dieser Zeit geschieht dann etwas mehr oder weniger Betrübliches (meistens eine Explosion). Der hohe Beamte aber, befangen in der günstigen Beurteilung der Sachlage, hatte gelächelt, und die Erinnerung an dieses Lächeln war nun für Hauptinspektor Heat, den ersten Sachverständigen in der Bekämpfung des Anarchismus, gründlich unangenehm.

Dieser Umstand war übrigens nicht der einzige, der dazu beitrug, die sonstige Seelenruhe des hervorragenden Spezialisten zu trüben. Es gab noch etwas, was eben erst an diesem Morgen hinzugetreten war. Der Gedanke, daß er unfähig gewesen war, sein Erstaunen zu verbergen, als sein Kommissar ihn dringlich hatte rufen lassen, war äußerst peinlich. Als erfolgreichen Mann hatte ihn sein Instinkt längst gelehrt, daß ganz allgemein ein Ruf ebensosehr durch Benehmen, wie durch Tüchtigkeit geschaffen wird, und er fühlte gut, daß er sich angesichts des Telegramms nicht einwandfrei benommen hatte. Er hatte die Augen weit aufgerissen, hatte ausgerufen: „Unmöglich!" und sich so dem unwiderleglichen Vorwurf eines Zeigefingers ausgesetzt, der sich nachdrücklich auf das Telegramm legte, das der Kommissar, nachdem er es laut verlesen, auf den Tisch geworfen hatte. Unter der Spitze eines Zeigefingers zermalmt zu werden, sozusagen, war ein unerfreuliches Erlebnis. Und auch durchaus nicht förderlich.

Überdies mußte sich Hauptinspektor Heat gestehen, daß er die Sache nicht besser gemacht hatte, indem er sich eine Meinung zu äußern erlaubte:

„Eines kann ich sofort sagen: keiner von unserer Gruppe hat irgend etwas damit zu tun.“

Er fühlte sich unanfechtbar in seiner Eigenschaft als erprobter Detektiv, begriff aber jetzt, daß eine undurchdringlich aufmerksame Zurückhaltung diesem Vorfall gegenüber seinem Ruf mehr genützt hätte. Andererseits mußte er sich zugeben, daß es schwer war, seinen Ruf zu wahren, wenn glatte Außenseiter sich in die Geschäfte zu mischen begannen. Außenseiter sind in der Polizei, wie auch in anderen Berufen, die reine Pest. Der Ton, in dem der Kommissar seine Bemerkung gemacht hatte, war sauer genug gewesen, daß man hätte mit den Zähnen knirschen können.

Und seit dem ersten Frühstück war Hauptinspektor Heat nicht dazu gekommen, irgend etwas zu essen.

Er war unverzüglich aufgebrochen, um seine Nachforschungen an Ort und Stelle zu beginnen, und hatte dabei eine Menge rauhen, wenig bekömmlichen Nebels im Park schlucken müssen. Dann war er zum Spital hinübergegangen; und als endlich die Untersuchung in Greenwich beendet war, hatte er den Appetit verloren. Da er nicht, wie die Ärzte, daran gewöhnt war, die durcheinander gewürfelten Reste menschlicher Wesen aus der Nähe zu betrachten, so war ihm der Anblick etwas nahe gegangen, der sich ihm bot, als in einem gewissen Raum des Spitals ein Wachstuch von einem Tisch weggezogen wurde.

Auf dem Tisch lag wie ein Tischtuch eine andere Wachsleinwand, deren Ecken über einem kleinen Hügel aufgeschlagen waren – einem Haufen versengter, blutbefleckter Lumpen, unter dem sich etwas barg, das wie der Vorrat zu einem kannibalischen Fest aussah. Es erforderte erhebliche Standhaftigkeit, vor diesem Anblick nicht zurückzuweichen. Hauptinspektor Heat, ein tüchtiger Offizier seiner Abteilung, blieb standhaft, wagte sich aber eine volle Minute lang nicht vorwärts. Ein Schutzmann des Bezirks, in Uniform, sagte nach einem Seitenblick mit schöner Schlichtheit:

„Er ist ganz da. Jedes Stückchen von ihm; das war eine Arbeit!“

Er war als erster nach der Explosion zur Stelle gewesen und erzählte nun nochmals den Hergang. Er hatte durch den Nebel etwas wie einen starken Blitz gesehen. Damals hatte er an der Türe des Torhäuschens bei King William Street gestanden und hatte sich mit dem Wärter unterhalten. Der Krach ließ ihn über und über erzittern. Er rannte zwischen den Bäumen auf das Observatorium zu. „So schnell meine Beine mich tragen wollten“, wiederholte er zweimal.

Hauptinspektor Heat, der sich zaghaft und entsetzt über den Tisch beugte, ließ ihn rennen. Der Spitalspförtner und noch ein Mann schlugen das Wachstuch auf und traten beiseite. Die Augen des Hauptinspektors überliefen die grausigen Einzelheiten des Durcheinanders vor ihm, das in Schlachtbänken und bei Lumpensammlern aufgelesen schien.

„Sie haben eine Schaufel benützt“, sagte er, da er feine Spuren von Kies, nadelfeine Rinden- und Holzsplitter bemerkte.

„War stellenweise nötig“, erwiderte der dämliche Schutzmann. „Ich sandte einen Wärter um einen Spaten. Als er mich auf dem Boden damit kratzen hörte, da lehnte er die Stirne gegen einen Baum und wurde seekrank wie ein Hund.“

„Blond war er“, fuhr der Schutzmann ungerührt fort und machte eine kleine Pause. „Die alte Frau, die mit dem Sergeanten sprach, hat einen blonden jungen Mann aus Maze Hill Station herauskommen sehen.“ Er hielt nochmals inne. „Und das hier war ein blonder junger Mann. Sie sah zwei Leute aus der Station kommen, nachdem der Zug durchgefahren war“, fuhr er langsam fort. „Sie konnte nicht sehen, ob sie zusammengehörten. Von dem Größeren hatte sie keinen Eindruck, aber der andere war ein blonder, schmächtiger Kerl, der eine Blechkanne in der Hand trug.“

Der Schutzmann verstummte. „Kennen Sie die Frau“, mummelte der Inspektor, die Augen auf den Tisch gerichtet, in der unklaren Erkenntnis, daß er nun eine Untersuchung über einen Menschen anzustellen haben würde, der aller Voraussicht nach unerkannt bleiben mußte.

„Jawohl. Sie ist Haushälterin bei einem pensionierten Steuereinnehmer und besucht gelegentlich die Kapelle am Parkplatz“, gab der Schutzmann gewichtig an und verstummte abermals, mit einem Blick nach dem Tisch. Dann plötzlich: „Nun also, hier ist er, alles, was ich von ihm finden konnte. Blond. Schmächtig – schmächtig genug. Sehen Sie sich den Fuß da an. Ich hob die Beine zuerst auf, eins nach dem anderen. Er war so verstreut, daß man nicht wußte, wo man anfangen sollte.“

Der Schutzmann hielt inne, und der Glanz eines unschuldigen, selbstgefälligen Lächelns verlieh seinem Gesicht einen kindlichen Ausdruck.

„Er ist gestolpert", erklärte er mit Bestimmtheit; „ich stolperte selbst einmal und stieß mir den Kopf an, während ich hinrannte. Die Wurzeln stehen überall heraus. Ist über eine Wurzel gestolpert und hingefallen, der Kerl, und das Ding, das er trug, ist ihm gerade unter der Brust losgegangen, denke ich mir."

Es beunruhigte den Inspektor beträchtlich, daß das Echo der Worte „Person unbekannt" in ihm nicht zur Ruhe kommen wollte. Er hätte schon aus persönlichem Wissensdurst die Angelegenheit bis zu ihrem geheimnisvollen Ursprung zurück verfolgen mögen. Er war neugierig von Beruf, auch hätte er gerne vor der Öffentlichkeit die Person des Täters festgestellt, um damit die Tüchtigkeit seiner Abteilung zu beweisen. Er war ein getreuer Diener des Staates. Nun stand er vor einer Unmöglichkeit. Der Anfang der Fährte war heillos verwischt und erlaubte keinerlei Schluß, außer dem auf unsinnige Grausamkeit.

Inspektor Heat überwand seinen Ekel und streckte, ohne Überzeugung, nur zur Beruhigung seines Gewissens, die Hand nach dem am wenigsten besudelten Fetzen aus. Es war ein schmaler Streifen Samt, von dem ein etwas größeres Dreieck blauen Tuchs herunterhing. Er hielt es an die Augen und der Schutzmann sprach:

„Samtkragen. Doch komisch, daß die alte Frau den Samtkragen bemerkt hat. Dunkelblauer Überrock mit Samtkragen, hat sie uns gesagt. Das hier ist der Kerl, den sie gesehen hat, kein Zweifel; und er ist ganz vollzählig hier, mit Samtkragen und allem. Ich glaube nicht, daß ich auch nur ein Stückchen so groß wie eine Briefmarke hinten ließ."

Hier hörte die geschulte Untersuchungsgabe des Hauptinspektors auf, der Stimme des Schutzmanns Gehör zu schenken. Er trat an eines der Fenster, um besser zu sehen. Sein Gesicht, vom Zimmer abgewandt, drückte Überraschung aus, während er das Stückchen Tuch untersuchte. Er riß es mit einem plötzlichen Ruck ab und wandte sich erst, nachdem er es in der Tasche verborgen hatte, wieder ins Zimmer, um den Samtkragen auf den Tisch zurück zu werfen.

„Zudecken", wies er die Wärter kurz an, ohne nochmals hinzusehen, und entfernte sich hastig mit seiner Beute, von dem Schutzmann gegrüßt.

Er kam gerade zu einem Zug zurecht und fuhr in einem Abteil dritter Klasse, allein und in tiefe Gedanken versunken, zur Stadt. Dieses versengte Stückchen

Tuch war unglaublich wertvoll, und er konnte ein lebhaftes Erstaunen darüber nicht verbergen, wie zufällig es in seine Hände gekommen war. Es war, als hätte das Schicksal selbst ihm einen Schlüssel bieten wollen. Und nach der Art des Durchschnittsmenschen, dessen Ehrgeiz es ist, das Schicksal zu lenken, begann er dem mühelosen Zufallserfolg zu mißtrauen – gerade weil er ihm so in den Schoß zu fallen schien.

In dieser geistigen Verfassung, mit leerem Magen und mit einem Rest von Übelkeit wegen des gehabten Anblicks, war er mit dem Professor zusammengetroffen. Unter solchen Bedingungen, die einen gesunden Durchschnittsmann wohl zum Jähzorn geneigt machen konnten, war das Zusammentreffen für Hauptinspektor Heat besonders unerfreulich. Er hatte an den Professor nicht gedacht; er hatte überhaupt an keinen einzelnen Anarchisten gedacht. Der verwickelte Fall hatte ihm irgendwie die Torheit aller menschlichen Dinge zum Bewußtsein gebracht, was ja schon ganz allgemein für ein unphilosophisches Temperament recht langweilig, im Einzelfall aber geradezu unerträglich sein kann. Zu Beginn seiner Laufbahn war Hauptinspektor Heat mit den auffallenderen Formen von Diebstahl befaßt gewesen. Dabei hatte er sich die Sporen verdient, und begreiflicherweise auch nach seiner Versetzung in eine andere Abteilung für seinen ersten Wirkungskreis ein Gefühl bewahrt, das nahe an Zuneigung grenzte. Diebstahl war kein blanker Unsinn. Er war eine Erscheinungsform menschlichen Erwerbsfleißes, wohl verkehrt, aber doch Erwerb in einer auf Erwerb gestellten Welt. Es war Arbeit, geleistet aus denselben Gründen, wie die Arbeit in Töpfereien, Kohlenbergwerken, auf dem Acker oder in der Fabrik. Eine Arbeit, die sich von den anderen Formen von Arbeit hauptsächlich durch ihre Gefahren unterschied, die nicht in Verknöcherung, Bleivergiftung, Verbrühung bestanden, sondern darin, was mit einem Fachausdruck „sieben Jahre Schweren“ genannt wurde. Hauptinspektor Heat verschloß sich natürlich nicht der Wucht sittlicher Unterscheidungen. Das taten aber ebensowenig die Diebe, die er zu überwachen hatte. Die unterwarfen sich mit einer gewissen Entsagung den strengen Gesetzen einer Sittlichkeit, die dem Inspektor vertraut war. Sie waren seine Mitbürger, die infolge verfehlter Erziehung in die Irre gegangen waren, so glaubte Inspektor Heat. Abgesehen von diesem Unterschiede aber konnte er sehr wohl die Sinnesart eines Räubers verstehen, weil nämlich Sinn und Triebe eines Räubers im Grunde die gleichen sind wie Sinn und Triebe eines Polizeioffiziers. Beide erkennen dasselbe Übereinkommen an, haben genaue

Kenntnis ihrer gegenseitigen Methoden und die ganze Erfahrung ihres Geschäfts. Sie verstehen einander, was für beide vorteilhaft ist und ihre Beziehungen gewissermaßen angenehm gestaltet. Produkte derselben Maschine, das eine als nützlich, das andere als schädlich bezeichnet, nehmen sie die Maschine als gegeben an, von verschiedenen Gesichtspunkten zwar, aber mit einem wesentlich gleichen Ernst. Inspektor Heats Gemüt war für aufrührerische Gedanken unzugänglich. Seine Diebe waren ja auch keine Rebellen. Seine körperliche Kraft, sein kalter Gleichmut, seine Tapferkeit und Makellosigkeit hatten ihm auf dem Felde seiner ersten Erfolge allgemeine Verehrung eingetragen, die sich sogar zur Liebedienerei steigern konnte. Er hatte sich verehrt und bewundert gefühlt. Und wie er nun sechs Schritte vor dem Anarchisten mit dem Spitznamen „der Professor" stillehielt, da dachte der Inspektor mit Wehmut an die Welt der Diebe – gesund, ohne überspannte Ideale, geschickt arbeitend, mit Ehrfurcht vor den bestehenden Behörden, frei von Haß und Verzweiflung.

Nachdem er so der gesetzmäßigen Gesellschaftsordnung seinen Zoll entrichtet hatte – denn der Gedanke des Diebstahls erschien ihm ebenso gesetzmäßig wie der des Eigentums – empfand der Inspektor lebhaften Ärger darüber, daß er stehengeblieben war, daß er gesprochen und daß er überhaupt diesen Weg eingeschlagen hatte, einfach nur, weil er eine Abkürzung vom Bahnhof zum Hauptquartier vorstellte. Und er sprach wieder, mit seiner tönenden Befehlsstimme, in der nun, da er sie dämpfte, eine Drohung mitklang.

„Sie werden nicht gewünscht, sage ich Ihnen", wiederholte er.

Der Anarchist rührte sich nicht. Ein inneres Hohnlachen entblößte nicht nur seine Zähne, sondern noch seine Kiefer, schüttelte ihn lautlos. Hauptinspektor Heat fühlte sich bemüßigt, gegen sein besseres Wissen hinzuzufügen:

„Noch nicht. Wenn ich Sie haben will, werde ich Sie zu finden wissen."

Das war ein durchaus berechtigter Ausspruch, ganz herkömmlich und der Stellung eines Polizeioffiziers angemessen, der zu einem Schäflein seiner Herde spricht. Die Aufnahme aber, die die Worte fanden, lag gleich weit von Herkommen wie von Anstand entfernt. Sie war empörend. Die kümmerliche Gestalt begann zu sprechen.

„Ich zweifle nicht, daß Ihnen die Zeitungen dann einen Nachruf widmen würden, und Sie müssen selbst am besten wissen, wie viel Ihnen das wert wäre. Ich dächte doch, Sie können sich leicht vorstellen, was für Zeug dann gedruckt würde. Es könnte Ihnen aber auch geschehen, daß Sie mit mir zusammen begraben würden, obwohl ja natürlich Ihre Freunde keine Anstrengung scheuen würden, um uns auseinander zu klauben."

Bei aller gesunden Verachtung für den Geist, der solche Worte eingeben konnte, verfehlte die blutrünstige Anspielung doch nicht ihre Wirkung auf den Inspektor. Er war zu einsichtig und auch zu gut unterrichtet, um sie etwa als Aufschneiderei abzutun. Das Düster des engen Durchgangs vertiefte sich zur Farbe des Todes, schien sie der dunklen, schmächtigen Gestalt zu entleihen, die da mit dem Rücken zur Mauer stand und mit schwacher, doch selbstbewußter Stimme sprach. Für die ungestüme, zähe Lebenskraft des Inspektors war die körperliche Krüppelhaftigkeit des Wesens da vor ihm, das so offenbar lebensunfähig war, besonders eindrucksvoll; denn ihm schien, daß er selbst gegen den Tod völlig gleichgültig gewesen wäre, wenn er das Unglück gehabt hätte, in solchem Leibe geboren zu werden. Das Leben hielt ihn so fest, daß die Übelkeit von vorher in einem leichten Schweißausbruch wiederkam. Das Murmeln der Stadt, das entfernte Wagenrollen in den zwei unsichtbaren Straßen zur Rechten und zur Linken, klang durch die Krümmungen des Durchgangs an sein Ohr, vertraut und anheimelnd. Er war ein Mensch. Aber Hauptinspektor Heat war auch ein Mann und konnte solche Worte nicht hingehen lassen.

„All das ist gut, um Kinder zu schrecken", sagte er. „Ich kriege Sie schon noch!"

Das war sehr gut gesagt, ohne Geringschätzung, mit fast erhabener Gemütsruhe.

„Zweifellos", war die Antwort. „Aber Sie könnten keinen besseren Augenblick finden, als den jetzigen, glauben Sie mir. Für einen Mann von wahrer Überzeugung ist dies eine wundervolle Gelegenheit zur Selbstaufopferung. Sie finden keine mehr, die so günstig und so menschlich wäre. Es ist keine Katze in der Nähe, und diese verdammten alten Häuser würden da, wo Sie stehen, einen netten Ziegelhaufen abgeben. Nie wieder kriegen Sie mich mit so geringem Verlust an Leben und Eigentum, die zu beschützen Sie ja bezahlt werden."

„Sie wissen nicht, zu wem Sie sprechen", sagte der Inspektor fest. „Wollte ich jetzt Hand an Sie legen, so wäre ich nicht besser, als Sie selbst."

„Aha, das Spiel!"

„Sie können sicher sein, daß unsere Seite schließlich gewinnen wird. Vielleicht wird es vorher noch notwendig sein, den Leuten beizubringen, daß man einige von euch wie tolle Hunde niederschießen muß, wo man sie trifft. Dann wird eben das unser Spiel sein. Aber hol mich der Teufel, wenn ich weiß, was eures ist. Ich glaube, ihr wißt es selbst nicht einmal. Und erreichen werdet ihr auch nie etwas damit."

„Inzwischen erreichen Sie etwas dabei – bisher. Und recht mühelos noch dazu. Ich will nicht von Ihrem Gehalt sprechen, – aber haben Sie sich Ihren Namen nicht einfach dadurch gemacht, daß Sie unsere Ziele nicht verstanden haben?"

„Was sind also eure Ziele?" fragte der Hauptinspektor Heat wegwerfend, wie ein Mann, der in Eile ist und merkt, daß er seine Zeit vergeudet.

Der vollkommene Anarchist antwortete mit einem Lächeln, das nicht einmal die dünnen, farblosen Lippen trennte; und der berühmte Inspektor fühlte eine Überlegenheit heraus, die ihn veranlaßte, warnend den Finger zu erheben.

„Geben Sie's auf, was immer es auch sei", sagte er ermahnend; aber nicht ganz so freundlich, als ließe er sich herab, einem berüchtigten Einbrecher einen guten Rat zu geben. „Geben Sie's auf, Sie werden finden, daß wir zu viele für Sie sind."

Das starre Lächeln auf des Professors Zügen begann zu flackern, als hätte die Spottsucht, die dahinter stand, ihre Sicherheit verloren. Hauptinspektor Heat fuhr fort:

„Sie glauben mir nicht, was? Nun, Sie brauchen sich nur umzusehen. Wir sind zu Viele für euch. Und überdies packt ihr's auch falsch an. Ihr macht zuviel Krach. Wenn die Diebe ihr Handwerk nicht besser verstünden, dann müßten sie Hungers sterben."

Die Andeutung, daß eine unbesiegliche Vielheit hinter dem Manne da stand, füllte den Professor mit dumpfer Entrüstung. Sein rätselhaftes spöttisches Lächeln war verschwunden. Die Widerstandskraft der Zahl, die unangreifbare Dummheit einer großen Menge, war das Schreckgespenst seiner freudlosen Einsamkeit. Die Lippen zitterten ihm eine Weile, bevor er heiser hervorstoßen konnte:

„Ich tue meine Arbeit besser als Sie die Ihre."

„Jetzt ist's genug", unterbrach der Inspektor hastig; und diesmal lachte der Professor laut hinaus und ging, noch lachend, weiter; aber er lachte nicht lange. Es war ein traurig blickender, kümmerlicher, kleiner Mann, der aus dem engen

Durchlaß in das Gewühl der großen Straße tauchte. Er schritt dahin, in der müden Haltung eines Landstreichers, der weiter, immer weiter geht, gleichgültig gegen Regen oder Sonnenschein, abgestumpft gegen den Anblick von Himmel und Erde. Hauptinspektor Heat wiederum trat, nachdem er dem anderen eine Weile nachgesehen hatte, mit der geschäftigen Eile eines Menschen heraus, der zwar auch die Unbill der Witterung mißachtet, aber sich doch seines Auftrags auf dieser Welt und des sittlichen Rückhalts an seinen Artgenossen bewußt ist. Alle Bewohner der ungeheuren Stadt, die Bevölkerung des ganzen Landes und sogar noch die ungezählten Millionen, die überhaupt auf dem Planeten wimmelten, waren auf seiner Seite – bis hinunter zu den Dieben und Bettlern. Ja, sogar auf die Diebe konnte er bei seiner jetzigen Arbeit zählen. Dieses Bewußtsein allgemeinen Rückhalts für seine Tätigkeit stärkte ihm den Mut für den schweren Einzelfall.

Die Frage, die den Hauptinspektor zunächst beschäftigte, war die, wie er dem Kommissar, seinem Abteilungsvorstand, begegnen sollte. Das ist die Frage, die jahraus, jahrein gerade die treuen und gewissenhaften Angestellten beschäftigt. Hier gab der Anarchismus nur die besondere Färbung dazu, nicht mehr. Die Wahrheit zu sagen, hielt Hauptinspektor Heat nicht viel vom Anarchismus. Er maß ihm keine übertriebene Wichtigkeit bei und konnte sich nie dazu bringen, ihn ernst zu nehmen. Ihm schien er mehr grober Unfug; Unfug, ohne den menschlichen Milderungsgrund der Trunkenheit, die ja auch noch eine gewisse gute Stimmung und eine Neigung zu Festlichkeiten voraussetzt. Als Verbrecher waren die Anarchisten ausgesprochen ohne Klasse, ganz ohne Klasse; im Gedanken an den Professor murmelte Inspektor Heat, ohne aus seinem weit ausgreifenden Schritt zu fallen, durch die Zähne:

„Narr!“

Diebe zu fangen, war doch eine ganz andere Sache. Das war ein Sport, ganz so ernst wie jeder andere, wobei unter völlig verständlichen Regeln der beste Mann gewinnt. Für den Verkehr mit Anarchisten gab es keine Regel, und das stieß den Inspektor ab. Es war lauter Narretei, die aber die Öffentlichkeit aufregte, vor Männern in hohen Stellungen nicht Halt machte und sogar noch zwischenstaatliche Beziehungen berührte. Des Inspektors Züge nahmen beim Weiterschreiten den Ausdruck harter, unbarmherziger Verachtung an. Er überflog im Geiste die Schar der ihm unterstellten Anarchisten. Nicht einer davon hatte auch nur annähernd die Tatkraft dieses oder jenes Einbrechers, den er gekannt hatte. Nicht die Hälfte – nicht ein Zehntel.

Im Hauptquartier wurde der Inspektor sofort in das Bureau des Kommissars geführt. Er fand ihn mit der Feder in der Hand über einen großen, mit Papieren übersäten Tisch gebeugt, als wollte er das ungeheure doppelte Tintenfaß aus Bronze und Kristall anbeten. Sprachrohre waren wie Schlangen mit den Köpfen an die Rücklehne des großen Armstuhls gebunden, und ihre klaffenden Mäuler schienen bereit, den Kommissar in die Ellenbogen zu beißen. In dieser Stellung erhob er nur die Augen, deren Lider dunkler waren als sein Gesicht, und ganz verrunzelt. Die Meldungen seien eingelaufen: über jeden einzelnen Anarchisten sei genau Rechenschaft abgelegt worden.

Nach diesen Worten senkte er die Augen, unterzeichnete rasch zwei Aktenbogen, legte dann die Feder nieder, setzte sich zurück und sah seinen bestbekannten Untergebenen forschend an. Der Inspektor hielt den Blick ehrerbietig, doch ohne Verwirrung aus.

„Ich glaube," begann der Kommissar, „daß Sie doch recht hatten mit Ihrer ersten Behauptung, die Londoner Anarchisten hätten mit der Sache nichts zu tun. Ich erkenne ohne weiteres an, wie vorzüglich der Überwachungsdienst arbeitet. Andererseits stellt Ihre Behauptung für die Öffentlichkeit nichts weiter dar, als das Eingeständnis völliger Unwissenheit."

Der Kommissar sprach leise, wie tastend. Er schien in Gedanken auf jedem Wort zu verweilen, bevor er zum nächsten überging, als wären die Worte die Stufen der Treppe, auf der sein Verstand sich aus den Wassern des Irrtums emporarbeitete. „Außer etwa Sie hätten etwas Wichtiges aus Greenwich gebracht?" fügte er hinzu.

Der Hauptinspektor begann sofort mit einem streng sachlichen Bericht über seine Untersuchung. Sein Vorgesetzter drehte den Stuhl ein wenig, kreuzte seine dünnen Beine und stützte sich seitwärts auf einen Ellenbogen, indem er die Augen mit einer Hand bedeckte. Seine Lauscherstellung entbehrte nicht einer gewissen eckigen, bekümmerten Anmut. Sein ebenholzschwarzes Haar zeigte an den Schläfen einen Glanz wie von oxydiertem Silber, als er schließlich den Kopf neigte.

Inspektor Heat wartete stumm, und es sah aus, als überdächte er das Gesagte noch einmal, hielte es aber für unangebracht, mehr zu sagen. Der Kommissar unterbrach sein Zögern mit der Frage:

„Sie glauben, daß es zwei Männer waren?"

Der Inspektor hielt das für mehr als wahrscheinlich. Seiner Meinung nach hatten sich die beiden Männer etwa hundert Meter vor dem Observatorium getrennt. Er erklärte auch, wie der andere Mann aus dem Park entflohen sein konnte, ohne beachtet zu werden. Der Nebel hatte ihm geholfen, obwohl er nicht allzu dicht war. Scheinbar hatte er den anderen Mann bis an Ort und Stelle geführt und ihn dann verlassen, um die Tat allein zu vollbringen. Hielt man gegeneinander, wann die alte Frau die beiden aus Maze Hill Station kommen gesehen hatte und wann der Knall gehört worden war, so glaubte der Inspektor annehmen zu können, daß der zweite Mann Greenwich Park Station und den nächsten Zug zur Stadt erreicht haben konnte, als sein Genosse gerade in Stücke flog.

„Richtig in Stücke, wie?“ murmelte der Kommissar unter der schirmenden Hand hervor.

Der Inspektor beschrieb in wenigen kräftigen Worten den Anblick der Überbleibsel. „Der Leichenbeschauer wird's nicht leicht haben“, fügte er grimmig hinzu.

Der Kommissar gab seine Augen frei. „Wir werden ihn gar nicht kommen lassen“, meinte er langsam.

Er sah auf und beobachtete geraume Zeit die betont verschlossene Haltung seines Inspektors. Er war im allgemeinen nicht geneigt, sich Illusionen zu machen, und wußte gut, daß eine Abteilung auf die Gnade ihrer Untergebenen angewiesen ist, die ihren eigenen Begriff von Diensteifer haben. Er hatte seine Laufbahn in einer tropischen Kolonie begonnen. Die Arbeit dort hatte ihm Freude gemacht. Es war Polizeiarbeit gewesen. Er hatte mit großem Erfolg gewisse gefährliche geheime Gesellschaften unter den Eingeborenen aufgespürt und unschädlich gemacht. Dann hatte er großen Heimatsurlaub genommen und sich etwas überstürzt verheiratet. Rein äußerlich betrachtet war es eine gute Verbindung, nur bildete sich seine Frau vom Hörensagen eine ungünstige Meinung von dem kolonialen Klima. Andererseits hatte sie einflußreiche Beziehungen. Es war eine ausgezeichnete Verbindung. Die Arbeit aber, die er nun zu tun hatte, machte ihm keine Freude. Er fühlte sich von zu vielen Untergebenen und von zu vielen Vorgesetzten abhängig. Die nahe Gegenwart des eigenartigen Gefühlsmomentes, das man die öffentliche Meinung nennt, drückte auf sein Gemüt und beunruhigte ihn durch seine Unberechenbarkeit. Zweifellos übertrieb er aus Unkenntnis die Tragweite dieses Momentes im Guten wie ihm Bösen – besonders im Bösen; und die rauhen Ostwinde des englischen Frühlings (die seiner Frau so zusagten) vermehrten sein allgemeines Mißtrauen gegen die menschlichen Beweggründe und gegen die Wirksamkeit menschlicher Einrichtungen. Ganz besonders erschien ihm die Bureauarbeit durchaus nichtig, in diesen Tagen, die ihn fortwährend an seine empfindliche Leber gemahnten.

Er stand langsam auf, indem er sich zu seiner vollen Höhe entfaltete, und trat mit einem Schritt, dessen Wucht an dem schlanken Mann verwunderlich schien, zum Fenster hin. An den Scheiben rann der Regen nieder, und die kurze Straße, in die er hinuntersah, lag naß und leer, wie von einer plötzlichen Flut reingespült. Es war ein böser Tag, der mit rauhem Nebel begonnen hatte und nun mit kaltem Regen endete. Die kümmerlichen Gasflammen flackerten im Wasserdunst. Und jede Auflehnung eines bedrückten Menschenkindes gegen das elende Wetter erschien hoffnungslos überheblich und aller Verachtung und erstaunten Mitleids wert.

„Schrecklich, schrecklich!“ dachte der Kommissar, während er die Stirne gegen die Scheiben drückte. „Jetzt haben wir diese Bescherung schon seit zehn Tagen. Nein, seit vierzehn – vierzehn Tagen.“ Er blieb eine Zeitlang völlig gedankenlos. Die gänzliche Leere in seinem Hirn hielt etwa drei Sekunden an. Dann warf er nachlässig hin: „Haben Sie nach diesem zweiten Mann umfassende Nachforschungen eingeleitet?“

Er zweifelte nicht, daß alles Erforderliche geschehen war. Inspektor Heat beherrschte die Kunst der Menschenjagd von Grund auf, und überdies handelte es sich hier um herkömmliche Schritte, die ohne weiters von jedem Anfänger getan worden wären. Einige Nachfragen unter Fahrkartensammlern und den Türhütern der beiden kleinen Bahnstationen würden dem schon gegebenen Bilde der beiden Männer noch einige Züge hinzufügen. Die Durchsicht der gesammelten Fahrkarten mußte sofort ergeben, woher sie an jenem Morgen gekommen waren. Das alles lag so klar auf der Hand, daß es bestimmt nicht versäumt worden war. Ganz wie erwartet, bekundete der Inspektor auch, daß all dies sofort veranlaßt worden war, nachdem die alte Frau ihre Aussage gemacht hatte. Er nannte den Namen einer Station. „Daher sind sie gekommen, Herr“, fuhr er fort. „Der Beamte an der Sperre, der in Maze Hill die Fahrkarten abnahm, erinnerte sich an zwei Burschen, auf die die Beschreibung paßte. Er hielt sie für zwei bessere Handwerker, Schildermaler oder Anstreicher. Der große Mann stieg nach rückwärts aus einem Abteil dritter Klasse aus, mit einer großen Blechkanne in der Hand. Auf dem Bahnsteig gab er sie einem blonden Jungen zu tragen, der hinter ihm dreinkam. All dies stimmt genau mit dem überein, was die alte Frau dem Schutzmann in Greenwich angab."

Der Kommissar, der immer noch aus dem Fenster hinaussah, drückte Zweifel darüber aus, daß diese beiden Männer irgend etwas mit dem Anschlag zu tun haben sollten. Die ganze Annahme war auf den Aussagen eines alten Hökerweibes aufgebaut, das von einem davonstürzenden Mann fast umgerannt worden war. Die Quelle war nicht besonders vertrauenswürdig, wenn man nicht an plötzliche Erleuchtung glauben wollte, was doch auch schwer denkbar schien.

„Ganz ehrlich – glauben Sie an eine Erleuchtung?" fragte er ironisch, immer mit dem Rücken zum Zimmer und wie verloren in die Betrachtung der unendlichen Stadt, deren Umrisse in der Dämmerung verschwammen. Er wandte nicht einmal den Kopf, als er hinter sich das Wort „Vorsehung" hörte, das sein erster Untergebener vor sich hinmurmelte, der Mann, dessen Name gelegentlich in den Tagesblättern erschien und dem großen Publikum vertraut war als der eines seiner eifrigsten und schwerstarbeitenden Beschützer. Inspektor Heat hob ein wenig die Stimme: „Ich konnte kleine Blechsplitter mit Bestimmtheit feststellen", sagte er. „Das ist wohl eine starke Bekräftigung."

„Und die Leute kamen von der kleinen Dorfstation", grübelte der Kommissar halblaut vor sich hin. Man hatte ihm gesagt, daß der Name dieser Station auf zweien von den drei Fahrkarten gestanden war, die bei jenem Zug in Maze Hill abgegeben worden waren. Die dritte hatte einem Hausierer aus Gravesend gehört, der dem Beamten gut bekannt war. Der Inspektor machte diese Angabe in abschließendem Tone, mit ein wenig übler Laune, wie ergebene Diener sie gerne zeigen, im Bewußtsein ihrer Treue und des Wertes ihrer Dienstleistung. Und dennoch kehrte sich der Kommissar nicht ab von der Dunkelheit draußen, die endlos war wie die See.

„Zwei fremde Anarchisten aus dem kleinen Ort", sagte er wie zu der Fensterscheibe. „Das ist wohl recht unwahrscheinlich."

„Jawohl, Herr. Aber es wäre noch unwahrscheinlicher, wenn nicht der Michaelis in einem Landhaus in der Nachbarschaft säße."

Beim Klang dieses Namens, der unerwartet in die langweilige Geschichte hineinplatzte, ließ der Kommissar unvermittelt den Gedanken an die abendliche Whistpartie in seinem Klub fallen. Dies war die tröstlichste seiner Lebensgewohnheiten, wobei er sein Geschick ohne die Unterstützung von Untergebenen entfalten konnte. Er spielte in seinem Klub von fünf bis sieben, bevor er zum Abendessen heimging, und in diesen zwei Stunden vergaß er alles, was seinem Leben fehlte, als wäre das Spiel eine wohltätige Arznei, die das Bohren innerer Unzufriedenheit übertäubte.

Seine Mitspieler waren der schwermütige Herausgeber einer bekannten Zeitschrift, ein schweigsamer alter Rechtsanwalt mit listigen kleinen Augen und ein äußerst kriegerischer, geradsinniger alter Oberst mit unruhigen, braunen Händen. Diese Drei waren lediglich Klubbekannte. Er traf sie nirgends sonst als am Spieltisch. Sie alle aber schienen sich am Spieltisch als Leidensgefährten zu fühlen, als suchten sie ein Gegenmittel gegen geheime Leiden, und täglich, wenn die Sonne sich auf die zahllosen Dächer der Stadt senkte, empfand er eine weiche, warme Ungeduld, die ihm wie das Gefühl einer warmen, sicheren Freundschaft die Berufsarbeit erleichterte. Jetzt aber verließ ihn diese erfreuliche Empfindung mit einem Schlag, und an ihre Stelle trat eine plötzliche, verstärkte Anteilnahme an seiner beruflichen Aufgabe – dem Schutz der Gesellschaft – eine nicht durchaus geziemende Anteilnahme, die am besten vielleicht als ein jähes und unvermitteltes Mißtrauen gegen die Waffe in seiner Hand zu bezeichnen war.

VI

Die Gönnerin von Michaelis, dem Bewährungsfristapostel, der eine rosige Zukunft für die Menschheit predigte, war eine der einflußreichsten und hervorragendsten Bekannten der Gattin des Kommissars; sie nannte sie Annie und behandelte sie immer noch als ein nicht sehr gescheites und völlig unerfahrenes kleines Mädchen. Immerhin hatte sie sich bereitgefunden, den Kommissar selbst freundlich aufzunehmen, was ihm durchaus nicht bei allen einflußreichen Bekannten seiner Frau geschehen war. Sie hatte vor langer Zeit, in ihrer ersten Jugend, eine glänzende Ehe geschlossen und so vorübergehend genauen Einblick in die hohe Politik gewonnen und einige große Leute kennen gelernt. Sie selbst war eine große Dame. Nun war sie den Jahren nach alt, gehörte aber zu den Ausnahmemenschen, welche die Zeit völlig mißachten wie eine Scheingröße, der sich nur die Menge der Niedriggeborenen nach törichtem Herkommen beugt. Doch ach! auch so manches andere Herkommen, das noch leichter zu mißachten war, fand ihre Anerkennung nicht, gleichfalls aus Gründen des Temperaments – sei es, daß es sie langweilte, oder daß es sich ihren

Zu- und Abneigungen in den Weg stellte. Das Gefühl der Bewunderung war ihr unbekannt (und das war einer der Anlässe zu geheimem Kummer für ihren hochadeligen Gemahl), erstens einmal, weil es immer mehr oder weniger auf Durchschnitt deutet, und dann, weil es das Zugeständnis von Unterlegenheit enthält, was beides ihrer Natur völlig fern lag. Eine furchtlose, freimütige Sprache kam ihr leicht an, da sie lediglich von der Höhe ihrer gesellschaftlichen Stellung herab urteilte. Gleich hemmungslos war sie in ihren Handlungen; und da ihr Taktgefühl aus echter Menschlichkeit kam, ihre körperliche Rüstigkeit erstaunlich unverändert blieb und ihre Überlegenheit heiter und herzlich, so hatten sie drei Generationen unendlich bewundert, und die letzte, die sie nach menschlichem Ermessen miterleben sollte, nannte sie eine wundervolle Frau. Sie war klug, mit einem Einschlag schöner Einfalt, von Herzen neugierig, aber nicht, wie so viele Frauen, nur nach leerem Klatsch; so schuf sie sich in ihrem Alter den Zeitvertreib, durch die Macht ihres großen, fast historischen gesellschaftlichen Ansehens alles um sich zu sammeln, was irgendwie über den öden Durchschnitt sich erhob, gesetzmäßig oder nicht, durch Stellung, Witz, Kühnheit, Glück oder Unglück. Königliche Hoheiten, Künstler, Männer der Wissenschaft, junge Staatsmänner und Scharlatane jeder Art und jeden Alters, die wesenlos und unbeschwert wie Korke an die Oberfläche drängen und am besten die Richtung der Zeitströmung anzeigen – alle diese hatte sie in ihrem Hause empfangen, angehört, durchforscht, verstanden, eingeschätzt, zu ihrer eigenen Erbauung. Mit ihren eigenen Worten: sie liebte es, zu sehen, wohin die Welt trieb. Und bei ihrem starken Wirklichkeitssinn war ihr Urteil über Männer und Dinge, wenn auch auf besonderer Voreingenommenheit fußend, selten ganz falsch und nie verschroben. Ihr Salon war wohl der einzige Platz in der weiten Welt, wo ein Polizeikommissar mit einem auf Bewährungsfrist entlassenen Sträfling anders als beruflich und amtlich zusammentreffen konnte. Der Kommissar erinnerte sich nicht mehr genau daran, wer Michaelis eines Nachmittags mitgebracht hatte. Es war wohl ein gewisses Parlamentsmitglied gewesen, das trotz hochmögender Verwandtschaft oft außergewöhnliche Sympathien zeigte und damit zur stehenden Figur in den Witzblättern geworden war. Die wirklichen und die Scheinhelden des Tages führten einer den andern unbekümmert in diesen Tempel ein, den die alte Frau ihrer durchaus nicht kleinlichen Neugier errichtet hatte. Ein Wandschirm aus blauer Seide in Goldleisten teilte von dem großen Empfangsraum, wo sich im Lichte der besonders hohen Fenster stehende und sitzende Gruppen summend unterhielten, eine lauschige Ecke ab, die nur den Vertrautesten zugänglich war; wurde man dort vorgelassen, so konnte man nie wissen, wen man antreffen würde.

Michaelis war der Gegenstand eines Umschwungs der öffentlichen Meinung gewesen. Derselben Meinung, die vor Jahren das harte Todesurteil bejubelt hatte, das wegen seiner Mittäterschaft an einer tollkühnen Gefangenenbefreiung gegen ihn ergangen war. Der Plan der Verschwörer war es gewesen, die Pferde des Polizeitransportwagens niederzuschießen und die Bemannung zu überwältigen. Dabei wurde unglückseligerweise auch ein Polizeiwachtmeister erschossen. Er hinterließ eine Frau und drei kleine Kinder; und der Tod dieses Mannes verursachte im ganzen Reich, für dessen Verteidigung, Wohlfahrt und Ruhm täglich Männer in einfacher Pflichterfüllung starben, einen Ausbruch tiefster Entrüstung und wütenden, rachedurstigen Mitleids mit dem Opfer. Der Rädelsführer wurde gehängt. Michaelis, jung und unbedeutend, Schlosser von Beruf und ein eifriger Besucher der Abendschule, wußte nicht einmal, daß irgend jemand getötet worden war; seine Aufgabe war es gewesen, zusammen mit ein paar anderen die hintere Tür des Transportwagens aufzusprengen. Bei seiner Verhaftung hatte er ein Bündel Dietriche in der einen Tasche, einen schweren Meißel in der anderen und ein kurzes Brecheisen in der Hand: nicht mehr oder weniger als ein Einbrecher. Doch gegen einen Einbrecher wäre niemals ein so hartes Urteil ergangen. Der Tod des Schutzmanns war ihm zu Herzen gegangen, nicht weniger aber der Fehlschlag der Verschwörung. Aus keinem dieser Gefühle hatte er vor den Geschworenen ein Hehl gemacht, und diese unvollkommene Reue hatte im überfüllten Gerichtssaal den schlechtesten Eindruck hervorgerufen. Bei der Verkündigung des Urteils fand der Richter zu Herzen gehende Worte über die Verderbtheit und Verhärtung des jungen Gefangenen. So wurde von seiner Verurteilung viel Aufhebens gemacht, ohne besseren Grund als später von seiner Entlassung; im letzteren Fall durch Leute, die seine Einkerkerung gefühlsmäßig auszuschroten wünschten, sei es, um ihre eigenen Zwecke zu fördern oder ohne erkennbaren Zweck. Er ließ sie, in seiner Unschuld und Herzenseinfalt, alle gewähren. Nichts, was ihm persönlich geschah, hatte irgendwelche Bedeutung. Er war wie jene Heiligen, die über gläubigen Betrachtungen ihre Persönlichkeit vergessen. Seine Gedanken bewegten sich nicht nach der Seite der Überzeugungen; sie waren für Vernunftgründe unzugänglich, formten mit all ihren Widersprüchen und Unverständlichkeiten den unbesieglichen Glauben an die Menschheit, den er mehr bekannte als predigte, mit milder Hartnäckigkeit, ein Lächeln gläubiger

Zuversicht auf den Lippen, und die klaren blauen Augen niedergeschlagen; denn der Anblick vieler Gesichter störte seine Begeisterung, die in Einsamkeit groß geworden war. Der Kommissar stellte sich den Bewährungsfristapostel vor, wie er in dem abgetrennten Winkel auf einem der Ehrenplätze saß, in dieser ihm eigenen Haltung, mitleiderregend in seiner grotesken und unheilbaren Fettleibigkeit, die er bis ans Ende seiner Tage mitzuschleppen haben würde, wie ein Galeerensklave die Eisenkugel. Er saß dort zu Häupten des Ruhebettes der alten Dame, seine milde Stimme und Gemütsruhe verrieten nicht mehr Selbstbewußtsein, als es ein kleines Kind haben könnte; auch fehlte ihm nicht ein gewisser kindlicher Reiz, der bezaubernde Reiz der Gläubigkeit. Da er der Zukunft vertraute, deren geheime Wege ihm innerhalb der vier Wände einer bekannten Strafanstalt geoffenbart worden waren, so hatte er keinen Anlaß, irgend jemandem mit Mißtrauen zu begegnen. Wenn es ihm auch nicht gelungen war, der neugierigen großen Dame einen recht klaren Begriff des Ziels beizubringen, dem die Welt zutrieb, so hatte er ihr doch ohne weiters Eindruck gemacht durch seinen Glauben, dem jede Bitterkeit fehlte, und durch seine starke Hoffnungsfreude.

Reinen Seelen an den beiden Enden der gesellschaftlichen Stufenleiter ist eine gewisse Schlichtheit der Denkweise gemeinsam. Die große Dame war schlicht auf ihre besondere Art. Seine Ansichten und sein Glaube hatten nichts, was sie erschrecken oder verletzen konnte, da sie sie von ihrem erhabenen Standpunkt aus beurteilte. Tatsächlich war es für einen Mann dieser Klasse nicht schwer, ihre Zuneigung zu gewinnen. Sie selbst gehörte nicht zu den blutsaugenden Kapitalisten. Sie stand hoch über jedem wirtschaftlichen Kampf. Und ihre Fähigkeit, mit den aufdringlichen Formen menschlichen Elends Mitleid zu empfinden, war unbegrenzt; vielleicht eben darum, weil ihr dies Elend so völlig fremd war, daß sie sich erst in den Zustand des Leidens versetzen mußte, um seine ganze Grausamkeit zu erfassen. Der Kommissar erinnerte sich noch gut an die Unterhaltung zwischen den beiden. Er hatte schweigend zugehört. Die Unterhaltung war teils aufreizend, teils ergreifend gewesen in ihrer offenbaren Sinnlosigkeit, wie etwa der Versuch einer Verständigung über sittliche Fragen zwischen den Einwohnern verschiedener Planeten. Dennoch lag etwas in dieser seltsamen Verkörperung menschlicher Leidensfähigkeit, was die Einbildungskraft beschäftigte. Schließlich erhob sich Michaelis, nahm die ausgestreckte Hand der Hausherrin, schüttelte sie, hielt sie einen Augenblick lang mit freundlicher Unbefangenheit in seinen großen, gepolsterten Tatzen und kehrte dann dem Ehrenwinkel des Salons seinen Rücken zu, der groß und wuchtig die kurze Jacke bis zum Zerreißen spannte. Während er der entfernten Ausgangstür zuwatschelte, blickte Michaelis mit heiterem Wohlwollen über die Schar der anderen Besucher hin. Die gemurmelte Unterhaltung verstummte auf seinem Wege, er lächelte unschuldig einem großen, prachtvollen Mädchen zu, dessen Blick zufällig den seinen gekreuzt hatte, und ging hinaus, ohne sich der Blicke bewußt zu sein, die ihm durch den Raum gefolgt waren. Michaelis' erstes Erscheinen in dieser Welt war ein Erfolg, ein Achtungserfolg, frei von dem leisesten Spott. Die unterbrochenen Unterhaltungen wurden unverändert wieder aufgenommen. Nur ein gutgewachsener, langbeiniger, äußerst kräftig aussehender Mann um die Vierzig, der sich an einem der Fenster mit zwei Damen unterhielt, bemerkte laut, mit unerwarteter Gefühlstiefe: „Mindestens hundertfünfundzwanzig Kilo, schätze ich, und nicht ein Meter siebzig hoch. Armer Kerl! Es ist furchtbar – furchtbar!“

Die Dame des Hauses sah den Kommissar, der mit ihr hinter dem Wandschirm geblieben war, abwesend an und schien hinter der Unbeweglichkeit ihres schönen, alten Gesichts ihre Eindrücke sammeln zu wollen. Männer mit grauen Schnurrbärten, ein Lächeln auf den vollen, gesunden Gesichtern, bogen um die Ecke des Wandschirms und machten ihre Aufwartung; zwei reife Frauen mit dem liebenswürdigen Ausdruck mütterlicher Entschlossenheit; ein glatt rasiertes Wesen mit eingesunkenen Wangen, das mit altmodischer Eleganz ein goldgerändertes Einglas an einem breiten schwarzen Band tanzen lies. Ein ehrerbietiges, doch mit Spannung geladenes Schweigen herrschte einen Augenblick lang, bis die große Dame ohne Bitterkeit, doch mit einer Art kampfbereiter Entrüstung ausrief:

„Und so was wird von Amts wegen für einen Anarchisten gehalten! Was für ein Unsinn!“

Sie sah den Kommissar scharf an, der entschuldigend murmelte:

„Vielleicht nicht für einen gefährlichen.“

„Nicht gefährlich – das sollte ich wohl meinen! Er ist einfach gläubig, er hat das Zeug zu einem Heiligen“, erklärte die große Dame in festem Ton. „Und den haben Sie zwanzig Jahre lang eingesperrt gehalten! Die Dummheit macht einen erschauern. Und nun, da sie ihn frei gelassen haben, sind alle, die ihm einst nahe standen, fortgezogen oder tot. Seine Eltern sind tot, das Mädel, das er heiraten sollte, ist gestorben, während er im Gefängnis war; er hat alle Übung in seinem

Handwerk verloren. Das alles hat er mir seelenruhig erzählt; aber dann sagte er, es sei ihm soviel Zeit geblieben, über allerhand nachzudenken. Ein schöner Ausgleich! Wenn das das Holz ist, aus dem Revolutionäre geschnitzt werden, so könnte mancher unter uns auf den Knien zu ihnen wallfahrten", fuhr sie etwas ausfallend fort, und das leere gesellschaftliche Lächeln auf den weltlichen Gesichtern, die ihr ehrerbietig zugekehrt waren, verhärtete sich zusehends. „Der arme Teufel ist ganz augenscheinlich nicht mehr in der Lage, für sich selbst zu sorgen. Irgend jemand wird sich um ihn kümmern müssen."

„Man sollte ihm empfehlen, sich irgendeiner Kur zu unterwerfen", ließ sich aus einiger Entfernung die militärische Stimme des tatkräftig aussehenden Mannes vernehmen. Er war für sein Alter in glänzender Form, und sogar der Stoff seines Frackanzugs zeigte elastische Schmiegsamkeit, als wäre das Gewebe belebt. „Der Mann ist tatsächlich ein Krüppel", fügte er mit ehrlicher Empfindung hinzu.

Froh über den Anknüpfungspunkt äußerten verschiedene andere ihr schnelles Mitleid.

„Ganz schrecklich", „ungeheuer", „furchtbar anzusehen." Der schmächtige Mann mit dem Einglas am breiten Band ließ etwas zimperlich das Wort „grotesk" fallen, dessen Richtigkeit von den zunächst Stehenden anerkannt wurde. Sie lächelten einander zu.

Der Kommissar hatte die ganze Zeit seine Meinung für sich behalten, da seine Stellung es ihm verbot, eine irgendwie unabhängige Ansicht über einen mit Bewährungsfrist entlassenen Sträfling kundzutun. Im Grunde deckte sich seine Ansicht mit der der Freundin und Gönnerin seiner Frau, daß nämlich Michaelis ein Menschlichkeitsschwärmer war, ein wenig verrückt, im ganzen aber unfähig, auch nur einer Fliege absichtlich wehe zu tun. Als nun in dieser langweiligen Bombengeschichte plötzlich der Name auftauchte, begriff er sofort die Gefahr, die da dem Bewährungsfristapostel drohte, und begann sich im Geiste nochmals mit der eingewurzelten Voreingenommenheit der alten Dame zu beschäftigen. Ihre etwas launenhafte Güte würde eine Einschränkung von Michaelis' Freiheit nicht ruhig hinnehmen. Dazu war ihre Zuneigung zu tief und zu überzeugt. Sie hatte nicht nur empfunden, daß er ungefährlich war, sondern sie hatte es auch ausgesprochen, und dieser Ausspruch hatte bei ihrer Neigung zum Herrschen das Gepräge einer unwiderruflichen Kundgebung. Es war, als hätte die Ungeheuerlichkeit des Mannes mit seinen unschuldigen Kinderaugen und seinem fetten Engelslächeln sie bezaubert. Sie war fast schon so weit, seine

Zukunftstheorien zu glauben, da sie nicht in Widerspruch mit ihren eigenen Vorurteilen standen. Der neu aufsteigende Geldadel mißfielen ihr gründlich, und der Industrialismus schien ihr mit Rücksicht auf seine mechanische Unbelebtheit keine wünschenswerte Entwicklung des Menschengeschlechts. Der Glaube des milden Michaelis lief nicht auf völlige Zerstörung, sondern nur auf den wirtschaftlichen Niedergang dieses Systems hinaus. Und sie sah tatsächlich die sittliche Gefahr darin nicht ein. So würde die Schar der Emporkömmlinge weggefegt werden, die ihr mißfielen und denen sie mißtraute, nicht weil sie irgendwo angekommen waren (das leugnete sie), sondern wegen ihrer tiefgreifenden Verständnislosigkeit für den Sinn der Welt, die die wahre Ursache für ihre Gemütsroheit und Härte bildete. Mit der Vernichtung jeglichen Kapitals mußten auch sie verschwinden; ein allgemeiner Ruin aber (vorausgesetzt, daß er allgemein war, so wie Michaelis ihn sah) würde die gesellschaftlichen Werte unberührt lassen. Das Verschwinden der letzten Geldmünzen konnte Leuten von Rang nichts anhaben. Sie konnte sich nicht vorstellen, wie es z. B. ihre Stellung gefährden konnte. Alle diese Entdeckungen hatte sie vor dem Kommissar entwickelt, mit der heiteren Furchtlosigkeit einer alten Frau, die dem Schicksal greisenhafter Gleichgültigkeit entronnen ist. Er hatte es sich zur Regel gemacht, alle Eröffnungen dieser Art mit einem Schweigen aufzunehmen, das er sich aber aus Politik wie aus Neigung hütete, verletzend scheinen zu lassen. Er hatte ein warmes Gefühl für die bejahrte Schülerin von Michaelis, ein Gefühl, das sich aus der Rücksicht auf ihren Rang, auf ihre Persönlichkeit, vor allem aber aus geschmeichelter Dankbarkeit zusammensetzte. Er fühlte sich in ihrem Hause tatsächlich gerne gesehen; sie war die verkörperte Güte. Und nach Art erfahrener Frauen auch weise. Sie machte ihm sein Eheleben wesentlich leichter, als es ohne die großmütige Anerkennung seiner Rechte als Annies Gatte gewesen wäre. Ihr Einfluß auf seine Frau, die von allerlei kleinlichem Eigennutz, Neid und kleinlicher Eifersucht verzehrt wurde, war ausgezeichnet. Zum Unglück waren sowohl ihre Güte wie ihre Klugheit etwas untergeordneter Art, ausgesprochen weiblich und nicht immer leicht zu ertragen. Sie blieb durch alle ihre Jahre ganz und gar Frau und wurde nicht, wie manche ihrer Geschlechtsgenossinnen, zu einem bösen alten Manne in Unterröcken. Auch lebte sie in seinen Gedanken immer nur als die Frau, als vollendete Verkörperung des Weiblichen, das ja alle Männer, die sich einem Gefühl, ob wahr oder falsch, zu eigen gegeben haben und es verkünden, – Prediger, Seher oder Reformer, – so gerne zum Leitstern nehmen und zum Gefäß ihrer zartesten Sehnsucht.

Wie er so an die ausgezeichnete Freundin seiner Frau und an sich selbst dachte, empfand der Kommissar lebhafte Beunruhigung über das mögliche Schicksal des Sträflings Michaelis. Wurde dieser nämlich einmal verhaftet, auf den, wenn auch leisen Verdacht hin, an diesem Anschlag beteiligt zu sein, so hatte er zum mindesten zu gewärtigen, daß er seine erste Strafe absitzen mußte, und das würde ihn töten. Er würde das Gefängnis nicht mehr lebend verlassen. Der Kommissar stellte eine Erwägung an, die sich mit seiner amtlichen Eigenschaft schlecht vertrug, ohne deswegen seine Menschlichkeit in ein besonders gutes Licht zu rücken.

„Wenn sie den Burschen nochmals hopp nehmen," dachte er, „so wird sie mir niemals verzeihen."

Die Selbsterkenntnis, die darin lag, weckte natürlich seinen Spott. Kein Mann, der in einem ungeliebten Beruf steckt, vermag sich über seine eigene Person auf die Dauer angenehmen Selbsttäuschungen hinzugeben. Der Widerwille, das Fehlen jeglichen Anreizes, übertragen sich von der Arbeit auf die Persönlichkeit. Nur dann, wenn unsere Berufstätigkeit durch glücklichen Zufall sich mit unserer hervorstechenden Veranlagung deckt, vermögen wir den Trost gründlicher Selbsttäuschung zu genießen. Der Kommissar liebte seine Arbeit in der Heimat nicht. Draußen, in einem fernen Winkel der Welt, hatte der gleiche Beruf den angenehmen Beigeschmack eines Kleinkrieges oder zum mindesten doch den Reiz eines Freiluftsports. Seine wirklichen Fähigkeiten lagen zwar mehr auf dem Gebiete der Verwaltung, doch fehlte ihm die Lust zu Abenteuern nicht. Nun, inmitten von vier Millionen Menschen an einen Schreibtisch gefesselt, betrachtete er sich als das Opfer eines launischen Schicksals – des gleichen Schicksals, das ihn mit einer Frau verheiratet hatte, die gegen das koloniale Klima so überempfindlich war und auch sonst sich in Grenzen bewegte, die von der Zartheit ihrer Natur und ihres Geschmacks zeugten. Wenn er nun auch seine Bestürzung belächelte, so verbannte er darum den unziemlichen Gedanken doch nicht aus seinem Hirn. Der Selbsterhaltungstrieb war stark in ihm. Im Gegenteil, er wiederholte sich in gröberen Worten und noch nachdrücklicher: „Verdammt! Wenn der Teufels-Heat seinen Willen bekommt, so wird der Bursche im Gefängnis in seinem eigenen Fett ersticken, und sie wird mir nie verzeihen!"

Seine schwarze, schmächtige Gestalt, nur belebt durch das weiße Band des Kragens unter dem silberschimmernden Haar, blieb reglos. Das Schweigen wurde so drückend, daß Inspektor Heat sich zu räuspern wagte. Das kleine

Geräusch hatte seine Wirkung. Der eifrige und intelligente Offizier wurde von seinem Vorgesetzten, dessen Rücken ihm unverwandt zugekehrt blieb, gefragt:

„Sie bringen Michaelis mit der Sache in Verbindung?"

Hauptinspektor Heat äußerte sich bestimmt, aber vorsichtig:

„Nun, Herr," sagte er, „es sprechen Gründe genug dafür. Und ein Mann wie er sollte eben nicht frei herumlaufen."

„Sie werden einen schlüssigen Beweis brauchen", kam die halblaute Gegenrede.

Hauptinspektor Heat hob die Augenbrauen gegen den schwarzen, schmalen Rücken, der hartnäckig seinem Eifer und seiner Intelligenz zugekehrt blieb.

„Es wird wohl keine Schwierigkeiten haben, Beweise gegen ihn zuwege zu bringen", sagte er nicht ohne Selbstgefälligkeit. „Darin können Sie sich auf mich verlassen, Herr", fügte er, ganz überflüssig, aus übervollem Herzen hinzu; denn ihm schien es eine ganz ausgezeichnete Sache, diesen Mann in der Hand zu haben, um ihn dem Publikum vorwerfen zu können, falls es sich zu besonderer Entrüstung in diesem Falle verleitet fühlen sollte. Noch war es unmöglich, zu sagen, ob die Leute sich entrüsten würden oder nicht. Das hing natürlich letzten Endes von der Tagespresse ab. In jedem Falle aber war Hauptinspektor Heat, von Beruf Belieferer der Gefängnisse und ein Mann von gesetzmäßigem Instinkt, folgerichtig der Ansicht, daß Einkerkerung das rechte Schicksal für jeden erklärten Feind der Gesellschaft war. Die Strenge dieser Überzeugung verleitete ihn zu einem Taktfehler. Er erlaubte sich ein kleines, eitles Lächeln und wiederholte:

„Lassen Sie das meine Sache sein, Herr!"

Das war zuviel für die erzwungene Ruhe, unter der der Kommissar mehr als achtzehn Monate lang seinen Ärger über das System und die Untergebenen seiner Abteilung verborgen hatte. Wie ein vierkantiger Pfahl in ein rundes Loch gezwängt, hatte er täglich neu die Qual der seit langem ausgeschliffenen glatten Rundung empfunden, in die sich ein nicht so kantiger Mensch wie er nach kurzem Widerstreben willig eingefügt hätte. Was ihn am meisten ärgerte, war eben, daß er sich in so vielen Dingen auf andere verlassen sollte. Beim Klang des kurzen Auflachens fuhr er auf den Absätzen herum, als hätte ihn ein elektrischer Schlag vom Fenster fortgewirbelt. Dabei überraschte er auf dem Gesicht seines Inspektors nicht nur das selbstgefällige Zucken um den Schnurrbart, das der

Gelegenheit angemessen war, sondern auch den Schimmer forschender Prüfung in den Augen, die zweifellos auf seinen Rücken gerichtet gewesen waren und nun, als sein Blick sie traf, erst nach einer Sekunde den Ausdruck bloßer Verwunderung annahmen.

Der Polizeikommissar brachte wirklich einige Anlage für seinen Posten mit. Plötzlich war sein Verdacht erweckt. Es muß allerdings gesagt werden, daß sein Verdacht gegen die polizeiliche Methode (ausgenommen, wenn die Polizei eine halb militärische Körperschaft und von ihm selbst organisiert war) leicht zu erwecken war. Wenn dieser Verdacht jemals aus bloßer Müdigkeit schlummerte, so doch nur leicht; und seine Wertschätzung für Inspektor Heats Eifer und Geschicklichkeit, an sich gemäßigt, schloß jeden Ansatz zu ehrlichem Vertrauen aus. „Er hat etwas im Sinn", sagte er sich und wurde auch schon zornig. Er ging mit langen Schritten zu seinem Tisch und setzte sich heftig nieder. „Da stecke ich nun in einem Papiersarg," überlegte er mit unvernünftiger Bitterkeit, „soll angeblich alle Fäden in meiner Hand halten und kann doch nur halten, was mir in die Hand gelegt wird und sonst nichts. Und die anderen Enden der Fäden können sie anbinden, wo sie mögen."

Er hob den Kopf und wandte seinem Untergebenen ein langes, mageres Gesicht zu, mit den scharfen Zügen eines energischen Don Quichotte.

„Was haben Sie für Hintergedanken?"

Der andere starrte. Er starrte in völliger Reglosigkeit seiner runden Augen, wie er es gewöhnt war, die verschiedenen Mitglieder der Verbrecherklasse anzustarren, wenn sie, gehörig gewarnt, ihre Aussagen machten, im Tone gekränkter Unschuld, falscher Einfältigkeit oder dumpfer Ergebung. Hinter dieser beruflichen Starrheit verbarg sich aber auch Überraschung, denn in diesem Tone, in dem sich Ungeduld und Geringschätzung deutlich paarten, war Hauptinspektor Heat, die rechte Hand der Abteilung, nicht gewöhnt, angeredet zu werden. Er sprach zögernd, wie jemand, der durch ein neues und unerwartetes Ereignis überrumpelt wird:

„Was ich gegen diesen Michaelis habe, meinen Sie, Herr?"

Der Kommissar betrachtete sich den runden Kopf, die Spitzen des Wikinger-Schnurrbarts, die bis über den schweren Unterkiefer herabfielen, das ganze große und bleiche Gesicht, dessen entschlossener Ausdruck unter der Vollfleischigkeit litt, die listigen Runzeln, die von den Augenwinkeln ausstrahlten – und während dieser eingehenden Betrachtung des vertrauenswürdigen Offiziers kam ihm eine Überzeugung, so unvermittelt, daß er sie wie eine Eingebung empfand.

„Ich habe allen Anlaß zu glauben," sagte er gemessen, „daß Sie beim Betreten dieses Zimmers durchaus nicht Michaelis im Auge hatten, wenigstens nicht in erster Linie – vielleicht gar nicht."

„Sie haben Anlaß zu glauben, Herr?" murmelte Inspektor Heat mit allen Anzeichen eines Erstaunens, das bis zu einem gewissen Grade echt war. Er hatte an dieser Angelegenheit eine verblüffend heikle Seite entdeckt, die einen gewissen Grad von Unaufrichtigkeit nötig machte – jene Unaufrichtigkeit, die unter der Bezeichnung Kunstfertigkeit, Klugheit, Verschwiegenheit da und dort in den meisten menschlichen Angelegenheiten auftaucht. Er kam sich im Augenblick vor wie etwa ein Seiltänzer, der es erleben muß, daß mitten während der Vorführung der Varietédirektor aus seiner sauberen Abgeschlossenheit hervorstürzt und an dem Seil zu rütteln beginnt. Natürlich, das Gefühl sittlicher Haltlosigkeit angesichts dieses verräterischen Vorgehens, dazu noch die zwingende Vorstellung eines gebrochenen Genicks, würden, landläufig ausgedrückt, den Mann in Zustände versetzen. Auch mußte er sich als Künstler getroffen fühlen, denn ein Mann muß immer noch jenseits seiner eigenen Persönlichkeit einen Halt haben, in den er seinen Stolz setzen kann, sei es die gesellschaftliche Stellung oder die berufliche Pflicht, oder einfach die erhabene Muße, deren er sich erfreuen darf.

„Jawohl," sagte der Kommissar, „den habe ich. Ich will nicht sagen, daß Sie an Michaelis überhaupt nicht gedacht haben; sie geben aber der Tatsache, die Sie erwähnen, eine Wichtigkeit, die mir nicht ganz sauber vorkommt, Herr Heat. Wenn die Untersuchung wirklich diese Fährte ergeben hat, warum haben Sie sie dann nicht sofort verfolgt, entweder persönlich oder indem Sie einen Ihrer Leute in das Dorf geschickt haben?"

„Glauben Sie, Herr, daß ich hierin meine Pflicht vernachlässigt habe?" fragte der Hauptinspektor in einem Tone, den er sich mühte, einfach nachdenklich klingen zu lassen. Da er sich unerwartet gezwungen sah, mit allen Kräften nur das Gleichgewicht zu bewahren, so war er darauf verfallen, und setzte sich damit einer Abfuhr aus; denn der Kommissar bemerkte mit leichtem Stirnrunzeln, daß er die Frage durchaus unangebracht fände.

„Da Sie sie aber gestellt haben," fuhr er kalt fort, „so will ich Ihnen sagen, daß dies nicht meine Ansicht ist."

Er verstummte, doch in dem unverwandten Blick seiner tiefliegenden Augen war die unausgesprochene Fortsetzung zu lesen: „Und Sie wissen es.“ Der Vorstand der Abteilung für sogenannte besondere Verbrechen, durch seine Stellung daran gehindert, persönlich im Außendienst Geheimnisse in schuldigen Herzen aufzuspüren, fühlte plötzlich die Lust, sein beträchtliches Talent in der Entdeckung peinlicher Wahrheiten bei seinem eigenen Untergebenen zu üben. Das konnte schwerlich als Schwäche bezeichnet werden, es war nur natürlich. Er war der geborene Detektiv. Dies hatte unbewußt seine Berufswahl bestimmt und wenn jemals, so hatte es ihn vielleicht bei dem einen ungewöhnlichen Anlaß seiner Ehe im Stich gelassen – was abermals natürlich war. Nun wirkte sich diese Veranlagung, da ihr die freie Betätigung versagt war, an den Menschen aus, die in seiner amtlichen Abgeschlossenheit mit ihm in Berührung kamen. Wir können nie aufhören, wir selbst zu sein.

Den Ellenbogen auf den Tisch gestützt, die dünnen Beine gekreuzt, die Wange in die magere Hand gelegt, nahm der Kommissar, dem die besonderen Verbrechen zugeteilt waren, den Fall mit wachsender Anteilnahme in die Hand. Sein Hauptinspektor war, wenn schon nicht der unbedingt würdigste, so doch der würdigste Gegenstand für seinen Forschertrieb, der ihm erreichbar war. Dem Kommissar als geborenem Detektiv lag das Mißtrauen gegen festgeprägten Leumund. Er rief sich die Erinnerung an einen gewissen reichen, eingeborenen Häuptling wach, alt und fett, dem die aufeinanderfolgenden Gouverneure der entlegenen Kolonie in lieber Gewohnheit vertraut und als einem verläßlichen Freunde und Helfer der von den Weißen geschaffenen Ordnung große Ehre erwiesen hatten; während eine unbefangene Untersuchung doch ergeben hatte, daß er nur sein eigener und sonst niemandes guter Freund war. Nicht gerade ein Verräter, aber doch ein Mann, dessen Treue nicht unerheblich begrenzt war durch vielerlei Rücksichten auf seinen Vorteil, sein Wohlleben und seine Sicherheit; ein Bursche, der in seiner kindlichen Zwiespältigkeit unschuldig, aber doch gefährlich war. Er war nicht leicht zu überführen gewesen, er war auch körperlich groß, und Hauptinspektor Heats Erscheinung erinnerte (mit Ausnahme der Farbe natürlich) seinen Vorgesetzten an ihn. Die Augen und die Lippen stimmten nicht ganz. Merkwürdig. Aber berichtet nicht Alfred Wallace in seinem berühmten Buch über den Malaiischen Archipel, daß er unter den Bewohnern der Insel Aru einen alten, nackten, dunkelhäutigen Wilden fand, der einem lieben Freunde des Verfassers verblüffend ähnlich sah?

Zum erstenmal, seit er seinen Posten übernommen, hatte der Kommissar das Gefühl, als könnte er nun für sein Gehalt wirklich etwas leisten. Und das war durchaus erfreulich. „Ich will ihn umstülpen, wie einen alten Handschuh", dachte der Kommissar, während er seinen Blick nachdenklich auf dem Inspektor ruhen ließ.

„Nein, das war nicht mein Gedankengang", hob er wieder an. „Es besteht kein Zweifel darüber, daß Sie Ihr Geschäft verstehen – durchaus kein Zweifel; und eben darum möchte ich –" Er unterbrach sich und wechselte den Ton: „Was haben Sie Schlüssiges gegen Michaelis vorzubringen? Ich meine außer der Tatsache, daß die der Tat verdächtigen zwei Leute – Sie sind sicher, daß es zwei waren – von einer Station herkamen, etwa drei Meilen von dem Dorf weg, wo Michaelis augenblicklich lebt?"

„Das allein muß für uns ein genügender Anhaltspunkt sein", sagte der Hauptinspektor, der seine Fassung wiedergewann. Das kurze, zustimmende Kopfnicken des Kommissars reichte bei weitem nicht hin, um die gekränkte Verwunderung des bewährten Offiziers zu beheben. Denn Hauptinspektor Heat war ein guter Mann, ein ausgezeichneter Gatte und liebreicher Vater; und das öffentliche und dienstliche Vertrauen, dessen er sich erfreuen konnte, machte ihn, wie bei seiner Gutartigkeit nicht anders zu erwarten, geneigt, den aufeinanderfolgenden Kommissaren, denen er in diesem selben Raume schon gegenübergestanden hatte, freundliche Gefühle entgegen zu bringen. Er hatte drei erlebt. Der erste, ein militärischer, kurz angebundener Mann mit weißen Augenbrauen in einem roten Gesicht und zu Ausbrüchen geneigt, ließ sich an einem seidenen Faden lenken. Er schied aus, weil er die Altersgrenze erreicht hatte. Der zweite, ein vollkommener Gentleman, der ein bewunderungswürdiges Feingefühl dafür hatte, was sich für ihn wie für jedermann sonst geziemte, ging ab, um außerhalb Englands einen höheren Posten anzutreten und bekam dabei einen Orden für (tatsächlich) Inspektor Heats Verdienste. Es war ein Stolz und eine Freude gewesen, mit ihm zu arbeiten. Der dritte, zunächst ein unbeschriebenes Blatt, war nach Ablauf von achtzehn Monaten für die Abteilung immer noch ein unbeschriebenes Blatt. Im ganzen genommen hielt ihn Inspektor Heat für harmlos; übel aussehend, aber harmlos. Er sprach nun, und der Inspektor hörte ihm mit äußerlicher Ehrerbietung zu (die Pflicht und darum nichtssagend ist), innerlich aber mit wohlwollender Duldsamkeit.

„Michaelis hat sich abgemeldet, bevor er aus London auf das Land reiste?"

„Jawohl, Herr, das hat er."

„Und was tut er wohl dort?" fuhr der Kommissar fort, der ja darüber genau Bescheid wußte. In einen alten Armstuhl gezwängt, vor einem wurmstichigen Eichentisch, im Oberstock eines Landhäuschens mit moosigem Ziegeldach, schrieb Michaelis Nacht und Tag mit zittriger, schiefer Handschrift die „Lebensgeschichte eines Sträflings", ein Buch, das zu einer Offenbarung in der Geschichte der Menschheit werden sollte. Die günstigen Vorbedingungen für seine Erleuchtung waren gegeben – der beengte Raum, die Abgeschlossenheit und Einsamkeit. Er konnte sich wie im Gefängnis fühlen, abgesehen davon, daß er von dem Zwang verschont war, sich Bewegung zu machen, der zu der tyrannischen Zeiteinteilung seiner früheren Anstalt gehört hatte. Er konnte nicht sehen, ob die Sonne noch auf die Erde schien oder nicht. Der Schweiß geistiger Arbeit tropfte ihm von der Stirne. Eine köstliche Begeisterung trieb ihn voran. Es war die Befreiung seines Innersten, er ließ seine Seele in die weite Welt hinaus. Und sein von argloser Eitelkeit genährter Eifer (erstmals durch das Verlagsangebot von fünfhundert Pfund geweckt) wirkte vorherbestimmt und heilig.

„Es wäre natürlich höchst wünschenswert, genaue Nachricht darüber zu haben", beharrte der Kommissar hinterhältig.

Hauptinspektor Heat empfand angesichts dieser Gründlichkeit neuen Ärger und sagte, daß der Landpolizei Michaelis' Ankunft sofort angezeigt worden, und daß eine genaue Meldung in wenig Stunden zu haben sei. Ein Telegramm an den Postenkommandanten –

Das sagte er langsam und schien in Gedanken schon die Folgen zu erwägen. Ein leichtes Zusammenziehen der Brauen deutete darauf hin. Doch wurde er durch eine Frage unterbrochen.

„Sie haben dieses Telegramm schon abgeschickt?"

„Nein, Herr", antwortete er, wie überrascht.

Der Kommissar stellte plötzlich beide Füße auf den Boden. Die Bewegung war unvermittelt und stand im Widerspruch mit der leichten Art, in der er die Frage hinwarf:

„Glauben Sie zum Beispiel, daß Michaelis mit der Herstellung der Bombe irgend etwas zu tun hatte?"

Der Inspektor machte ein nachdenkliches Gesicht.

„Das möchte ich nicht sagen. Es ist auch nicht nötig, jetzt irgend etwas zu sagen. Er ist der Genosse von Leuten, die als gefährlich gelten. Er wurde zum Abgeordneten des Roten Komitees gewählt, kaum ein Jahr, nachdem er auf Bewährungsfrist entlassen war. Eine Art Anerkennung, vermute ich." Und dann lachte der Inspektor ein wenig ärgerlich, ein wenig geringschätzig. Einem solchen Mann gegenüber waren Bedenken übel angebracht und sogar ungesetzlich. Die Berühmtheit, zu der gelegentlich seiner Entlassung vor zwei Jahren einige gefühlsduselige Journalisten Michaelis verholfen hatten, in der Hoffnung, damit größere Auflagen zu erzielen, wurmte den Inspektor immer noch. Es war vollkommen gesetzmäßig, den Mann auf den Schatten eines Verdachtes hin zu verhaften. Es war gesetzlich und überdies handgreiflich vorteilhaft. Das hätten seine zwei früheren Vorgesetzten ohne weiteres eingesehen; während dieser hier, ohne Ja oder Nein zu sagen, wie traumverloren dasaß. Überdies mußte auch die Verhaftung von Michaelis, abgesehen davon, daß sie gesetzlich und vorteilhaft war, eine kleine persönliche Schwierigkeit beseitigen, die den Inspektor ein wenig bedrückte. Diese Schwierigkeit störte seinen Ruf, sein Behagen und sogar die wirksame Erfüllung seiner Berufspflichten. Denn wenn auch Michaelis zweifellos etwas von dem Anschlag wußte, so war der Inspektor doch ganz sicher, daß er nicht zuviel wußte, und das war gerade recht. Er wußte weit weniger –, darin konnte sich der Inspektor nicht irren – als gewisse andere Leute, an die er denken mußte, deren Verhaftung aber untunlich und mit Rücksicht auf die Spielregeln vielleicht auch schwieriger war. Diese Spielregeln schützten Michaelis, der ein entlassener Sträfling war, weit weniger. Es war töricht, gesetzliche Vorteile nicht wahrzunehmen, und die Journalisten, die ihn gefühlsduselig bis in den Himmel gehoben hatten, würden sich gewiß bereit finden lassen, ihn gleich gefühlsduselig wieder herunterzureißen. –

Dieser hoffnungsfrohe Ausblick gab dem Inspektor das Gefühl persönlichen Triumphes; und zutiefst in seinem untadeligen Busen eines verheirateten Bürgers, fast unbewußt und doch nachdrücklich, sprach die Abneigung dagegen mit, die Ereignisse könnten ihn etwa zwingen, mit dem verzweifelten, blutdürstigen Professor anzubinden. Diese Abneigung hatte sich beim zufälligen Zusammentreffen in dem Durchlaß verstärkt. Die Begegnung hatte in dem Inspektor durchaus nicht das erfreuliche Gefühl von Überlegenheit hinterlassen, das die Mitglieder der Polizeimacht von nichtamtlichen, doch engen Berührungen mit der Verbrecherkaste mitzunehmen pflegen und wodurch ihr

Machtgefühl gekitzelt und der Gedanke, über Mitgeschöpfe zu herrschen, in gebührendem Maße bekräftigt wird.

Der vollkommene Anarchist wurde von Hauptinspektor Heat nicht als Mitgeschöpf anerkannt. Er war einfach unmöglich – ein toller Hund, den man sich selbst überlassen mußte. Nicht, daß der Hauptinspektor ihn gefürchtet hätte; im Gegenteil, er gedachte ihn eines Tages festzukriegen. Aber noch nicht jetzt; er wollte ihn zur rechten Zeit packen, sauber und richtig, ganz nach den Spielregeln. Dies war nicht der rechte Augenblick, um ein Ende zu machen, und zwar aus vielen Gründen, öffentlicher und allgemeiner Art. Aus diesem beherrschenden Gefühl heraus schien es für Inspektor Heat richtig und angebracht, die Angelegenheit, deren noch unbekannte Spuren weiß Gott wohin führen mochten, auf ein ruhiges (und einwandfreies) Seitengeleise zu schieben mit Namen Michaelis; und er wiederholte, als dächte er über die Anregung seines Vorgesetzten emsig nach:

„Die Bombe. – Nein, das möchte ich nicht sagen. Das werden wir wohl nie herausbringen. Doch ist es klar, daß er damit irgendwie in einem Zusammenhange steht, den wir mühelos aufdecken werden."

Sein Gesicht zeigte den ernsten, überwältigenden Gleichmut, der einst unter den besseren Dieben so bekannt und gefürchtet war. Hauptinspektor Heat, wenn auch sozusagen ein Mann, gab sich doch nicht in bloßem Lächeln aus. Innerlich aber konnte er seine Genugtuung über die scheinbare Bereitwilligkeit nicht unterdrücken, mit der der Kommissar seine Meinung aufnahm:

„Sie glauben also wirklich, daß die Untersuchung nach dieser Richtung hin geführt werden müßte?"

„Jawohl, Herr."

„Ganz überzeugt?"

„Jawohl, Herr, daran müssen wir uns halten."

Der Kommissar entzog seinem geneigten Kopf die Stütze seiner Hand mit einer Plötzlichkeit, die angesichts der lässigen Haltung den ganzen Mann mit Zusammenbruch zu bedrohen schien. Wider Erwarten aber richtete er sich mit größter Beweglichkeit auf und ließ die Hände auf den großen Schreibtisch niederfallen, daß es wie ein scharfer Schlag klang.

„Was ich wissen möchte, ist, warum Ihnen das jetzt erst in den Kopf kommt?"

„In den Kopf kommt", wiederholte der Hauptinspektor sehr langsam.

„Jawohl, erst als Sie hier hereingerufen wurden – das wissen Sie selbst."

Der Inspektor hatte die Empfindung, als würde die Luft zwischen seinem Anzug und seiner Haut unangenehm erhitzt, eine Empfindung, die allen Reiz unglaublicher Neuheit hatte.

„Natürlich", sagte er und betonte die Behutsamkeit seiner Worte bis zur Grenze des Möglichen. „Wenn es einen Grund gibt – den ich nicht kenne –, den Sträfling Michaelis in Ruhe zu lassen, so wäre es vielleicht besser, ich ließe die Landpolizei nicht auf ihn los."

Dieser Ausspruch brauchte so lange Zeit, daß die Ausdauer, mit der der Kommissar ihn anhörte, aller Bewunderung wert schien. Seine Erwiderung kam ohne Zögern.

„Durchaus keinen Grund, der mir bekannt wäre. Kommen Sie, Herr Heat, diese Spitzfindigkeit mir gegenüber ist nicht nett von Ihnen – gar nicht nett. Und auch nicht anständig, müssen Sie wissen. Sie sollten mich die Sache nicht so mühsam alleine auseinanderklauben lassen. Ich bin wirklich überrascht."

Er schwieg eine Weile und fügte dann sanft hinzu: „Ich brauche wohl kaum zu sagen, daß diese Unterhaltung ganz außerdienstlich ist."

Diese Worte waren für den Inspektor alles eher als beruhigend. Immer noch befand er sich im Zustand eines verratenen Seiltänzers. Es kränkte seinen Stolz als eifriger Diener, daß also das Seil nicht geschüttelt worden war, damit er sich den Hals breche, sondern vielmehr aus blanker Unverschämtheit. Als ob irgend jemand sich fürchtete! Kommissare kommen und gehen, aber ein tüchtiger Hauptinspektor ist keine Eintagsfliege in einer Abteilung. Er fürchtete nicht, sich den Hals zu brechen. Daß man ihm sein Auftreten verpatzt hatte, war Grund genug zu ehrlicher Entrüstung. Und da die Gedanken keine Ehrerbietung gegen Personen kennen, so nahmen die Gedanken des Hauptinspektors drohend prophetische Formen an. „Du, mein Junge," sagte er zu sich selbst und hielt seine runden und sonst so beweglichen Augen starr auf den Kommissar gerichtet, „du, mein Junge, kennst deinen Platz nicht, und dein Platz wird dich auch nicht sehr lange kennen, wette ich."

Gleichsam als aufreizende Antwort auf diese Gedanken, huschte der Schatten eines liebenswürdigen Lächelns über des Kommissars Lippen. Er benahm sich durchaus unbefangen und geschäftlich, während er sich doch in den Kopf setzte, nochmals an dem Seil zu rütteln.

„Kommen wir nun zu dem, was Sie an Ort und Stelle entdeckt haben, Inspektor“, sagte er.

„Ein Narr und seine Kappe sind leicht getrennt“, tönte in des Inspektors Kopf die wahrsagende Stimme weiter; unmittelbar anschließend aber drängte sich ihm die Erwägung auf, daß ein abgehender Vorgesetzter, auch wenn er „hinausgefeuert“ wurde (dies war das treffende Bild), immer noch, während er durch die Türe fliegt, Zeit hat, einem Untergebenen übel gegen die Schienbeine zu treten. Ohne das Basiliskenhafte seines Blicks wesentlich zu ändern, sagte er gleichmütig: „Wir kommen nun zu diesem Teil meiner Untersuchung, Herr.“

„Das ist recht. Nun also, was haben Sie herausgebracht?“

Der Inspektor hatte sich inzwischen entschlossen, vom hohen Seil herunterzuspringen, und kam nun geschickt auf ebenen Boden.

„Ich habe eine Adresse herausgebracht“, sagte er und zog ohne Überstürzung einen versengten Fetzen blauen Tuchs aus der Tasche. „Das da gehört zum Überrock des Burschen, der sich in Stücke reißen ließ. Natürlich muß der Überrock nicht unbedingt ihm gehört haben und kann sogar gestohlen gewesen sein. Das erscheint aber unwahrscheinlich, wenn Sie sich das hier ansehen.“

Der Hauptinspektor trat zum Tisch und strich den Tuchfetzen sorgfältig glatt. Er hatte ihn aus dem ekelhaften Haufen im Totenhause herausgegriffen, weil sich unter dem Kragen mitunter der Name eines Schneiders findet. Das ist nur selten von Nutzen, doch immerhin – – – Er hatte nur wenig Hoffnung gehabt, etwas Nützliches, ganz gewiß aber hatte er nicht gehofft, ein viereckiges Stückchen Leinwand zu finden, auf dem mit Merktinte eine Adresse angegeben, und das nicht etwa unter dem Kragen, sondern auf der Innenseite des Umschlags mit sorgfältigen Stichen angenäht war.

Der Inspektor zog die Hand weg, mit der er das Stück glatt gestrichen hatte.

„Ich habe es mitgenommen, ohne daß es irgend jemand bemerkt hat“, sagte er. „Ich hielt es so für das beste. Es kann auf Wunsch jederzeit vorgelegt werden.“

Der Kommissar erhob sich ein wenig auf seinem Stuhl, zog den Fetzen zu sich herüber und betrachtete ihn schweigend. Auf einem Stückchen Leinwand, kaum größer als ein gewöhnliches Zigarettenpapier, war lediglich der Name Brett Street und die Nummer 32 in Merktinte geschrieben. Er war ehrlich überrascht.

„Ich kann mir nicht denken, warum der Kerl mit einer solchen Anhängeadresse herumgelaufen sein sollte“, meinte er mit einem Blick auf den Inspektor. „Das ist ganz ungewöhnlich.“

„Ich traf einmal im Rauchzimmer eines Hotels einen alten Herrn, der Namen und Adresse in allen seinen Röcken eingenäht trug, für den Fall eines Unglücks oder plötzlichen Unwohlseins“, sagte der Inspektor. „Er behauptete, vierundachtzig Jahre alt zu sein, man sah es ihm aber nicht an. Er sagte mir, daß er auch fürchte, plötzlich einmal sein Gedächtnis zu verlieren wie die Leute, von denen er in der Zeitung gelesen hatte.“

Der Kommissar unterbrach den Fluß dieser Erinnerungen mit der unvermittelten Frage nach der Nummer 32 in Brett Street. Der Hauptinspektor, durch verwerfliche Kunstgriffe auf den Boden heruntergezwungen, hatte sich entschlossen, den Pfad restloser Offenheit zu beschreiten. Wenn er auch fest überzeugt war, daß es für die Abteilung vom Übel sein mußte, zuviel zu wissen, so erlaubte ihm seine Ehrenhaftigkeit zum besten des Dienstes doch nicht, weiter zu gehen, als daß er ein Wissen überlegt bei sich behielt. Hatte der Kommissar den Wunsch, die Sache gründlich zu verfahren, so konnte ihn natürlich nichts daran hindern. Für seine Person aber sah der Inspektor keinen Anlaß, besondere Findigkeit zu entfalten. Darum antwortete er kurz:

„Es ist ein Laden, Herr.“

Der Kommissar hielt die Augen immer noch auf den blauen Tuchfetzen gesenkt und wartete auf weitere Auskunft. Als die nicht kam, suchte er sie durch eine Reihe geduldig gestellter Fragen zu erlangen. So bekam er einen Begriff von Herrn Verlocs Gewerbe, von seiner persönlichen Erscheinung und hörte zuletzt auch seinen Namen. Während einer Pause hob der Kommissar die Augen und entdeckte auf des Inspektors Gesicht Spuren von Erregung. Sie sahen einander schweigend an.

„Natürlich,“ sagte der Inspektor, „wird der Mann in den letzten Listen der Abteilung nicht geführt.“

„Wußte einer meiner Vorgänger irgend etwas von dem, was Sie mir jetzt gesagt haben?“ fragte der Kommissar, stemmte die Ellenbogen auf den Tisch und hob die gefalteten Hände vor sein Gesicht, wie zum Beten; seine Augen aber hatten durchaus keinen frommen Ausdruck.

„Nein, Herr, gewiß nicht. Wozu auch? Ein solcher Mensch konnte niemals öffentlich zu irgendwelchem guten Zweck anerkannt werden. Es war genug, wenn ich wußte, wer er war, und ihn auf eine Weise gebrauchte, von der man öffentlich Nutzen ziehen konnte."

„Und halten Sie dies private Wissen für vereinbar mit der amtlichen Stellung, die Sie einnehmen?"

„Vollkommen, Herr. Ich sehe nichts Übles darin. Erlauben Sie mir die Bemerkung, Herr, daß es mich zu dem Manne gemacht hat, der ich bin – und ich gelte für einen, der sein Fach versteht. Es ist ganz und gar meine Privatangelegenheit. Einer meiner persönlichen Freunde von der französischen Polizei gab mir einen Wink, daß der Bursche ein Gesandtschaftsspion sei. Private Freundschaft, private Auskunft und privater Gebrauch davon – so sehe ich die Sache an."

Der Kommissar machte insgeheim die Feststellung, daß der Gemütszustand des tüchtigen Inspektors die Umrisse seines Unterkiefers beeinflußt zu haben schien, als ob in diesem Körperteil der starke Sinn für berufliche Tüchtigkeit wohnte. Mit einem gleichgültigen „Ich verstehe", ließ er den Punkt zunächst fallen. Dann lehnte er die Wange gegen die gefalteten Hände:

„Nun also, sprechen wir privat, wenn Sie wollen. – Wie lange haben Sie private Fühlung mit diesem Gesandtschaftsspion gehabt?"

Die private Antwort des Inspektors auf diese Frage (so privat, daß sie sich nicht in hörbare Worte formte) war:

„Lange bevor irgend jemand dachte, daß du auf diesen Platz kommen würdest."

Die sogenannte öffentliche Antwort war wesentlich genauer:

„Ich sah ihn zum erstenmal in meinem Leben vor etwas mehr als sieben Jahren, als zwei kaiserliche Hoheiten und der kaiserliche Kanzler zu Besuch hier weilten. Mir war der gesamte Sicherungsdienst übertragen. Damals war Baron Stott-Wartenheim Gesandter. Er war ein sehr nervöser alter Herr. Eines Abends, drei Tage vor dem Guild Hall Bankett, ließ er sagen, daß er mich auf einen Augenblick zu sehen wünschte. Ich war im Erdgeschoß, und die Wagen, die die kaiserlichen Hoheiten und den Kanzler zur Oper bringen sollten, standen vor der Türe. Ich ging sofort hinauf. Ich fand den Baron der Verzweiflung nahe, wie er händeringend in seinem Schlafzimmer auf und ab lief. Er versicherte mir, daß er unbegrenztes Vertrauen zu unserer Polizei und zu meinen Fähigkeiten habe, daß aber da ein Mann gerade von Paris zu ihm herübergekommen sei, dessen Bericht unbedingten Glauben verdiene. Er bat mich, zu hören, was der Mann zu sagen wisse. Er führte mich in einen anstoßenden Ankleideraum, wo ich einen großen Menschen in schwerem Überrock ganz alleine auf einem Stuhle sitzend fand, Hut und Stock in einer Hand. Der Baron sagte ihm französisch:

›Sprechen Sie, mein Freund.‹

Die Beleuchtung im Zimmer war nicht sonderlich gut. Ich unterhielt mich mit ihm etwa fünf Minuten. Er gab mir tatsächlich erstaunliche Nachrichten. Dann führte mich der Baron beiseite und lobte ihn aufs höchste, und als ich mich umwandte, bemerkte ich, daß der Bursche wie ein Geist verschwunden war. Er war wohl aufgestanden und über irgendeine Hintertreppe hinuntergeschlichen, vermute ich. Ich hatte keine Zeit, ihm nachzulaufen, da ich hinter dem Gesandten über die Stiege hinunterspringen mußte, um die Abfahrt der hohen Herrschaften zu überwachen. Immerhin handelte ich noch in der gleichen Nacht den erhaltenen Nachrichten gemäß. Ob sie nun ganz stimmten oder nicht, jedenfalls waren sie ernst genug. Und allem Anschein nach haben sie uns am Tage des kaiserlichen Besuchs in der City vor großen Unannehmlichkeiten bewahrt.

Einige Zeit nachher, etwa einen Monat nach meiner Ernennung zum Hauptinspektor, bemerkte ich einen großen, stämmigen Mann, der eilig aus einem Juwelierladen am Strand herauskam. Ich mußte ihn schon irgendwo gesehen haben. Ich ging ihm nach, da ich nach Charing Cross ohnedies den gleichen Weg hatte; und da ich dort über die Straße weg einen unserer Detektive bemerkte, so winkte ich ihn zu mir, zeigte ihm den Burschen und gab ihm den Auftrag, ihn einige Tage zu überwachen und mir dann Meldung zu erstatten. Schon am nächsten Nachmittage kam mein Mann zurück und meldete mir, daß der Bursche am gleichen Morgen um elf Uhr dreißig auf dem Standesamt die Tochter seiner Wirtin geheiratet hatte und mit ihr auf eine Woche nach Margate gefahren war. Mein Mann hatte gesehen, wie das Gepäck in die Droschke geladen wurde. Auf einem der Koffer waren ein paar alte Zettel. Der Bursche ging mir nicht aus dem Kopf, und sobald ich das nächstemal dienstlich in Paris zu tun hatte, sprach ich seinetwegen mit meinem Freunde in der Pariser Polizei. Mein Freund sagte: ›Nach allem, was Sie mir sagen, muß es sich um einen ziemlich bekannten Anhänger und Sendboten des revolutionären Roten Komitees handeln. Er behauptet, von Geburt Engländer zu sein. Wir haben Grund zu der

Annahme, daß er seit geraumer Zeit Geheimagent einer der ausländischen Gesandtschaften in London ist. Dies half meinem Gedächtnis mit einem Schlage nach. Er war der Bursche, den ich in Baron Stott-Wartenheims Ankleidezimmer, auf einem Stuhl sitzend, getroffen hatte und der dann so plötzlich verschwunden war. Ich sagte meinem Freunde, daß seine Vermutung richtig sei. Der Bursche sei, wie ich bestimmt wisse, tatsächlich Geheimagent. Später nahm sich mein Freund die Mühe, alles, was über den Menschen amtlich bekannt war, für mich zusammenstellen zu lassen. Ich hielt es für richtiger, alles Wissenswerte in Erfahrung zu bringen, aber Sie werden die Geschichte jetzt wohl nicht anhören, Herr."

Der Kommissar schüttelte sein aufgestütztes Haupt. „Die Geschichte Ihrer Beziehungen zu diesem brauchbaren Mitbürger ist die einzige, die gerade jetzt in Betracht kommt", sagte er, schloß langsam seine müden, tiefliegenden Augen und schlug sie plötzlich mit bedeutend frischerem Blicke wieder auf.

„An denen ist nichts Amtliches", sagte der Inspektor bitter. „Ich ging eines Abends in seinen Laden, gab mich zu erkennen und erinnerte ihn an unsere erste Begegnung. Er zuckte nicht mit einer Wimper. Er sagte, daß er nun verheiratet und seßhaft sei und den einzigen Wunsch habe, in seinem kleinen Handel nicht gestört zu werden. Ich nahm es auf mich, ihm zu versprechen, daß er, solange er sich nicht störend bemerkbar mache, von der Polizei unbehelligt bleiben sollte. Das war für ihn sehr wertvoll, denn ein Wort von uns an die Zollbeamten hätte genügt, damit einige der Pakete, die er aus Paris und Brüssel erhält, in Dover geöffnet und zweifellos beschlagnahmt worden wären. Möglicherweise wäre eine Strafanzeige nachgefolgt."

„Das ist ein recht zweifelhafter Handel", murmelte der Kommissar. „Warum hat er den angefangen?"

Der Inspektor hob in gleichmütiger Geringschätzung die Augen.

„Wird wohl Verbindungen haben, Freunde auf dem Festland unter Leuten, die mit solchen Waren handeln. Gerade der Schlag, der zu ihm paßte. Er ist auch ein fauler Hund, wie die andern alle."

„Welche Gegenleistung für Ihren Schutz erhalten Sie von ihm?"

Der Inspektor war nicht geneigt, sich über den Wert von Herrn Verlocs Diensten auszulassen.

„Er würde niemandem außer mir viel nützen. Man muß allerhand wissen, bevor man von einem Mann wie ihm Nutzen ziehen kann. Ich vermag die Andeutungen, die er geben kann, zu verstehen, und wenn ich eine Andeutung wünsche, so kann er sie mir meistens verschaffen."

Der Inspektor verlor sich plötzlich in heimliche Gedanken, und der Kommissar unterdrückte ein Lächeln bei der Vorstellung, daß der Ruf des Hauptinspektors Heat möglicherweise zum größten Teil von dem Geheimagenten Verloc geschaffen worden war.

„Mehr allgemein gesprochen nützt er auch dadurch, daß alle Mann unserer Abteilung, die in Charing Cross und Victoria Dienst tun, streng angewiesen sind, jedermann, den sie in seiner Begleitung sehen, genau vorzumerken. Er holt häufig die Neuankommenden ab und bleibt auch weiterhin mit ihnen in Fühlung. Das scheint die ihm übertragene Aufgabe zu sein. Wenn ich schnell eine Adresse brauche, kann ich sie immer von ihm bekommen. Natürlich weiß ich unsere Beziehungen richtig zu behandeln. Ich habe ihn während der letzten zwei Jahre kaum dreimal von Angesicht gesehen; ich schicke ihm einen Zettel ohne Unterschrift, und er antwortet mir ebenso an meine Privatadresse."

Von Zeit zu Zeit nickte der Kommissar unmerklich. Der Hauptinspektor fügte noch hinzu, daß Verloc wohl kaum ein enger Vertrauter des Internationalen Revolutionsrats sei, daß er aber seiner Meinung nach fraglos allgemeines Vertrauen genieße. „Sooft ich Witterung von irgend etwas bekam," schloß er, „fand ich immer, daß er mir etwas Wissenswertes darüber zu sagen wußte."

Der Kommissar machte eine bezeichnende Bemerkung:

„Diesmal hat er Sie im Stich gelassen."

„Diesmal hatte ich auch keinerlei sonstige Witterung", gab Inspektor Heat zurück. „Ich habe ihn nichts gefragt, darum konnte er mir auch nichts sagen. Er gehört nicht zu unseren Leuten, und wird nicht von uns bezahlt."

„Nein", murmelte der Kommissar. „Er wird als Spion von einer fremden Regierung bezahlt. Wir können uns vor ihm keine Blöße geben."

„Ich muß meine Arbeit auf meine Weise tun", erklärte der Hauptinspektor. „Wenn es nottut, würde ich mit dem Teufel selbst anbinden und die Folgen auf mich nehmen. Es gibt Dinge, die nicht jedermann zu wissen braucht."

„Ihr Begriff von Geheimhaltung scheint darin zu gipfeln, daß Sie Ihren Abteilungsvorstand in Unwissenheit lassen. Das geht denn doch wohl ein wenig zu weit. Er wohnt über seinem Laden?“

„Wer? Verloc? O ja. Er wohnt über seinem Laden. Die Mutter der Frau wohnt bei ihnen, glaube ich.“

„Wird das Haus überwacht?“

„Du lieber Gott, nein, das ginge nicht. Gewisse Leute, die bei ihm aus- und eingehen, werden überwacht. Meiner Meinung nach weiß er nichts von dieser Sache.“

„Wie erklären Sie sich das?“

Der Kommissar deutete auf den Tuchfetzen, der vor ihm auf dem Tische lag.

„Ich erkläre es mir gar nicht, Herr. Es ist einfach unerklärlich. Es ist durch nichts zu erklären, was ich weiß.“ Der Hauptinspektor machte dieses Zugeständnis mit dem Freimut eines Mannes, dessen Ruf felsenfest steht. „Zum mindesten nicht im Augenblick. Ich nehme an, daß Michaelis sich doch als der Hauptbeteiligte herausstellen wird.“

„Tun Sie das?“

„Jawohl, Herr. Weil ich für alle anderen einstehen kann.“

„Was ist es mit dem zweiten Mann, der angeblich aus dem Park entflohen ist?“

„Ich denke, er wird jetzt schon weit weg sein“, vermutete der Inspektor.

Der Kommissar sah ihn scharf an und erhob sich plötzlich, als hätte er sich zu einer bestimmten Handlungsweise entschlossen. In Wahrheit war er eben in diesem Augenblick einer lockenden Versuchung erlegen. Der Hauptinspektor sah sich mit der Weisung entlassen, sich bei seinem Vorgesetzten früh am nächsten Morgen zu weiterer Beratung des Falles einzufinden. Er hörte mit unbewegtem Gesicht zu und verließ gemessenen Schritts den Raum.

Was immer auch des Kommissars Pläne sein mochten, so hatten sie nichts mit der Schreibarbeit zu tun, die mit ihrer Enge und Unwirklichkeit zum Fluch seines Lebens geworden war. Sie konnten nichts damit zu tun haben, sonst wäre die Lebhaftigkeit, die den Kommissar überkam, unerklärlich gewesen. Sobald er alleine war, sah er hastig nach seinem Hut und setzte ihn auf. Darnach ließ er sich nochmals in den Stuhl fallen, um die ganze Sache zu überdenken. Das währte aber nicht lange, da er ja schon entschlossen war. Und bevor Inspektor Heat auf dem Heimweg weit gekommen war, verließ auch der Kommissar das Gebäude.

VII

Der Kommissar durchschritt ein kurzes Gäßchen, weich und schlammig wie ein Abzugsgraben, durchkreuzte dann eine breite Hauptstraße und betrat ein öffentliches Gebäude, wo er den jungen, unbesoldeten Privatsekretär einer großen Persönlichkeit aufsuchte.

Dieses blonde Milchgesicht, das mit dem in der Mitte gescheitelten Haar wie ein großer, sauberer Schuljunge aussah, nahm die Bitte des Kommissars mit zweifelhaftem Blick auf und sprach mit angehaltenem Atem.

„Wird er Sie empfangen wollen? Das weiß ich nun gar nicht. Er ist vor einer Stunde vom Parlament herübergekommen, um mit dem ständigen Untersekretär zu reden, und ist nun im Begriff, wieder zurückzugehen. Er hätte ihn auch kommen lassen können; aber er tut es, um sich ein wenig Bewegung zu machen, vermute ich. Mehr freie Zeit hat er ja nicht, während diese Session anhält. Ich beklage mich nicht; die kurzen Gänge machen mir Freude. Er stützt sich auf meinen Arm und öffnet die Lippen nicht. Aber er ist sehr übermüdet und – nun – nicht eben in bester Laune."

„Es ist wegen der Greenwich-Sache."

„Oh! Das auch noch! Er hat euch sehr auf dem Strich. Aber wenn Sie darauf bestehen, so will ich nachsehen gehen."

„Recht so. Sie sind ein braver Junge", sagte der Kommissar.

Der unbesoldete Sekretär bewunderte diese Kühnheit. Er machte sich ein harmloses Gesicht zurecht, öffnete die Tür und ging mit der Sicherheit eines hübschen und verwöhnten Kindes hinein. Er kam gleich wieder und nickte dem Kommissar zu, der nun durch die offengehaltene Türe eintrat und sich in einem weiten Räume der großen Persönlichkeit gegenüber sah.

Mächtig gebaut, mit einem langen weißen Gesicht, das sich nach unten zu in ein wuchtiges Doppelkinn verbreiterte und eiförmig im Rahmen des grauen Backenbarts lag, schien die große Persönlichkeit sozusagen in Ausdehnung begriffen. Dieser Eindruck wurde verstärkt durch die vom Schneiderstandpunkt aus unerfreulichen Querfalten in dem zugeknöpften schwarzen Rock, die äußerste Beanspruchung des Kleidungsstückes verrieten. Das Haupt ruhte auf dickem Halse, und zu beiden Seiten der Hakennase, die kühn aus der Fläche des weißen Gesichtes sprang, blickten die Augen hochmütig über die sackartigen unteren Lider hinweg. Ein glänzender Zylinder und ein Paar abgetragene Handschuhe, die am Ende eines langen Tisches bereitlagen, erweckten in ihrer Ungeheuerlichkeit gleichfalls den Gedanken an Ausdehnung.

Er stand am Kamin, in großen, geräumigen Schuhen, und äußerte kein Wort der Begrüßung.

„Ich möchte wissen, ob das der Beginn eines neuen Dynamitfeldzugs ist“, sagte er unvermittelt, mit tiefer, merkwürdig sanfter Stimme. „Keine Einzelheiten, bitte. Dafür habe ich keine Zeit.“

Vor der bäuerlich massigen Erscheinung des Gewaltigen wirkte der Kommissar klein und schmächtig, wie eine Binse, die zu einer Eiche spricht. Tatsächlich reichte die ununterbrochene Ahnenreihe jenes Mannes über Jahrhunderte zurück, deren Zahl das Alter der ältesten Eiche im Lande weit überstieg.

„Nein, ich versichere, daß es das nicht ist – soweit man irgendeiner Sache sicher sein kann.“

„Schon recht, aber ihr da drüben –,“ dies mit einer verächtlichen Handbewegung nach einem der großen Fenster, das auf die Hauptstraße hinausging, „ihr da drüben scheint mit euren Versicherungen hauptsächlich bezwecken zu wollen, daß der Staatssekretär wie ein Affe dasteht. Hier in diesem Zimmer wurde mir vor weniger als einem Monat versichert, daß nichts der Art auch nur möglich sei.“

Der Kommissar blickte in der Richtung des Fensters.

„Wollen Sie mir die Bemerkung gestatten, Sir Ethelred, daß ich persönlich noch nie Gelegenheit hatte, Ihnen irgendwelche Versicherungen zu geben.“

Der Blick der hochmütigen Augen sammelte sich auf dem Kommissar.

„Richtig“, gab die tiefe, sanfte Stimme zu. „Ich habe nach Heat geschickt. Sie sind ja noch ein Neuling auf dem Posten. Wie kommen Sie überhaupt zurecht?“

„Ich glaube, daß ich täglich etwas dazulerne.“

„Natürlich, natürlich. Ich hoffe, daß Sie es vorwärts bringen.“

„Besten Dank, Sir Ethelred. Ich habe heute etwas gelernt, sogar während der letzten Stunde. Die Angelegenheit hat manches an sich, was selbst bei tieferem Einblick nicht nach einem gewöhnlichen anarchistischen Anschlag aussieht. Darum bin ich hier.“

Der große Mann stemmte die Handrücken gegen die Hüften, daß die Ellenbogen seitab standen.

„Ist recht. Fahren Sie fort. Aber keine Einzelheiten, bitte. Ersparen Sie mir die Einzelheiten.“

„Sie sollen damit nicht behelligt werden, Sir Ethelred“, hob der Kommissar mit ruhiger Zuversicht an. Hinter dem Rücken des großen Mannes stand eine Uhr, ein schweres, prächtiges Ding mit wuchtigen Schnecken, aus demselben dunklen Marmor wie die Kamineinfassung und mit einem geisterhaften, dumpfen Ticken. Während der Kommissar sprach, rückten die Zeiger dieser Uhr um sieben Minuten vor. Er sprach wohlüberlegt und streute kleine Zwischenbemerkungen ein, die haarscharf ineinander griffen. Kein Ton, nicht einmal eine Bewegung deuteten den Wunsch nach einer Unterbrechung an. Der große Mann konnte gut das Standbild eines seiner fürstlichen Vorfahren sein, dem man den Kreuzfahrerharnisch abgenommen und einen schlechtsitzenden Gehrock angezogen hatte. Der Kommissar hatte das Gefühl, als dürfte er eine Stunde lang reden. Aber er behielt sich in der Hand und brach nach Ablauf der oben genannten Zeit mit einer plötzlichen Folgerung ab, die eine Wiederholung der ersten Behauptung darstellte und durch ihre offenbare Kraft und Schnelligkeit Sir Ethelred angenehm überraschte.

„Die Sachlage, die wir unter dieser im Grunde harmlosen Angelegenheit vorfinden, ist – zum mindesten in dieser Schärfe – ungewöhnlich und erfordert besondere Behandlung.“

Sir Ethelreds Stimme klang noch tiefer, voll Überzeugung.

„Das sollte ich wohl meinen, – da es den Gesandten einer fremden Macht angeht!“

„Oh, den Gesandten!“ wehrte der Kommissar, schlank und schmächtig, und gestattete sich ein halbes Lächeln. „Es wäre töricht von mir, irgend etwas der Art behaupten zu wollen, und auch ganz unnötig; denn wenn meine Voraussetzungen stimmen, dann ist es eine unwichtige Einzelheit, ob es sich um den Gesandten oder den Pförtner handelt.“

Sir Ethelred tat einen Mund auf, weit wie eine Höhle, in die die Hakennase hineinspähen zu wollen schien. Daraus hervor klang ein gedämpftes Rollen, wie der Ton einer fernen Orgel.

„Die Leute sind tatsächlich unmöglich. Was sie sich nur dabei denken – ihre tatarischen Methoden hier anwenden zu wollen! Ein Türke hätte mehr Lebensart."

„Sie vergessen, Sir Ethelred, daß wir, genau genommen, nichts wissen – noch nichts."

„Nein! Aber wie erklären Sie es? Kurz?"

„Unverschämtheit, die sich bis zu einer eigenen Art von Kinderei steigert."

„Wir können uns nicht mit der Unschuld schlimmer kleiner Kinder befassen", sagte die große und ausgedehnte Persönlichkeit und schien sich noch ein wenig mehr auszudehnen. Der hochmütige Blick fiel zermalmend auf den Teppich zu des Kommissars Füßen. „Diesmal wird man ihnen richtig auf die Finger klopfen müssen. Dazu müssen wir in der Lage sein – –. Was ist Ihr allgemeiner Eindruck, kurz? Ich brauche keine Einzelheiten."

„Sehr wohl, Sir Ethelred. Grundsätzlich möchte ich festhalten, daß die Einrichtung von Geheimagenten nicht geduldet werden dürfte, da sie geeignet erscheint, die Übel, die sie bekämpfen soll, zu vermehren. Daß ein Spion seine Meldungen gerne erfindet, ist allgemein bekannt. Sobald es sich aber um politische und revolutionäre Tätigkeit handelt, die zum Teil mit Gewalt einhergeht, hat der Berufsspion jede Möglichkeit, die Tatsachen selbst zurecht zu machen und damit das doppelte Übel, einerseits der Nacheiferung, andererseits der Panik, überstürzter Gesetzgebung und sinnlosen Hasses zu erzeugen. Nun ist ja diese Welt nicht vollkommen –"

Die tiefe Stimme des Gewaltigen, der bewegungslos, die mächtigen Ellenbogen gespreizt, am Kamin stand, fiel hastig ein:

„Drücken Sie sich deutlich aus, bitte."

„Jawohl, Sir Ethelred, – keine vollkommene Welt. Sobald mir also die eigene Art dieses Falles klar geworden war, dachte ich, daß er ganz geheim behandelt werden müßte und erlaubte mir, hierher zu kommen."

„Das war recht", stimmte der Gewaltige zu, mit einem wohlwollenden Blick über sein Doppelkinn weg. „Es freut mich, daß in eurer Bude drüben doch noch jemand ist, der den Staatssekretär eines gelegentlichen Vertrauens nicht für unwert hält."

Der Kommissar lächelte belustigt.

„Ich war tatsächlich der Meinung, daß in diesem Falle Heat besser ersetzt würde durch –"

„Oh! Heat? Ein Esel – wie?" rief der große Mann ausgesprochen feindselig.

„Durchaus nicht. Wollen Sie bitte, Sir Ethelred, meinen Worten nicht diese ungerechte Auslegung geben."

„Was also? Um die Hälfte zu schlau?"

„Auch nicht – oder doch nicht immer. Alle Unterlagen für meine Vermutungen habe ich von ihm. Das einzige, was ich allein entdeckt habe, ist, daß er den Menschen privat benützt hat. Wer wollte ihn tadeln? Er ist ein alter Polizeimann. Er sagte mir wörtlich, daß er Werkzeuge zur Arbeit brauche. Dabei fiel mir ein, daß dieses Werkzeug der Abteilung für besondere Verbrechen ganz übergeben werden sollte, anstatt das private Eigentum des Hauptinspektors Heat zu bleiben. Meine Auffassung unserer Dienstpflichten geht bis zur Unterdrückung der Geheimagenten. Aber Hauptinspektor Heat ist eine langjährige Stütze der Abteilung. Er würde mir vorwerfen, daß ich die guten Sitten untergrabe und zugleich die Arbeit erschwere. Er würde es bitter eine Vorschubleistung nennen, die sich noch auf die Verbrecherkaste der Revolutionäre erstrecke. Es würde ihm eben so erscheinen."

„Ganz recht. Aber was meinen Sie?"

„Ich meine zunächst, daß es nur ein schwacher Trost ist, erklären zu können, daß irgendein Gewaltakt – durch den Eigentum beschädigt oder Leben vernichtet wurde – nicht den Anarchismus, sondern etwas durchaus anderes zur Ursache hat, irgendeine Art behördlich geschützter Schurkerei. Das ist meiner Meinung nach weit öfter der Fall, als wir vermuten. Dann liegt es auch auf der Hand, daß das Dasein dieser Leute im Solde fremder Regierungen die Wirksamkeit unserer eigenen Überwachung in gewisser Beziehung aufhebt. Ein Spion dieser Art kann es sich leisten, rücksichtsloser zu sein, als der rücksichtsloseste Verschwörer. Seine Tätigkeit kennt keine Hemmungen. Er braucht nicht die Treue, die zu völliger Verneinung, und nicht einmal soviel Gesetzesfurcht, wie noch zur völligen Gesetzlosigkeit gehört. Drittens räumt das Vorhandensein dieser Spione innerhalb der Revolutionsgruppen, deren

Beherbergung man uns vorwirft, mit jeder Art von Sicherheit auf. Sie haben vor einiger Zeit von Hauptinspektor Heat beruhigende Versicherungen erhalten. Die waren durchaus nicht unbegründet – und doch geschieht nun dieser Zwischenfall. Ich nenne es einen Zwischenfall, weil der ganzen Sache meiner Meinung nach der Charakter des Endgültigen fehlt. Es fehlt der, wenn auch noch so wilde, leitende Grundgedanke. Das geht für mich gerade aus den Einzelheiten hervor, die den Hauptinspektor Heat so ratlos überraschen. Ich enthalte mich aller Einzelheiten, Sir Ethelred."

Der Gewaltige am Kamin hatte mit gespannter Aufmerksamkeit zugehört.

„Ist recht. Fassen Sie sich so kurz wie möglich."

Der Kommissar deutete durch eine Gebärde aufrichtiger Ergebenheit an, daß er bestrebt sei, sich so kurz wie möglich zu fassen.

„Die Ausführung der Sache zeigt so viel Widersinn und Schwäche, daß ich die starke Hoffnung habe, ihr auf den Grund kommen und etwas ganz anderes dahinter finden zu können, als einen Ausbruch von persönlichem Fanatismus. Zweifellos handelt es sich um einen vorbereiteten Plan. Der wahre Täter scheint an der Hand bis an den Tatort geführt und dann eilig sich selbst überlassen worden zu sein. Es wird angenommen, daß er eigens zur Durchführung dieses Anschlags von weit weg hergeholt wurde. Zugleich aber drängt sich der Schluß auf, daß er nicht genügend englisch verstand, um sich durchfragen zu können, wenn man nicht die etwas phantastische Möglichkeit gelten lassen will, daß er taubstumm war. Nun frage ich mich nur – – Aber das ist müßig. Er ist durch einen Unfall umgekommen, ganz offenbar. Kein außergewöhnlicher Unfall. Aber ein außergewöhnlicher kleiner Umstand, bleibt: die Adresse in seinem Überrock, die gleichfalls durch blanken Zufall entdeckt wurde. Das ist ein unglaublicher, kleiner Umstand, so unglaublich, daß seine Aufklärung notwendig auch den Schlüssel zu der ganzen Sache darstellen muß. Anstatt nun Heat das Weitere in diesem Falle zu überlassen, habe ich vielmehr die Absicht, diesen Schlüssel persönlich zu suchen – alleine, meine ich – und dort, wo er liegen muß, das ist in einem gewissen Laden in der Brett Street und bei einem gewissen Geheimagenten, der seinerzeit einmal der vertraute Spion des seligen Barons Stott-Wartenheim war, des Gesandten einer Großmacht beim Hof von St. James."

Der Kommissar machte eine Pause und fügte dann hinzu: „Die Burschen sind tatsächlich eine Pest." Um seinen schrägen Blick zu dem Gesicht des Sprechers erheben zu können, hatte der Gewaltige am Kamin ruckweise den Kopf hinübergesenkt, was seinem Aussehen eine unerhörte Erhabenheit verlieh.

„Warum lassen Sie Heat nicht machen?“

„Weil er ein alter Beamter ist. Und die haben ihre eigene Moral. Meine Art, die Untersuchung zu führen, würde ihm völlig pflichtwidrig erscheinen, denn für ihn ist es ein klares Gebot der Pflicht, die Schuld auf so viele bekannte Anarchisten zu wälzen, als es ihm auf Grund der schwachen Anzeichen, die er an Ort und Stelle gefunden hat, nur möglich ist; während ich, so würde er sagen, mich bemühe, ihre Unschuld zu erweisen. Ich versuche, mich so deutlich wie möglich auszudrücken, wenn ich Ihnen nun diese verzwickte Angelegenheit ohne Einzelheiten auseinandersetze.“

„Würde er das, hä?“ klang es aus luftiger Höhe von Sir Ethelreds stolzen Lippen.

„Ich fürchte, ja, und zwar mit einer Entrüstung und einem Abscheu, von dem weder Sie noch ich einen Begriff haben. Er ist ein ausgezeichneter Beamter. Wir dürfen seine Pflichttreue nicht unnütz auf die Probe stellen. Das ist immer ein Fehler. Überdies möchte ich freie Hand haben – freiere Hand, als es vielleicht angezeigt wäre, dem Hauptinspektor Heat zu gewähren. Ich habe nicht die leiseste Absicht, diesen Mann Verloc zu schonen. Er wird, stelle ich mir vor, höchlichst bestürzt sein, wenn er sieht, daß seine Beteiligung an dieser Sache, welcher Art sie auch immer sein mag, so schnell aufgedeckt wurde. Es wird wohl nicht allzu schwer halten, ihn einzuschüchtern. Unser wahres Ziel aber liegt irgendwo hinter ihm. Ich erbitte Ihre Erlaubnis, ihm die Gewähr persönlicher Sicherheit zusagen zu dürfen, die ich für angemessen halte.“

„Gewiß“, sagte der Gewaltige am Kamin. „Bringen Sie heraus, soviel Sie können; bringen Sie es auf Ihre Weise heraus.“

„Ich muß ohne Zeitverlust darangehen, heute abend noch“, sagte der Kommissar.

Sir Ethelred schob eine Hand unter den Rockschoß, warf den Kopf zurück und sah den Kommissar fest an.

„Wir werden heute eine lange Nachtsitzung haben“, sagte er. „Kommen Sie mit Ihren Entdeckungen ins Parlament, wenn wir noch dort sind. Ich werde Toodles sagen, daß er nach Ihnen ausschauen soll. Er wird Sie in mein Zimmer führen.“

Die zahlreiche Familie und der Bekanntenkreis des jugendlichen Privatsekretärs erhofften für ihn ein erhabenes Los. Unterdessen wurde er von der Gesellschaft, die er in seinen Mußestunden zu schmücken liebte, mit dem erwähnten Spitznamen belegt. Sir Ethelred, der ihn täglich von seiner Frau und seinen Töchtern (meistens beim Frühstück) aussprechen hörte, hatte ihn ernsthaft übernommen und damit geadelt.

Der Kommissar war freudig überrascht.

„Gewiß will ich meine Entdeckungen ins Parlament bringen, für den Fall, daß Sie Zeit finden sollten –"

„Ich werde keine Zeit haben", unterbrach der Gewaltige, „aber ich werde Sie empfangen. Auch jetzt habe ich keine Zeit – – – Und Sie wollen selbst gehen?"

„Jawohl, Sir Ethelred, ich glaube, daß es das beste ist."

Der Gewaltige hatte den Kopf so weit zurückgelehnt, daß er, um den Kommissar noch sehen zu können, die Augen fast schließen mußte.

„Hm, so. Und wie denken Sie wollen Sie eine Verkleidung anlegen?"

„Eine Verkleidung kaum. Natürlich werde ich mich umziehen."

„Natürlich", wiederholte der große Mann etwas zerstreut. Er wandte langsam sein mächtiges Haupt und warf über die Schulter weg einen majestätischen Blick auf die Marmoruhr mit dem leisen, schnellen Ticken. Die Messingzeiger hatten die Gelegenheit benützt, hinter seinem Rücken den Abstand von nicht weniger als fünfundzwanzig Minuten zu durcheilen.

Der Kommissar, der sie nicht sehen konnte, wurde indessen ein wenig unruhig. Doch der große Mann kehrte ihm ein unverändert ruhiges Gesicht zu.

„Ganz recht", sagte er und hielt inne, wie in betonter Geringschätzung der amtlichen Uhr. „Aber was hat Sie zuerst in diese Richtung gedrängt?"

„Ich bin immer der Meinung gewesen ..." begann der Kommissar.

„O ja! Meinung! Natürlich! Aber der unmittelbare Beweggrund?"

„Was soll ich sagen, Sir Ethelred? Das Widerstreben eines neuen Mannes gegen alte Methoden. Der Wunsch, etwas aus erster Hand zu erfahren. Ein wenig Ungeduld. Es ist mein alter Beruf im neuen Gewand. Es hat mich ein wenig gekitzelt."

„Ich hoffe, Sie werden es da drüben vorwärtsbringen“, sagte der große Mann gütig und streckte seine Hand aus, die zwar weich, doch breit und kraftvoll war, wie die eines hochgekommenen Farmers. Der Kommissar schüttelte sie und zog sich zurück.

Im Vorzimmer harrte Toodles wartend auf der Tischkante und trat ihm nun ohne die sonstige Jungenart entgegen.

„Nun? Zufrieden?“ fragte er mit wichtiger Miene.

„Ganz und gar. Sie haben sich meine unauslöschliche Dankbarkeit gesichert“, gab der Kommissar zurück, dessen langes Gesicht hölzern wirkte neben dem gemachten Ernst des andern, das alle Augenblick bereit schien, in Lachen auszubrechen.

„Das ist recht. Aber im Ernst, Sie können sich nicht vorstellen, wie sehr ihn die Angriffe auf seinen Gesetzesvorschlag über die Verstaatlichung der Fischereien aufregen! Sie nennen es den ersten Schritt zur Sozialisierung. Natürlich ist es eine revolutionäre Maßnahme. Aber die Burschen haben keine Lebensart; die persönlichen Angriffe –“

„Ich lese die Zeitungen“, bemerkte der Kommissar.

„Ekelhaft, was? Und Sie machen sich keine Vorstellung, welche Masse von Arbeit er täglich zu bewältigen hat. Das macht er alles alleine. Scheint diese Fischereien niemand anvertrauen zu wollen.“

„Und doch hat er eine volle halbe Stunde darauf verwandt, mein kleines Anliegen anzuhören“, warf der Kommissar ein.

„Klein? So? Freut mich zu hören. Aber es ist doch schade, daß Sie dann nicht lieber weggeblieben sind. Dieser Kampf nimmt ihn schrecklich her. Er reibt sich auf. Das merke ich an der Art, wie er sich auf meinen Arm stützt, wenn wir hinübergehen. Und dann möchte ich wissen: ist er auf der Straße sicher? Mullins hat heute nachmittag seine Leute hergebracht. An jedem Laternenpfahl steht ein Schutzmann und jeder zweite Mensch, dem wir von hier bis Palace Yard begegnen, ist unverkennbar ein ›Verdeckter‹. Das muß ihm nächstens auf die Nerven gehen. Die ausländischen Schufte werden doch nichts nach ihm werfen – oder doch? Das wäre ein nationales Unglück! Das Land kann ihn nicht entbehren.“

„Sie selbst nicht zu vergessen. Er stützt sich auf Ihren Arm“, fügte der Kommissar anzüglich hinzu. „Sie wären alle beide geliefert.“

„Das wäre wohl für einen jungen Menschen der einfachste Weg, um in die Weltgeschichte zu kommen? Es sind ja noch nicht so viele britische Minister umgebracht worden, daß man es einen nebensächlichen Zufall nennen könnte. Aber im Ernst –“

„Ich fürchte sehr, daß Sie etwas zu leisten haben werden, wenn Sie wirklich in die Weltgeschichte kommen wollen. Ganz im Ernst, außer der Überarbeitung sehe ich keine Gefahr für Sie beide.“

Der sympathische Toodles ergriff freudig diesen Anlaß zu einem Gelächter.

„Die Fischereien werden mich nicht umbringen. Ich bin an späte Stunden gewöhnt“, erklärte er leichthin. Gleich aber schlug ihm das Gewissen, und er nahm staatsmännischen Ernst an, wie man einen Handschuh anzieht. „Sein starker Kopf ist jeder Arbeit gewachsen. Nur für seine Nerven habe ich Angst. Die reaktionären Parteien mit dem Lästermaul Cheeseman an der Spitze beschimpfen ihn jeden Abend.“

„Wenn er darauf besteht, eine Revolution zu beginnen“, murmelte der Kommissar.

„Die Zeit ist da, und er ist der Einzige, der für dieses Werk groß genug ist“, rief der revolutionäre Toodles eifrig und hielt dem ruhigen und forschenden Blick des Kommissars unverzagt stand. Irgendwo im Korridor schrillte eine Glocke, und der junge Mann spitzte in wachem Eifer die Ohren. „Jetzt ist er fertig zum Gehen“, flüsterte er noch, griff nach seinem Hut und stürzte hinaus.

Der Kommissar verließ den Raum weniger lebhaft durch eine andere Türe. Wieder kreuzte er die breite Hauptstraße, durchschritt eine enge Nebengasse und betrat eilig sein eigenes Amtsgebäude. Er behielt seinen Sturmschritt bis zur Schwelle seines Zimmers bei. Bevor er noch die Türe richtig geschlossen hatte, suchten seine Augen schon den Tisch ab. Er stand einen Augenblick still, ging dann weiter, suchte ringsum auf dem Boden, setzte sich in seinen Stuhl, zog eine Klingel und wartete.

„Hauptinspektor Heat schon weg?“

„Jawohl, Herr. Seit einer halben Stunde.“

Er nickte. „Ist recht.“ Dann blieb er still sitzen, den Hut aus der Stirne geschoben, und dachte, daß Heats verdammte Stirn dazu gehörte, das einzige Beweisstück einfach mitzunehmen. Der Gedanke war aber frei von Feindseligkeit. Altgediente, treue Beamte erlauben sich Freiheiten. Der Fetzen von dem Überrock mit der aufgenähten Adresse war sicher kein Ding, das man herumliegen ließ. Er verbannte den Gedanken an diesen Beweis von Inspektor Heats Mißtrauen aus seinem Kopf; dann sandte er seiner Frau eine kurze Mitteilung des Inhalts, sie möchte ihn bei der Gönnerin von Michaelis, in deren Hause sie zum Abendessen geladen waren, entschuldigen.

In einer Nische hinter einem Vorhang befand sich ein Waschtisch, ein hölzerner Kleiderrechen und ein Bord. Er wählte eine kurze Jacke und einen niedrigen runden Hut, die die Länge seines ernsten, braunen Gesichts ausgezeichnet zur Geltung brachten. Dann trat er in die Mitte des Zimmers zurück und sah wie die Verkörperung eines kühl wägenden Don Quichotte aus, mit den tiefliegenden Augen eines Eiferers bei aller Gemessenheit des Gehabens. Er verließ die Stätte seiner täglichen Arbeit wie ein verwehender Schatten. Als er auf die Straße kam, war ihm, als stiege er in ein schlammiges Aquarium hinunter, aus dem man das Wasser abgelassen hatte. Trüber, drückender Dunst umgab ihn. Die Wände der Häuser trieften, der Schmutz auf den Fahrwegen schillerte phosphoreszierend, und als er aus einer Seitengasse nahe bei Charing Cross Station auf den Strand hinauskam, teilte sich ihm die örtliche Färbung mit. Er konnte gut für einen der vielen fremden Fischer gelten, die man da abends um die dunklen Ecken flitzen sieht.

Er hielt am Rande des Bürgersteigs an und wartete. Seine geübten Augen hatten in dem verwirrenden Wechsel von Licht und Schatten auf dem Fahrweg ein langsam nahendes Hansom entdeckt. Er gab kein Zeichen; als aber der Wagentritt, langsam den Randstein entlanggleitend, bis zu ihm gekommen war, sprang er geschickt an dem großen Rad vorbei in das Gefährt und rief durch die kleine Klappe den Kutscher an, bevor der Mann, der unter seinem Verdeck vorausspähte, richtig gemerkt hatte, daß er einen Fahrgast bekommen hatte.

Es war keine lange Fahrt; sie endete, auf ein plötzliches Signal hin, an keinem besonderen Endpunkt, einfach zwischen zwei Laternenpfählen vor einem größeren Warenhaus, dessen lange Reihen von Auslagefenstern schon mit Rolläden für die Nacht geschlossen waren. Der Fahrgast reichte durch die Klappe eine Münze hinauf, sprang ab und ging davon, so daß der Kutscher sich eines unheimlichen Eindrucks nicht erwehren konnte. Doch fühlte sich die Geldmünze groß genug an, und da er literarisch unverbildet war, so blieb ihm die Befürchtung fern, das Geldstück in seiner Tasche in ein welkes Blatt verwandelt zu sehen. Da sein Beruf ihn davor bewahrte, jemals zu der Welt der Fahrgäste herabzusinken, so brachte er deren Handlungen nur geringe

Anteilnahme entgegen. Die Art, wie er sein Pferd scharf wendete, zeugte von seiner Lebensanschauung.

Inzwischen machte der Kommissar schon seine Bestellung beim Kellner eines kleinen italienischen Gasthauses um die Ecke – in einer jener Fallgruben für die Hungrigen, eng und tief, deren schmale Gassenfront mit Spiegeln und weißen Gedecken angeködert ist, ohne Luft, aber mit eigener Atmosphäre – im Duft betrügerischer Kochkunst, die sich die Ärmsten in ihrer bitteren Lebensnotdurft zum Opfer wählt. In diesem wenig moralischen Dunstkreise schien der Kommissar, während er sein Unternehmen überdachte, noch mehr von seinem Selbst zu verlieren. Er fühlte sich einsam, lockend ungebunden. Das war recht lustig. Als er sein karges Mahl bezahlt hatte und stehend auf das Kleingeld wartete, sah er sich in einem Spiegel und war überrascht von seinem fremdartigen Aussehen. Er betrachtete sein eigenes Bild mit melancholischem Forscherblick und schlug dann in plötzlicher Eingebung den Rockkragen hoch. Das schien ihm vorteilhaft, und er tat noch ein weiteres, indem er die Enden seines schwarzen Schnurrbarts in die Höhe zwirbelte. Die Wirkung, die diese kleinen Veränderungen in seiner Gesamterscheinung hervorriefen, befriedigten ihn. „Das ist ganz ausgezeichnet," dachte er, „nun muß ich mich noch richtig durchregnen lassen."

Da gewahrte er den Kellner an seiner Seite und eine kleine Rolle Silbermünzen auf der Tischkante vor ihm. Der Kellner hielt ein Auge auf das Geld, das andere aber auf den Rücken eines großen, nicht sonderlich jungen Mädchens gerichtet, das einem entfernten Tisch zuschritt und so häßlich wie unnahbar aussah. Es schien ein Stammgast zu sein.

Beim Hinausgehn stellte der Kommissar ganz für sich fest, daß der Wirt durch die Hingabe an betrügerische Kochkünste jede nationale und sonstige Eigenart verloren hatte. Und das war auffallend, da ja das italienische Speisehaus eine so beliebte britische Einrichtung ist. Aber den Besuchern fehlte ja ebenso sehr jede Eigenart, wie den Gerichten, die ihnen mit herkömmlichem Anstand vorgesetzt wurden. Auch die Besucher schienen in keiner Weise vom Herkömmlichen abzuweichen, weder in Bezug auf Beruf, Klasse, Kaste oder Rasse. Sie schienen für das italienische Speisehaus geschaffen, wenn man nicht etwa annehmen wollte, daß das italienische Speisehaus für sie geschaffen war. Diese letzte Vermutung aber war unhaltbar, da man sich die Leute an keinem anderen, als an diesem besonderen Orte vorstellen konnte. Nirgendwo sonst trifft man diese rätselhaften Menschen. Man konnte sich keinen klaren Begriff davon machen, welchen Beschäftigungen sie unter Tags nachgingen, und wo sie sich abends zu Bett legten. Auch der Kommissar war nicht mehr er selbst, es wäre für jedermann unmöglich gewesen, seine Beschäftigung zu erraten. Wegen des Zubettegehens hatte sogar er persönlich seine Zweifel. Nicht so sehr bezüglich seiner Wohnung an sich, sondern vielmehr wegen der Zeit, wann er wohl dahin zurückgelangen würde. Ein freudiges Gefühl von Unabhängigkeit erfüllte ihn, während er die schwingenden Glastüren mit gedämpftem Schlag hinter sich zuklappen hörte. Unvermittelt umfing ihn die Unendlichkeit einer Londoner Regennacht, von verlorenen Lampen bestirnt, die würgend über dem schmutzigen, nassen Pflaster lagerte und deren Schwärze aus Ruß und Regentropfen angerührt scheint. Die Brett Street war nicht weit weg. Sie war eine enge Seitengasse eines dreieckigen Platzes, voll mit dunklen, geheimnisvollen Häuschen, kleinen Verkaufsbuden, die nun während der Nacht leer standen. Nur noch der Stand eines Fruchthändlers am Eck strahlte einen grellen Lichtkegel aus. Ringsumher war alles schwarz, und die wenigen Leute, die vorübergingen, waren mit einem Schritt an dem glühenden Haufen von Orangen und Zitronen vorbei und verschwunden. Man hörte keinen Schritt widerhallen. Nie wieder würde man von ihnen hören. Der abenteuerlustige Vorstand der Abteilung für besondere Verbrechen sah diesem Verschwinden aus einigem Abstand mit Interesse zu. Er fühlte sich so leicht, als läge er ganz alleine in einem Dschungel im Hinterhalt, viele tausend Meilen weit weg von Bureautischen mit amtlichen Tintenfässern.

Diese frohe und gehobene Stimmung angesichts einer immerhin nicht unwichtigen Aufgabe scheint ein Beweis, daß diese unsere Welt letzten Endes keine allzu ernsthafte ist. Denn von Natur aus neigte der Kommissar nicht zur Leichtfertigkeit.

Der diensthabende Schutzmann auf dem Rundgang zeichnete seine dunkle Gestalt gegen die leuchtende Pracht der Orangen und Zitronen ab und ging gemächlich in die Brett Street hinein. Der Kommissar hielt sich, als wäre er ein Verbrecher, außer Sicht und wartete auf seine Rückkehr. Doch dieser Schutzmann schien der Abteilung für immer verloren. Er kehrte nie zurück, mußte wohl die Gasse am anderen Ende verlassen haben.

Der Kommissar betrat nun, sobald er zu diesem Schlusse gekommen war, seinerseits die Gasse und geriet an einen großen Packwagen, der vor einer Kutscherkneipe stand. Der Kutscher saß wohl in der Schänke, während die Pferde, die großen Köpfe zu Boden gesenkt, gemächlich aus den Futterbeuteln fraßen. Weiter weg, auf der gegenüberliegenden Seite, drang noch ein verdächtiger, gedämpfter Lichtschein aus Herrn Verlocs Ladenfenster, das mit Zeitungen verhängt und mit Papierschachteln und Büchern vollgestellt war. Der Kommissar betrachtete es über die Straße weg. Es gab keinen Irrtum. Neben dem Ladenfenster, das von den Schattenbildern unkenntlicher Dinge wimmelte, stand die Haustür halb offen und ließ einen schmalen Lichtstreifen von der innen brennenden Gaslampe auf das Pflaster fallen.

Der Packwagen mit den Pferden hinter dem Kommissar verschwamm zu einer Masse, schien ein Lebewesen zu sein, ein breitrückiges, schwarzes Ungeheuer, das die halbe Straße versperrte, mit eisenbeschlagenen Füßen aufstampfte und dazwischen Klirren und schweres Schnauben hören ließ. Der grelle Lichterglanz eines großen, gutbesuchten Gasthauses fiel über eine breite Straße weg vom anderen Ende her in die Gasse herein. Dieser Sperrgürtel von schneidendem Licht schien die Dunkelheit, die sich um den bescheidenen Unterschlupf von Herrn Verlocs häuslichem Glück sammelte, auf sich selbst zurück zu treiben, daß sie noch düsterer und unheilvoller wirkte.

VIII

Frau Verlocs Mutter hatte durch unermüdliche Behelligung verschiedener konzessionierter Gastwirte (ehemaliger Bekannter ihres armen Seligen), deren zunächst kühle Anteilnahme bis zu einem gewissen Grad erhitzt und so ihre Aufnahme in ein Altersheim durchgesetzt, das von einem vermögenden Gastwirt für die notleidenden Witwen seiner Zunftgenossen gestiftet worden war.

Diesen Plan hatte sie aus bedrängtem Herzen gefaßt und insgeheim mit aller Entschlossenheit verfolgt. Zu dieser Zeit geschah es, daß ihre Tochter Winnie sich nicht enthalten konnte, Herrn Verloc gegenüber eine Bemerkung fallen zu lassen, daß „Mutter während der letzten Woche fast täglich halbe Kronen und Fünf-Schillingstücke für Droschken ausgegeben“ habe. Die Bemerkung war jedoch ohne Bitterkeit gemacht. Winnie achtete die Schwächen ihrer Mutter. Sie war nur ein wenig überrascht von diesem plötzlichen Bewegungswahnsinn. Herr Verloc, dem es nicht an einer gewissen Großartigkeit fehlte, hatte die Worte knurrend zurückgewiesen, da sie ihn in seinen Betrachtungen störten. Diese Betrachtungen waren tiefsinnig und langwierig und drehten sich um einen Gegenstand von größerer Wichtigkeit als fünf Schillinge. Von wesentlich größerer Wichtigkeit, und unvergleichlich viel schwieriger für die philosophische Durchdringung

Sobald sie nach schlauer Geheimnistuerei ihr Ziel erreicht hatte, redete sich die alte Frau ihrer Tochter gegenüber die ganze Sache vom Herzen. Ihre Seele frohlockte, doch ihr Herz bangte. Sie zitterte innerlich, da sie die ruhige, selbstbeherrschte Art ihrer Tochter Winnie fürchtete und bewunderte, die ihrem Mißfallen in vielerlei Abstufungen drückenden Schweigens Ausdruck zu geben verstand. Immerhin gestattete sie diesen stummen Ängsten nicht, das ehrwürdige Übergewicht zu beeinträchtigen, das ihrer äußeren Erscheinung durch dreifaches Kinn, die fließende Üppigkeit ihrer altmodischen Formen und den trostlosen Zustand ihrer Beine verliehen wurde.

Die Nachricht kam so unerwartet, daß Frau Verloc, entgegen ihrer sonstigen Gewohnheit bei einer Anrede, die Hausarbeit unterbrach. Sie staubte die Einrichtung im Wohnzimmer hinter dem Laden ab. Nun wandte sie sich ihrer Mutter zu: „Was in aller Welt wollen Sie nur damit?“ rief sie in entrüsteter Verwunderung.

Der Schlag mußte hart gewesen sein, um sie von dem unbeteiligten Gleichmut vor fertigen Tatsachen abzubringen, der im Leben ihre Stärke und ihr Schutz war.

„Hatten Sie's hier nicht bequem genug?“ Sie hatte sich zu dieser Frage verleiten lassen, gewann aber im nächsten Augenblick ihre Haltung wieder und fuhr mit dem Abstauben fort, während die alte Frau in dumpfem Kummer dasaß, mit ihrer staubigen weißen Haube und der glanzlosen schwarzen Perücke.

Winnie war mit dem Stuhl fertig und führte nun den Wischer über die Mahagonirückwand des Roßhaarsofas, auf dem Herr Verloc in Hut und Überrock sich der Ruhe zu ergeben liebte. Sie war ganz bei ihrer Arbeit, gestattete sich aber doch noch eine Frage:

„Wie haben Sie das nur fertig gebracht, Mutter?“

Diese Neugier war entschuldbar, da sie sich nicht auf die Innenseite der Dinge bezog, die Frau Verloc grundsätzlich übersah. Die Frage bezog sich lediglich auf die Methoden. Die alte Frau griff sie freudig auf, da dadurch ein Gegenstand berührt wurde, den man ganz aufrichtig besprechen konnte.

Sie beehrte ihre Tochter mit einer erschöpfenden Antwort, voll von Namen, und mit Randbemerkungen geschmückt über die Schäden der Zeit, wie sie an menschlichen Gesichtern zu beobachten waren. Die Namen waren größtenteils die konzessionierter Gastwirte – „des armen Papas Freunde, meine Liebe". Mit besonderer Wärme verbreitete sie sich über die gütige Herablassung eines großen Brauers, eines Barons und Mitglieds des Parlaments, des Vorsitzenden des Stiftungsausschusses. Diese Wärme rührte daher, daß es ihr vergönnt worden war, auf Verabredung mit seinem Privatsekretär zusammenzutreffen – „ein sehr höflicher Gentleman, ganz in Schwarz, mit angenehmer trauriger Stimme, aber so sehr, sehr mager und ruhig. Er war wie ein Schatten, meine Liebe."

Winnie fuhr mit dem Abstauben fort, bis die Geschichte zu Ende erzählt war, und ging dann aus dem Wohnzimmer in die Küche hinunter (über zwei Stufen), in ihrer gewöhnlichen Art, ohne jede Entgegnung.

Frau Verlocs Mutter vergoß einige Tränen, zum Zeichen der Freude über ihrer Tochter Gleichmut in dieser furchtbaren Sache und ließ dann ihrer Schlauheit freies Spiel in Bezug auf die Einrichtung, die ja ihr gehörte; manchmal wünschte sie, es wäre nicht der Fall gewesen. Heldentum ist gut und schön, doch gibt es Umstände, unter denen die Verfügung über ein paar Tische und Stühle, Messingbett usf. weitergehende, unheilvolle Folgen nach sich ziehen kann. Sie brauchte einige Stücke für sich selbst, denn die Stiftung, die sie nach vielem Quängeln an ihre barmherzige Brust genommen hatte, gab den Opfern ihrer Wohltätigkeit nichts, als den blanken Fußboden und die schlecht tapezierten Wände. Es blieb unbemerkt, wie feinsinnig sie die wenigst kostbaren und am meisten abgenützten Sachen auswählte, denn Winnies Lebensanschauung verbot ihr, die Innenseite der Geschehnisse zur Kenntnis zu nehmen; sie nahm ohne weiteres an, daß ihre Mutter das ihr am besten Passende wählte. Herrn Verloc aber schlossen seine tiefgründigen Betrachtungen wie eine chinesische Mauer ab von den Ereignissen dieser Welt fruchtloser Mühen und trügerischen Scheins.

Als ihre Wahl getroffen war, bot die Verfügung über den Rest neue Schwierigkeiten. Sie wollte die Sachen in der Brett Street lassen, natürlich, aber sie hatte zwei Kinder. Winnie war versorgt durch die Verbindung mit dem ausgezeichneten Gatten, Herrn Verloc. Stevie war verlassen – und ein wenig eigen. Seine Stellung mußte vor gesetzlichem Zugriff und vor jeder Parteilichkeit geschützt werden. Der Besitz der Einrichtung war keineswegs eine Versorgung. Er sollte sie haben – der arme Junge. Eine Schenkung aber mußte den Eindruck erwecken, als sollte an seiner völligen Abhängigkeit gerüttelt werden. Sie fürchtete damit eine Art von Forderung zu begründen. Vielleicht würde es Herrn Verloc auch sein Feingefühl verbieten, seinem Schwager für die Stühle, auf denen er saß, verpflichtet zu sein. Durch ihre langen Erfahrungen mit Mietern war Frau Verlocs Mutter zu einer betrüblichen, aber entsagungsvollen Auffassung von den phantastischen Seiten der menschlichen Natur gelangt. Wie denn, wenn Herr Verloc plötzlich auf den Einfall käme, Stevie zu sagen, daß er sich für sein Gerümpel einen anderen Unterschlupf suchen sollte? Andererseits konnte eine Teilung, und wäre sie noch so sorgfältig vorgenommen, Winnie leicht Anlaß zur Kränkung geben. Nein. Stevie mußte verlassen und abhängig bleiben. Und im Augenblick, als sie die Brett Street verließ, hatte sie zu ihrer Tochter gesagt: „Unnötig, zu warten, bis ich tot bin, nicht wahr? Alles, was ich hierlasse, gehört nun dir, meine Liebe."

Winnie hatte schon den Hut auf, stand schweigend hinter ihrer Mutter und fuhr fort, an dem Mantelkragen der alten Frau herumzurichten. Sie nahm ihre Handtasche und ihren Regenschirm mit unbewegtem Gesicht auf. Die Stunde war gekommen, um für die voraussichtlich wohl letzte Droschkenfahrt im Leben von Frau Verlocs Mutter die Summe von dreieinhalb Schilling auszugeben. Sie trat aus der Ladentür.

Das Gefährt, das sie draußen erwartete, hätte als Beweis für die Richtigkeit des Sprichworts dienen können, daß „Wahrheit grausamer sein kann als Karikatur" – wenn es ein solches Sprichwort gäbe. Hinter einem bresthaften Gaul rollte auf ausgeleierten Rädern ein elender Wagen daher, mit einem nicht minder bresthaften Kutscher auf dem Bock. Dieser letztere Umstand hätte fast zu Verwicklungen geführt. Als Frau Verlocs Mutter sah, daß aus dem linken Rockärmel des Mannes statt eines Armes ein eiserner Haken hervorragte, da verflog plötzlich der Mut, den sie alle die Tage her durchgehalten hatte. Sie war ihrer selbst nicht mehr sicher. „Was meinst du, Winnie?" Sie zögerte. Die leidenschaftlichen Ausführungen des Kutschers schienen aus gedrosselter Kehle herausgequetscht. Er bog sich von seinem Sitz herunter und ließ ein Flüstern rätselhafter Entrüstung hören. Was gab es nun? Durfte man einen Mann so behandeln? Sein großes schmutziges Gesicht flammte rot durch das Düster der Gasse. Hätten sie ihm vielleicht eine Fahrterlaubnis gegeben, forschte er verzweifelt, wenn er nicht –

Der diensthabende Schutzmann beruhigte ihn durch einen freundlichen Blick; dann wandte er sich ohne sonderliche Hochachtung an die beiden Frauen und sagte:

„Er fährt nun seine Droschke seit zwanzig Jahren. Ich wüßte nicht, daß er je einen Unfall gehabt hätte."

„Unfall!" zischte der Kutscher empört.

Das Zeugnis des Schutzmanns legte die Sache bei. Die bescheidene Zusammenrottung von sieben Leuten, meist unmündigen Alters, verlief sich. Winnie folgte ihrer Mutter in das Cab; Stevie kletterte auf den Kutschersitz. Sein offenstehender Mund und der leere Blick deuteten den Gemütszustand an, in den ihn der Gang der Ereignisse versetzt hatte. In der engen Gasse merkten die innen Sitzenden an dem Vorbeigleiten der nahen Häuserfronten und an dem Rasseln und Glasklirren, als ob alles hinter ihnen zusammenstürzte, daß die Reise weiterging. Das bresthafte Pferd, dem das Geschirr am dürren Gerippe klapperte, schien zimperlich auf den Zehenspitzen mit unendlicher Geduld hinzutänzeln. Später, in dem freieren Raum von Whitehall, hörten alle sichtbaren Zeichen von Fortbewegung auf; das Rasseln und Klirren klang an der Stirnseite des Schatzamtes hin – und die Zeit selbst schien stillezustehen.

Schließlich bemerkte Winnie: „Das ist kein sehr gutes Pferd."

Durch das Dunkel des Wageninneren blickte ihr Auge starr und glänzend geradeaus. Oben auf dem Kutschersitz schloß Stevie seinen schlaffen Mund zuerst und sagte dann eindringlich: „Nicht!"

Der Kutscher hielt die Zügel hoch, die er um den Eisenhaken gewunden hatte, und hörte nicht darauf. Vielleicht auch hatte er wirklich nichts gehört. Stevie atmete schwer.

„Laß die Peitsche!"

Der Mann wandte langsam sein Gesicht, das aufgedunsen, abgebrüht und vielfarbig war, mit weißen Haarstoppeln bestanden. Seine kleinen entzündeten Augen glitzerten vor Feuchtigkeit; seine dicken Lippen erschienen violett. Sie blieben geschlossen. Mit dem schmutzigen Rücken der Peitschenhand rieb er sich die Stoppeln an dem wuchtigen Kinn.

„Du sollst nicht", stammelte Stevie aufgeregt. „Es tut weh."

„Keine Peitsche?" zischelte der andere gedankenvoll und schlug unmittelbar zu. Das tat er nicht, weil seine Seele grausam und sein Herz böse waren, sondern weil er sich den Fuhrlohn verdienen wollte. Und eine Zeitlang blickten die Mauern von St. Stephan mit ihren Türmen und Zinnen in unbeweglichem Schweigen auf eine rasselnde Droschke herab. Sie rollte immerhin noch vorwärts. Doch auf der Brücke gab es eine Aufregung. Stevie schickte sich plötzlich an, vom Bock herunterzuklettern. Auf dem Bürgersteig wurde geschrien, Leute liefen herzu, der Kutscher hielt an und flüsterte Flüche, empört und verständnislos. Winnie steckte den Kopf durch das herabgelassene Fenster, weiß wie ein Gespenst. Aus den Tiefen der Droschke hörte man ihre Mutter in Tönen der Herzensangst ausrufen: „Ist der Junge verletzt? Ist der Junge verletzt?"

Stevie war nicht verletzt, er war nicht einmal hingefallen, aber wie gewöhnlich hatte ihn die Erregung der zusammenhängenden Sprache beraubt. Er konnte nur zum Fenster hin stammeln: „Zu schwer, zu schwer." Winnie legte ihm die Hände auf die Schulter.

„Stevie, steig augenblicklich auf den Bock und versuche nicht noch einmal herunterzukommen."

„Nein, nein! Gehen! Muß gehen." Beim Versuch, den Grund für dieses Muß zu erklären, verlor sich sein Stammeln ins Sinnlose. Die Erfüllung seines Wunsches war tatsächlich nicht unmöglich. Stevie hätte leicht mit dem bresthaften Gaul Schritt halten können, ohne außer Atem zu kommen. Seine Schwester aber versagte mit aller Bestimmtheit die Erlaubnis. „Was für ein Einfall! Ob man so was schon gehört hat! Einem Cab nachlaufen!" Ihre Mutter flehte beschwörend aus dem Wageninnern, in hilflosem Schreck:

„Oh, laß ihn nicht, Winnie, er wird verloren gehen! Erlaube es ihm nicht!"

„Gewiß nicht. Was denn noch! Herr Verloc wird sehr traurig sein, wenn er von diesem Unsinn hört, Stevie, – das kann ich dir sagen. Er wird sich gar nicht freuen!" Der Gedanke an Herrn Verlocs Kummer und seine Freudlosigkeit hatte wie gewöhnlich die stärkste Wirkung auf Stevies im Grunde gelehrige Sinnesart. Er gab jeden Widerspruch auf und kletterte mit verzweifeltem Gesicht wieder auf den Bock hinauf.

Der Kutscher wandte ihm drohend sein ungeheures rotes Gesicht zu: „Fang mir die Dummheit nicht noch einmal an, mein Junge!"

Nachdem er sich so in gepreßtem, fast ersticktem Flüsterton verlautbart hatte, fuhr er weiter und grübelte feierlich vor sich hin. Der Sinn des Zwischenfalles blieb ihm verschlossen, doch fehlte es ihm nicht an gesundem Verstand, wenn ihm auch in den langen Jahren, in denen er sich der Unbill der Witterung ausgesetzt hatte, die geistige Beweglichkeit abhandengekommen war. So wies er ernsthaft die Meinung von sich, daß Stevie etwa ein junger Trunkenbold sein könnte.

Im Wageninnern hatte Stevies Empörung den Bann des Schweigens gebrochen, der die beiden Frauen gefangen gehalten hatte, während sie Schulter an Schulter das Rumpeln, Rasseln und Klirren der Fahrt erduldet hatten. Winnie erhob die Stimme:

„Sie haben Ihren Willen gehabt, Mutter. Sie werden sich nun bei sich selbst zu beklagen haben, wenn Sie nachher unglücklich werden. Und das, denke ich, wird wohl kommen. Wirklich. Hatten Sie's bei uns nicht bequem genug? Was sollen nur die Leute von uns denken – wenn Sie jetzt so die Wohltätigkeit in Anspruch nehmen?“

Die alte Frau suchte eindringlich den Lärm zu übertönen: „Meine Liebe, du warst mir die beste Tochter. Und Herr Verloc – nun –“

Da ihr die Worte fehlten, um gebührend Herrn Verlocs Lob zu singen, so wandte sie ihre alten tränenvollen Augen zum Wagendache empor. Dann drehte sie unter dem Vorwand, zum Fenster hinauszusehen, den Kopf, als wollte sie sich von dem Fortschritt der Fahrt überzeugen. Der war unbedeutend und vollzog sich unter steter Berührung mit dem Randstein. Die Nacht, die frühe, trübe Nacht, die düstere, lärmende, hoffnungslose Nacht von Süd-London hatte sie während ihrer letzten Wagenfahrt überfallen. Im Schein der Gaslampen vor den niedrigen Läden glänzte ihre massige Wange orangefarben unter schwarzgelber Haube.

Frau Verlocs Mutter hatte eine gelbe Hautfarbe bekommen, teils durch das Alter und teils durch ihre natürliche Veranlagung zum Gallenfieber, welch letztere durch die vielen Zwischenfälle ihres mühseligen Lebens erst als Frau, dann als Witwe, vertieft worden war. Es war eine Hautfarbe, die beim Erröten deutlich orangen wirkte. Und diese Frau, zwar bescheiden, doch an allerlei Widrigkeiten gestählt, überdies in einem Alter, wo das Rotwerden ungewöhnlich ist, war tatsächlich vor ihrer Tochter errötet. In der Enge einer Droschke, auf dem Weg zu einem Altersheim, das mit seinen spärlichen Ausmaßen und der bescheidenen Einrichtung gerne als eine Vorschule für die noch größere Enge des Grabes bezeichnet werden konnte – hier also sah sie sich gezwungen, vor ihrem eigenen Kinde ein Erröten voll Reue und Scham zu verbergen.

Was würden die Leute denken? Sie wußte es sehr gut, was die Leute dachten, die Winnie im Sinn hatte – die alten Freunde ihres Mannes und auch andere, deren Anteilnahme sie mit so erfreulichem Erfolg zu erwecken bemüht gewesen war. Sie hatte nie zuvor gewußt, wie gut sie sich aufs Betteln verstand. Aber sie war sich völlig im Klaren darüber, welcher Beweggrund ihrer Bewerbung untergeschoben worden war. Das Zartgefühl, das in der männlichen Natur neben aufreizender Rohheit wohnt, hatte eine eingehende Untersuchung ihrer Lebensumstände verboten. Das hatte sie durch ein sichtliches Zusammenpressen der Lippen verhindert, und durch sonstige Anzeichen einer Erregung, die stumm-beredt wirken sollten. Und die Männer hatten plötzlich, nach der Art ihres Geschlechts, alle Neugier verloren. Sie hatte sich selbst öfter als einmal beglückwünscht, daß sie es nicht mit Frauen zu tun gehabt hatte, die, von Natur aus schlauer und begieriger auf Einzelheiten, zweifellos auf genauer Erklärung bestanden hätten, durch welche Lieblosigkeiten ihrer Tochter und ihres Schwiegersohns sie zu diesem traurigen Schritt gedrängt worden sei. Nur in Gegenwart des Privatsekretärs, der als Vertreter seines Brotgebers, jenes großen Brauers, des Parlamentsmitgliedes und Stiftungsvorsitzenden, sich zu genauen Erkundigungen nach den wahren Verhältnissen der Bittstellerin verpflichtet gefühlt hatte –, nur da war sie in lautes Weinen ausgebrochen, wie eine Frau, die sich in die Enge getrieben sieht. Der magere und höfliche Herr hatte sie eine Weile betrachtet, mit einem Ausdruck, als wäre er „ganz über den Haufen geworfen“, und hatte dann die Aufgabe seines Vorhabens unter einigen tröstlichen Worten verborgen. Sie sollte sich nicht grämen. In den Satzungen sei nicht ausdrücklich von „kinderlosen Witwen“ die Rede, sie sei also durchaus nicht als Bewerberin ausgeschlossen. Der Ausschuß müßte aber bei aller Nachsicht doch unterrichtet sein. Es sei leicht begreiflich, daß sie niemand lästig fallen wolle und so weiter, und so fort. Daraufhin hatte Frau Verlocs Mutter, zu seiner größten Enttäuschung, noch heftiger zu weinen begonnen.

Die Tränen dieses massigen Weibes mit der dunklen, staubigen Perücke und dem altmodischen Seidenkleide mit Baumwollspitzen, waren Tränen ehrlichen Kummers. Sie hatte geweint, weil sie heldenmütig, unbekümmert und voll von Liebe war für ihre beiden Kinder. Mädchen werden häufig der Wohlfahrt von Jungen aufgeopfert. In diesem Fall nun opferte sie Winnie. Durch die Unterdrückung der Wahrheit gab sie sie preis. Natürlich, Winnie war ja unabhängig, und die Meinung von Leuten, mit denen sie nie zusammenkommen würde, brauchte sie nicht zu bekümmern; während der arme Stevie in der Welt nichts sein eigen nennen konnte außer dem Heldenmut und der Unbedenklichkeit seiner Mutter.

Das Sicherheitsgefühl, das sie zunächst nach Winnies Verheiratung empfunden hatte, war bald geschwunden (denn nichts währt), und Frau Verlocs Mutter hatte sich in der Abgeschlossenheit ihres Hinterzimmers die bitteren Lehren der Erfahrung vor Augen geführt, die die Welt für eine Witwe bereit hält. Das war aber ohne unnötige Bitterkeit geschehen; das Maß ihrer Entsagung reichte fast an Würde hinan. Sie überlegte kühl, daß alles auf dieser Welt verweht, vergeht; daß man es dem Gütigen leicht machen sollte, gütig zu bleiben; daß ihre Tochter Winnie eine herzlich liebreiche Schwester war und als Frau von größter Selbstbeherrschung. Beim Gedanken an Winnies Schwesterliebe hielt ihre Kühle nicht stand. Sie nahm dieses Gefühl von dem Gesetz der Vergänglichkeit aus, dem alle menschlichen und einige göttlichen Dinge unterworfen waren. Sie konnte nicht anders; das Gegenteil wäre ihr zu schrecklich gewesen. In der Betrachtung der ehelichen Verhältnisse ihrer Tochter aber unterdrückte sie entschlossen alle Neigung zur Schönfärberei. Mit kalter Vernunft sagte sie sich, daß Herrn Verlocs Güte umso länger bestehen bleiben würde, je weniger man sie in Anspruch nähme. Dieser ausgezeichnete Mann liebte seine Frau natürlich, würde es aber zweifellos vorziehen, möglichst wenige ihrer Verwandten bei sich zu behalten, um die Auswirkung dieses Gefühls nicht zu hemmen. Es war besser, wenn diese Wirkung auf den armen Stevie beschränkt blieb, und die heldenmütige alte Frau entschloß sich, von ihren Kindern wegzugehen, aus einem Übermaß an Liebe und Lebensklugheit.

Diese Lebensklugheit gipfelte darin (Frau Verlocs Mutter war gewisser Feinheiten sehr wohl fähig), daß Stevies moralische Ansprüche durch ihren Weggang an Kraft gewinnen mußten. Der arme Junge – ein guter, verwendbarer Junge, wenn auch ein bißchen eigen – hatte keine hinlänglich gefestigte Stellung. Er war zugleich mit seiner Mutter mitgenommen worden, sozusagen mit der Einrichtung der Belgravia-Pension, als ob er ausschließlich zu seiner Mutter gehörte. Was wird sein, fragte sie sich (denn Frau Verlocs Mutter hatte Einbildungskraft), wenn ich sterbe? – Und wenn sie sich diese Frage vorlegte, so geschah es mit Ängsten. Es war ja auch furchtbar, daß sie dann niemals wissen würde, was mit dem armen Jungen geschähe. Vermachte sie ihn aber solcherart seiner Schwester, indem sie wegging, so verschaffte sie ihm den Vorzug völliger Abhängigkeit. Dadurch bekam der bedenkliche Heldenmut von Frau Verlocs Mutter seine Weihe. Ihre Selbstaufgabe hatte tatsächlich nur den Zweck, ihrem Sohne eine lebenslängliche Versorgung zu sichern. Andere Leute bringen zu einem solchen Zweck Geldopfer, sie brachte dieses. Es war das einzig mögliche.

Und überdies würde sie seine Wirkung beobachten können. Wohl oder übel würde sie so der furchtbaren Ungewißheit auf dem Totenbett entgehen. Aber es war hart, hart, grausam hart.

Die Droschke rasselte, klirrte, rumpelte. Besonders das letztere in einem so ungewöhnlichen und großartigen Maße, daß es den Sinn für die Vorwärtsbewegung übertäubte; es erzeugte das Gefühl, daß man in einer mittelalterlichen, feststehenden Folterbank eingezwängt sei, oder in einem der neumodischen Apparate zur Behebung von Verdauungsstörungen. Alles war so traurig; und als Frau Verlocs Mutter die Stimme erhob, da klang es wie eine Wehklage.

„Ich weiß, meine Liebe, du wirst mich besuchen kommen, so oft es deine Zeit erlaubt, nicht wahr?"

„Natürlich", gab Winnie kurz zurück und blickte starr geradeaus.

Die Droschke rumpelte an einem verräucherten, schmierigen Laden vorbei, wo es nach Gas und Bratfisch roch.

Wieder erhob sich die klagende Stimme:

„Und, meine Liebe, ich muß den armen Jungen jeden Sonntag sehen. Es wird ihm doch nichts ausmachen, den Tag mit seiner alten Mutter zu verbringen?"

Winnie schrie unbewegt:

„Ausmachen? Ich dächte nicht. Der arme Junge wird Sie sehr vermissen. Ich wollte, Sie hätten ein wenig daran gedacht, Mutter!"

Nicht daran gedacht! Die heldenmütige Frau schluckte an einem würgenden Brocken, der wie eine Billardkugel ihr aus der Kehle zu springen drohte. Winnie saß eine Weile stumm und schmollend da und warf dann schnippisch in einem bei ihr ungewöhnlichen Tone hin: „Er wird mir in der ersten Zeit nicht schlecht zu schaffen machen, er wird es schon so treiben –"

„Was du auch tust, laß ihn nur nicht deinem Manne lästig werden, meine Liebe."

So sprachen sie vertraulich die neue Sachlage durch. Und die Droschke rumpelte weiter. Frau Verlocs Mutter äußerte einige Zweifel. Durfte man Stevie den ganzen Weg alleine gehen lassen? Winnie betonte, daß er nun weit weniger zerstreut sei; darin stimmten sie überein. Es war unleugbar. Weit weniger, fast gar nicht. Sie schrien einander durch das Getöse möglichst liebreich zu. Doch plötzlich brach die mütterliche Sorge nochmals durch. Er mußte zwei Omnibusse nehmen und dazu ein Stück gehen. Das war zu schwierig. Die alte Frau gab sich dem Schmerz und Kummer hin.

Winnie starrte voraus.

„Regen Sie sich nur nicht auf, Mutter. Natürlich müssen Sie ihn sehen."

„Nein, meine Liebe, ich will versuchen, ob es ohne das geht? Du hast ja nicht die Zeit, ihn zu begleiten, und wenn er dann wieder zerstreut ist und den Weg verliert und irgend jemand spricht ihn schroff an, dann vergißt er vielleicht Namen und Adresse und bleibt Tage und Tage lang verloren –"

Die Vorstellung eines Krüppelheims für den armen Stevie – wenn auch nur für die Dauer der Untersuchung – drückte ihr das Herz ab. Denn sie war eine stolze Frau. Winnies Blick war scharf und nachdrücklich geworden.

„Ich kann ihn nicht jede Woche selbst zu Ihnen bringen," rief sie, „aber sorgen Sie sich nicht, Mutter, ich will schon trachten, daß er nicht für lange verloren geht."

Sie fühlten eine eigene Erschütterung; durch die klappernden Fenster sah man etwas wie einen Ziegelhaufen; das furchtbare Rumpeln und Klirren hörte mit einem Schlage auf, und die beiden Frauen waren bestürzt. Was war geschehen? Sie saßen reglos, erschreckt in der tiefen Stille, bis der Schlag geöffnet wurde und ein rauhes, krampfhaftes Flüstern sich hören ließ:

„Wir sind da."

Eine Reihe kleiner Giebelhäuser, jedes mit einem trübe erleuchteten Fenster im Erdgeschoß, stand rings um die dunkle Fläche eines grasbewachsenen Platzes, der mit Büschen bepflanzt und durch ein Gitter von der Straße mit ihrem Lichtergewirr und Verkehrslärm getrennt war.

Vor der Tür eines dieser armseligen Häuschen – des einen, das kein Licht im Erdgeschoß zeigte – hatte die Droschke gehalten. Frau Verlocs Mutter stieg als erste aus, rücklings, mit einem Schlüssel in der Hand. Winnie blieb am Randstein stehen, um den Kutscher zu bezahlen. Stevie half zuerst eine Menge kleiner Pakete ins Haus tragen, kam dann heraus und blieb unter einer Laterne stehen, die dem Stift gehörte. Der Kutscher blickte auf die Silbermünzen, die in seiner grimmen Riesentatze ganz klein und wie ein Sinnbild des elenden Lohnes wirkten, den ein Menschenkind während der kurzen Zeit seines Erdenwallens für alle Mühe und Plage zu erwarten hat.

Er war anständig bezahlt worden – mit vier Schillingstücken –, die er nun unbeweglich betrachtete, als enthielten sie die überraschende Lösung eines traurigen Problems. Die langsame Unterbringung dieses Schatzes in seiner Innentasche erforderte umständliches Herumwühlen in den Tiefen schäbiger Gewänder. Der Mann war eckig von Gestalt und wenig schmiegsam. Stevie, schmächtig, die Schultern ein wenig hochgezogen, die Hände tief in den Taschen seines warmen Überrocks vergraben, stand auf dem Bürgersteig und gaffte.

Der Kutscher unterbrach seine planvollen Bemühungen, wie von einer nebelhaften Erinnerung gepackt.

„Oh, da bist du ja, mein Junge", zischelte er. „Du wirst ihn wiedererkennen, nicht wahr?"

Stevie gaffte das Pferd an, dessen Hinterteil infolge seiner Magerkeit unglaublich steil erschien. Der kurze, steife Schwanz schien in herzlosem Scherz hineingesteckt; und am anderen Ende bog sich der dünne, flache Hals, wie ein mit altem Pferdefell bezogenes Brett, tief zu Boden unter dem Gewicht des ungeheuren, knochigen Schädels. Die Ohren hingen nachlässig in verschiedenen Winkeln herunter. Die ganze grausige Mißgestalt dieses stummen Erdenpilgers, von Rippen und Rückgrat scharf durchzogen, ragte in die dumpfe Abendstille.

Der Kutscher tupfte mit dem Eisenhaken, der aus seinem ausgefransten, schmierigen Ärmel hervorragte, Stevie leicht gegen die Brust.

„Schau mal her, mein Junge, könnte es *dir* Spaß machen, so bis zwei Uhr in der Frühe hinter dem Roß da zu sitzen?"

Stevie sah geistesabwesend in die funkelnden, kleinen Augen mit den rotgeränderten Lidern.

„Er ist nicht lahm," fuhr der andere in scharfem Flüstertone fort, „er hat keine offenen Stellen auf sich. Da steht er. Könnte es dir Spaß machen – – –"

Seine ausgeschriene, klanglose Stimme gab seiner Äußerung den Klang tiefsten Geheimnisses. In Stevies leerem Blick schimmerte Furcht auf.

„Du kannst gut schauen! Bis drei und vier Uhr in der Frühe, kalt und hungrig, immer nach Fahrgästen ausschauen und nach einem Schluck zu trinken."

Seine lustigen, roten Wangen starrten von weißen Stoppeln, und wie Virgils Silen, mit den Flecken des Rebensafts im Gesicht, mit sizilischen Hirten von den olympischen Göttern sprach, so sprach nun er zu Stevie von der Häuslichkeit und dem Leben von Männern, deren Leiden groß sind, und die nicht unbedingt auf Unsterblichkeit rechnen können.

„Ich bin eine Nachtdroschke, das bin ich“, flüsterte er, zwischen Ruhmredigkeit und Verzweiflung. „Ich muß nehmen, was ich kriege. Ich habe ein Weib mit vier Kindern zu Hause.“

Die Ungeheuerlichkeit dieses Bekenntnisses zur Vaterschaft schien die Welt zu verblüffen. Ein Schweigen fiel ein. Die Flanken des alten Gauls, der für den apokalyptischen Reiter gemacht schien, schickten den Dampf hinauf in den Lichtkreis der wohltätigen Gaslaterne. Der Kutscher grunzte und fügte in geheimnisvollem Flüstertone hinzu:

„Man hat's nicht leicht in dieser Welt!“

Stevies Gesicht hatte schon einige Zeit gezuckt; nun machte er seinen Gefühlen wie gewöhnlich in knappster Form Luft.

„Schlecht! Schlecht!“ Sein Blick blieb starr auf die Rippen des Pferdes gerichtet, düster und eindringlich, als fürchtete er sich, ringsum die Schlechtigkeit der Welt zu treffen. Sein schmächtiger Wuchs, die rosigen Lippen und die blasse, reine Haut gaben ihm das Aussehen eines zarten Knaben, trotz dem goldigen Flaum auf den Wangen. In seinem Gaffen lag Furchtsamkeit, wie bei einem kleinen Kinde. Der Kutscher, kurz und breit, maß ihn mit dem Blick seiner wilden, kleinen Augen, die in einer wasserhellen Säure zu schwimmen schienen.

„Hart für Pferde, aber noch verdammt härter für arme Kerle wie mich“, ächzte er, gerade noch vernehmlich.

„Arm, arm!“ stammelte Stevie, und stieß im Übermaß seines Mitleids die Hände tief in die Taschen. Er konnte nichts sagen; denn seine Zärtlichkeit für alle Mühseligen und Beladenen, seine Sehnsucht, die Pferde glücklich und den Kutscher glücklich zu machen, hatte sich bis zu dem lächerlichen Wunsch gesteigert, sie mit in sein Bett zu nehmen. Und er wußte, daß das unmöglich war. Denn Stevie war nicht verrückt. Es war sozusagen eine symbolische Sehnsucht. Dabei aber doch sehr deutlich, da sie aus der Erfahrung kam, der Mutter der Weisheit. Wenn er nämlich als Kind in einem dunklen Winkel gehockt hatte, erschreckt, bedrückt, gequält von dem schwarzen, schwarzen Elend in seinem Innern, da war oft seine Schwester Winnie gekommen und hatte ihn mit in ihr Bett genommen, wie in einen Hafen himmlischen Friedens. Stevie konnte reine Tatsachen vergessen, wie zum Beispiel seinen Namen und seine

Adresse; für Empfindungen aber hatte er ein treues Gedächtnis. Voll Mitleid in ein Bett mitgenommen zu werden, war das letzte Heilmittel; es hatte nur den einzigen Nachteil, daß es sich nicht in größerem Maßstabe anwenden ließ. Das machte er sich völlig klar, während er den Kutscher ansah. Denn Stevie war nicht verrückt.

Der Kutscher fuhr in seinen gemächlichen Vorbereitungen fort, als wäre Stevie gar nicht dagewesen. Er traf Anstalten, auf den Bock zu klettern, stand aber im letzten Augenblick davon ab, unter dem Druck irgendeines dunklen Gefühls, vielleicht eines Abscheus vor dem Kutscherberuf. Er trat vielmehr zu seinem reglosen Arbeitsgefährten, beugte sich nach den Zügeln und hob mit einer Bewegung seines rechten Arms, wie um seine Kraft zu zeigen, das große, müde Haupt bis zu Schulterhöhe.

„Komm“, flüsterte er leise.

Dann führte er hinkend das Gefährt davon. Es lag etwas wie Kasteiung in diesem Aufbruch; der Kies des Fahrwegs knirschte unter den langsamen Rädern, die lahmen Beine des Pferdes bewegten sich mit asketischer Entschlossenheit aus dem Lichtkreis weg in die Finsternis des Platzes, der undeutlich von der Reihe spitzer Dächer und schwach erleuchteter Fenster der kleinen Stiftshäuser begrenzt war. Das klagende Knirschen des Kieses wanderte langsam rund um den Fahrweg. Zwischen den Laternen des Einfahrttores tauchte das Gefährt noch einmal im hellen Lichte auf: der kurze, dicke Mann, der, emsig hinkend, den Pferdekopf in der Faust hochhielt; das lahme Tier, das mit steifer, hilfloser Würde dahinstelzte; der dunkle, niedere Kasten auf Rädern, der lächerlich hinterdrein rollte, sozusagen watschelte. Sie wandten sich nach links. Dort in der Straße, fünfzig Schritt von dem Einfahrtstor, war eine Schänke.

Stevie blieb allein bei dem Laternenpfahl und stierte, die Hände tief in den Taschen, verloren vor sich hin. Auf dem Grund dieser Taschen waren seine elenden, schwachen Hände zornig und hart zu Fäusten geballt. Alles, was mittelbar oder unmittelbar an seine krankhafte Angst vor Schmerz rührte, machte Stevie zuletzt böswillig. Eine großmütige Entrüstung schwellte seine kümmerliche Brust bis zum Bersten und brachte seine unschuldigen Augen zum Schielen. Äußerst weise in der Erkenntnis seiner eigenen Machtlosigkeit, war Stevie doch nicht weise genug, um seine Leidenschaften bändigen zu können. Die Zartheit seines umfassenden Mitgefühls hatte zwei Seiten, die so unlöslich verbunden und verschmolzen waren, wie die beiden Seiten einer Medaille. Der

Schmerz maßlosen Mitgefühls wurde durch den andern einer unschuldigen, doch unbarmherzigen Wut abgelöst. Da diese beiden Seelenzustände sich in denselben Anzeichen leichter körperlicher Erregung äußerten, so pflegte seine Schwester Winnie diese Erregung zu besänftigen, ohne je an ihre Zwiespältigkeit zu denken. Frau Verloc verschwendete keinen Augenblick dieses kurzwährenden Daseins auf die Suche nach gründlicher Erkenntnis. Dies ist eine Art von Sparsamkeit, die allen Anschein und auch einige Vorteile der Klugheit hat. Natürlich kann es gut für jemand sein, nicht zu viel zu wissen. Und diese Ansicht verträgt sich sehr gut mit natürlicher Trägheit.

An diesem Abend, an dem Frau Verlocs Mutter endgültig von ihren Kindern und damit wohl auch vom Leben Abschied genommen hatte, machte sich Winnie Verloc keine weiteren Gedanken über den Seelenzustand ihres Bruders. Der arme Junge war aufgeregt, ganz natürlich. Nachdem sie auf der Schwelle ihrer alten Mutter nochmals versichert hatte, daß sie ihren Bruder schon davor bewahren wollte, sich auf seinen kindlichen Pilgerfahrten für länger zu verlieren, nahm sie Stevies Arm, um wegzugehen. Stevie murmelte nicht einmal vor sich hin, aber mit dem Feingefühl, das die Schwesterliebe seit frühester Kindheit in ihr entwickelt hatte, merkte sie, daß der Junge wirklich ungewöhnlich erregt war. Während sie unter dem Vorwand, sich auf ihn zu lehnen, seinen Arm fest umspannte, dachte sie über einige Worte nach, die für den Anlaß passen konnten.

„Jetzt, Stevie, mußt du dich bei den Kreuzungen gut nach mir umsehen und zuerst in den Omnibus steigen, wie ein guter Bruder."

Dieser Anruf seines männlichen Schutzes wurde von Stevie mit gewohnter Gelehrigkeit aufgenommen. Er schmeichelte ihm. Er hob den Kopf und streckte die Brust heraus.

„Nicht nervös sein, Winnie; mußt nicht nervös sein! Den Omnibus kriegen wir schon", stammelte er in einem Tone, in dem sich die Furchtsamkeit des Kindes und die Entschlossenheit des Mannes seltsam mischten. Er schritt furchtlos vorwärts, mit der Frau an seinem Arm, ließ aber die Unterlippe schlaff hängen. Trotzdem erschien in der großen Straße, deren ödes Pflaster, wie zum Spott, in eine Lichtflut getaucht war, ihre Ähnlichkeit miteinander so auffallend, daß zufällig Vorübergehende davon betroffen waren.

Vor der Türe des Wirtshauses an der Ecke, wo die ausgestreute Lichtfülle an Irrsinn grenzte, stand eine vierrädrige Droschke am Randstein, mit leerem

Kutscherbock, als hätte man sie als gänzlich unnütz in die Gosse geworfen. Frau Verloc erkannte das Gefährt wieder. Sein Anblick war so unendlich kläglich, so bis ins Kleinste elend und verbraucht, als wäre es das Gefährt des Todes selbst, so daß Frau Verloc mit dem schnell bereiten Mitleid einer Frau für ein Pferd (wenn sie nicht selbst dahinter sitzt) ausrief:

„Armes Vieh!“

Stevie blieb unvermittelt stehen und zerrte an seiner Schwester. „Arm, arm!“ stieß er inbrünstig hervor. „Kutscher ist auch arm, hat mir's selbst gesagt.“

Der Anblick der elenden, einsamen Mähre überkam ihn. Ohne Rücksicht auf das Drängen seiner Schwester wollte er stehen bleiben und mühte sich, seiner neuerschlossenen Erkenntnis über die Verbindung von menschlichem und Pferdeelend Ausdruck zu geben. Doch das war sehr schwer. „Armes Vieh, arme Leute“, war alles, was er immer wieder herausbrachte. Das erschien ihm nicht eindringlich genug, und er steigerte sich bis zu einem wütend hervorgestoßenen „Schande!“ Stevie war kein Meister des Worts, und seine Gedanken entbehrten vielleicht eben darum der Klarheit und Genauigkeit. Sein Gefühl war dafür umso umfassender und tiefer. Das kleine Wort drückte all die Entrüstung und den Abscheu aus, die er bei der Vorstellung empfand, daß ein elendes Wesen sich von der Qual eines anderen ernährte – bei dem Gedanken an den armen Kutscher, der sein armes Pferd schlug, sozusagen im Namen seiner armen Kinder zu Hause. Und Stevie wußte, wie es tut, geschlagen zu werden. Er wußte es aus Erfahrung. Es war eine schlechte Welt; schlecht, schlecht!

Frau Verloc, seine einzige Schwester, Wärterin und Gönnerin, reichte an dieses Maß von Einsicht nicht hinan. Auch hatte sie die Wunderkraft von des Kutschers Beredsamkeit nicht erfahren. Der tiefere Sinn des Wortes „Schande“ blieb ihr verborgen, und so sagte sie sanftmütig:

„Komm, Stevie, das wirst du nicht ändern.“

Der gelehrige Stevie ging weiter, doch jetzt ohne Stolz, strauchelnd; dabei murmelte er halbe Worte vor sich hin, Worte, die vielleicht einen Sinn gegeben hätten, wären sie nicht aus Hälften zusammengesetzt gewesen, die nicht zusammengehörten. Es war, als versuche er, seinen ganzen Wortschatz durchzugehen, um einen passenden Ausdruck für seine Gemütsbewegung zu finden. Das gelang ihm schließlich auch. Er blieb stehen und rief aus:

„Schlechte Welt für arme Leute!“

Sobald er diesen Gedanken ausgesprochen hatte, merkte er, daß er ihm in allen Folgerungen schon vertraut war. Das bestärkte ihn noch völlig in seiner Überzeugung, vermehrte aber auch seine Entrüstung. Irgend jemand, so empfand er, mußte dafür gezüchtigt werden – mit größter Strenge gezüchtigt. Da er von Natur nicht zweifelsüchtig, sondern durchaus tugendhaft war, so kannte seine Leidenschaft zum Guten keine Hemmungen.

„Hundsföttisch", fügte er scharf hinzu.

Für Frau Verloc unterlag es keinem Zweifel, daß er sehr aufgeregt war.

„Das kann niemand ändern", sagte sie. „Komm weiter. Gibst du so auf mich acht?"

Stevie nahm gehorsam gleichen Schritt. Er war stolz darauf, ein guter Bruder zu sein. Seine Moral, die sehr empfindlich war, machte ihm das zur Pflicht. Dennoch schmerzte ihn diese Feststellung seiner Schwester Winnie – die doch gut war. Das kann niemand ändern! Er ging finster vor sich hin, wurde aber plötzlich heiter. Wie wir anderen auch fand er mitunter in dem Kummer über die Welträtsel Trost in dem Vertrauen auf die Macht der gesellschaftlichen Ordnung auf dieser Erde.

„Polizei", meinte er zuversichtlich.

„Die Polizei ist nicht dafür da", gab Frau Verloc flüchtig zurück und wollte weiter.

Stevies Gesicht zog sich beträchtlich in die Länge. Er dachte nach. Je tiefer er dachte, desto tiefer hing auch sein Unterkiefer nieder. Mit dem Ausdruck hoffnungsloser Unfähigkeit stellte er endlich sein Nachdenken ein.

„Nicht dazu?" murmelte er, bei aller Fügsamkeit überrascht. „Nicht dazu?" Er hatte sich ganz für sich von der großstädtischen Polizei die Auffassung gebildet, sie sei eine Art Wohlfahrtseinrichtung zur Unterdrückung des Bösen. Besonders die Vorstellung von Wohlwollen war ihm unlöslich verknüpft mit der von der Machtvollkommenheit der Männer in Blau. Er hatte alle Polizisten zärtlich geliebt, mit unerschütterlichem Zutrauen. Und nun war er betrübt. Er ärgerte sich sogar bei dem Verdacht, die Angehörigen der Polizeimacht könnten doppelzüngig sein. Denn Stevie selbst war frei und offenherzig wie der Tag. Warum stellten sie sich denn so an? Ungleich seiner Schwester Winnie, die sich an der Oberfläche hielt, wünschte er den Dingen auf den Grund zu gehen. Er fuhr in seiner Untersuchung kampflustig fort:

„Wozu sind sie denn da, Winn? Wozu denn eigentlich? Sag mir's!“

Winnie liebte keine Auseinandersetzungen. Da sie aber fürchtete, Stevie möchte im ersten Schmerz um seine Mutter einen der Anfälle tiefster Niedergeschlagenheit haben, so wollte sie das Gespräch nicht kurz abbrechen. Zwar lag ihr alle Ironie völlig ferne, doch antwortete sie in einem Tone, der vielleicht bei der Gattin des Herrn Verloc, Vertrauensmannes des Roten Zentralkomitees, persönlichen Freundes gewisser Anarchisten und Stimmführer der sozialen Revolution nicht überraschen konnte:

„Du weißt nicht, wozu die Polizei da ist, Stevie? Die ist dazu da, damit die, die nichts haben, denen, die etwas haben, nichts wegnehmen können!“

Sie vermied das Wort „stehlen“, weil es ihren Bruder immer traurig machte. Denn Stevie war grundehrlich. Gewisse einfache Grundsätze waren ihm so nachdrücklich beigebracht worden (eben wegen seiner Besonderheit), daß die bloße Erwähnung gewisser Übertretungen ihn mit Schreck erfüllte. Er hatte sich immer durch Worte leicht beeinflussen lassen. Das war auch jetzt gründlich der Fall, und sein Verständnis war überraschend schnell:

„Wie,“ fragte er sofort, „nicht einmal, wenn sie hungrig sind? Müssen sie dann nicht?“

Die beiden waren stehengeblieben.

„Nicht einmal dann“, sagte Frau Verloc mit dem Gleichmut eines Gemüts, das sich die Verteilung der irdischen Güter nicht nahe gehen läßt, und spähte dabei die Straße hinunter nach einem Omnibus der gewünschten Farbe. „Gewiß nicht. Aber wozu darüber reden? Du bist nicht einmal hungrig.“

Sie warf einen raschen Blick auf den Jungen an ihrer Seite, der wie ein junger Mann aussah. Er war so liebenswürdig, anziehend, zärtlich und nur ein wenig, ein ganz klein wenig eigen. Sie konnte ihn nicht anders sehen, er war eng verbunden mit dem, was in ihrem würzelosen Leben von dem Salz der Leidenschaft war – mit leidenschaftlicher Entrüstung, mit Mut, Mitleid und sogar Selbstaufopferung. Sie fügte nicht hinzu: „und wirst es auch nicht sein, solange ich lebe.“ Und doch hätte sie das recht gut tun können, denn sie hatte wirksame Schritte zu diesem Zwecke getan. Herr Verloc war ein ausgezeichneter Gatte; es war ihre aufrichtige Überzeugung, daß niemand umhin konnte, den Jungen gerne zu haben. Plötzlich rief sie aus:

„Schnell, Stevie, halt den grünen Omnibus an!“ Und Stevie, bebend vor Wichtigkeit, mit seiner Schwester Winnie an einem Arm, schwenkte den andern hoch über seinem Kopf, dem ankommenden Omnibus entgegen, mit vollkommenem Erfolg.

Etwa eine Stunde später erhob Herr Verloc hinter dem Ladentisch seine Augen von einer Zeitung, in der er gelesen oder in die er doch hineingesehen hatte. Und während das Klappern der Türglocke verklang, sah er Winnie, seine Gattin, auf dem Weg nach oben den Laden durchschreiten, von Stevie, seinem Schwager, gefolgt. Der Anblick seiner Gattin war Herrn Verloc erfreulich. Dies gehörte zu seinen Eigenheiten. Dagegen kam ihm die Erscheinung seines Schwagers nicht zum Bewußtsein, auf Grund der krankhaften Nachdenklichkeit, die sich neuerdings wie ein Schleier zwischen Herrn Verloc und die dingliche Welt geschoben hatte. Er sah seiner Gattin starr und stumm nach, als wäre sie ein Geist. Seine Stimme für den Hausgebrauch war gedämpft und milde, jetzt aber war sie gar nicht zu hören, auch nicht beim Abendessen, zu dem ihn seine Gattin in der üblichen, kurzen Art rief: „Adolf.“ Er setzte sich ohne wahre Überzeugung zum Essen nieder, den Hut weit in den Nacken zurückgeschoben. Es war durchaus nicht Neigung zum Zigeunerleben, sondern nur der häufige Besuch ausländischer Cafés, was ihm zu dieser Gewohnheit verholfen hatte und nun sein gewissenhaftes Verbleiben am häuslichen Herd doch so zwanglos vorübergehend erscheinen ließ. Zweimal erhob er sich beim Klang der heiseren Glocke, verschwand wortlos im Laden und kam schweigend zurück. Während dieser Abwesenheiten drängte sich Frau Verloc die Leere des Platzes an ihrer rechten Seite auf. Sie vermißte ihre Mutter schmerzlich, und ihr Blick wurde wie Stein; während Stevie aus demselben Grunde mit den Füßen scharrte, als wäre der Boden unter dem Tisch unerträglich heiß. So oft Herr Verloc auf seinen Platz zurückkehrte, wie die Verkörperung des Schweigens, vollzog sich ein feiner Wechsel in Frau Verlocs Blick, und Stevie hielt die Füße ruhig, aus tiefer Ehrfurcht vor dem Gatten seiner Schwester. Er warf ihm Blicke hochachtungsvollen Mitleids zu. Herr Verloc war betrübt. Seine Schwester Winnie hatte ihm (im Omnibus) eingeschärft, daß Herr Verloc zu Hause in tiefem Kummer sitze und nicht geärgert werden dürfte. Seines Vaters Jähzorn, die Reizbarkeit der Zimmerherren und Herrn Verlocs Neigung zu zügellosem Schmerz waren von jeher die Hauptantriebe für Stevies Selbstbeherrschung gewesen. Von diesen Gefühlen, die alle leicht hervorzurufen, aber nicht immer leicht zu verstehen waren, hatte das letztere die größte moralische Wirkung –

denn Herr Verloc war gut. Diese Tatsache hatten Stevies Mutter und Schwester auf steinigem Grund verankert. Das war hinter Herrn Verlocs Rücken geschehen, aus Erwägungen heraus, die mit reiner Moral nicht unbedingt zu tun hatten. Und Herr Verloc wußte nichts davon. Es ist nicht mehr als gerecht, festzustellen, daß es ihm nicht bewußt war, in Stevies Augen als gut zu gelten. Und doch war es so. Er war sogar der einzige Mann, dem Stevie das Beiwort zugestand; denn die Zimmerherren waren zu vorübergehende und gleichgültige Erscheinungen gewesen, um ihm durch irgend etwas, außer vielleicht durch ihre Schuhe Eindruck zu machen; und was nun die Erziehungsmaßnahmen seines Vaters anbetraf, so hatten seine Mutter und seine Schwester nicht das Herz gehabt, dem Opfer einzureden, daß sie aus Güte stammten. Das wäre zu grausam gewesen. Und vielleicht sogar hätte Stevie ihnen gar nicht geglaubt. Bei Herrn Verloc nun stand Stevies Glauben nichts im Wege. Herr Verloc war ganz offenbar, wenn auch geheimnisvoll, gut, und der Kummer eines guten Mannes ist heilig.

Stevie warf seinem Schwager Blicke hochachtungsvollen Mitleids zu. Herr Verloc war betrübt. Nie zuvor hatte Winnies Bruder so klar hinter das Geheimnis von diesen Mannes Güte zu blicken geglaubt. Es war ein verständlicher Schmerz. Und Stevie war selbst betrübt, sehr betrübt. Auf dieselbe Art. Und sobald seine Aufmerksamkeit auf diesen Punkt gelenkt war, begann Stevie mit den Füßen zu scharren. Seine Gefühle pflegten sich stets in Bewegungen seiner Glieder zu äußern.

„Halte deine Füße ruhig, mein Lieber“, sagte Frau Verloc mit zärtlichem Nachdruck; dann wandte sie sich an ihren Gatten und wußte mit meisterhaftem Feingefühl ihrer Stimme einen gleichgültigen Klang zu geben: „Gehst du heute abend aus?“ fragte sie.

Die bloße Andeutung schien Herrn Verloc widerwärtig. Er schüttelte verdrießlich den Kopf, saß dann mit niedergeschlagenen Augen reglos da und sah eine volle Minute lang das Stück Käse auf seinem Teller an. Nach Ablauf dieser Zeit stand er auf und ging hinaus – ging geradenwegs hinaus, vom Klappern der Ladenglocke begleitet. So handelte er ganz unbewußt, nicht um unliebenswürdig zu sein, sondern aus unbezwinglicher Unruhe. Es hatte weiß Gott keinen Zweck, auszugehen. Nirgends in London konnte er finden, was er suchte. Aber er ging aus. Er führte seine trüben Gedanken durch dunkle Gassen, durch hellerleuchtete Straßen, in zwei Dielen hinein und wieder heraus, wie in dem schwachen Versuch, sich eine Nacht um die Ohren zu schlagen, und schließlich wieder zurück zu seinem bedrohten Heim, wo er sich erschöpft hinter den Ladentisch setzte; die Gedanken aber umdrängten ihn bissig, wie eine Meute hungriger Schweißhunde. Nachdem er das Haus geschlossen und das Gas abgedreht, nahm er sie mit sich hinauf – grausige Begleiter für einen Mann, der zu Bette will. Seine Frau war ihm vorausgegangen und bot ihm nun mit ihren üppigen Formen, die sich unter der Decke abzeichneten, das Haupt auf das Kissen und eine Hand unter die Wange gelegt, wie zur Zerstreuung, den Anblick rechtschaffener Schläfrigkeit, die aus ruhigem Gewissen kommt. Ihre großen Augen, weit geöffnet, hoben sich dunkel und träge von der schneeigen Weiße des Leinens ab. Sie bewegte sich nicht.

Ihr seelisches Gleichgewicht hatte ihr die Erkenntnis vermittelt, daß man den Dingen nicht auf den Grund gehen dürfe. Dies machte sie zu ihrem Leitsatz im Leben. Dennoch hatte sie sich durch Herrn Verlocs Schweigsamkeit seit einigen Tagen schwer bedrückt gefühlt. Sie ging ihr tatsächlich auf die Nerven. Nun sagte sie, während sie so still dalag:

„Du wirst dich erkälten, wenn du so in Socken herumgehst."

Dieser Ausspruch, eingegeben von der Sorge der Gattin und der Klugheit der Frau, traf Herrn Verloc unvorbereitet. Er hatte seine Stiefel unten gelassen, hatte aber vergessen, die Pantoffeln anzulegen und war im Schlafzimmer auf leisen Tatzen, wie ein Bär im Käfig, herumgewandelt. Beim Klang der Stimme seiner Gattin hielt er inne und stierte sie mit einem traumverlorenen, ausdruckslosen Blick so lange an, daß Frau Verloc ihre Glieder unter den Bettüchern leicht rührte. Nur ihr dunkles Haupt, tief in das weiße Kissen versenkt, blieb unbewegt, mit der einen Hand unter ihrer Wange, und den dunklen, großen, reglosen Augen.

Unter dem ausdruckslosen Blick ihres Gatten und bei dem Gedanken an ihrer Mutter leeres Zimmer jenseits des Flurs sprang sie bitter das Gefühl von Einsamkeit an. Nie zuvor war sie von ihrer Mutter getrennt gewesen. Sie hatten treu zueinander gestanden. Das empfand sie jetzt und sagte sich, daß die Mutter nun fort war – fort für immer. Frau Verloc machte sich nichts vor. Allerdings blieb Stevie. Und sie sagte:

„Mutter hat ihren Willen gehabt. Ich kann keinen Sinn darin finden. Sicherlich konnte sie doch nicht glauben, daß du sie über hättest. Es ist ganz verrückt, uns so zu verlassen."

Herr Verloc war nicht belesen; sein Vorrat an Bildern war beschränkt, doch fügten sich hier die Umstände derart ineinander, daß er zwangsweise an Ratten denken mußte, die ein sinkendes Schiff verlassen. Fast hätte er das auch ausgesprochen. Aber er war mißtrauisch und verbittert geworden. War es möglich, daß die alte Frau eine so ausgezeichnete Nase hatte? Doch lag die Haltlosigkeit eines solchen Verdachtes auf der Hand, und Herr Verloc hielt den Mund. Nicht ganz, heißt das. Er murmelte gewichtig:

„Vielleicht ist es gerade recht so.“

Er begann sich auszukleiden. Frau Verloc lag ganz ruhig, ihre Augen behielten ihren träumerischen, ruhigen Blick. Auch ihr Herz schien für den Bruchteil einer Sekunde stille zu stehn. In dieser Nacht war sie nicht ganz „sie selbst“, wie man sagt, und es drängte sich ihr die Erkenntnis auf, daß ein einfacher Satz mehrere, größtenteils unangenehme Bedeutungen haben könne. Warum war es gerade recht so und wieso? Doch erlaubte sie sich nicht, müßigem Grübeln nachzuhängen. Sie fühlte sich eher bestärkt in dem Glauben, daß die Dinge es nicht vertragen, wenn man ihnen auf den Grund geht. Schlau und geschickt auf ihre Art, brachte sie unverweilt Stevie in den Vordergrund, da bei ihrer Natur ein vorherrschender Gedanke die unbeirrbare Kraft eines Triebes anzunehmen pflegte.

„Ich weiß tatsächlich nicht, was ich tun muß, um den Jungen während der ersten traurigen Tage aufzuheitern. Er wird sich von früh bis abends quälen, bevor er sich daran gewöhnt, daß Mutter fort ist. Und er ist ein so guter Junge. Ich könnte ohne ihn gar nicht zurecht kommen.“

Herr Verloc fuhr fort sich auszukleiden, mit der starren Versenkung eines Mannes, der sich in der Einsamkeit einer weiten, hoffnungslosen Wüste auszieht. Denn so ungastlich bot sich die Erde, unser aller gemeinsames Erbe, dem Geiste des Herrn Verloc dar. Innen und draußen war alles so still, daß das verlorene Ticken der Ganguhr sich in das Zimmer stahl, als suche es Gesellschaft.

Herr Verloc legte sich auf seiner Seite ins Bett und blieb stumm und stolz hinter Frau Verlocs Rücken. Seine dicken Arme lagen verlassen auf der Decke wie gesenkte Waffen, wie hingeworfene Werkzeuge. In diesem Augenblick war er nur um Haaresbreite davon entfernt, seiner Frau sein ganzes Herz auszuschütten. Der Zeitpunkt schien günstig. Aus den Augenwinkeln sah er ihre mächtigen Schultern im weißen Gewand, ihren Hinterkopf mit den drei Zöpfen, die für die Nacht mit schwarzen Maschen aufgesteckt waren. Und er schob es auf. Herr Verloc liebte seine Frau, wie man eine Frau lieben soll – ehelich heißt das, mit aller Rücksicht, die man seinem wichtigsten Besitztum schuldet. Dieses für die Nacht zurechtgemachte Haupt, diese mächtigen Schultern schienen irgendwie geweiht –, geheiligt durch die Weihe häuslichen Friedens. Sie regte sich nicht, massig und formlos wie eine halbfertige Statue; er stellte sich ihre weit offenen Augen vor, die ins Leere hinausblickten. Sie war geheimnisvoll, wie alle lebenden Wesen. Der weitberühmte Geheimagent Δ aus des seligen Barons Stott-Wartenheim aufregenden Depeschen war nicht der Mann, in solche Geheimnisse einzubrechen. Er war leicht einzuschüchtern. Auch besaß er ein Maß von Trägheit, wie es oft das Geheimnis der Gutmütigkeit bildet. Nun schob er es auf, an dies Geheimnis zu rühren, aus Liebe, Schüchternheit und Trägheit. Es war immer noch Zeit genug. Einige Minuten litt er stumm in der schläfrigen Stille des Zimmers. Dann brach er mit einer entschlossenen Erklärung das Schweigen.

„Ich fahre morgen nach dem Festland."

Seine Frau konnte schon eingeschlafen sein; er hätte es nicht sagen können. Tatsächlich hatte Frau Verloc ihn gehört. Ihre Augen waren immer noch weit offen, und sie lag ganz still, stark in dem Glauben, daß die Dinge es nicht vertragen, wenn man ihnen auf den Grund sieht. Und dann war eine solche Reise für Herrn Verloc durchaus nichts so Ungewöhnliches. Er erneuerte in Paris und Brüssel seine Warenvorräte. Oft fuhr er selbst hinüber, um Einkäufe zu machen. Um den Laden in der Brett Street begann sich ein auserwählter Kreis von Liebhabern zu sammeln, eine geheime Beziehung, die für jede von Herrn Verlocs Unternehmungen äußerst wertvoll war, dieses Herrn Verloc, der durch ein seltsames Zusammentreffen von Temperament und Notwendigkeit bestimmt schien, sein Leben lang ein Geheimagent zu bleiben.

Er wartete eine Weile und fügte dann hinzu: „Ich bleibe eine Woche oder vielleicht vierzehn Tage weg. Nimm dir unter Tags Frau Neale zur Hilfe!"

Frau Neale war die Scheuerfrau für die Brett Street. Sie war ein Opfer ihrer Ehe mit einem heruntergekommenen Schreiner und bedrückt durch die Sorge um viele unmündige Kinder. Mit roten Armen, in einer Kleiderschürze aus grober Sackleinwand, schien in dem Duft von Lauge und Rum, im Scheuern und Schrubben, der Dunst der Armut selbst von ihr auszugehen.

Frau Verloc sprach mit wohlerwogener Absicht in ganz gleichgültigem Tone:

„Es ist unnötig, die Frau den ganzen Tag über hier zu haben. Ich komme sehr gut mit Stevie alleine zurecht."

Sie ließ die einsame Ganguhr fünfzehn Pendelschläge der Ewigkeit zuzählen und sagte dann:

„Soll ich das Licht auslöschen?"

Herr Verloc gab kurz und heiser zurück:

„Lösch es aus."

IX

Als Herr Verloc nach zehn Tagen vom Festland wiederkam, da zeigte es sich, daß weder sein Geist sich an den fremden Wundern erfrischt, noch seine Stimmung sich durch die Heimkehrfreude gebessert hatte. Beim Rasseln der Ladenglocke trat er mit dem Ausdruck finsterer und verärgerter Erschöpfung ein. Den Koffer in der Hand, schritt er mit gesenktem Kopf hinter den Ladentisch und ließ sich in den Stuhl fallen, als wäre er den ganzen Weg von Dover her gegangen. Es war früh am Morgen. Stevie, der gerade die einzelnen Gegenstände im Ladenfenster abstaubte, drehte sich um, und gaffte ihn in ehrfürchtigem Schreck an.

„Da", sagte Herr Verloc und stieß die Reisetasche auf dem Boden leicht an. Lind Stevie stürzte sich darauf, packte sie und trug sie davon, mit jubelndem Diensteifer. Er war so flink, daß Herr Verloc merklich überrascht war.

Beim Klang der Ladenglocke hatte Frau Neale, die eben dabei war, das Kamingitter im Wohnzimmer zu schwärzen, durch die Türe gespäht, sich dann von den Knien erhoben und war in ihrer Schürze, grimmig über die ewige Arbeit, Frau Verloc in die Küche sagen gegangen, daß „der Herr zurückgekommen sei".

Winnie kam nur bis zur inneren Ladentür.

„Du wirst frühstücken wollen", sagte sie aus einiger Entfernung. Herr Verloc machte eine leichte Handbewegung, wie um einen unmöglichen Vorschlag abzuwehren. Sobald er aber ins Wohnzimmer gelockt worden war, wies er die vorgesetzte Nahrung nicht zurück. Er aß wie in einem Gasthaus, den Hut weit zurückgeschoben, während die Flügel seines schweren Überrocks zu beiden Seiten in Dreiecken vom Stuhl herunterhingen. Und über die Länge des Tisches mit dem Wachstuchüberzug weg unterhielt Winnie, seine Frau, das übliche Frauengespräch, das gewiß den Umständen seiner Rückkehr nicht minder geschickt angepaßt war als die Reden der Penelope bei der Rückkehr des wandernden Odysseus. Allerdings hatte Frau Verloc während der Abwesenheit ihres Gatten keine Webearbeit verrichtet. Doch hatte sie alle Räume im oberen Stock gründlich reinemachen lassen, hatte einige Waren verkauft und Herrn Michaelis mehrmals empfangen. Dieser hatte ihr beim letztenmal gesagt, daß er nun aufs Land hinausginge, um in einem Landhaus irgendwo an der London-Chatham- und Dover-Strecke zu wohnen. Auch Karl Yundt war einmal gekommen, von „seiner gottlosen, alten Haushälterin“ am Arm geführt. Er war „ein ekelhafter, alter Mann.“ Von dem Genossen Ossipon, den sie erst kürzlich empfangen hatte, mit steinernem Gesicht und leerem Blick hinter dem Ladentisch verschanzt, sagte sie nichts; das stumme Gedenken an den muskelstarken Anarchisten machte sich äußerlich in einer kurzen Pause und einem leisen Erröten bemerkbar. Sobald wie möglich erwähnte sie auch ihren Bruder Stevie und betonte, daß der Junge recht traurig gewesen sei.

„Daran ist nur die Mutter schuld, weil sie so von uns fortgegangen ist.“

Herr Verloc sagte weder „verdammt“, noch selbst „Stevie soll der Teufel holen“, und Frau Verloc, die ja nicht in seinen Gedanken lesen konnte, vermochte den Edelmut dieser Zurückhaltung nicht zu werten.

„Nicht, als ob er weniger als sonst arbeitete“, fuhr sie fort. „Er hat sich recht nützlich gemacht. Man sollte meinen, daß er sich für uns gar nicht genug tun kann.“

Herr Verloc warf einen flüchtigen Blick auf Stevie, der zu seiner Rechten saß, zart und blaß, den rosigen Mund offen. Es war kein kritischer Blick. Es war keine Absicht darin. Und wenn Herr Verloc einen Augenblick lang dachte, daß der Bruder seiner Frau außergewöhnlich unnütz schien, so war das nur ein nebensächlicher Gedanke, ohne die Kraft und Dauerhaftigkeit, die einen Gedanken mitunter befähigt, die Welt zu bewegen. Herr Verloc lehnte sich zurück und entblößte den Kopf. Bevor sein ausgestreckter Arm den Hut niedersetzen konnte, sprang Stevie darauf zu und trug ihn hochachtungsvoll in die Küche hinaus. Und wieder war Herr Verloc überrascht.

„Du könntest alles mit dem Jungen tun“, sagte Frau Verloc mit unterstrichener Gemütsruhe. „Er würde für dich durchs Feuer gehn. Er –“ Sie unterbrach sich, aufmerksam das Ohr der Küchentüre zugekehrt.

Dort scheuerte Frau Neale den Boden. Bei Stevies Eintritt stöhnte sie kläglich auf, da sie beobachtet hatte, daß er leicht dazu zu bringen war, den Schilling, den ihm seine Schwester Winnie von Zeit zu Zeit schenkte, zum Wohle ihrer unmündigen Kinder zu opfern. Auf allen Vieren zwischen den Wasserpfützen, naß und schmierig, wie eine zahme Amphibie, die von Aschenresten und schmutzigem Wasser lebt, begann sie die übliche Leier: „Du hast es leicht, brauchst nichts zu arbeiten, wie ein Gentleman.“ Und sie ließ das ewige Klagelied der Armut folgen, mit gefühlvoller Bettelei unterlegt und durch den widrigen Dunst von billigem Rum und Seifenlauge unterstützt. Sie scheuerte gewaltig, keuchte dabei und sprach mit Zungenfertigkeit. Es war ihr Ernst. Zu beiden Seiten ihrer dünnen, roten Nase schwammen ihre entzündeten, glasigen Augen in Tränen, da sie tatsächlich am Morgen das Bedürfnis nach einer Erfrischung verspürte.

Im Wohnzimmer machte Frau Verloc die kundige Bemerkung:

„Da erzählt Frau Neale wieder die Jammermärchen von ihren kleinen Kindern. Die können nicht mehr alle so klein sein, wie sie sie hinstellt. Einige von ihnen müssen jetzt schon groß genug sein, um für sich selbst sorgen zu können. Stevie ärgert sich nur darüber.“

Die Worte wurden bekräftigt durch einen Laut, der von dem Aufschlagen einer Faust auf den Küchentisch herzurühren schien. Infolge des üblichen Ablaufs seiner Gefühle war Stevie zornig geworden, als er merkte, daß er keinen Schilling in der Tasche hatte. Angesichts der Unfähigkeit, sofort die Leiden von Frau Neales „Kleinen“ zu lindern, empfand er den Wunsch, es sollte irgendjemand dafür gestraft werden. Frau Verloc erhob sich und ging in die Küche, um „dem Unsinn ein Ende zu machen“. Das tat sie nachdrücklich, aber freundlich. Sie wußte sehr gut, daß Frau Neale, sobald sie ihr Geld bekam, sofort in eine billige, übel berüchtigte Schenke um die Ecke ging, um dort scharfe Getränke zu sich zu nehmen – eine unvermeidliche Station auf dem Kreuzesweg ihres Daseins. Die Randbemerkung zu dieser Gewohnheit wirkte aus Frau Verlocs Munde unerwartet tiefgründig, da sie ja von einer Person kam, die im allgemeinen nicht unter die Oberfläche einzudringen pflegte. „Freilich, – womit sollte sie sich aufrechterhalten? Wäre ich Frau Neale, ich machte es auch nicht anders.“

Am selben Nachmittag, als Herr Verloc schreckhaft aus dem letzten einer langen Reihe von Nickerchen vor dem Wohnzimmerkamin auffuhr und seine Absicht äußerte, spazieren zu gehen, sagte Winnie vom Laden her:

„Ich wollte, du nähmest den Jungen mit, Adolf.“

Zum drittenmal an diesem Tage war Herr Verloc überrascht. Er starrte seine Frau verständnislos an. Sie fuhr in ihrer ruhigen Art fort. Sobald der Junge nichts mehr zu tun hatte, hockte er trübsinnig im Hause herum. Das bedrückte sie; es ging ihr auf die Nerven, gestand sie ein. Und bei der ruhigen Winnie klang das wie Übertreibung. Tatsächlich trauerte Stevie in der aufreizenden Art eines unglücklichen Haustiers. So ging er gerne in den Oberstock hinauf, setzte sich zu Füßen der großen Uhr auf den Fußboden, die Knie hochgezogen und den Kopf in die Hand gestützt. Es war aufregend, sein blasses Gesicht zu sehen, aus dem die großen Augen in die Dunkelheit glänzten. Schon der Gedanke, daß er da droben saß, war unerfreulich.

Herr Verloc gewöhnte sich an die überraschende Neuheit des Vorschlags. Er hatte sein Weib nach der rechten Art gerne – das heißt mit Neigung zur Großmut. Nur ein gewichtiger Einwand drängte sich ihm auf, und er sprach ihn aus.

„Er wird mich vielleicht aus den Augen verlieren und dann auf der Straße verlorengehen“, sagte er.

Frau Verloc schüttelte verneinend den Kopf.

„Das tut er nicht. Du kennst ihn nicht. Der Junge betet dich ja an. Wenn du ihn aber wirklich verlierst –“

Frau Verloc unterbrach sich für einen Augenblick, wirklich nur für einen Augenblick.

„– dann gehe du nur ruhig weiter und kümmere dich um nichts. Ihm geschieht nichts. Er wird sicher schnell genug wieder hierher kommen.“

Diese Zuversicht verhalf Herrn Verloc zu der vierten Überraschung an diesem Tage.

„Wird er das?“ knurrte er zweifelnd. Aber vielleicht war sein Schwager nicht ganz so dumm, wie er aussah. Seine Frau mußte das am besten wissen. Er wandte seine schweren Augen ab und sagte heiser: „Nun gut, soll er halt mitgehn.“ Dann verfiel er wieder den Klauen des schwarzen Sorgengespenstes, das sonst wohl mit Vorliebe hinter Reitern sitzt, sich aber auch gut an die Fersen von Leuten zu heften versteht, die sich keine Pferde leisten können – wie z. B. Herr Verloc. Winnie, unter der Ladentür, sah diesen düsteren Begleiter Herrn Verlocs nicht. Sie sah den beiden nach, wie sie die schmierige Gasse hinuntergingen, der eine groß und dick, der andere klein und schmächtig, mit dünnem Hals, die spitzen

Schultern leicht gehoben unter den großen, halb durchsichtigen Ohren. Ihre Überzieher waren aus dem gleichen Stoff, ihre Hüte waren schwarz und rund. Angeregt durch die Gleichheit der Kleidung, gab sich Frau Verloc einem Traume hin.

„Sie könnten Vater und Sohn sein“, sagte sie sich. Sie dachte auch daran, daß Herr Verloc ein so guter Vater war, wie er dem armen Stevie je vergönnt sein konnte. Sie verhehlte sich nicht, daß es ihr Werk war. Und mit stolzer Freude beglückwünschte sie sich zu einem gewissen Entschluß, den sie einige Jahre vorher gefaßt hatte. Er hatte ihr einige Anstrengung und sogar ein paar Tränen gekostet.

Sie beglückwünschte sich noch mehr, als sie im Laufe der nächsten Tage bemerkte, daß Herr Verloc sich an Stevies Begleitung freundlich zu gewöhnen schien. Wenn er nun zum Spazierengehen fertig war, rief Herr Verloc laut nach dem Jungen, nicht viel anders wohl, als ein Mann dem Haushund pfeift, wenn auch vielleicht in anderem Tone. Es war zu bemerken, daß zu Hause Herr Verloc Stevie immer wieder neugierig betrachtete. Seine eigene Haltung war verändert. Wenn auch noch schweigsam, so war er doch nicht mehr so verschlossen. Frau Verloc fand, daß er zuweilen recht fahrig war. Immerhin konnte auch das als eine Besserung gelten. Stevie wiederum hockte nicht mehr zu Füßen der Uhr, sondern flüsterte statt dessen in allen Ecken drohend vor sich hin. Auf die Frage: „Was sagst du da, Stevie?“ pflegte er nur den Mund zu öffnen und seine Schwester anzuschielen. An schlimmen Tagen ballte er auch ohne ersichtliche Ursache die Fäuste und konnte mitunter dabei ertappt werden, wie er finster auf die Wand starrte, während Bleistift und Papier, die man ihm gegeben hatte, damit er Kreise zeichne, unbenützt auf dem Küchentisch lagen. Das war ein Wechsel, aber es war keine Besserung. Frau Verloc, für die alle diese Anzeichen unter das Gesamtbild der Aufregung fielen, begann zu fürchten, daß Stevie mehr von den Unterhaltungen ihres Gatten mit dessen Freunden hörte, als gut für ihn war. Während seiner „Spaziergänge“ traf Herr Verloc natürlich mit unterschiedlichen Leuten zusammen und redete mit ihnen. Es konnte kaum anders sein. Seine Spaziergänge waren ein Hauptteil seiner Außenbeschäftigung, die seine Frau niemals zu ergründen versucht hatte. Frau Verloc fand die Sachlage etwas heikel, nahm sie aber mit derselben undurchdringlichen Ruhe auf, die von den Ladenkunden stets bewundert wurde und auch die anderen Besucher dazu brachte, etwas erstaunt ihren Abstand zu wahren. Nein! Sie fürchtete, daß es Dinge gab, die Stevie besser nicht hören sollte, sagte sie ihrem

Gatten. Es regte den armen Jungen nur auf, weil er ja doch nichts daran ändern konnte. Niemand konnte das.

Es war im Laden. Herr Verloc erwiderte nichts. Er widersprach nicht, wenn die Versuchung dazu auch nahe lag. Aber er unterließ es, seine Frau darauf hinzuweisen, daß der Gedanke, Stevie zum Begleiter seiner Spaziergänge zu machen, von ihr und von niemand sonst ausgegangen war. In diesem Augenblick wäre einem unparteiischen Beobachter Herr Verloc übermenschlich erschienen in seiner Großmut. Er nahm eine kleine Pappschachtel von einem Bord, sah nach, ob der Inhalt in Ordnung sei, und setzte sie bedächtig auf den Ladentisch. Erst als dies geschehen war, brach er das Schweigen mit der Feststellung, daß es Stevie zweifellos gut tun würde, für eine Zeit aus der Stadt hinaus zu kommen; nur vermute er, daß seine Frau ohne ihn nicht fertig werden würde.

„Nicht fertig werden ohne ihn," wiederholte Frau Verloc langsam, „ich sollte ohne ihn nicht fertig werden, wenn es zu seinem Besten ist! Was für ein Einfall! Natürlich kann ich ohne ihn fertig werden. Aber er kann ja doch nirgends hin."

Herr Verloc zog Packpapier und eine Rolle Bindfaden heraus und murmelte dabei, daß Michaelis in einem kleinen Häuschen auf dem Land lebte. Michaelis würde gerne einen Schlafraum an Stevie abtreten. Dort gab es keinen Besuch und keine Gespräche. Michaelis schrieb an einem Buch.

Frau Verloc erklärte ihre Zuneigung für Michaelis; erwähnte ihre Abneigung gegen Karl Yundt, den „ekligen alten Mann"; und von Ossipon sagte sie nichts. Stevie selbst würde sich natürlich sehr freuen. Herr Michaelis war ja immer so nett und freundlich zu ihm. Er schien den Jungen so gerne zu haben. Nun, der Junge war ja auch ein guter Junge.

„Auch du scheinst ihn in letzter Zeit richtig liebgewonnen zu haben", fügte sie nach einer Weile mit ihrer unerschütterlichen Selbstsicherheit hinzu.

Herr Verloc, der eben die Pappschachtel postfertig einpackte, riß durch eine heftige Bewegung den Bindfaden ab und murmelte verschiedene Flüche insgeheim vor sich hin. Dann erhob er seine Stimme zum üblichen heiseren Flüsterton und kündigte seine Bereitwilligkeit an, Stevie selbst aufs Land hinaus zu bringen und ihn Michaelis in Obhut zu geben.

Schon am nächsten Tag führte er diese Absicht aus. Stevie machte keinen Einwand. Er schien eher erfreut, wenn auch etwas erstaunt. Er ließ seinen kindlichen Blick wiederholt forschend auf Herrn Verlocs wuchtigen Zügen ruhen, besonders dann, wenn seine Schwester ihn eben nicht ansah. Sein Ausdruck war stolz, gelehrig und gespannt, wie der eines kleinen Kindes, dem man zum erstenmal eine Schachtel Zündhölzer anvertraut hat mit der Erlaubnis, Licht zu machen. Und Frau Verloc, entzückt von ihres Bruders Fügsamkeit, empfahl ihm, sich auf dem Lande nicht unnötig die Kleider zu beschmutzen. Daraufhin sah Stevie seine Schwester, Wärterin und Gönnerin mit einem Blick an, in dem zum erstenmal in seinem Leben die kindliche Vertrauensseligkeit zu fehlen schien. Ein Schimmer von Überlegenheit lag darin. Frau Verloc lächelte.

„Du lieber Gott! Du brauchst nicht beleidigt zu sein. Du weißt ja doch, daß du dich bei jeder Gelegenheit recht schmutzig machst, Stevie."

Herr Verloc war bereits einige Schritte vorausgegangen.

So sah sich Frau Verloc öfter als gewöhnlich allein, nicht nur im Laden, sondern auch im Haus, infolge der Heldentat ihrer Mutter und Stevies Sommerfrische. Denn Herr Verloc mußte seine Gänge machen. Noch länger als sonst war sie an dem Tage allein, an dem der Bombenanschlag in Greenwich Park geschah, denn damals war Herr Verloc frühmorgens weggegangen und erst in der Dämmerung zurückgekehrt. Es machte ihr nichts aus, allein zu sein. Sie hatte auch keine Sehnsucht, auszugehen. Das Wetter war zu schlecht, und der Laden war gemütlicher als die Gasse. Sie saß mit einer Näharbeit hinter dem Ladentisch und sah nicht davon auf, als Herr Verloc unter dem schrillen Klappern der Glocke eintrat. Sie hatte seinen Schritt schon auf dem Pflaster draußen erkannt.

Sie sah nicht auf. Als aber Herr Verloc schweigend, den Hut in die Stirne gezogen, zur Wohnzimmertür ging, sagte sie heiter:

„Was für ein abscheulicher Tag. Hast du vielleicht Stevie besucht?"

„Nein", antwortete Herr Verloc leise und schlug die Glastür des Wohnzimmers unerwartet heftig hinter sich zu.

Frau Verloc blieb einige Zeit ruhig sitzen, mit der Arbeit im Schoß, bevor sie diese unter den Ladentisch legte und aufstand, um das Gas anzuzünden. Als dies geschehen war, durchquerte sie auf dem Wege zur Küche das Wohnzimmer. Herr Verloc würde seinen Tee haben wollen. Da sie sich der Macht ihrer Reize voll bewußt war, so erwartete Winnie von ihrem Gatten im täglichen Verkehr ihres ehelichen Lebens keinerlei übertriebene Höflichkeit oder Liebenswürdigkeit; leere und veraltete Formen, heutzutage auch in den höchsten Kreisen aufgegeben, und ihrer eigenen Klasse von jeher fremd. Sie erwartete keine Ritterlichkeiten von ihm. Aber er war ein guter Gatte, und sie achtete seine Rechte gebührend.

Frau Verloc wollte durch das Wohnzimmer in die Küche gehen, um sich dort ihren häuslichen Pflichten zu widmen, mit der vollendeten Seelenruhe einer Frau, die sich der Macht ihrer Reize bewußt ist. Aber ein leises, ganz leises, klapperndes Geräusch traf ihr Ohr. Sonderbar und unverständlich, nahm es Frau Verlocs Aufmerksamkeit gefangen. Sobald ihr seine Ursache klar wurde, blieb sie erstaunt und betroffen stehen. Sie strich an der Schachtel, die sie in der Hand hielt, ein Zündholz an und entzündete einen der beiden Gasbrenner über dem Wohnzimmertisch, der schadhaft war und darum erst wie erstaunt pfiff und dann wie eine Katze schnurrte.

Herr Verloc hatte gegen seine sonstige Gewohnheit seinen Überrock abgeworfen. Er lag auf dem Sofa. Sein Hut, den er gleichfalls abgeworfen haben mußte, lag, umgedreht, unter dem Sofa. Er selbst hatte sich einen Stuhl vor den Kamin gezogen, hatte die Füße innerhalb des Gitters gestellt, hielt den Kopf in beiden Händen und beugte sich tief zu der schwachen Glut hinunter. Seine Zähne klapperten mit unwiderstehlicher Heftigkeit, so daß sein gewaltiger Rücken mitzitterte. Frau Verloc war erschreckt.

„Du bist naß geworden“, sagte sie.

„Nicht sehr“, brachte Herr Verloc mit einem Schaudern mühsam heraus.

Mit größter Anstrengung unterdrückte er das Zähneklappern.

„Du solltest dich in meine Hände geben“, sagte sie ehrlich besorgt.

„Ich denke nicht daran“, bemerkte Herr Verloc und schnaufte schwer.

Sicherlich habe er es fertig gebracht, sich zwischen sieben Uhr früh und fünf Uhr nachmittag böse zu erkälten. Frau Verloc sah auf seinen gebeugten Rücken.

„Wo bist du heute gewesen?“ fragte sie.

„Nirgends“, antwortete Herr Verloc leise. Er sprach durch die Nase, wie erstickt. Seine Stellung deutete auf übelste Laune oder auf schwere Kopfschmerzen. Die Kürze und Unaufrichtigkeit seiner Antwort kam in dem toten Schweigen des Zimmers peinlich zur Geltung. Er schnaufte entschuldigend und verbesserte sich:

„Ich war auf der Bank.“

Frau Verloc wurde aufmerksam.

„Was?“ sagte sie gleichmütig. „Wozu denn?“

Herr Verloc murmelte sichtlich widerwillig, das Gesicht über die Glut gebeugt:

„Habe das Geld abgehoben.“

„Was soll das? Alles?“

„Jawohl, alles.“

Frau Verloc breitete sorgfältig das kleine Tischtuch aus, nahm zwei Messer und zwei Gabeln aus der Schublade und hielt in ihrem zielbewußten Tun plötzlich inne.

„Warum hast du das getan?“

„Werde es vielleicht bald brauchen“, schnaufte Herr Verloc, dessen vorbedachte Offenherzigkeit zu Ende ging.

„Ich weiß nicht, was du meinst“, sagte seine Frau in ganz nebensächlichem Tone, blieb aber stockstill zwischen Tisch und Anrichte stehen.

„Du weißt, daß du mir vertrauen kannst“, sagte Herr Verloc in den Kamin hinein, mit bärbeißiger Empfindsamkeit.

Frau Verloc wandte sich langsam der Anrichte zu und meinte bedächtig:

„O ja, ich kann dir vertrauen.“

Und sie nahm ihre Tätigkeit wieder auf, legte zwei Teller auf, holte Brot und Butter, ging ruhig zwischen Tisch und Anrichte hin und her, im stillen Frieden ihres Hauses. Als sie eben die Marmelade herausnehmen wollte, überlegte sie sachgemäß: „Er wird Hunger haben, da er doch den ganzen Tag weg war“, und dabei kehrte sie nochmals zur Anrichte zurück, um den kalten Rindsbraten zu holen. Sie setzte ihn unter den schnurrenden Gashahn, warf ihrem reglosen Gatten, der immer noch das Feuer hütete, einen Blick zu und ging (zwei Stufen) in die Küche hinunter. Erst als sie mit Vorlegemesser und -gabel in der Hand zurückkehrte, sprach sie wieder:

„Hätte ich dir nicht vertraut, dann hätte ich dich nicht geheiratet.“

Tief in die Feueröffnung gebeugt, den Kopf in beiden Händen vergraben, saß Herr Verloc wie schlafend da. Winnie machte den Tee und rief dann halblaut:

„Adolf.“

Herr Verloc erhob sich sofort und taumelte ein wenig, bevor er sich zu Tisch setzte. Seine Gattin prüfte die Schneide des Vorlegemessers, legte es auf die Platte und machte ihn auf den kalten Rindsbraten aufmerksam. Er beachtete die Anregung nicht und hielt das Kinn auf die Brust gesenkt.

„Bei Erkältung soll man essen", bemerkte Frau Verloc lehrhaft.

Er sah auf und schüttelte den Kopf. Seine Augen waren blutunterlaufen, sein Gesicht gerötet. Seine Finger hatten sein Haar zerwühlt. Er sah verkommen aus, als wäre er nach schwerer Ausschweifung von Übelkeit, Reue und Ekel bedrückt. Aber Herr Verloc war kein Mann der Ausschweifungen. Seine Führung war einwandfrei. Sein Aussehen mochte von einer fiebrigen Erkältung kommen. Er trank drei Tassen Tee, enthielt sich aber der Nahrung völlig. Er zeigte sogar Widerwillen, als Frau Verloc ihm zuredete, sodaß diese schließlich sagte:

„Hast du nicht nasse Füße? Du solltest lieber deine Pantoffeln anziehn. Heute abend gehst du ja doch nicht mehr aus."

Herr Verloc gab durch verdrießliche Knurrlaute und Zeichen zu verstehen, daß er keine nassen Füße habe und daß es ihm überhaupt gleichgültig sei. Die Anregung bezüglich der Pantoffeln wurde, als außerhalb seiner Absichten liegend, nicht beachtet. Nur die Frage eines nochmaligen Ausgangs fand eine unerwartete Aufnahme. Herr Verloc dachte bestimmt nicht darüber nach, ob er abends ausgehen würde. Seine Gedanken befaßten sich mit weiterreichenden Plänen. Aus übellaunigen, abgerissenen Sätzen ging hervor, daß Herr Verloc die Möglichkeit der Auswanderung ins Auge gefaßt hatte. Es war nicht ganz klar, ob er an Frankreich oder Kalifornien dachte.

Das war so gänzlich unerwartet, unwahrscheinlich und unbegreiflich, daß es seine Erklärung um alle Wirkung brachte. Frau Verloc sagte, so ruhig, als hätte ihr Gatte ihr mit dem Weltuntergang gedroht:

„Was für ein Einfall!"

Herr Verloc erklärte, daß er alles und jedes bis zum Ekel über hätte und außerdem – – Sie unterbrach ihn:

„Du bist bös erkältet."

Es war allerdings offenbar, daß Herr Verloc sich nicht in seinem gewohnten Zustande befand, weder körperlich noch geistig. Eine dumpfe Unentschlossenheit zwang ihn zum Schweigen. Dann murmelte er einige verschwommene Gemeinplätze über zwingende Notwendigkeit.

„Wir werden es müssen", wiederholte Winnie, die, mit gekreuzten Armen zurückgelehnt, ihrem Gatten gegenübersaß. „Ich möchte wohl wissen, wer dich zwingen wird? Du bist kein Sklave. Niemand braucht ein Sklave zu sein in diesem Lande – und mach' du dich nicht selbst dazu." Sie hielt inne und fuhr dann mit bezwingender Unberührtheit fort:

„Das Geschäft geht nicht gar so schlecht. Du hast ein gemütliches Heim."

Sie blickte im Wohnzimmer herum, von der Anrichte in der Ecke zum guten Feuer im Kamin. Traulich geborgen hinter dem Laden voll zweifelhafter Ware, mit dem geheimnisvoll düsteren Fenster und der verdächtig in das dunkle Gäßchen offenstehenden Türe, war es doch ein ehrbares Heim in allem, was häuslichen Besitz und häusliche Gemütlichkeit anbelangte. Ihre hingebende Liebe vermißte darin nur ihren Bruder Stevie, der nun irgendwo in Kent eine verregnete Sommerfrische genoß, unter der Aufsicht des Herrn Michaelis. Sie vermißte ihn schmerzlich, da sie sich leidenschaftlich als Beschirmerin fühlte. Dies war auch des Jungen Heim; das Dach, die Anrichte, der glimmende Kamin. Bei diesem Gedanken erhob sich Frau Verloc, ging zum anderen Ende des Tisches und sagte aus vollem Herzen:

„Und du hast mich doch nicht satt?"

Herr Verloc gab keinen Laut. Winnie lehnte sich von rückwärts über seine Schulter und preßte ihre Lippen auf seine Stirne. So verharrte sie. Kein Flüstern drang von der Außenwelt bis zu ihnen. Der Klang von Schritten draußen auf dem Pflaster verlor sich in der dumpfen, brütenden Stille des Ladens. Nur der Gashahn über dem Tisch schnurrte. So lange die Berührung dieses unerwarteten und lange dauernden Kusses währte, saß Herr Verloc, beide Hände um die Armlehne seines Stuhls gekrallt, in bildhafter Unbeweglichkeit da. Sobald der Druck von ihm genommen wurde, ließ er den Stuhl fahren, erhob sich und stellte sich vor den Kamin. Er wandte nicht länger dem Zimmer den Rücken zu. Mit seinem verschwollenen Gesicht, das nach Vergiftung aussah, folgte er den Bewegungen seiner Frau.

Frau Verloc ging unbekümmert herum und räumte den Tisch ab. Ihre ruhige Stimme erging sich in Betrachtungen über das angeschlagene Thema. Es hielt keiner Prüfung stand. Sie verurteilte es von jedem Gesichtspunkt aus. Ihre einzige ernstliche Sorge aber war Stevies Wohl. Im Hinblick auf diese Möglichkeit erschien er ihr hinlänglich „eigen", um nicht einfach mitgenommen zu werden. Das war das einzige. Indem sie aber um diesen Hauptpunkt herumredete, steigerte sie sich in echte Erregung hinein. Unterdessen legte sie mit heftigen Bewegungen eine Schürze an, um das Geschirr abzuwaschen. Und als würde sie vom Klang ihrer eigenen Stimme, die ohne Widerspruch blieb, noch mehr aufgereizt, sagte sie endlich mit beißender Schärfe:

„Wenn du fortgehst, dann wirst du ohne mich gehen müssen."

„Du weißt gut, daß ich das nicht täte", sagte Herr Verloc heiser, und die klanglose Stimme, die er für den Hausgebrauch zu benützen pflegte, zitterte vor rätselhafter Bewegung.

Frau Verloc bereute ihre Worte bereits. Sie hatten häßlicher geklungen, als sie es beabsichtigt hatte. Sie waren auch, wie alles Unnötige, unklug. Tatsächlich hatte sie überhaupt nicht gemeint, was sie sagte. Es war ein Satz, den ihr nur der Widerspruchsgeist eingeblasen hatte. Doch kannte sie einen Weg, um alles ungeschehen zu machen.

Sie wandte ihren Kopf über die Schulter und warf dem Manne, der schwerfällig vor dem Kamin stand, einen Blick aus ihren großen Augen zu, halb schelmisch, halb grausam – einen Blick, dessen die Winnie der Belgravia-Pension unfähig gewesen wäre, wegen ihrer Ehrbarkeit und Unwissenheit. Doch der Mann war ja nun ihr Gatte, und sie war nicht länger unwissend. Sie ließ den Blick eine ganze Sekunde auf ihm ruhen, während ihr ernstes Gesicht reglos wie eine Maske blieb, und sagte dann scherzend:

„Du könntest es nicht. Ich würde dir zu sehr fehlen."

Herr Verloc fuhr auf.

„Gewiß", sagte er laut, breitete die Arme aus und trat einen Schritt auf sie zu. Eine ungewisse Wildheit in seinem Ausdruck machte es zweifelhaft, ob er sein Weib zu erdrosseln oder zu umarmen gedachte. Frau Verlocs Aufmerksamkeit aber wurde durch den Klang der Ladenglocke von dieser Gebärde abgelenkt.

„Laden, Adolf. Geh du."

Er hielt an, seine Arme sanken reglos nieder.

„Geh du," wiederholte Frau Verloc, „ich habe die Schürze um."

Herr Verloc gehorchte hölzern, wie ein Automat mit gemaltem Gesicht. Die Ähnlichkeit mit einer mechanischen Figur ging so weit, daß er sogar den dummen Gesichtsausdruck eines Automaten zeigte, der sich bewußt ist, ein Triebwerk im Leibe zu haben.

Er schloß die Wohnzimmertür, und Frau Verloc trug mit raschen Bewegungen das Geschirrbrett in die Küche. Sie spülte die Tassen und einiges andere ab, bevor sie einhielt, um zu lauschen. Kein Ton drang zu ihr. Der Kunde blieb lange im Laden. Es war ein Kunde, denn sonst hätte ihn Herr Verloc ins Wohnzimmer geführt. Sie löste hastig die Schürzenbänder, warf die Schürze über einen Stuhl und ging langsam ins Wohnzimmer zurück.

Im gleichen Augenblick trat Herr Verloc vom Laden aus ein.

Er war rot hinausgegangen und kehrte nun erschreckend kalkweiß zurück. Sein Gesicht hatte den fiebrigen, rauschigen Glanz verloren und in dieser kurzen Zeitspanne den Ausdruck ratloser Qual angenommen.

Er ging geradeswegs zum Sofa, blieb dort stehen und sah auf seinen Überrock hinunter, als fürchtete er sich, ihn anzurühren.

„Was gibt es denn?“ fragte Frau Verloc gedämpft. Durch die offene Türe konnte sie sehen, daß der Kunde noch nicht gegangen war.

„Ich sehe gerade, daß ich heute doch noch ausgehen muß“, sagte Herr Verloc. Doch machte er keinen Versuch, nach seinen Überkleidern zu greifen.

Ohne ein Wort weiter ging Winnie in den Laden, schloß die Türe hinter sich und trat hinter den Ladentisch. Erst nachdem sie sich bequem in dem Stuhl zurechtgesetzt hatte, sah sie zu dem Kunden auf. Inzwischen hatte sie aber schon festgestellt, daß er groß und mager war und den Schnurrbart aufgewirbelt trug. Er war sogar eben dabei, die scharfen Spitzen hochzudrehen. Sein langes, knochiges Gesicht ragte aus hochgeschlagenem Kragen. Er war ein wenig durchnäßt, ein wenig mit Kot bespritzt. Ein dunkelhaariger Mann, unter dessen eingefallener Schläfe der kantige Backenknochen scharf hervortrat. Ihr völlig unbekannt. Und auch kein Kunde.

Frau Verloc sah ihn gleichmütig an.

„Kommen Sie vom Festland herüber?“ fragte sie nach einer Weile. Der lange, dünne Fremde antwortete nur mit einem schwachen, sonderbaren Lächeln, ohne Frau Verloc ins Gesicht zu sehen.

Frau Verlocs ruhiger Blick haftete ohne Neugier auf ihm.

„Sie verstehen doch Englisch?“

„O ja, ich verstehe Englisch.“

Seine Aussprache klang nicht fremd, nur deutete die langsame Sprechweise darauf hin, daß er sich Mühe nehmen mußte. Und Frau Verloc hatte in reicher Erfahrung festgestellt, daß manche Ausländer besser sprechen als die Eingebornen. Sie sah unverwandt nach der Wohnzimmertür und meinte:

„Denken Sie etwa daran, sich in England ständig niederzulassen?“

Der Fremde zeigte wieder sein stummes Lächeln. Er hatte einen gutmütigen Mund und forschende Augen. Er schüttelte, ein wenig traurig, wie es schien, den Kopf.

„Mein Mann wird Ihnen schon durchhelfen. Unterdessen können Sie für die ersten Tage nichts besseres tun, als bei Herrn Giuliani abzusteigen. Continental Hotel nennt es sich. Privat. Recht ruhig. Mein Mann wird Sie hinführen.“

„Ein guter Gedanke“, sagte der dünne, dunkelhaarige Mann, dessen Blick plötzlich hart geworden war.

„Haben Sie Herrn Verloc schon früher gekannt? Vielleicht in Frankreich?“

„Ich habe von ihm gehört“, gab der Besucher zu, in der langsamen, überlegten Sprechweise, der man doch die höfliche Absicht anmerkte.

Es gab eine Pause. Dann sprach er wieder, doch weit weniger gesucht.

„Ihr Mann ist doch nicht etwa auf die Straße hinausgegangen, um mich zu erwarten?“

„Auf die Straße“, wiederholte Frau Verloc überrascht. „Wie denn? Das Haus hat keinen anderen Ausgang.“

Sie blieb noch einen Augenblick sitzen und erhob sich dann, um durch die Glastür zu spähen. Plötzlich öffnete sie sie und verschwand im Wohnzimmer.

Herr Verloc hatte inzwischen nichts weiter getan als seinen Überrock angelegt. Warum er aber darnach über den Tisch gebeugt stehenblieb, auf beide Arme gestützt, als fühlte er sich schwindlig oder krank, das konnte sie nicht verstehen. „Adolf“, rief sie halblaut; und als er sich aufgerichtet hatte:

„Kennst du den Menschen?“

„Ich habe von ihm gehört“, wisperte Herr Verloc unbehaglich und schoß einen wilden Blick nach der Türe. Frau Verlocs klare, gleichmütige Augen blitzten vor Abscheu.

„Einer von Karl Yundts Freunden! – Ekliger alter Mann!“

„Nein, nein“, wehrte Herr Verloc ab und langte emsig nach seinem Hut. Als er ihn aber unter dem Sofa herausgefischt hatte, hielt er ihn vor sich hin, als wüßte er keinen Hut zu gebrauchen.

„Nun – er wartet auf dich“, meinte Frau Verloc schließlich. „Ich sage, Adolf, es ist doch keiner von den Gesandschaftsleuten, die dir in letzter Zeit zu schaffen gemacht haben?“

„Zu schaffen gemacht – Gesandtschaftsleute“, wiederholte Herr Verloc mit erschrecktem Auffahren. „Wer hat dir etwas von Gesandtschaftsleuten gesagt?“

„Du selbst.“

„Ich, ich! Habe vor dir von Gesandtschaftsleuten gesprochen!“

Herr Verloc schien über alles Maß hinaus bestürzt und erschreckt. Sein Weib erklärte:

„Du hast in letzter Zeit immer im Schlaf gesprochen, Adolf.“

„Was – was habe ich gesagt? Was weißt du?“

„Nicht viel. Es war meistens Unsinn. Ich konnte nur erraten, daß dich irgend etwas bedrückte.“

Herr Verloc stülpte sich den Hut auf den Kopf. Dunkle Zornesröte schoß ihm ins Gesicht.

„Unsinn – wie? Gesandtschaftsleute! Ich könnte ihnen, einem nach dem andern, das Herz aus der Brust reißen. Die sollen nur aufpassen! Ich habe eine Zunge im Kopf.“

Er schritt schnaubend zwischen Tisch und Sofa auf und nieder, wobei sein offner Überrock an allen Ecken hängen blieb. Die Zornesröte verzog sich und ließ sein Gesicht ganz weiß, mit bebenden Nüstern zurück. Frau Verloc, ihrem Leitspruch getreu, führte diese Erscheinungen auf die Erkältung zurück.

„Nun gut,“ sagte sie, „schaff dir den Mann, wer immer es auch sei, so schnell wie möglich vom Halse und komm nach Hause, zu mir. Du brauchst ein oder zwei Tage Pflege.“

Herr Verloc zwang sich zur Ruhe und hatte, mit dem Ausdruck der Entschlossenheit auf dem bleichen Gesicht, schon die Tür geöffnet, als seine Frau ihn flüsternd zurückrief:

„Adolf, Adolf.“ Er kam überrascht zurück. „Wie ist es mit dem Geld, das du abgehoben hast?“ sagte sie, „hast du es in der Tasche? Solltest du nicht lieber –“ Herr Verloc blickte stumpfsinnig in die Fläche der Hand, die seine Frau ihm entgegenstreckte, bevor er mit den Brauen zuckte.

„Geld! Natürlich! Ja! Ich wußte nicht, was du meintest.“

Er zog aus der Brusttasche eine neue, schweinslederne Brieftasche. Frau Verloc nahm sie ohne ein Wort in Empfang und blieb stille stehen, bis die Ladenglocke, die hinter Herrn Verloc und seinem Besucher dreingeklappert hatte, zur Ruhe gekommen war. Erst dann sah sie den Betrag nach, indem sie die Noten herauszog. Nach dieser Untersuchung blickte sie sich gedankenvoll um, als mißtraute sie der freundlichen Stille des Hauses. Ihr eheliches Heim schien ihr mit einemmal so einsam und unsicher, als läge es mitten in einem Wald. Kein Behältnis, das ihr in all der behäbigen, dauerhaften Einrichtung einfiel, schien für den Begriff, den sie sich von einem Einbrecher machte, anders als nichtig und geradezu herausfordernd. Ihre Vorstellungskraft begabte diesen Einbrecher mit unmenschlichen Fähigkeiten und wunderbarem Scharfblick. An die Ladenkasse war gar nicht zu denken. An die würde sich ein Dieb zuerst heranmachen. Frau Verloc hakte schnell ihr Kleid über der Brust auf und schob die Brieftasche ins Mieder. Als sie so ihres Gatten Kapital in Sicherheit gebracht hatte, freute sie sich, als die Ladenglocke die Ankunft eines neuen Besuchers anzeigte. Mit dem geraden, selbstsicheren Blick und dem marmornen Ausdruck, die sie für Zufallskunden in Bereitschaft hatte, trat sie hinter den Ladentisch.

Ein Mann stand mitten im Laden und sah sich mit schnellem, kaltem, umfassendem Blick um. Seine Augen liefen über die Wände, prüften die Decke, den Fußboden – alles in einem Augenblick. Die Enden eines langen, blonden Schnurrbarts fielen bis über den Unterkiefer. Er lächelte das Lächeln eines alten, wenn auch entfernten Bekannten, und Frau Verloc erinnerte sich, ihn vorher gesehen zu haben. Kein Kunde. Sie milderte ihren „Kundenblick“ zu bloßer Gleichgültigkeit und sah ihn über den Ladentisch weg an.

Er seinerseits trat näher, zwar vertraulich, doch bescheiden.

„Ihr Mann zu Hause?“ fragte er in leichtem, unbefangenen Tone.

„Nein, er ist ausgegangen.“

„Das tut mir leid; ich bin gekommen, um ihn um eine kleine private Auskunft zu bitten.“

Das war die volle Wahrheit. Hauptinspektor Heat war schon zu Hause gewesen und hatte sogar schon daran gedacht, seine Pantoffeln anzuziehen, da er ja, wie er sich sagte, tatsächlich aus der ganzen Sache hinausgebissen worden war. Er gab sich einigen höhnischen und auch ein paar ärgerlichen Gedanken hin und fand die Beschäftigung so unbefriedigend, daß er sich entschloß, außerhalb des Hauses Erleichterung zu suchen. Nichts konnte ihn hindern, Herrn Verloc, sozusagen im Vorbeigehn, einen freundschaftlichen Besuch zu machen. Er ging ganz für sich, als Privatmann, aus, wenn er dabei auch seine beruflichen Pläne verfolgte, die alle auf Herrn Verlocs Heim zielten. Hauptinspektor Heat achtete so genau auf seinen eigenen Privatcharakter, daß er sich besondere Mühe nahm, alle Schutzleute zu umgehen, die in der Nachbarschaft der Brett Street Dienst taten. Diese Vorsicht war für einen Mann in seiner Stellung weit wichtiger, als für einen unbekannten Kommissar. Der Privatmann Heat trat in die Gasse in einer Gangart ein, die man bei einem Mitglied der Verbrechergilde als „schleichen" bezeichnet hätte. Den Tuchfetzen, den er in Greenwich aufgehoben hatte, trug er in der Tasche. Nicht als ob er die leiseste Absicht gehabt hätte, ihn in seiner Privateigenschaft vorzuzeigen. Im Gegenteil, er wünschte ja gerade zu erfahren, was Herr Verloc freiwillig aussagen würde. Er hoffte, durch Herrn Verlocs Aussagen Michaelis belastet zu sehen. Es war in der Hauptsache eine überlegte berufliche Hoffnung, doch nicht ohne moralische Beimengung. Denn Hauptinspektor Heat war ein Diener der Gerechtigkeit. Nun fühlte er sich enttäuscht, da er Herrn Verloc nicht zu Hause traf.

„Ich wollte gerne ein wenig warten, wenn ich wüßte, daß er nicht lange ausbleibt."

Frau Verloc ließ sich zu keinerlei Zusicherungen herbei.

„Die Auskunft, die ich brauche, ist ganz privat", wiederholte er. „Verstehen Sie, was ich meine? Könnten Sie mir nicht sagen, wohin er gegangen ist?"

Frau Verloc schüttelte den Kopf.

„Kann's nicht sagen."

Sie wandte sich, um einige Pappschachteln auf dem Bord hinter dem Ladentisch umzustellen. Hauptinspektor Heat sah sie eine Weile gedankenvoll an.

„Ich denke mir, Sie wissen, wer ich bin", sagte er.

Frau Verloc sah über die Schulter zurück. Hauptinspektor Heat war verwundert über ihre Kälte.

„Los! Sie wissen gut, daß ich von der Polizei bin“, sagte er scharf.

„Das geht mich ganz wenig an“, bemerkte Frau Verloc und wandte sich wieder ihren Pappschachteln zu.

„Mein Name ist Heat. Hauptinspektor Heat von der Abteilung für besondere Verbrechen.“

Frau Verloc brachte eine kleine Pappschachtel säuberlich an ihren Platz, drehte sich dann um und sah ihn an, wie er mit schweren Gliedern und müßig hängenden Händen dastand. Ein kurzes Schweigen herrschte. “Ihr Mann ist also vor einer Viertelstunde ausgegangen und hat nicht gesagt, wann er wiederkommt?“

„Er ist nicht alleine ausgegangen“, ließ Frau Verloc nachlässig fallen.

„Ein Freund?“

Frau Verloc griff nach ihrer Frisur. Die war tadellos in Ordnung.

„Ein Fremder, der uns aufgesucht hatte.“

„Aha, so. Was für eine Art Mann war das? Macht es Ihnen etwas aus, es mir zu sagen?“

Es machte Frau Verloc nichts aus. Und als Inspektor Heat von einem dunkelhaarigen, mageren Mann hörte, mit langem Gesicht und aufgedrehtem Schnurrbart, da gab er Anzeichen von Verwirrung und rief aus:

„Hol' mich die Pest, wenn ich mir's nicht gedacht habe. Er hat wirklich keine Zeit verloren!“

Im Innersten seines Herzens war er geradezu angewidert von der unamtlichen Aufführung seines unmittelbaren Vorgesetzten. Aber er war kein Don Quichotte. Er gab jeden Gedanken daran auf, Herrn Verlocs Rückkehr zu erwarten. Zu welchem Zweck sie miteinander weggegangen waren, wußte er nicht, doch hielt er es für möglich, daß sie miteinander zurückkehren würden. Der Fall wird nicht richtig geführt, dachte er bitter; es wird dran herumgestümpert.

„Ich fürchte, ich werde Ihren Mann doch nicht erwarten können.“

Frau Verloc nahm diese Bemerkung ganz achtlos hin. Ihre Sorglosigkeit hatte Hauptinspektor Heat die ganze Zeit über gewundert. Gerade jetzt reizte sie seine Neugier. Hauptinspektor Heat hing im Winde und ließ sich von seinen Passionen schaukeln, wie nur je ein Privatmann.

„Ich denke mir," sagte er und sah sie fest an, „daß Sie mir bei einigem guten Willen sehr genau sagen könnten, was vorgeht."

Frau Verloc zwang ihr klares, träges Auge, den Blick zu erwidern und murmelte:

„Vorgeht? Was *geht* denn vor?"

„Nun, die Sache, über die ich mit Ihrem Mann ein wenig reden wollte."

An jenem Tage hatte Frau Verloc, wie gewöhnlich, in die Morgenzeitung hineingesehen. Sie hatte sich aber nicht aus dem Hause gerührt. Die Zeitungsjungen verirrten sich nie in die Brett Street. Es war keine Gasse für ihr Geschäft, und der Widerhall ihrer Schreie pflanzte sich nur von den bevölkerten Verkehrsstraßen her fort und erstarb zwischen den schmutzigen Ziegelmauern, ohne die Ladenschwelle zu erreichen. Ihr Gatte hatte kein Abendblatt nach Hause gebracht, jedenfalls hatte sie keines gesehen. Frau Verloc wußte durchaus nichts von einer Sache, und das sagte sie auch, mit betonter Verwunderung in ihrer ruhigen Stimme.

Hauptinspektor Heat glaubte nicht einen Augenblick an soviel Unkenntnis. Kurz und ohne Höflichkeit stellte er die nackte Tatsache fest.

Frau Verloc wandte ihre Augen ab.

„Das nenne ich dumm", sagte sie langsam. Und dann, nach einer Pause: „Wir sind keine geknechteten Sklaven hier."

Der Hauptinspektor wartete gespannt. Es kam nichts weiter.

„Und Ihr Gatte hat gar nichts erwähnt, als er heimkam?"

Frau Verloc drehte zum Zeichen der Verneinung einfach ihr Gesicht von rechts nach links. Ein langweiliges, drückendes Schweigen herrschte im Laden. Hauptinspektor Heat fühlte sich über jedes Maß gereizt.

„Da war noch ein anderer kleiner Umstand," begann er sachlich, „den ich mit Ihrem Mann besprechen wollte. Uns ist etwas in die Hand geraten, ein – ein – so glauben wir wenigstens – gestohlener Überrock."

Frau Verloc, deren Gedanken an diesem Abend auf Diebe gerichtet waren, griff sich leicht an die Brust.

„Wir haben keinen Überrock verloren“, sagte sie ruhig.

„Das ist lustig“, fuhr der Privatmann Heat fort. „Ich sehe, Sie haben da eine Menge Merktinte –“

Er nahm eine kleine Flasche und hielt sie gegen die Gasflamme in der Mitte des Ladens.

„Purpurrot, nicht wahr?“ meinte er, während er sie wieder hinsetzte. „Wie gesagt, recht merkwürdig. Denn an der Innenseite des Überrocks ist ein kleiner Streifen eingenäht, auf dem mit Merktinte Ihre Adresse steht.“

Frau Verloc bog sich mit einem unterdrückten Ausruf über den Ladentisch.

„Dann gehört er meinem Bruder.“

„Wer ist Ihr Bruder? Kann ich ihn sehen?“ fragte der Inspektor schroff. Frau Verloc lehnte sich ein wenig vor.

„Nein. Er ist nicht hier. Ich habe den Streifen selbst beschrieben.“

„Wo ist Ihr Bruder jetzt?“

„Er ist weg, auf Sommerfrische – bei einem Freunde.“

„Der Überrock kommt vom Land. Und wie heißt der Freund?“

„Michaelis“, bekannte Frau Verloc in erschrecktem Flüsterton.

Der Inspektor pfiff durch die Zähne. Seine Augen klappten zu.

„Ganz recht. Großartig. Und Ihr Bruder also, wie ist denn der – ein stämmiger, dunkelhaariger Bursche, nicht wahr?“

„O nein,“ rief Frau Verloc lebhaft, „das muß der Dieb sein. Stevie ist schlank und blond.“

„Gut“, sagte der Hauptinspektor beifällig. Und während Frau Verloc, zwischen Schreck und Staunen hin und her gerissen, ihn anstarrte, forschte er weiter. Warum war die Adresse so in den Rock genäht worden? Und er hörte, daß die verstümmelten Überreste, die er an diesem Morgen mit größtem Widerwillen untersucht hatte, einem nervösen, zerstreuten, etwas „eigenen“ Jungen angehört und ferner, daß die Frau, die nun zu ihm sprach, für diesen Jungen seit seiner ersten Kindheit gesorgt hatte.

„Leicht erregbar?“ meinte er.

„O ja, das ist er. Aber wie konnte er seinen Rock verlieren?“

Hauptinspektor Heat zog plötzlich ein rotes Extrablatt heraus, das er vor weniger als einer halben Stunde gekauft hatte. Er war Pferdeliebhaber. Durch seinen Beruf zu Zweifel und Mißtrauen gegen seine Mitbürger gezwungen, gab Hauptinspektor Heat der Glaubensseligkeit, die in jeder Menschenbrust wohnt, freien Lauf, indem er blindlings dem Sportpropheten gerade dieser Abendzeitung vertraute. Nun warf er das Extrablatt auf den Ladentisch, griff dann nochmals in die Tasche, zog den Tuchfetzen heraus, den ihn das Schicksal mitten in einem Haufen von Dingen hatte finden lassen, die in Gosse und Müllhaufen zusammengelesen schienen, und bot ihn Frau Verloc zur Prüfung an.

„Das erkennen Sie wohl?“

Sie nahm ihn mechanisch in beide Hände. Ihre Augen schienen beim Hinsehen größer zu werden.

„Ja“, flüsterte sie, hob den Kopf ein wenig und taumelte zurück.

„Warum ist es so herausgefetzt?“

Der Inspektor riß ihr über den Tisch weg das Stückchen aus der Hand, und sie ließ sich schwer in den Stuhl fallen. Er dachte: die Feststellung ist einwandfrei, und im gleichen Augenblick ging ihm auch die ganze verblüffende Wahrheit auf: Verloc war „der zweite Mann“.

„Frau Verloc,“ sagte er, „ich bin überzeugt, daß Sie mehr von der Bombengeschichte wissen, als Sie selbst sich träumen lassen.“

Frau Verloc saß still, verblüfft, in endloses Staunen versunken. Wo war die Brücke? Dabei erstarrte sie so durch und durch, daß sie unfähig war, beim Klang der Glocke auch nur den Kopf zu wenden, während der Privatforscher Heat auf dem Absatz herumfuhr. Herr Verloc hatte die Türe geschlossen, und einen Augenblick lang sahen die beiden Männer einander an.

Herr Verloc trat, ohne seine Frau anzusehen, auf den Inspektor zu, der sich förmlich erlöst vorkam, als er ihn allein zurückkehren sah.

„Sie hier“, murmelte Herr Verloc dumpf. „Hinter wem sind Sie her?“

„Hinter niemand“, gab der Inspektor leise zurück. „Hören Sie, ich möchte gerne ein oder zwei Worte mit Ihnen sprechen.“

Herr Verloc, immer noch bleich, hatte doch eine Art Entschlossenheit mit heimgebracht. Immer noch sah er seine Frau nicht an; er sagte:

„Also kommen Sie hier herein!“ Dabei ging er voraus ins Wohnzimmer.

Die Tür war kaum geschlossen, als Frau Verloc vom Stuhl aufsprang und hinstürzte, als wollte sie sie wieder aufreißen; statt dessen kniete sie nieder und legte das Ohr an das Schlüsselloch. Die beiden Männer mußten unmittelbar hinter der Tür stehen geblieben sein, denn sie hörte deutlich des Inspektors Stimme, wenn sie auch nicht sehen konnte, wie er den Finger nachdrücklich ihrem Mann auf die Brust legte.

„Sie sind der zweite Mann, Verloc. Zwei Männer wurden beobachtet, wie sie den Park betraten.“

Und Herr Verlocs Stimme antwortete: „Nun gut. Nehmen Sie mich mit. Was hindert Sie? Sie haben das Recht dazu.“

„O nein. Ich weiß recht gut, wem Sie sich anvertraut haben. Der soll nun die kleine Sache allein zu Ende bringen. Aber geben Sie sich keinem Irrtum hin: ich war es, der Sie aufgespürt hat.“

Dann hörte sie nur flüstern. Inspektor Heat mußte Herrn Verloc wohl den Fetzen von Stevies Überrock gezeigt haben, denn Stevies Schwester, Wärterin und Gönnerin hörte ihren Gatten ein wenig lauter sagen: “Ich hätte nie gedacht, daß sie auf den Streich verfallen würde.“

Wieder hörte Frau Verloc eine Zeitlang nur ein Gemurmel, dessen Unverständlichkeit ihr weniger gespenstisch dünkte, als die furchtbaren Andeutungen in geformten Worten. Dann erhob Inspektor Heat auf der anderen Seite der Tür die Stimme:

„Sie müssen verrückt gewesen sein.“

Und Herrn Verlocs Stimme gab, wie in unterdrückter Wut, zurück:

„Ich *war* verrückt, seit einem Monat oder so; aber jetzt nicht mehr. Das ist vorbei. Nun soll alles herauskommen, mag draus werden, was will.“

Nach einem kurzen Schweigen murmelte Heat, der Privatmann: „Was kommt heraus?“

„Alles“, rief Herrn Verlocs Stimme und sank bis zur Unhörbarkeit herab.

Darauf erhob sie sich wieder.

„Sie kennen mich nun seit einer Reihe von Jahren und haben mich als brauchbar erprobt. Sie wissen, daß ich ein gerader Mann war. Jawohl, gerade.“

Diese Berufung auf langjährige Bekanntschaft mußte dem Hauptinspektor überaus peinlich sein.

Seine Stimme bekam einen warnenden Klang.

„Verlassen Sie sich nicht allzusehr darauf, was Ihnen versprochen wurde. Wäre ich Sie, dann würde ich Fersengeld geben. Ich glaube nicht, daß wir Ihnen nachlaufen würden.“

Man hörte Herrn Verloc kurz auflachen.

„O ja, Sie glauben wohl, die andern werden mich für Sie beseitigen – nicht wahr? Nein, nein; jetzt schütteln Sie mich nicht ab. Ich war ein gerader Mann gegen alle diese Leute, und jetzt muß alles herauskommen.“

„Dann lassen Sie es halt herauskommen“, stimmte der Inspektor gleichgültig zu. „Aber sagen Sie mir nun, wie Sie davonkamen?“

„Ich ging in Richtung auf Chesterfield Walk,“ hörte Frau Verloc ihren Mann sagen, „als ich den Krach hörte; da begann ich zu rennen. Nebel. Ich sah niemand, bis ich durch George Street durch war. Ich glaube nicht, daß ich bis dahin jemand traf.“

„So einfach“, wunderte sich der Inspektor. „Der Krach erschreckte Sie, was?“

„Ja, er kam zu schnell“, gab Herrn Verlocs dumpfe, heisere Stimme zu.

Frau Verloc drückte ihr Ohr an das Schlüsselloch. Ihre Lippen waren blau, ihre Hände kalt wie Eis, und sie hatte das Gefühl, als stände ihr bleiches Gesicht, in dem die Augen zwei schwarze Löcher schienen, ganz in Flammen.

Die Stimmen auf der anderen Seite der Türe wurden ganz gedämpft. Sie erfaßte nur dann und wann ein Wort, manchmal von ihrem Mann, manchmal vom Inspektor. So hörte sie diesen sagen:

„Wir glauben, daß er über eine Baumwurzel gestolpert sein muß.“

Daraufhin setzte ein heiseres, rasches Flüstern ein, das eine Zeitlang anhielt, und dann sagte der Inspektor, als beantwortete er eine Frage, mit größtem Nachdruck:

„Natürlich. In kleine Stücke zerrissen: Glieder, Kies, Kleider, Knochen, Fetzen – alles durcheinander. Ich sage Ihnen, sie mußten eine Schaufel nehmen, um ihn zusammenzubringen."

Frau Verloc sprang plötzlich auf die Füße, hielt sich die Ohren zu und wankte zwischen Ladentisch und Bord der Wand entlang bis zum Stuhl. Ihre irren Augen fielen auf das Sportblatt, daß der Hauptinspektor liegen gelassen hatte, und während sie gegen den Ladentisch taumelte, griff sie darnach, ließ sich in den Stuhl fallen, riß das rosenrote Blatt quer durch bei dem Versuch, es zu öffnen, und warf es dann zu Boden. Jenseits der Tür sagte Hauptinspektor Heat zu Herrn Verloc, dem Geheimagenten:

„So werden Sie als ganze Verteidigung einfach ein volles Geständnis ablegen?"

„Jawohl. Ich will die ganze Geschichte erzählen."

„Sie werden nicht so viel Glauben finden, wie Sie wohl denken."

Der Hauptinspektor blieb in Gedanken versunken. Die Angelegenheit nahm eine Wendung, die notwendig so manches ans Licht bringen und weite Wissensgebiete brachlegen mußte, die, von einem fähigen Menschen bebaut, für den Einzelnen wie für die Gesellschaft von größtem Wert sein konnten. Es war traurige, traurige Stümperei. Michaelis würde unbehelligt bleiben; des Professors geheime Arbeit würde ans Licht kommen; das ganze Überwachungssystem würde leiden; dazu endloses Gewäsch in den Zeitungen, von denen er in plötzlicher Erleuchtung einsah, daß sie von Narren für Tolle geschrieben wurden. Innerlich stimmte er den Worten bei, die Herr Verloc als Antwort auf seine letzte Bemerkung fallen ließ.

„Vielleicht nicht. Aber es wird doch mit manchem ein Ende gemacht werden. Ich war ein gerader Mann und will nun auch hierin gerade bleiben –"

„Wenn man Sie läßt", warf der Inspektor höhnisch ein. „Man wird Ihnen allerhand vorpredigen, bevor man Sie auf die Anklagebank setzt, natürlich, und schließlich kann es Ihnen doch geschehen, daß das Urteil ganz anders ausfällt, als Sie erwartet haben. Ich würde dem Herrn, der eben mit Ihnen gesprochen hat, nicht allzusehr vertrauen."

Herr Verloc hörte stirnrunzelnd zu.

„Mein Rat ist, daß Sie sich davonmachen sollen, solange Sie es noch können. Ich habe keinen Befehl. Es gibt einige unter ihnen," fuhr Inspektor Heat fort und betonte das Wort „ihnen", „die glauben, daß Sie schon in der andern Welt sind."

„Wirklich!" entfuhr es Herrn Verloc.

Obwohl er seit seiner Rückkehr aus Greenwich die meiste Zeit im Gastzimmer einer Winkelkneipe sitzend zugebracht hatte, war er auf eine so erfreuliche Neuigkeit nicht gefaßt.

„Das ist die Meinung über Sie." Der Hauptinspektor nickte ihm zu. „Verschwinden Sie. Machen Sie sich davon."

„Wohin?" brummte Herr Verloc. Er hob den Kopf und flüsterte weich, mit einem Blick auf die geschlossene Tür zum Laden: „Ich wollte nur, daß Sie mich heute abend mitnähmen. Ich ginge gerne mit."

„Das glaube ich wohl", stimmte der Inspektor spöttisch bei, mit einem Blick in gleicher Richtung.

Auf Herrn Verlocs Stirn brach leichter Schweiß aus. Er dämpfte angesichts der Unbeweglichkeit des Inspektors seine heisere Stimme zu vertrauensvollem Flüstertone.

„Der Junge war halb blöde, nicht verantwortlich. Jeder Gerichtshof hätte das ohne weiteres anerkannt. Reif für die Irrenanstalt. Und das wäre das Schlimmste gewesen, was ihm hätte geschehen können, wenn –"

Der Hauptinspektor, die Hand am Türgriff, zischelte Herrn Verloc ins Gesicht:

„Vielleicht war er halb blöde, aber Sie müssen ganz verrückt gewesen sein. Wie konnten Sie so den Kopf verlieren?"

Herr Verloc dachte an Herrn Vladimir und wählte seine Worte nicht.

„Ein hyperboreisches Schwein", zischte er heftig. „Ein – wie Sie sagen würden – ein Gentleman."

Der Hauptinspektor nickte mit ruhigem Blick kurz seine Zustimmung und öffnete die Tür. Frau Verloc hinter dem Ladentisch mochte seinen Aufbruch, von dem aufdringlichen Glockengerassel begleitet, vielleicht hören, sah ihn aber nicht. Sie saß reglos auf ihrem Platz hinter dem Ladentisch. Sie saß krampfhaft aufrecht im Stuhl – zwei schmutzige Fetzen roten Papiers lagen zu ihren Füßen. Sie hielt die Handflächen gegen das Gesicht gepreßt, die Fingerspitzen in die

Stirnhaut verkrallt, als wäre diese Haut eine Maske, die sie nächstens wütend abreißen wollte. Die völlige Unbeweglichkeit ihrer Haltung drückte den Aufruhr von Wut und Verzweiflung, die ganze gebändigte Wut tragischer Leidenschaft besser aus, als es möglich gewesen wäre, wenn sie geschrien oder den Kopf gegen die Wand gehämmert hätte. Hauptinspektor Heat durchquerte den Laden in seinem geschäftig schwingenden Schritt und warf ihr nur einen flüchtigen Blick zu. Als die heisere Glocke an ihrem Stahlband zu zittern aufgehört hatte, rührte sich nichts mehr in Frau Verlocs Umgebung, als ginge ein Bann von ihrer Starrheit aus. Sogar die Schmetterlingsbrenner an dem T-förmigen Gasarm brannten lautlos. In diesem Laden voll anrüchiger Waren, mit den dunkelbraun gestrichenen Regalen, die das Licht zu verschlingen schienen, blitzte nur der goldne Reif des Eherings an Frau Verlocs linker Hand, aufdringlich, wie ein kostbares Geschmeide, das in den Müllkasten geraten ist.

X

Der Kommissar hatte die Strecke von Soho nach Westminster in einer schnell fahrenden Droschke zurückgelegt und stieg nun im wahren Mittelpunkt des Kaiserreichs aus, über dem nie die Sonne untergeht. Ein paar stämmige Schutzleute, denen die Pflicht, diesen erhabenen Ort zu bewachen, nicht sonderlich nahezugehen schien, grüßten ihn. Er durchschritt ein durchaus nicht erhabenes Tor, gelangte in das Innere des Hauses, das für viele Millionen Menschen das Haus par excellence ist, und traf schließlich mit dem munteren, umstürzlerischen Toodles zusammen. Dieser nette und gewitzte junge Mann verbarg sein Erstaunen über das frühzeitige Erscheinen des Kommissars, den er so um Mitternacht herum zu erwarten Weisung hatte. Da er nun so früh kam, so hielt Toodles das für ein Anzeichen, daß die Sache, welcher Art sie auch sein mochte, schief gegangen war. In schnell bereitem Mitleid, das bei netten Jungen oft sich mit fröhlicher Gemütsart paart, fühlte er sich betrübt für den Gewaltigen, den er den „Chef" nannte, und auch für den Kommissar, dessen Gesicht ihm hölzerner als je und ganz wunderbar lang erschien. „Was für ein sonderbarer, ausländischer Kauz das ist", dachte er sich und lächelte aus einigem Abstand sein freundliches Bubenlächeln. Vom ersten Augenblick des Zusammentreffens an begann er zu reden, in der mildherzigen Absicht, die Bitterkeit des Fehlschlags unter einem Wortschwall zu begraben. Es hatte den Anschein, als sollte der für diesen Abend angesetzte große Angriff ins Wasser fallen. Ein unbedeutender Gefolgsmann „dieses Hammels Cheeseman" langweilte das schwach besuchte Haus erbarmungslos mit einer schandbar gefälschten Statistik. Er, Toodles, hoffte, daß diese Langeweile alle Augenblicke zu einer Abstimmung führen würde. Aber vielleicht schlug der Mensch auch nur die Zeit tot, um dem verdammten Cheeseman ungestörte Muße zu seinem Abendessen zu gönnen. Der Chef war jedenfalls nicht zum Heimgehen zu überreden gewesen.

„Er will Sie sofort sehen, glaube ich. Er sitzt ganz allein in seinem Zimmer und denkt an alle die Fische in der See“, schloß Toodles heiter. „Kommen Sie.“

Trotz seiner gutartigen Veranlagung war der junge (unbesoldete) Privatsekretär von menschlichen Schwächen nicht frei. Es lag ihm ferne, den Gefühlen des Kommissars nahezutreten; der schien ihm ganz ungewöhnlich danach auszusehen, als ob er einen Auftrag gründlich verpfuscht hätte. Aber seine Neugier war zu stark, um sich durch bloßes Mitgefühl eindämmen zu lassen. Er konnte sich nicht enthalten, im Weitergehen über die Schulter zurück die Frage hinzuwerfen:

„Und Ihr Fisch?“

„Ich habe ihn“, gab der Kommissar mit einer Kürze zurück, die durchaus nicht abweisend sein sollte.

„Gut. Sie glauben gar nicht, wie wenig es diese großen Männer lieben, in kleinen Dingen enttäuscht zu werden.“

Nach diesem tiefgründigen Ausspruch schien der erfahrene Toodles nachzudenken, zum mindesten sagte er während zwei voller Sekunden kein Wort. Dann:

„Ich bin froh. Aber – sagen Sie – ist es wirklich eine solche Kleinigkeit, wie Sie vorgeben?“

„Wissen Sie, was man mit kleinen Fischen manchmal tut?“ fragte der Kommissar zurück.

„Man preßt sie mitunter in Sardinenbüchsen“, kicherte Toodles, dessen Kenntnisse in der Fischerei noch neu und, im Vergleich zu seiner Unwissenheit in allen anderen industriellen Fragen, riesengroß waren. „Es gibt Sardinenfabriken an der spanischen Küste, die –“

Der Kommissar unterbrach den angehenden Staatsmann.

„Ja, schon gut. Aber manchmal wirft man auch die kleinen Fische weg, um einen Wal zu fangen.“

„Einen Wal, was?" rief Toodles mit verhaltenem Atem aus. „Sie sind also hinter einem Wal her?"

„Nicht ganz. Eher hinter einem Haifisch. Sie wissen vielleicht nicht, wie ein Haifisch aussieht?"

„O doch. Wir stecken bis zum Hals in Literatur – ganze Stöße von Bänden mit Bildtafeln ... Es ist ein schädliches, schuftig aussehendes, ganz und gar scheußliches Vieh mit einer Art Schnurrbart in einem glatten Gesicht."

„Die Beschreibung stimmt aufs Haar", lobte der Kommissar. „Nur ist meiner ganz glatt rasiert. Sie haben ihn gesehen, es ist ein lustiger Fisch."

„Ich habe ihn gesehen?" wiederholte Toodles ungläubig. „Ich kann mir nicht vorstellen, wo ich ihn gesehen haben sollte."

„Bei den ›Forschern‹, dächte ich", warf der Kommissar ruhig hin. Bei der Erwähnung dieses äußerst wählerischen Klubs erschrak Toodles und machte kurz halt.

„Unsinn!" widersprach er im Ton ehrfürchtiger Scheu. „Was meinen Sie? Ein Mitglied?"

„Ehrenmitglied", murmelte der Kommissar durch die Zähne.

„Himmel!"

Toodles sah so niedergeschmettert aus, daß der Kommissar lächeln mußte.

„Das bleibt streng unter uns", sagte er.

„Das ist die grausamste Sache, von der ich je in meinem Leben gehört habe", erklärte Toodles schwach, als hätte ihn die Verwunderung mit einem Schlag aller Spannkraft beraubt.

Des Kommissars Blick war wieder ernst. Toodles bewahrte bis zu der Tür des Gewaltigen ein entrüstetes, feierliches Schweigen, als hätte ihn der Kommissar durch die Aufdeckung einer so unerhörten und widerlichen Tatsache beleidigt. Er fühlte sich gekränkt in seinem Glauben an die neunmal gesiebte Besonderheit und gesellschaftliche Reinheit des Klubs der „Forscher". Toodles war nur in politischen Fragen revolutionär; seine gesellschaftlichen und persönlichen Neigungen wünschte er unverändert durch alle die Jahre hindurchzunehmen, die ihm auf dieser Erde vergönnt sein mochten; und im ganzen genommen schien ihm diese Welt ein durchaus nicht unerfreulicher Aufenthalt.

Er trat beiseite.

„Gehen Sie hinein, ohne zu klopfen“, sagte er.

Grünseidene Schirme über allen Lampen tauchten den Raum in eine Farbe, die an Waldesdüster erinnerte. Die hochmütigen Augen waren körperlich die Schwäche des großen Mannes. Diese Schwäche wurde geheimgehalten. So oft sich die Gelegenheit dazu bot, schonte er sie gewissenhaft. Der Kommissar sah beim Eintritt zunächst nur eine große, blasse Hand, die ein mächtiges Haupt stützte und den oberen Teil eines großen, blassen Gesichts verbarg. Eine offene Depeschentasche lag auf dem Schreibtisch neben ein paar großen Aktenbogen und einer Handvoll Gänsefedern. Sonst war nichts auf der großen ebenen Fläche, mit Ausnahme einer kleinen, in eine Toga gekleideten Bronzefigur, die in ihrer Unbeweglichkeit geheimnisvoll wachsam wirkte. Der Kommissar wurde aufgefordert, Platz zu nehmen, und setzte sich. In dem trüben Licht gaben ihm seine persönlichen Eigenheiten, das lange Gesicht, das schwarze Haar und die Magerkeit, mehr als je fremdländisches Aussehen.

Der große Mann zeigte keine Überraschung, keine Neugierde, überhaupt kein Gefühl. Die Stellung, in der er seinen bedrohten Augen Ruhe gönnte, erschien tief nachdenklich. Er änderte sie nicht. Seine Stimme aber klang durchaus nicht schläfrig.

„Nun, was haben Sie schon herausgebracht? Sie müssen beim ersten Schritt auf etwas Unerwartetes gestoßen sein.“

„Nicht ganz unerwartet, Sir Ethelred. Es war ein seelischer Zustand, auf den ich stieß.“

Der Gewaltige machte eine leichte Bewegung.

„Sie müssen sich deutlich ausdrücken, bitte.“

„Jawohl, Sir Ethelred. Sie wissen natürlich, daß die meisten Verbrecher irgendwann einmal den unwiderstehlichen Drang haben, zu beichten, – jemandem, wer immer es auch sei, ihr Herz auszuschütten. Oft sogar der Polizei. In diesem Verloc, den Heat so gerne verschont wissen wollte, fand ich nun einen Mann in diesem besonderen Seelenzustand. Er warf sich mir, bildlich gesprochen, an den Hals. Ich brauchte ihm nur zuzuflüstern, wer ich bin, und hinzuzufügen ›Ich weiß, daß Sie hinter dieser Sache stecken.‹ Es muß ihm wunderbar erschienen sein, daß wir schon davon wußten, aber er nahm es in einem hin. Das Wunder lähmte ihn keineswegs. Mir blieb nichts weiter, als ihm die zwei Fragen vorzulegen: Wer hat Sie dazu angestiftet? und: Wer war der Täter? – Auf die erste Frage antwortete er mit bemerkenswertem Schwung. Bezüglich der zweiten Frage vermute ich, daß der Bursche mit der Bombe sein Schwager war – ein Junge noch – ein schwachsinniges Geschöpf ... Die ganze Sache ist sehr merkwürdig – zu langwierig vielleicht, um sie eben jetzt ganz zu erzählen."

„Was also haben Sie erfahren?" fragte der große Mann.

„Zunächst einmal habe ich erfahren, daß der entlassene Sträfling Michaelis nichts damit zu tun hat, wenn auch der Junge seit einiger Zeit, bis heute früh acht Uhr, bei ihm zur Sommerfrische weilte. Es ist mehr als wahrscheinlich, daß Michaelis bis zu diesem Augenblick nichts davon weiß."

„Sind Sie dessen ganz sicher?" fragte der große Mann.

„Ganz sicher, Sir Ethelred. Dieser Verloc fuhr heute morgen hinaus und nahm den Jungen mit sich, unter dem Vorwand eines Spaziergangs. Da dies nicht zum erstenmal geschah, so konnte Michaelis nicht den leisesten Verdacht schöpfen. Übrigens, Sir Ethelred, hat die Entrüstung dieses Verloc nichts im Unklaren gelassen – durchaus gar nichts. Er ist nahezu um den Verstand gebracht worden. Durch eine äußerst merkwürdige Spiegelfechterei, die Sie oder ich kaum ernst nehmen könnten, die aber auf ihn ganz offenbar den größten Eindruck gemacht hat." Dann berichtete der Kommissar dem großen Mann, der reglos, die Augen mit seiner Hand schirmend, dasaß, Herrn Verlocs Urteil über Herrn Vladimirs Vorgehen und Charakter. Der Kommissar schien diesem Urteil einen gewissen Grad von Maßgeblichkeit nicht zu versagen. Doch der Gewaltige bemerkte:

„Das alles klingt so phantastisch."

„Nicht wahr? Man möchte an einen grausamen Scherz denken. Aber unser Mann nahm es ganz fraglos ernst. Er fühlte sich bedroht. Seinerzeit einmal, müssen Sie wissen, war er in unmittelbarer Verbindung mit dem alten Stott-Wartenheim selbst und hatte sich gewöhnt, seine Dienste für unentbehrlich zu halten. Es war ein außergewöhnlich rauhes Erwachen. Ich stelle mir vor, daß er den Kopf verloren hat. Er geriet in Wut und Angst. Auf mein Wort, ich hatte den Eindruck, daß er diese Gesandtschaftsleute sehr gut für fähig hielt, ihn nicht nur fallen zu lassen, sondern auch so oder so zu verraten –"

„Wie lange waren Sie mit ihm zusammen?" unterbrach der Gewaltige, hinter seiner großen Hand hervor.

„Etwa vierzig Minuten, Sir Ethelred. In einem verrufenen Hause, das sich Continental Hotel nennt, in einem Zimmer eingeschlossen, das ich, nebenbei bemerkt, für die Nacht genommen hatte. Ich traf ihn gerade unter dem Einfluß des Rückschlags, der der Willensanspannung des Verbrechens zu folgen pflegt. Der Mann ist durchaus kein verhärteter Verbrecher zu nennen. Es liegt auf der Hand, daß der Tod dieses unglücklichen Jungen, seines Schwagers, durchaus nicht in seiner Absicht lag. Es hat ihn erschüttert – das konnte ich merken. Vielleicht ist er ein sehr empfindsamer Mensch. Vielleicht hatte er den Jungen sogar gerne – wer weiß das. Er mochte gehofft haben, daß der Bursche glatt durchkommen würde, wobei es nahezu unmöglich gewesen wäre, den Anstifter herauszubringen. Keinesfalls hat er mehr als Verhaftung für den Jungen wagen wollen."

Der Kommissar unterbrach seine Ausführungen zu kurzer Überlegung.

„Zwar, wie er im letzten Fall hoffen konnte, seinen Anteil an der Sache verborgen zu halten, ist mehr, als ich sagen könnte", fuhr er fort, in seiner Unkenntnis von des armen Stevie Ergebenheit für Herrn Verloc (der ja *gut* war), und von der wirklich eigenartigen Gestörtheit des Jungen, die doch in der alten Geschichte vom Feuerwerk auf den Stiegen durch lange Jahre alle Drohungen, Bitten und sonstigen Untersuchungsmittel seiner geliebten Schwester zunichte gemacht hatte. Denn Stevie war treu ... „Nein, ich kann mir's nicht vorstellen. Es ist möglich, daß er daran überhaupt nicht gedacht hat. Es mag etwas ungewöhnlich klingen, Sir Ethelred, aber angesichts seines Seelenschmerzes mußte ich an einen etwas vorschnellen Mann denken, der Selbstmord begangen hat, im Glauben, daß damit alles zu Ende sein würde und nachher dahinter kommt, daß dem durchaus nicht so ist."

Der Kommissar machte diese Feststellungen in entschuldigendem Ton. Tatsächlich aber hat gerade die bildhafte Sprache ihre eigene Deutlichkeit, und der große Mann war nicht erzürnt. Ein leichtes Zucken des großen Körpers, der sich in dem grünen Dämmer fast verlor, des mächtigen Hauptes, das sich auf die große Hand lehnte, wurde von einem unterdrückten, doch immer noch kraftvollen Geräusch begleitet. Der große Mann hatte gelacht.

„Was haben Sie mit ihm gemacht?"

Der Kommissar gab schnell zurück:

„Da er es sehr dringlich zu haben schien, zu seiner Frau in den Laden zurückzukommen, so ließ ich ihn gehen, Sir Ethelred."

„Taten Sie das? Aber der Bursche wird sich ja dünn machen!“

„Verzeihung, das glaube ich nicht. Wohin sollte er gehen? Dann bitte ich Sie auch zu bedenken, daß er ja auch die Gefahr von Seiten seiner eigenen Genossen im Auge behalten muß. Er ist hier auf Posten. Wie könnte er es erklären, wenn er ihn verließe? Doch selbst, wenn seine Handlungsfreiheit nicht gehemmt wäre, würde er nichts unternehmen. Im Augenblick hat er nicht genügend Entschlußkraft, um sich zu irgend etwas aufzuraffen. Gestatten Sie mir, auch noch hervorzuheben, daß wir durch seine Festnahme in eine Handlungsweise hineingedrängt worden wären, über die ich zuvor doch Ihre genaue Meinung einholen wollte.“

Der große Mann erhob sich wuchtig, eine gewaltige, schattenhafte Form im grünen Dämmer des Zimmers.

„Ich muß heute noch mit dem Oberstaatsanwalt sprechen und werde morgen früh nach Ihnen schicken. Haben Sie mir jetzt noch irgend etwas zu sagen?“

Der Kommissar war ebenfalls aufgestanden, schlank und biegsam.

„Ich denke nicht, Sir Ethelred. Sonst müßte ich auf Einzelheiten eingehen, die –“

„Nein, keine Einzelheiten, bitte.“

Die große, schattenhafte Masse schien zusammenzuschrumpfen wie in körperlicher Angst vor Einzelheiten; kam dann wieder vorwärts, breitete sich aus, wuchs ins Ungeheure und bot eine riesige Hand. „Und Sie sagen, daß der Mann eine Gattin hat?“

„Jawohl, Sir Ethelred“, sagte der Kommissar und drückte ehrfurchtsvoll die ausgestreckte Hand. „Eine richtige Gattin, die ihm richtig und gesetzmäßig angetraut ist. Er gestand mir, daß er nach der Auseinandersetzung auf der Gesandtschaft alles hinter sich geworfen, den Laden verkauft und das Land verlassen hätte, hätte er nicht sicher gewußt, daß sein Weib von einer Auswanderung nicht einmal reden hören wollte. Nichts kennzeichnet die gut bürgerliche Bindung besser als dies“, fuhr der Kommissar mit einem Anflug von Grimm fort, denn auch seine eigene Gattin hatte es ja abgelehnt, von Auswanderung reden zu hören. „Ja, eine richtige Gattin. Und das Opfer war sein richtiger Schwager. Von einem gewissen Gesichtspunkt aus gesehen, bietet sich uns hier ein häusliches Drama dar.“

Der Kommissar lachte kurz; doch des großen Mannes Gedanken schienen weit weg zu sein, vielleicht bei der Innenpolitik seines Landes, dem Schlachtfeld, auf dem sich sein Kreuzzug gegen den Heiden Cheeseman abspielte. Der Kommissar zog sich ruhig zurück, unbemerkt, als wäre er schon vergessen.

Auch in ihm steckte etwas vom Kreuzfahrer. Diese Sache, die aus dem oder jenem Grunde dem Hauptinspektor so widerlich war, erschien ihm ein von der Vorsehung gegebener Ausgangspunkt für einen Kreuzzug, den er von Herzen gern beginnen wollte. Er ging langsam nach Hause, überdachte unterwegs sein Vorhaben und auch Herrn Verlocs Charakter, in einer Stimmung, die zwischen Widerwillen und Genugtuung schwankte. Er ging die ganze Strecke zu Fuß. Da er im Wohnzimmer kein Licht fand, so ging er in den Oberstock und brachte einige Zeit zwischen dem Schlaf- und Ankleidezimmer damit hin, seine Kleider zu wechseln und wie ein grübelnder Traumwandler auf und ab zu gehen. Doch nahm er sich fest in die Hand, bevor er wieder ausging, um mit seiner Frau im Hause von Michaelis' großer Gönnerin zusammenzutreffen.

Er wußte, daß er dort willkommen sein würde. Als er das kleinere der beiden Wohnzimmer betrat, gewahrte er seine Frau in einer kleinen Gruppe nächst dem Piano. Ein junger Komponist, der auf der Schwelle der Berühmtheit stand, unterhielt sich vom Klaviersessel aus mit zwei dicken Männern, deren Rücken alt, und mit drei schlanken Frauen, deren Rücken jung aussahen. Hinter dem Wandschirm hatte die große Dame nur zwei Leute bei sich: einen Mann und eine Frau, die nebeneinander in Armstühlen zu Füßen des Ruhebetts saßen. Sie streckte dem Kommissar die Hand entgegen.

„Ich hätte nie gehofft, Sie heute abend hier zu sehen. Annie sagte mir –“

„Jawohl. Ich hatte selbst keine Ahnung, daß meine Arbeit so schnell beendet sein würde.“

Der Kommissar fügte halblaut hinzu: „Es freut mich, Ihnen mitteilen zu können, daß Michaelis mit der Sache gar nichts zu tun hat –“

Die Schirmherrin des entlassenen Sträflings nahm diese Zusicherung mit Entrüstung auf.

„Warum? Wart Ihr denn dumm genug, ihn damit in Verbindung zu bringen? –“

„Nicht dumm,“ unterbrach der Kommissar in ehrehrbietigem Widerspruch, „geschickt genug – wirklich geschickt genug dazu.“

Es herrschte Schweigen. Der Mann zu Füßen des Ruhebettes hatte aufgehört, zu der Dame zu sprechen und zeigte ein schwaches Lächeln.

„Ich weiß nicht, ob Sie einander schon einmal begegnet sind“, sagte die große Dame.

Herr Vladimir und der Kommissar wurden einander vorgestellt und nahmen jeder des anderen Dasein mit gemessener Höflichkeit zur Kenntnis.

„Er hat mir Angst gemacht“, erklärte plötzlich die Dame, die neben Herrn Vladimir saß und deutete mit einer Kopfbewegung nach ihm. Der Kommissar kannte die Dame.

„Sie sehen nicht verängstigt aus“, meinte er nach einem forschenden Blick aus seinen müden, gleichgültigen Augen. Dabei stellte er innerlich fest, daß man in diesem Hause früher oder später jedermann treffen mußte. Herrn Vladimirs rosiges Gesicht war von einem Lächeln durchfurcht, weil er eben witzig war; in seinen Augen aber stand noch der Ernst der Überzeugung.

„Nun, er hat es wenigstens versucht“, gab die Dame zu.

„Die Macht der Gewohnheit vielleicht“, sagte der Kommissar in unwiderstehlicher Eingebung.

„Er hat der Gesellschaft alle Arten von Schrecken angedroht“, fuhr die Dame fort, in ihrer schleppenden, schmachtenden Redeweise. „Alles wegen der Explosion in Greenwich Park. Es scheint, daß wir alle in unseren Schuhen zittern müssen, beim Gedanken an das Kommende, wenn diese Leute nicht in der ganzen Welt unterdrückt werden. Ich hatte keine Ahnung, daß die Sache so ernst wäre.“

Herr Vladimir gab sich den Anschein, als hörte er nicht, beugte sich zu dem Ruhebett und sprach höflich und halblaut weiter, doch hörte er den Kommissar sagen:

„Ich zweifle nicht, daß Herr Vladimir die Wichtigkeit der Sache haargenau einzuschätzen weiß.“

Herr Vladimir fragte sich, wo der verwünschte, hergewehte Polizeimann hinaus wollte. Als Abkömmling einer langen Geschlechterreihe von Untertanen einer unumschränkten Macht hatte er aus Rasse-, wie aus persönlicher Anlage Angst vor der Polizei. Es war eine ererbte Schwäche, die sich seinem Urteil, seiner Vernunft und seiner Erfahrung entzog. Sie war ihm angeboren. Aber das

Gefühl, das mit dem unvernünftigen Abscheu mancher Leute vor Katzen Ähnlichkeit hatte, hielt vor seiner unendlichen Geringschätzung der englischen Polizei nicht stand. Er beendete den an die große Dame gerichteten Satz und wandte sich in seinem Stuhl leicht um.

„Sie meinen wohl, daß wir die Leute genau kennen. Jawohl. Wir haben wirklich sehr viel zu dulden unter ihrer Tätigkeit, während Sie –“ Herr Vladimir zögerte einen Augenblick und lächelte ratlos – „während Sie fröhlich ihre Anwesenheit in Ihrer Mitte dulden“, schloß er und zeigte Grübchen in jeder der glattrasierten Wangen. Dann fügte er ernsthafter hinzu: „Ich kann sogar sagen, weil Sie das tun.“

Als Herr Vladimir zu sprechen aufhörte, schlug der Kommissar die Augen nieder, und die Unterhaltung stockte. Fast unmittelbar darauf empfahl sich Herr Vladimir. Sobald er dem Ruhebett den Rücken gekehrt hatte, erhob sich auch der Kommissar.

„Ich dachte, Sie würden hier bleiben und Annie mitnehmen“, sagte die Schirmherrin von Michaelis.

„Ich sehe doch, daß ich heute abend noch eine Kleinigkeit zu tun habe.“

„In Verbindung –?“

„Jawohl – gewissermaßen.“

„Sagen Sie mir, was soll die grausige Sache bedeuten?“

„Das ist schwer zu sagen, aber vielleicht wird es noch eine cause célèbre“, meinte der Kommissar.

Er verließ das Wohnzimmer eilig und fand Herrn Vladimir noch in der Halle, wie er sich gerade ein großes Seidentuch sorgsam um den Hals wickelte. Hinter ihm wartete ein Lakai mit seinem Mantel. Ein anderer stand bereit, um die Türe zu öffnen. Man half dem Kommissar sofort den Mantel anziehen und ließ ihn hinaus. Nachdem er die Stufen vor dem Eingang hinuntergeschritten war, blieb er stehen, als überlegte er, welchen Weg er nehmen solle. Als er dies durch die offen gehaltene Tür sah, verweilte Herr Vladimir in der Halle, zog eine Zigarre heraus und verlangte Feuer. Ein alter Mann ohne Livree bot es ihm mit ruhiger Höflichkeit. Doch das Zündholz erlosch; da schloß der Lakai die Tür, und Herr Vladimir zündete sich bedächtig seine Havanna an. Als er schließlich aus dem Hause trat, sah er den „verdammten Polizeimann“ immer noch auf der Straße stehen.

„Kann er etwa auf mich warten?“ dachte Herr Vladimir und spähte links und rechts nach einer Droschke aus. Er sah keine. Einige Kutschen warteten längs des Randsteins; ihre Laternen brannten ruhig, die Pferde standen ganz still, wie in Stein gehauen, die Kutscher saßen so reglos in ihren Pelzmänteln, daß nicht einmal die Spitzen ihrer großen Bogenpeitschen zuckten. Herr Vladimir ging vorwärts, und der „verdammte Polizeimann“ nahm an seiner Seite gleichen Schritt. Er sagte nichts. Nach dem vierten Schritt fühlte Herr Vladimir wütende Unruhe. Dies konnte nicht andauern.

„Sauwetter“, knurrte er böse.

„Milde“, sagte der Kommissar. Er schwieg eine Zeitlang. Dann bemerkte er obenhin: „Wir haben einen gewissen Verloc festgenommen.“

Herr Vladimir strauchelte nicht, fuhr nicht zurück, behielt seinen Schritt. Doch konnte er sich nicht enthalten, auszurufen: „Was!“ Der Kommissar wiederholte seine Bemerkung nicht. „Sie kennen ihn“, fuhr er in gleichem Ton fort.

Herr Vladimir blieb stehen und bekam seinen Kehlton.

„Wie kommen Sie dazu, das zu sagen?“

„Ich sage es nicht. Verloc sagt es.“

„Irgend ein lügnerischer Hund“, sagte Herr Vladimir in plötzlich orientalischer Ausdrucksweise. Sein Herz aber war fast von Ehrfurcht erfüllt angesichts der wunderbaren Geschicklichkeit der englischen Polizei. Der Wechsel seiner Ansicht in diesem Punkt war so unvermittelt, daß er einen Augenblick lang Übelkeit empfand. Er warf seine Zigarre fort und ging weiter.

„Was mir bei der Sache am meisten gefällt,“ fuhr der Kommissar langsam fort, „ist, daß sie eine so vorzügliche Handhabe zu einem Unternehmen bietet, das meiner Überzeugung nach unbedingt begonnen werden muß – das ist, zu der Säuberung dieses Landes von all den ausländischen Spitzeln, Polizisten und – Hunden dieser Art. Meiner Ansicht nach sind sie unerhört schädlich; und auch eine ständig drohende Gefahr. Noch können wir sie nicht gut einzeln heraussuchen. Der einzige Weg ist, denen, die sie verwenden, ihre Verwendung zu verleiden. Die Sache wird ja anstößig! Und auch gefährlich für uns hier.“

Wieder blieb Herr Vladimir einen Augenblick stehen.

„Was meinen Sie?“

„Der Prozeß gegen diesen Verloc wird der Öffentlichkeit sowohl die Gefahr, wie die Anstößigkeit dartun."

„Niemand wird glauben, was ein Mann dieser Sorte sagt", meinte Herr Vladimir verächtlich.

„Die Unzahl genauer Einzelheiten wird für das Publikum zwingende Beweiskraft haben", gab der Kommissar freundlich zu bedenken.

„Sie haben das also ernstlich im Sinn?"

„Wir haben den Mann. Uns bleibt keine Wahl."

„Sie werden damit nur dem Lügengeist unter den revolutionären Schuften neue Nahrung geben", widersprach Herr Vladimir. „Warum wollen Sie denn Skandal? – Wegen der Moral – oder weswegen?"

Herrn Vladimirs Unruhe war unverkennbar. Da der Kommissar sich so überzeugt hatte, daß in den gedrängten Angaben Herrn Verlocs einige Wahrheit liegen mußte, fügte er gleichgültig hinzu:

„Es gibt auch eine praktische Seite. Wir haben gerade genug zu tun, die echten Erzeugnisse im Auge zu behalten. Sie können nicht sagen, daß wir hierin erfolglos sind. Aber wir denken nicht daran, uns, ganz gleich unter welchem Vorwand, mit Fälschungen behelligen zu lassen."

Herrn Vladimirs Ton wurde hochmütig.

„Ich für meine Person kann Ihre Ansicht nicht teilen. Sie scheint mir selbstsüchtig. Meine Gefühle für mein eigenes Land unterliegen keinem Zweifel; dabei aber habe ich immer empfunden, daß wir nebenher auch gute Europäer sein sollten – das gilt für Regierungen und Menschen."

„Jawohl," sagte der Kommissar einfach, „nur sehen Sie Europa vom anderen Ende her an. Aber", fuhr er gutmütig fort, „die fremden Regierungen können über die Erfolglosigkeit unserer Polizei nicht klagen. Sehen Sie sich diesen Fall an, der insofern verzwickt war, als es sich um bestellte Arbeit handelte. In weniger als zwölf Stunden haben wir die Persönlichkeit eines Menschen festgestellt, der buchstäblich in Fetzen zerrissen war, haben den Anstifter herausgefunden und sogar noch die Spur entdeckt, die zu ihrem Urheber hinter ihm führt. Wir hätten noch weiter gehen können; nur haben wir an den Grenzen unseres Gebiets Halt gemacht."

„So wurde also dieses lehrreiche Verbrechen auswärts geplant?“ fiel Herr Vladimir schnell ein. „Sie geben zu, daß es auswärts geplant wurde?“

„Theoretisch, nur theoretisch auf fremdem Boden; auswärts nur dem Wort nach“, sagte der Kommissar und spielte damit auf die Eigentümlichkeit der Gesandtschaften an, die als Teile des Landes gelten, dem sie angehören. „Aber das ist Nebensache. Ich habe mit Ihnen davon gesprochen, weil Ihre Regierung am meisten an unserer Polizei auszusetzen hat. Sie sehen, daß wir nicht gar so schlecht sind. Ich hatte den besonderen Wunsch, Ihnen von unserem Erfolg Mitteilung zu machen.“

„Ich bin Ihnen gewiß sehr dankbar“, murmelte Herr Vladimir durch die Zähne.

„Wir können die Hand auf jeden Anarchisten im Lande legen“, fuhr der Kommissar fort, als wollte er den Inspektor Heat zitieren. „Nun bleibt nichts weiter zu tun übrig, als mit dem Lockspitzel aufzuräumen, damit die Sicherheit nicht weiter gefährdet wird.“

Herr Vladimir winkte mit der Hand einer vorüberfahrenden Droschke.

„Gehen Sie nicht hier hinein?“ fragte der Kommissar und sah nach einem einladenden prächtigen Bau, durch dessen breite Glastüre ein Lichtstrom aus der großen Halle auf die Freitreppe herausfiel.

Doch Herr Vladimir saß mit steinernem Gesicht im Wagen und fuhr ohne ein Wort davon.

Der Kommissar selbst betrat den Prachtbau nicht. Es war das Klubhaus der „Forscher“. Er mußte daran denken, daß Herr Vladimir, das Ehrenmitglied, in Zukunft nicht allzu oft dort gesehen werden würde. Er blickte auf die Uhr; es war erst halb elf. Sein Abend war gut ausgefüllt gewesen.

XI

Nach Inspektor Heats Weggang wanderte Herr Verloc im Wohnzimmer herum. Von Zeit zu Zeit spähte er durch die offene Tür nach seiner Gattin. Nun weiß sie alles, dachte er und empfand einiges Mitleid mit ihrem Kummer, doch auch einige Genugtuung in bezug auf sich selbst. Herrn Verlocs Seele war, wenn ihr vielleicht auch die Größe fehlte, dennoch zarterer Gefühle fähig. Der Gedanke, der Frau die Neuigkeit beibringen zu müssen, hatte ihm Fieber verursacht. Inspektor Heat hatte ihm die Aufgabe abgenommen. Das war jedenfalls erfreulich. Nun mußte er noch den Schmerzensausbruch mit ansehen.

Herr Verloc hätte nie erwartet, einen solchen Ausbruch aus Anlaß eines Todesfalls erleben zu müssen, wobei nämlich alle Vernunfts- und Trostgründe jämmerlich versagen mußten. Herr Verloc hatte durchaus nicht gemeint, daß Stevie so plötzlich und gewaltsam umkommen würde. Er hatte überhaupt nicht gemeint, daß der Junge umkommen sollte. Der tote Stevie war eine weit größere Plage, als es der lebende je gewesen war. Herr Verloc hatte bestimmt mit einem günstigen Ausgang des Unternehmens gerechnet und sich dabei nicht auf Stevies Verstand verlassen, der einem Mann ja oft üble Streiche spielen kann, sondern auf die blinde Gelehrigkeit und Anhänglichkeit des Jungen. Wenn er auch kein großer Seelenkenner war, so hatte Herr Verloc doch die Tiefe von Stevies Fanatismus erfaßt. Er durfte hoffen, daß Stevie von der Mauer des Observatoriums weggehen würde, wie es ihm bei mehrmaligen Proben ausdrücklich gezeigt worden war, um mit seinem Schwager, dem guten und weisen Herrn Verloc, außerhalb des Parkgitters zusammenzutreffen. Fünfzehn Minuten hätten doch für den größten Schwachkopf genügen müssen, um die Höllenmaschine hinzusetzen und wegzugehen. Und der Professor hatte für mehr als fünfzehn Minuten Gewähr geleistet. Stevie aber war keine fünf Minuten, nachdem man ihn sich selbst überlassen hatte, gestolpert, und nun war Herr Verloc moralisch in Stücke gerissen. Alles hatte er vorausgesehen, nur das nicht. Er hatte vorausgesehen, daß Stevie in seiner Zerstreutheit verloren gehen – gesucht werden und schließlich in einer Polizeistation oder in einem Schwachsinnigenasyl gefunden werden konnte. Er hatte Stevies Verhaftung vorhergesehen und nicht gefürchtet, denn Herr Verloc hatte eine hohe Meinung von Stevies Ehrenfestigkeit, die ihm, zugleich mit der Notwendigkeit unverbrüchlichen Schweigens, auf vielen gemeinsamen Gängen eingetrichtert worden war. Wie ein wahrer Peripathetiker hatte Herr Verloc während der Wanderungen durch Londons Straßen Stevies Vorstellung von der Polizei durch äußerst geschickte Reden umgemodelt. Nie hatte ein Weiser einen Schüler gehabt, der aufmerksamer und mehr von Bewunderung erfüllt gewesen wäre. Die Unterwerfung und Verehrung waren so offensichtlich, daß Herr Verloc dahin gekommen war, eine Art Neigung zu dem Jungen zu fassen. Keinesfalls hatte er vorhergesehen, daß seine Verbindung mit ihm so schnell aufgedeckt werden würde. Daß sein Weib den Einfall haben würde, ihre Adresse in des Jungen Überrock einzunähen, war der letzte Gedanke, der Herrn Verloc gekommen wäre. Man kann nicht an alles denken. Das also hatte sie mit der Bemerkung gemeint, er brauchte sich nicht zu sorgen, wenn er Stevie unterwegs verlieren sollte. Sie hatte ihm versichert, daß der Junge schon richtig zurückkommen würde. Nun war er wiedergekehrt, aber als Rächer.

„Nun, nun", murmelte Herr Verloc erstaunt. Was hatte sie damit gewollt? Ihm selbst die Mühe ersparen, den Jungen ängstlich zu beobachten? Höchstwahrscheinlich hatte sie das Beste gewollt. Nur hätte sie ihm von der ergriffenen Vorsichtsmaßregel Mitteilung machen müssen.

Herr Verloc trat hinter den Ladentisch. Er hatte nicht die Absicht, seine Gattin mit erbitterten Vorwürfen zu überhäufen. Herr Verloc empfand keine Bitterkeit. Der unerwartete Gang der Ereignisse hatte ihn zum Fatalismus bekehrt. Nun war nichts mehr zu ändern. Er sagte:

„Ich dachte nicht, daß dem Jungen irgendein Leid widerfahren sollte."

Frau Verloc schauderte beim Klang von ihres Gatten Stimme. Sie enthüllte ihr Gesicht nicht. Der vielgepriesene Geheimagent des seligen Barons Stott-Wartenheim blickte sie eine Zeitlang düster beharrlich aus kurzsichtigen Augen an. Das zerrissene Abendblatt lag zu ihren Füßen. Sie konnte nicht viel daraus erfahren haben. Herr Verloc empfand die Notwendigkeit, mit seiner Gattin zu sprechen.

„Der verdammte Heat – wie?" sagte er. „Er hat dich erschreckt. Er ist ein Rüpel. Eine Frau so damit zu überfallen! Ich marterte mich halb von Sinnen mit der Frage, wie ich dir's beibringen sollte. Stundenlang saß ich in dem kleinen Schenkzimmer von Cheshire Cheese und grübelte über den besten Weg. Du kannst dir denken, daß ich niemals daran dachte, dem Jungen ein Leid geschehen zu lassen."

Herr Verloc, der Geheimagent, sprach wahr. Die vorzeitige Explosion hatte ihn in seiner Gattenliebe am schmerzlichsten getroffen. Er fügte hinzu:

„Mir war nicht besonders wohl zumute, als ich dort saß und an dich dachte."

Er bemerkte ein neues Zusammenschaudern seiner Gattin und fühlte sich schmerzlich davon berührt. Da sie dabei beharrte, das Gesicht in den Händen verborgen zu halten, glaubte er, sie besser eine Weile allein lassen zu sollen. Aus diesem feinfühligen Antrieb zog sich Herr Verloc wieder ins Wohnzimmer zurück, wo der Gasbrenner wie eine zufriedene Katze schnurrte. Frau Verloc hatte in weiblichem Vorbedacht den kalten Rindsbraten auf dem Tisch gelassen, mit Vorlegemesser und -gabel und einem halben Brotlaib, als Herrn Verlocs Nachtmahl. Er bemerkte diese Dinge nun zum erstenmal, schnitt sich eine Scheibe Brot und Fleisch herunter und begann zu essen.

Seine Eßlust kam nicht aus Gefühllosigkeit. Herr Verloc hatte an diesem Tage nicht gefrühstückt. Er hatte sein Heim nüchtern verlassen. Da er kein Mann von Energie war, so bezog er seine Entschlußkraft immer aus nervöser Überreizung, die ihn sozusagen an der Kehle hielt. Er wäre außerstande gewesen, feste Nahrung zu schlucken. Michaelis' Landhaus war so aller Vorräte bar, wie eine Gefängniszelle. Der Bewährungsfristapostel lebte von ein wenig Milch und alten Brotkrusten. Überdies war er bei Herrn Verlocs Ankunft nach seinem kärglichen Mahl schon hinaufgegangen gewesen. Hingegeben der wonnigen Plage dichterischen Schaffens, hatte er nicht einmal auf Herrn Verlocs Anruf geantwortet.

„Ich nehme den Jungen auf ein, zwei Tage nach Hause."

Tatsächlich hatte Herr Verloc gar keine Antwort abgewartet und das Landhaus, von dem gehorsamen Stevie gefolgt, sofort verlassen.

Nun, als die Tat getan und sein Schicksal unerwartet schnell ihm aus der Hand genommen war, empfand Herr Verloc eine erschreckende körperliche Leere. Er schnitt an dem Fleisch und dem Brot herum, verschlang, am Tische stehend, sein Abendessen und warf dann und wann einen Blick auf seine Frau. Ihre beharrliche Unbeweglichkeit störte ihm die Freude des Mahls. Wieder ging er in den Laden und trat nahe zu ihr hin. Dieser Kummer mit verhülltem Gesicht war Herrn Verloc unheimlich. Natürlich hatte er gewußt, daß es seine Frau schwer treffen würde, doch wünschte er, daß sie sich zusammennehmen sollte. Er bedurfte ihrer vollen Hilfe und Treue angesichts dieser neuen Sachlage, mit der sein Fatalismus sich schon abgefunden hatte.

„Nicht zu ändern", sagte er in dumpfer Anteilnahme. „Komm, Winnie, wir müssen an morgen denken. Du wirst deinen ganzen Witz nötig haben, wenn ich einmal weggeführt werde."

Er hielt inne. Frau Verlocs Brust hob sich krampfhaft. Das beruhigte Herrn Verloc nicht, nach dessen Meinung die neugeschaffene Sachlage von den zwei Hauptbeteiligten Ruhe, Entschlossenheit und andere Eigenschaften verlangte, die mit der seelischen Zerrüttung leidenschaftlichen Schmerzes unvereinbar waren. Herr Verloc war kein Unmensch; er war mit dem Vorsatz heimgekehrt, der Schwesternliebe seiner Frau erhebliche Zugeständnisse zu machen. Nur verstand er wohl die wahre Natur oder die ganze Tragweite dieses Gefühls nicht. Und das war entschuldbar, denn er konnte beides nicht verstehen, ohne aufzuhören, er selbst zu sein. Nun war er peinlich überrascht, was sich in einer gewissen Rauheit des Tones kundgab.

„Du könntest einen doch ansehen“, sagte er nach einer Weile.

Als würde sie durch die Hände gepreßt, die Frau Verlocs Antlitz bedeckten, kam die Antwort, erstickt, fast kläglich:

„Ich will dich nicht mehr ansehen, so lange ich lebe.“

„Was? Wie?“ Herrn Verloc war nur der oberflächliche, wörtliche Sinn dieses Ausspruchs unangenehm zum Bewußtsein gekommen. Das war ganz offenbar unvernünftig, ein Aufschreien überspannten Schmerzes. Er warf den Mantel ehelicher Nachsicht darüber. Herrn Verlocs Gemütsart fehlte die Gründlichkeit. Infolge des falschen Glaubens, daß der Wert eines Menschen in ihm selbst beruhen müsse, konnte er unmöglich ermessen, wie viel Stevie tatsächlich in Frau Verlocs Augen wert war. Sie nahm es verteufelt hart, dachte er sich. Und daran war nur der verdammte Heat schuld. Warum hatte er die Frau so aufgeregt? Man durfte sie aber zu ihrem eigenen Besten nicht länger so gewähren lassen, bis sie schließlich ganz von Sinnen kam.

„Sieh doch! Du kannst doch nicht so im Laden sitzen bleiben“, sagte er mit gemachter Strenge, in der auch echter Ärger mitklang; denn wenn sie schon die ganze Nacht aufbleiben sollten, dann mußten doch dringende Fragen durchgesprochen werden. „Jeden Augenblick kann jemand hereinkommen“, fügte er hinzu und wartete wieder. Es zeigte sich keine Wirkung, und der Gedanke an die Endgültigkeit des Todes drängte sich Herrn Verloc auf in dieser Pause. Er änderte den Ton. „Komm, das bringt ihn nicht zurück“, sagte er liebreich, bereit, sie an seine Brust zu ziehen, wo Ungeduld und Mitleid nebeneinander wohnten. Doch abgesehen von einem kurzen Schauder blieb Frau Verloc von der Gewalt dieses fürchterlichen Gemeinplatzes scheinbar unberührt. Vielmehr war Herr Verloc selbst davon bewegt. In seiner Einfalt fühlte er sich gedrängt, Mäßigung anzuraten, indem er seine eigenen Rechte geltend machte.

„Sei vernünftig, Winnie. Wie wäre es denn gewesen, wenn du mich verloren hättest?“

Er hatte verschwommen gehofft, sie aufschreien zu hören; aber sie rührte sich nicht. Sie saß ein wenig zurückgelehnt, in völlige, unfaßbare Reglosigkeit versunken. Herrn Verlocs Herz begann schneller zu schlagen, aus Erbitterung und etwas wie Bestürzung. Er legte ihr die Hand auf die Schulter und sagte: „Sei keine Närrin, Winnie."

Sie rührte sich nicht. Es war undenkbar, vernünftig mit einer Frau zu reden, deren Gesicht man nicht sehen konnte. Herr Verloc faßte sie bei den Handgelenken. Doch ihre Hände schienen festgewachsen. Ihr ganzer Leib folgte dem Zug, und sie wäre fast vom Stuhl gestürzt. Erschreckt, sie so hilflos schlaff zu sehen, versuchte er, sie in den Stuhl zurückzusetzen; da wurde sie plötzlich wieder spannkräftig, riß sich aus seinen Händen los und rannte aus dem Laden hinaus, durch das Wohnzimmer in die Küche. Das ging blitzschnell. Er hatte einen Streifen ihres Gesichts und gerade soviel von ihren Augen gesehen, um feststellen zu können, daß sie ihn nicht angesehen hatte.

Das Ganze erschien wie ein Streit um eine Sitzgelegenheit, denn Herr Verloc nahm sofort den Platz seiner Frau ein. Herr Verloc bedeckte nicht sein Gesicht mit den Händen, doch lag über seinen Zügen der Schleier tiefer Nachdenklichkeit. Ein Verhaftungsbefehl war unvermeidlich. Er wünschte ihn auch gar nicht zu vermeiden. Das Gefängnis war ein Ort, wo man vor gewissen ungesetzlichen Racheanschlägen so sicher war wie im Grab, mit dem Vorteil, daß im Gefängnis noch Raum für die Hoffnung blieb. Was er nun vor sich sah, war: Verhaftung, rasche Freilassung, und dann ein Leben irgendwo im Ausland, wie er es für den Fall eines Fehlschlags schon in Betracht gezogen hatte. Nun gut, es war ein Fehlschlag, wenn auch nicht ganz der Art, wie er ihn befürchtet hatte. Er streifte so hart an Erfolg, daß angesichts der traurigen Wirkung Herrn Vladimir der Spott wohl vergehen konnte. So wenigstens erschien es jetzt Herrn Verloc. Sein Ansehen bei der Gesandtschaft wäre ins Ungemessene gestiegen, wenn – wenn sein Weib nicht die unglückliche Idee gehabt hätte, in Stevies Überrock die Adresse einzunähen. Herr Verloc, der durchaus kein Dummkopf war, hatte bald seinen ungewöhnlichen Einfluß auf Stevie erkannt, allerdings ohne dessen Anlaß zu ergründen, – das Märchen von seiner überlegenen Weisheit und Güte, das zwei besorgte Frauen ersonnen hatten. Bei allen vorhergesehenen Möglichkeiten hatte Herr Verloc Stevies richtig erkannte Treue und blinde Ergebenheit in Rechnung gestellt. Die unvorhergesehene Möglichkeit hatte ihn als Menschen und liebenden Gatten getroffen. Von jedem anderen Gesichtspunkt betrachtet, war sie eher vorteilhaft. Nichts reicht an das ewige Schweigen des Todes heran. Während Herr Verloc bestürzt und ratlos verängstigt im kleinen Schankzimmer des Cheshire Cheese saß, konnte er nicht umhin, sich das einzugestehen, denn seine Urteilskraft war durch seine Empfindsamkeit nicht gehemmt. Daß Stevie so gründlich auseinandergeraten war, machte – so unerfreulich es auch sein mochte, daran zu denken – den Erfolg nur sicherer; denn natürlich hatte Herr Vladimir mit seiner Drohung nicht unbedingt die Niederlegung einer Mauer bezwecken wollen, sondern eine moralische Wirkung. Und diese Wirkung konnte als vollbracht gelten, wenn auch mit viel Mühe und Sorge für Herrn Verloc. Als aber höchst unerwartet die Fährte in die Brett Street hinein aufgespürt wurde, da nahm Herr Verloc, der wie ein Mann in einem bösen Traum um seine Stellung gekämpft hatte, den Schlag mit der Ruhe des überzeugten Fatalisten hin. Die Stellung war tatsächlich ohne jemandes Schuld verloren. Ein kleiner, lächerlicher Umstand hatte sie verwirkt; es war, wie wenn man im Dunklen über ein Stück Orangenschale ausgleitet und sich einen Fuß bricht.

Herr Verloc holte tief Atem. Er trug seiner Frau nichts nach. Er dachte: sie wird nach dem Laden sehen müssen, während ich eingesperrt bin. Und bei dem weiteren Gedanken, wie grausam sie zunächst Stevie vermissen würde, empfand er Sorge um ihre Gesundheit und Gemütsruhe. Wie würde sie die Einsamkeit ertragen? So ganz allein im Hause? Sie würde doch nicht zusammenbrechen während seiner Haft? Was sollte dann aus dem Laden werden? Der war ihre Rettung. Denn wenn auch Herrn Verlocs Fatalismus seine Absetzung als Geheimagent hinnahm, so lag es ihm – und zwar, wie gesagt werden muß, hauptsächlich mit Rücksicht auf seine Frau – doch ferne, sich dabei einfach zugrunde zu richten.

Es erschreckte ihn, wie sie nun schweigend und ihm unsichtbar in der Küche saß. Wäre nur die Mutter dagewesen! Aber das dumme, alte Weib – – Ein böser Zorn erfüllte Herrn Verloc. Er mußte mit seiner Frau sprechen. Er konnte ihr gewiß sagen, daß ein Mann unter gewissen Umständen verzweifeln muß. Aber er ging nicht unmittelbar daran, ihr diese Eröffnung zu machen. Zunächst einmal sagte er sich, daß an diesem Abend an kein Geschäft zu denken war. Darum ging er hin, um die Haustür zu schließen und die Gasflamme im Laden abzudrehen.

Nachdem er so die Einsamkeit an seinem Herd gesichert hatte, ging Herr Verloc ins Wohnzimmer zurück und sah in die Küche hinunter. Frau Verloc saß an dem Platz, wo der arme Stevie des Abends gewöhnlich zu sitzen pflegte, wenn er zum Zeitvertreib mit Bleistift die endlos sich schneidenden Kreise auf das Papier zeichnete, die an Chaos und Ewigkeit gemahnten. Sie hatte die Arme auf dem Tisch gekreuzt und das Haupt darauf gelegt. Herr Verloc betrachtete eine Zeitlang ihren Rücken und ihre Frisur und trat dann von der Küchentüre weg. Frau Verlocs philosophischer, fast verächtlicher Mangel an Neugier, die Grundlage ihres häuslichen Zusammenlebens, erschwerte es nun ungemein, angesichts dieser traurigen Notwendigkeit mit ihr in Fühlung zu kommen. Herr Verloc empfand diese Schwierigkeit auf das Schmerzlichste. Er wanderte rings um den Wohnzimmertisch, mit dem ihm eigenen Ausdruck eines großen Tieres in einem Käfig. Da die Neugierde eine der Formen der Selbstentblößung ist, so muß ein Mensch, der sich der Neugierde bewußt enthält, immer irgendwie geheimnisvoll bleiben. Sooft Herr Verloc an der Küchentüre vorbeikam, warf er seiner Frau einen queren Blick zu. Nicht, daß er sie gefürchtet hätte. Herr Verloc glaubte sich ja von dieser Frau geliebt. Doch hatte sie ihn nicht daran gewöhnt, Geständnisse zu machen. Und das Geständnis, das er nun zu machen hatte, war groß und schwer. Wie sollte er ihr mangels jeglicher Übung etwas sagen, was er selbst nur unklar empfand: daß es ein schicksalhaftes Zusammenwirken von Umständen gibt; daß mitunter ein Gedanke in einem Hirn wachsen kann, bis er selbständige Form annimmt, aus sich selbst Kraft gewinnt, und sogar Stimme? Er konnte ihr nicht beibringen, daß ein Mann von einem fetten, lustigen, glattrasierten Gesicht verfolgt werden kann, bis ihm selbst das verzweifeltste Mittel, es loszuwerden, tausendmal willkommen erscheint.

Bei dieser Erinnerung an den Ersten Sekretär einer großen Gesandtschaft blieb Herr Verloc im Türrahmen stehen, sah zornig, mit geballten Fäusten, in die Küche hinunter und redete seine Frau an:

„Du weißt nicht, mit was für einem Vieh ich es zu tun hatte.“

Er begann eine neue Wanderung um den Tisch; als er wieder zur Tür kam, blieb er stehen und sah von der Höhe der zwei Stufen hinunter.

„Ein dummes, höhnisches, gefährliches Vieh, mit nicht mehr Verstand als – – Nach all den Jahren! Gegen einen Mann wie mich! Und ich habe meinen Kopf dabei aufs Spiel gesetzt! Du wußtest nichts davon. Ganz mit Recht. Warum hätte ich dir auch sagen sollen, daß ich während all der sieben Jahre, die wir nun verheiratet sind, ständig Gefahr lief, ein Messer in die Brust zu bekommen? Ich bin nicht der Mann, der einer Frau, die ihn liebt, Sorgen macht. Du brauchtest es nicht zu wissen.“

Herr Verloc machte wieder schnaubend einen Rundgang.

„Ein giftiges Vieh“, hob er von der Türschwelle nochmals an. „Möchte mich in eine Sackgasse treiben und da verrecken lassen – so zum Spaß. Ich konnte ja sehen, daß ihm der Spaß verdammt gut gefiel. Gegen einen Mann wie mich! Schau einmal her! Einige der Höchsten auf dieser Welt haben es mir zu danken, daß sie heute noch auf ihren zwei Beinen herumgehen können! Das ist der Mann, den du geheiratet hast, mein Mädel!“

Er bemerkte, daß seine Frau sich aufgerichtet hatte. Frau Verlocs Arm blieb ausgestreckt auf dem Tisch liegen. Herr Verloc beobachtete ihren Rücken, als könnte er dort die Wirkung seiner Worte ablesen.

„Während der letzten elf Jahre gab es keine Mordverschwörung, in der ich nicht mit eigener Lebensgefahr die Finger gehabt hätte. Scharenweise habe ich die Revolutionäre abgeschickt mit den verfluchten Bomben in ihren Taschen, um sie an der Grenze abfangen zu lassen. Der alte Baron wußte, was ich für sein Land wert war. Und dann kommt jetzt plötzlich so ein Schwein daher – ein unwissendes anmaßendes Schwein!“

Herr Verloc trat langsam über die zwei Stufen in die Küche hinunter, nahm ein Glas von der Anrichte und näherte sich damit dem Wasserhahn, ohne nach seiner Frau zu sehen.

„Der alte Baron hätte sicher nicht die verdammte Dummheit begangen, mich um elf Uhr vormittags zu sich zu bestellen. Es gibt zwei oder drei Leute in dieser Stadt, die mir, hätten sie mich hineingehen sehen, ohne jedes Federlesen früher oder später den Kopf eingeschlagen hätten. Es war ein dummer, gefährlicher Streich, für nichts und wieder nichts einen Mann aufs Spiel zu setzen, – einen Mann wie mich!“

Herr Verloc hatte den Hahn aufgedreht und stürzte nun drei Gläser Wasser hinunter, um das Feuer seiner Entrüstung zu löschen. Herrn Vladimirs Verhalten hatte eine verzehrende Glut in ihm entfacht. Er konnte über die Rücksichtslosigkeit darin nicht wegkommen. Dieser Mann, nicht geschaffen für die hart arbeitenden Berufe, die die Gesellschaft ihren niedrig geborenen Mitgliedern vorbehält, hatte seinem geheimen Erwerb mit unermüdlicher Hingabe obgelegen. Herr Verloc war pflichtgetreu. Er war seinen Arbeitgebern treu gewesen, treu der Sache der gesellschaftlichen Ordnung – treu auch seinen Gefühlen, wie sich nun zeigte, da er das Glas zurücksetzte und sich mit den Worten umwandte:

„Hätte ich nicht an dich gedacht, dann hätte ich das höhnische Biest bei der Gurgel gepackt und mit dem Kopf ins Feuerloch gestoßen. Ich wäre ihm leicht Herr geworden, dem rotgesichtigen, glattrasierten –"

Herr Verloc unterließ es, den Satz zu beenden, als könnte es keinen Zweifel über das Schlußwort geben. Zum erstenmal in seinem Leben zog er diese nicht neugierige Frau in sein Vertrauen. Die Besonderheit des Ereignisses, die Stärke und Bedeutung seiner persönlichen Gefühle, die durch die Beichte ausgelöst wurden, drängten Stevies Schicksal glatt aus seinem Bewußtsein. Das zwischen Angst und Empörung pendelnde Dasein des Jungen war zugleich mit seinem gewaltsamen Ende vorläufig aus Herrn Verlocs Gesichtskreis entschwunden. Darum fühlte er sich, als er aufsah, überrascht von dem unerwarteten Ausdruck im Blick seiner Frau. Der Blick war nicht wild und auch nicht unaufmerksam, doch war seine Aufmerksamkeit sonderbar und unerfreulich, da sie auf irgendeinen Punkt hinter Herrn Verlocs Person gesammelt schien. Der Eindruck war so stark, daß Herr Verloc über die Schulter zurücksah. Es war nichts hinter ihm: nur die weißgetünchte Wand. Der ausgezeichnete Gatte von Winnie Verloc sah keine Schrift auf dieser Wand. Er wandte sich abermals zu seiner Frau und wiederholte nicht ohne Schwung:

„Ich hätte ihn bei der Gurgel genommen. So wahr ich hier stehe, hätte ich nicht an dich gedacht, so hätte ich aus dem Viehkerl das Leben halb herausgewürgt, bevor ich ihm erlaubt hätte, aufzustehen. Und glaube du ja nicht, daß er etwa nach der Polizei gerufen hätte. Er hätte es nicht gewagt. Du verstehst wohl warum – nicht wahr?"

Er zwinkerte seiner Frau wissend zu.

„Nein", sagte Frau Verloc mit klangloser Stimme und ohne ihn anzusehen. „Wovon sprichst du?"

Eine große Entmutigung, das Ergebnis tiefer Ermüdung, überkam Herrn Verloc. Er hatte einen schweren Tag hinter sich, und seine Nerven waren bis zum äußersten beansprucht worden. Nach einem Monat voll erdrückender Mühsal, die mit einer unerwarteten Katastrophe geendet hatte, verlangte Herrn Verlocs sturmgepeitschtes Gemüt nach Ruhe. Seine Laufbahn als Geheimagent war auf eine Weise abgeschlossen worden, die niemand hätte voraussehen können; jetzt konnte er wenigstens hoffen, einmal eine Nacht ruhig zu schlafen. Als er seine Frau ansah, bezweifelte er das allerdings. Sie nahm es sehr schwer – gar nicht auf ihre gewohnte Art. Er machte einen Anlauf zum Reden.

„Du mußt dich unbedingt zusammennehmen, mein Mädel“, sagte er weich. „Was geschehen ist, kann nicht ungeschehen gemacht werden.“

Frau Verloc fuhr leicht zusammen, obwohl kein Muskel ihres weißen Gesichts zuckte. Herr Verloc, der sie nicht ansah, fuhr gewichtig fort:

„Geh du jetzt nur zu Bett, du solltest dich richtig ausweinen.“

Diese Ansicht konnte sich offenbar auf einen weitverbreiteten Glauben stützen. Nach allgemeiner Auffassung muß jede weibliche Gemütserregung, als wäre sie weiter nichts als treibender Wasserdampf in der Luft, schließlich in einem Gusse enden, und es ist ja auch sehr wahrscheinlich, daß Frau Verlocs Schmerz sich in einer Flut bitterer, reiner Tränen Luft gemacht hätte, wäre Stevie in seinem Bett gestorben, unter ihren Augen, in ihren schützenden Armen. Frau Verloc war so gut wie andere menschliche Wesen einer unbewußten Ergebung fähig, stark genug, um dem gesetzmäßigen Ablauf eines Menschenschicksals zu begegnen. Ohne sich „den Kopf schwer zu machen“, begriff sie doch, daß man „dem nicht auf den Grund gehen dürfe“. Die jämmerlichen Begleitumstände von Stevies Tod aber, die für Herrn Verloc als Teil eines größeren Unglücks nur nebensächliche Bedeutung hatten, hemmten die Tränen seiner Frau schon an der Quelle. Es war, als hätte man ihr ein weißglühendes Eisen durch die Augen gezogen. Zugleich ließ ihr Herz, zu einem Eisklumpen erstarrt, ihren Leib innerlich erschauern und verlieh ihren Zügen die starre Unbeweglichkeit, mit der sie nun eine weißgetünchte, doch unbeschriebene Wand ansah. Frau Verlocs Temperament, das, sobald ihm die philosophische Hemmung genommen wurde, mütterlich und leidenschaftlich war, zwang sie, in ihrem Kopf eine Gedankenreihe abzuwickeln. Diese Gedankenreihe war allerdings mehr bildhaft als klar geformt. Frau Verloc war eine Frau von außergewöhnlich wenig Worten, sowohl gegen andere wie gegen sich selbst. Mit der Wut und dem Schmerz einer betrogenen Frau überdachte sie nochmals ihr bisheriges Leben und erging sich dabei zumeist in Vorstellungen von Stevies kümmerlichem Dasein von seiner ersten Jugend an. Ihr Leben stand edel geschlossen unter dem Antrieb eines einzigen Gefühls, wie eines der seltenen anderen, die den Gedanken und Gefühlen der Menschheit ihren Stempel aufgedrückt haben. Frau Verlocs Vorstellungen aber entbehrten des Edelmuts und der Großartigkeit. Sie sah sich selbst, wie sie beim Schein einer einzelnen Kerze den Jungen zu Bett brachte, im öden Dachgeschoß eines „Geschäftshauses“, das zu ebener Erde in einem Überfluß von Licht und Spiegelglas wie ein Feenpalast glänzte und unter dem Dach im Dunklen lag. Der trügerische Glanz des Erdgeschosses war der einzige

Lichtblick in Frau Verlocs Erinnerungen. Sie erinnerte sich, wie sie dem Jungen das Haar gebürstet und den Latz umgebunden hatte – während sie selbst noch einen Latz trug; an die Tröstungen, die einem kleinen, bös verängstigten Wesen von einem anderen Wesen dargeboten wurden, das fast ebenso klein, aber nicht ganz so verängstigt war; sie gedachte der aufgefangenen Schläge (oft mit dem eigenen Kopfe aufgefangen), gedachte der Türen, die sie verzweifelt vor eines Mannes Wut zugehalten hatte (nicht recht lange); des Schürhakens, den sie einst (nicht sehr weit) geworfen, und der den Jähzorn zu der dumpfen Ruhe gebracht hatte, die einem Donnerschlag zu folgen pflegt. Alle diese Bilder voll Gewaltsamkeit zogen an ihrem Geist vorüber, begleitet von den undeutlichen, tiefen Ausrufen eines Mannes, der in seinem Vaterstolz tief verletzt war und sich selbst für verflucht erklärte, da eines seiner Kinder „ein sabbernder Trottel und das andere eine verdammte Hexe" war. Dies letztere war von ihr gesagt worden, vor vielen Jahren.

Frau Verloc hörte die Worte nochmals geisterhaft an ihr Ohr wehen, und dann senkte sich der traurige Schatten der Belgravia-Pension auf sie nieder. Es war eine erdrückende Erinnerung, die quälende Vorstellung von zahllosen Frühstücksbrettern, die sie über zahllose Stufen hinauf und hinunter getragen hatte, von endloser Pfennigdrückerei, von endloser Mühsal des Putzens, Staubens, Reinemachens, vom Keller bis zum Dach; während die kranke Mutter, auf ihren geschwollenen Beinen humpelnd, in der rußigen Küche wirtschaftete und der arme Stevie, der unbewußte Urheber all dieser Mühen, in der Abwaschküche die Schuhe der Zimmerherren putzte. Doch fehlte dieser Vorstellung nicht der Hauch eines heißen Londoner Sommers, und als Mittelpunkt ein junger Mann im Sonntagsgewand, mit einem Strohhut auf dem dunklen Haar und einer Holzpfeife im Munde. Zärtlich und lustig, schien er ein anziehender Genosse für die Fahrt auf dem glitzernden Strom des Lebens; nur sein Boot war zu klein. Darin war Platz für eine Gefährtin am Steuer, doch nicht für Fahrgäste. Den ließ man vom Steg der Belgravia-Pension wegtreiben, während Winnie ihre tränenvollen Augen abwandte. Er war kein Zimmerherr. Zimmerherr war Herr Verloc, der Bequemlichkeit, späte Stunden und, des Morgens, unter den Bettüchern hervor, schläfrige Scherzchen liebte, doch mit einem Glitzern ernsthafter Vernarrtheit in den schweren Augen, und immer mit Geld in den Taschen. Auf dem Strom seines Lebens lag durchaus kein Glitzern; er floß im Verborgenen. Doch seine Barke schien ein geräumiges Fahrzeug, und seine schweigsame Großmut nahm die Gegenwart von Fahrgästen als selbstverständlich hin.

Frau Verloc überdachte die sieben Jahre Sicherheit für Stevie, für die sie selbst treulich bezahlt hatte; eine Sicherheit, die zum Vertrauen geworden war, zu einem Heimatgefühl, still und tief wie ein ruhiger Weiher, dessen geschützte Oberfläche kaum je beim gelegentlichen Auftauchen des Genossen Ossipon erschauerte, des muskelstarken Anarchisten mit den schamlos lockenden Augen; diese lasterhaften Augen redeten eine so deutliche Sprache, daß jede nicht völlig verblödete Frau sie verstehen mußte.

Wenige Sekunden erst waren vergangen, seitdem das letzte laute Wort in der Küche gefallen war, und Frau Verloc folgte schon mit starrem Blick der Vision eines Vorfalls, der nicht länger als vierzehn Tage zurücklag. Mit Augen, deren Pupillen krankhaft erweitert waren, folgte sie der Vision ihres Mannes, wie er mit dem armen Stevie durch die Brett Street davonging. Das war das letzte Bild eines Daseins, das Frau Verlocs Kraft geschaffen hatte; ein Dasein ohne Anmut und Liebreiz, unschön und kaum noch schicklich, und dennoch wunderbar durch die Beharrlichkeit des grundlegenden Gefühls. Dies letzte Bild schien so greifbar nahe gerückt, so sprechend in allen Einzelheiten, daß es Frau Verloc ein schwaches, ängstliches Murmeln erpreßte, als Ausdruck ihrer innigsten Hoffnung, ein Murmeln, das schreckhaft auf ihren bleichen Lippen erstarb.

„Sie könnten Vater und Sohn sein."

Herr Verloc hielt inne und sah mit vergrämtem Gesicht auf.

„Wie? Was sagst du?" fragte er. Da er keine Antwort bekam, nahm er sein finsteres Herumwandern wieder auf. Plötzlich hob er drohend die dicken, fleischigen Fäuste und brach los:

„Ja! Die Gesandtschaftsleute! Eine nette Gesellschaft, nicht? Ehe eine Woche 'rum ist, soll mehr als einer davon sich zwanzig Fuß unter die Erde wünschen, dafür will ich Sorge tragen. Wie? Was?"

Er schoß mit gesenktem Kopf einen Seitenblick. Frau Verloc starrte auf die weißgetünchte Wand. Eine leere Wand – völlig leer. Eine Leere, die einen verleiten konnte, mit dem Kopf dagegen zu rennen. Frau Verloc blieb unbeweglich sitzen. Sie blieb reglos, wie in verzweifeltem Staunen, wie die Bevölkerung der halben Erde reglos bleiben müßte, wenn plötzlich am

Sommerhimmel, durch eine böse Laune der angebeteten Vorsehung, die Sonne verlöschen wollte.

„Die Gesandtschaft!" hob Herr Verloc wieder an, nach einer einleitenden Grimasse, die wolfsartig sein Gebiß entblößte. „Ich wollte, ich bekäme dort einmal für eine halbe Stunde freies Spiel, mit einem Knüppel in der Hand! Dann wollte ich zuschlagen, bis der ganzen Bande kein gerader Knochen mehr bliebe! Aber laß nur, ich will ihnen schon zeigen, was es heißt, einen Mann wie mich einfach auf die Straße setzen zu wollen. Ich habe eine Zunge im Kopf. Die ganze Welt soll wissen, was ich für sie getan habe. Ich fürchte mich nicht. Mir liegt nichts dran. Alles muß herauskommen. Jede verdammte Kleinigkeit. Die sollen nur aufpassen!"

In solche Worte kleidete Herr Verloc seinen Rachedurst. Es war eine durchaus passende Rache, in völliger Übereinstimmung mit Herrn Verlocs Sinnesrichtung. Sie hatte auch den weiteren Vorteil, in der Reichweite seiner Macht zu liegen und sich seinem Lebensberuf einzufügen, der ja gerade im Verrat geheimer und ungesetzlicher Pläne seiner Mitmenschen bestanden hatte. Anarchisten und Diplomaten waren für ihn eins. Herrn Verlocs Temperament verbot ihm die Achtung vor Einzelwesen. Seine Geringschätzung verteilte sich gleichmäßig auf sein ganzes Arbeitsfeld. Als Mitglied des revolutionären Proletariats aber – und das war er zweifellos – nährte er eher feindliche Empfindungen gegen gesellschaftliche Erhabenheit.

„Nichts auf der Welt kann mich jetzt aufhalten", fügte er hinzu und sah seine Frau starr an, die ebenso starr die leere Wand ansah.

Das Schweigen in der Küche hielt weiter an, und Herr Verloc fühlte sich enttäuscht. Er hatte erwartet, daß seine Frau irgend etwas sagen würde. Doch Frau Verlocs Lippen zeigten dieselbe bildhafte Unbeweglichkeit wie ihr übriges Gesicht, und Herr Verloc war enttäuscht. Und doch, das erkannte er an, verlangte der Anlaß eigentlich kein Wort von ihr. Sie war eine sehr wortkarge Frau. Aus Gründen, auf denen seine ganze Psychologie aufgebaut war, neigte Herr Verloc dazu, jeder Frau zu vertrauen, die sich ihm ergeben hatte. Darum vertraute er seiner Gattin. Ihre Übereinstimmung war vollkommen, aber nicht begründet. Es war ein stillschweigendes Übereinkommen, das aus Frau Verlocs Mangel an Neugier herrührte, und aus Herrn Verlocs Haupteigenschaften, der Faulheit und Geheimnistuerei. Beide hielten sich zurück, den Tatsachen und Gefühlen auf den Grund zu gehen.

Diese Zurückhaltung bezeugte einerseits zwar ihr gegenseitiges Vertrauen, brachte aber auch eine Art Ziellosigkeit in ihre engsten Beziehungen. Keine eheliche Verbindung ist vollkommen. Herr Verloc nahm an, daß seine Frau ihn verstanden habe, hätte sie aber gerne ihre Meinung gerade in diesem Augenblick aussprechen hören. Es wäre ihm ein Trost gewesen.

Es gab mehrere Gründe, aus denen ihm dieser Trost versagt wurde. Einen körperlichen: Frau Verloc hatte ihre Stimme nicht hinlänglich in der Gewalt. Ihr blieb nur die Wahl zwischen Schreien und Schweigen, und sie wählte unwillkürlich das Schweigen. Hinzu kam das lähmende Grauen des Gedankens, der sie erfüllte. Ihre Wangen waren bleich, ihre Lippen aschfarben, ihre Reglosigkeit erschreckend. Und sie dachte, ohne Herrn Verloc anzusehn: „Dieser Mensch nahm den Jungen mit sich, um ihn zu morden. Nahm den Jungen aus seinem Heim, um ihn zu morden. Nahm den Jungen von mir fort, um ihn zu morden.“

Frau Verlocs Wesen war durch diesen Gedanken zuinnerst aufgerührt, der sie bei aller Formlosigkeit zum Irrsinn trieb und sie ganz erfüllte, bis in die Adern, die Knochen und die Haarwurzeln hinein. Innerlich nahm sie die biblische Haltung der Trauernden ein – verhülltes Gesicht, zerfetzte Gewänder; der Klang von Jammern und Wehklagen erfüllte ihr Ohr. Doch ihre Zähne waren wütend zusammengebissen, und in ihren tränenlosen Augen brannte die Wut, denn sie war nicht unterwürfig. Der Schmerz um ihren Bruder war von Anfang an nicht frei von stolzer Entrüstung. Sie hatte ihn mit wahrhafter Liebe geliebt. Sie hatte für ihn gekämpft, sogar gegen sich selbst. Sein Verlust hatte die Bitterkeit einer Niederlage, zugleich mit der Qual betrogener Leidenschaft. Das war kein gewöhnlicher Todesfall. Überdies hatte ja auch nicht der Tod Stevie von ihr genommen. Herr Verloc war es, der ihn genommen hatte. Sie hatte ihn gesehen. Sie hatte, ohne eine Hand zu rühren, zugesehen, wie er den Jungen wegführte. Und sie hatte ihn gehen lassen, wie – wie eine Närrin – eine blinde Närrin! Und nachdem er den Jungen umgebracht hatte, war er nun heimgekommen, zu ihr. Einfach heimgekommen, wie jeder andere Mann zu seiner Frau heimkam.

Zwischen zusammengebissenen Zähnen murmelte Frau Verloc gegen die Wand:

„Und ich dachte, er hätte sich erkältet!“

Herr Verloc hörte dieses Wort und griff es auf.

„Es war nichts,“ meinte er verdrießlich, „ich war außer mir, deinetwegen.“

Frau Verloc wandte langsam den Kopf und richtete ihren Blick von der Wand weg auf ihren Gatten. Herr Verloc hielt die Fingerspitzen zwischen den Lippen und sah zu Boden.

„Nicht zu ändern", murmelte er und ließ die Hand sinken. „Du mußt dich zusammennehmen. Du wirst deinen ganzen Witz brauchen. Du warst es, die uns die Polizei auf den Hals gehetzt hat. Macht nichts. Ich will kein Wort weiter darüber verlieren", fuhr Herr Verloc großmütig fort. „Du konntest es nicht wissen."

„Ich konnte es nicht wissen", hauchte Frau Verloc. Es war, als hätte ein Leichnam gesprochen. Herr Verloc nahm den Faden seiner Rede wieder auf.

„Ich mache dir keinen Vorwurf. Ich will sie schon kitzeln! Wenn ich einmal hinter Schloß und Riegel sitze, dann kann ich in aller Sicherheit reden – du verstehst. Du mußt dich darauf einrichten, daß ich zwei Jahre weg von dir bin", fuhr er ehrlich betrübt fort. „Das wird für dich leichter sein, als für mich.

Du wirst etwas zu tun haben, während ich – – Schau einmal, Winnie, deine Hauptaufgabe wird es sein, diesen Laden zwei Jahre lang weiter zu führen. Du verstehst genug davon. Du hast einen guten Kopf. Ich werde es dich wissen lassen, wenn die Zeit gekommen sein wird, den Verkauf einzuleiten. Dann wird doppelte Vorsicht nötig sein. Die Genossen werden dich die ganze Zeit über im Auge behalten. Du wirst so verschlagen sein müssen, wie nur möglich, und stumm wie das Grab. Niemand darf wissen, was du vorhast. Ich möchte nicht gerne unmittelbar nach meiner Freilassung einen Hieb über den Schädel oder einen Stich zwischen die Rippen bekommen!"

Also sprach Herr Verloc und strengte seinen erfinderischen Geist an, um die Rätsel der Zukunft zu lösen. Seine Stimme klang düster, da er das richtige Gefühl für die Lage hatte. Alles war gerade so gekommen, wie er es nicht gewünscht hatte. Die Zukunft war in Frage gestellt. Vielleicht hatte seine Urteilskraft vorübergehend gelitten unter der Angst vor Herrn Vladimirs toller Bosheit. Bei einem Mann über Vierzig mag es entschuldbar sein, wenn er durch die Aussicht auf den Verlust seiner Stellung den Verstand verliert, ganz besonders dann, wenn dieser Mann ein Geheimagent der politischen Polizei ist, der sich geborgen wähnt im Bewußtsein seines hohen Wertes und der Wertschätzung hoher Persönlichkeiten. Er war entschuldbar.

Nun hatte die Sache mit einem Krach geendet. Herr Verloc war kalt, aber nicht heiter. Ein Geheimagent, der aus Rachsucht sein Geheimnis den Winden preisgibt und sein verstecktes Tun den Augen der Menge, wird dadurch zur Zielscheibe für verzweifelte und blutdürstige Wut. Ohne die Gefahr unnütz zu übertreiben, versuchte Herr Verloc doch, sie seiner Frau klar vor Augen zu stellen. Er wiederholte, daß er nicht die Absicht habe, sich von den Revolutionären beseitigen zu lassen.

Er sah seiner Frau gerade in die Augen. Die erweiterte Pupille der Frau nahm seinen Blick in ihre unergründlichen Tiefen auf.

„Dazu habe ich dich zu lieb", sagte er mit einem kurzen, nervösen Lachen.

Eine schwache Röte überflog Frau Verlocs geisterhaftes, bleiches Gesicht. Sobald die Gesichte der Vergangenheit an ihr vorübergezogen waren, hatte sie die Worte ihres Mannes nicht nur gehört, sondern auch verstanden. Infolge ihres grellen Gegensatzes zu ihrem eigenen Gemütszustand hatten diese Worte eine Wirkung, die dem Ersticken nahe kam. Frau Verlocs Gemütszustand hatte den Vorzug der Einfachheit für sich; doch war er nicht gesund. Dazu stand er zu sehr unter dem Einfluß einer fixen Idee. Jede kleinste Windung ihres Hirns war ausgefüllt von dem Gedanken, daß dieser Mann, mit dem sie sieben Jahre lang ohne Widerwillen zusammengelebt hatte, den „armen Jungen" von ihr genommen hatte, um ihn zu töten – der Mann, an den sie sich mit Seele und Leib gewöhnt hatte; der Mann, dem sie vertraut, hatte den Jungen weggenommen, um ihn zu töten! In seiner Form, seinem Gehalt und seiner Wirkung, die umfassend sogar auf das Aussehen unbeseelter Dinge sich zu erstrecken schien, war das ein Gedanke, über dem man still sitzen konnte, ohne aus der Verwunderung herauszukommen. Frau Verloc saß still. Und in ihren Gedanken (nicht in der Küche) wanderte Herrn Verlocs Gestalt auf und ab, wie gewöhnlich in Hut und Überrock, und stampfte mit den Stiefeln auf ihrem Hirn herum. Wahrscheinlich sprach er auch; doch Frau Verlocs Gedanken übertönten meistens seine Stimme.

Dann und wann schuf sich allerdings die Stimme Gehör. Ein paar zusammenhängende Worte tauchten auf, die allgemein zuversichtlich klangen. Bei jedem solchen Anlaß verloren Frau Verlocs erweiterte Pupillen ihre ferne Starrheit und verfolgten die Bewegungen ihres Gatten mit düsterer, gespannter Aufmerksamkeit. Genau unterrichtet von allem, was zu seinem geheimen Gewerbe gehörte, erhoffte Herr Verloc für seine Pläne besten Erfolg. Er glaubte tatsächlich, daß es im Grunde leicht fallen würde, den Messern wütender Revolutionäre zu entgehen. Er hatte die Stärke wie die Länge ihres Arms (beruflich) zu oft übertrieben, um sich über die eine oder die andere sonderlichen Täuschungen hinzugeben. Denn um richtig übertreiben zu können, muß man erst genau abgeschätzt haben. Er wußte auch, wieviel Tugend und wieviel Niedertracht vergessen werden kann – in zwei langen Jahren. Seine erste, wirklich vertrauliche Unterredung mit seiner Frau war überzeugt zuversichtlich. Nebenbei hielt er es auch sonst für richtig, soviel Zuversicht zu zeigen, wie er nur aufbringen konnte. Das mußte der armen Frau Mut machen. Nach seiner Freilassung, die, wie sein ganzes Leben, geheim gehalten werden würde, wollten sie zusammen verschwinden, ohne Zeit zu verlieren. Was die Verwischung ihrer Fährte anbetraf, so bat er seine Frau, sich auf ihn zu verlassen. Er wüßte schon, wie er es machen müßte, daß der Teufel selbst – – –

Er schwenkte die Hand. Er schien sich rühmen zu wollen. Doch wollte er ihr nur Mut machen. Die Absicht war gut, doch hatte Herr Verloc das Unglück, sich mit seiner Zuhörerin nicht im Einklang zu befinden.

Der selbstbewußte Ton drängte sich Frau Verlocs Ohren auf, die doch die meisten Worte unbeachtet ließ; denn was konnten Worte ihr jetzt noch sagen? Was konnten Worte ihr bedeuten, im Guten oder im Bösen, angesichts ihrer fixen Idee? Ihr dunkler Blick folgte dem Mann, der sich seiner Straflosigkeit rühmte – dem Mann, der den armen Stevie von Hause weggenommen hatte, um ihn irgendwo umzubringen. Frau Verloc konnte sich nicht mehr genau erinnern, wo, doch ihr Herz begann hörbar zu schlagen.

Herr Verloc drückte nun im Ton ehelicher Zuversichtlichkeit die feste Hoffnung aus, daß noch eine lange Reihe ruhiger Lebensjahre vor ihnen beiden läge. Auf die Frage der Mittel ging er nicht ein. Ein ruhiges Leben mußte es werden, und naturgemäß im Schatten verborgen, unter friedfertigen Menschen, bescheiden, wie das Leben der Veilchen. Herrn Verlocs Worte waren: „eine Weile versteckt bleiben." Und weit fort von England natürlich. Es war nicht klar, ob Herr Verloc an Spanien oder an Südamerika dachte; bestimmt aber an das Ausland.

Dieses letzte Wort traf Frau Verlocs Ohr und brachte einen endgültigen Eindruck hervor. Der Mann da redete von Auswanderung. Der Eindruck war völlig zusammenhanglos; und so groß ist die Macht der Gewohnheit, daß Frau Verloc sich sofort und unüberlegt fragte: „Und was wird aus Stevie?"

Es war eine Art Vergeßlichkeit; doch kam ihr sofort zum Bewußtsein, daß von nun an diese Art Sorge überflüssig war. Nie wieder würde sich der Anlaß dazu bieten. Der arme Junge war weggeführt und umgebracht worden. Der arme Junge war tot. Diese Vergeßlichkeit schärfte Frau Verlocs Verstandestätigkeit. Sie begann Folgerungen ins Auge zu fassen, die Herrn Verloc wohl überrascht hätten. Es war also nicht mehr nötig, daß sie hier bliebe, in dieser Küche, in diesem Hause, mit diesem Manne – da der Junge für immer gegangen war. Nicht mehr nötig. Und dabei erhob sich Frau Verloc, wie von einer Feder emporgeschnellt. Doch konnte sie ebensowenig einsehen, was sie überhaupt noch in der Welt hielt, und dies zwang sie zum Verweilen. Herr Verloc beobachtete sie mit ehelicher Besorgnis.

„Nun siehst du dir schon wieder mehr gleich", meinte er verlegen. Seine Zuversicht wurde gestört von einem ungewohnten Ausdruck in den dunklen Augen seiner Frau. Gerade in diesem Augenblick begann Frau Verloc an sich hinunterzusehen, wie erlöst von allen irdischen Banden. Sie hatte ihre Freiheit. Ihre Verpflichtung gegen das Leben, verkörpert in dem Manne dort drüben, war zu Ende. Sie war ein freies Weib. Wäre diese Ansicht Herrn Verloc irgendwie zur Kenntnis gekommen, so hätte sie ihn zweifellos höchlichst empört. In seinen Herzensangelegenheiten war Herr Verloc immer freigebig gewesen, allerdings aber aus der Überzeugung heraus, um seiner selbst willen geliebt zu werden. Hierin deckten sich seine sittlichen Begriffe völlig mit seiner Eitelkeit, und er war unbekehrbar. Daß es sich im Fall seiner tugendhaften, gesetzmäßigen Verbindung nicht anders verhalten konnte, war ihm unumstößliche Gewißheit. Er war älter geworden, fetter, massiger, in dem festen Glauben, daß er keine Reize brauchte, um seiner selbst willen geliebt zu werden. Als er nun sah, wie Frau Verloc sich anschickte, wortlos aus der Küche hinauszugehen, da war er enttäuscht.

„Wohin gehst du?" rief er ziemlich scharf. „Hinauf?"

Frau Verloc hielt im Türrahmen an. Klugheit, aus Furcht, der maßlosen Furcht geboren, der Mann könnte sich nähern und sie berühren, trieb sie, ihm (von zwei Stufen aus) zuzunicken, mit einem Zucken der Lippen, das Herr Verloc in ehelicher Gutgläubigkeit als ein leichtes, verschwommenes Lächeln deutete.

„Das ist recht", ermutigte er sie bärbeißig. „Du brauchst völlige Ruhe. Geh nur. Es wird nicht lange dauern, bis ich dir nachkomme."

Frau Verloc, das freie Weib, die tatsächlich keine Idee gehabt hatte, wohin sie wollte, befolgte die Anregung in starrer Ruhe.

Herr Verloc beobachtete sie. Sie verschwand im Treppenhaus. Er war enttäuscht. Etwas in ihm wäre befriedigt gewesen, wenn sie sich an seine Brust geworfen hätte. Doch war er großmütig und nachsichtig. Winnie war immer schweigsam und Gefühlsäußerungen abgeneigt gewesen. Auch Herr Verloc war im allgemeinen kein Freund von Worten und Zärtlichkeiten. Doch dies war kein gewöhnlicher Abend. Es war ein Anlaß, wo ein Mann wünschen konnte, in unverhohlenen Liebesbeweisen Kraft und Trost zu finden. Herr Verloc seufzte und drehte das Gas in der Küche ab. Herrn Verlocs Mitgefühl war echt und tief. Es trieb ihm fast die Tränen in die Augen, als er nun im Wohnzimmer stand und die Einsamkeit überdachte, die ihr bevorstand. In solcher Stimmung vermißte Herr Verloc in dieser schwierigen Welt Stevie sehr. Er gedachte traurig seines Endes. Wenn nur der Junge sich nicht so töricht zugrunde gerichtet hätte!

Das Gefühl unersättlichen Hungers, das nach kühnen Unternehmungen auch Abenteurern von größerem Ausmaß nicht fremd ist, überkam Herrn Verloc abermals. Das Stück Rindsbraten, das wie zu Stevies Leichenmahl ausgelegt schien, erregte seine Aufmerksamkeit. Und Herr Verloc bediente sich nochmals. Er tat es gierig, ohne alle Schicklichkeit und Zurückhaltung, schnitt sich mit dem scharfen Vorlegemesser dicke Scheiben herunter und verschlang sie ohne Brot. Während dieses Mahles fiel es Herrn Verloc auf, daß er sein Weib nicht im Schlafzimmer umhergehen hörte, wie es doch eigentlich hätte der Fall sein müssen. Der Gedanke, sie vielleicht im Dunklen auf dem Bettrand sitzend zu finden, verschlug ihm nicht nur den Appetit, sondern nahm ihm auch alle Neigung, ihr gerade jetzt hinauf zu folgen. Herr Verloc legte das Vorlegemesser hin und lauschte besorgt.

Zu seinem Trost hörte er sie schließlich sich bewegen. Sie durchschritt plötzlich das Zimmer und stieß ein Fenster auf. Nachdem es oben eine Weile still gewesen, wobei er sich vorstellte, daß sie den Kopf hinausgestreckt hatte, hörte er, wie der Laden langsam heruntergelassen wurde. Dann machte sie einige Schritte und setzte sich. Jedes kleinste Geräusch in seinem Hause war Herrn Verloc vertraut, da er ja überaus häuslich war. Als er seines Weibes Schritte zum nächsten Male über sich hörte, da wußte er so genau, als hätte er sie es tun sehen, daß sie ihre Straßenschuhe angelegt hatte. Herr Verloc zuckte bei diesem betrüblichen Anzeichen leicht die Schultern, trat vom Tisch weg, stellte sich mit dem Rücken an den Kamin, den Kopf schief geneigt, und kaute ratlos an den Fingerspitzen. Er verfolgte ihre Bewegungen nach dem Schall. Sie ging aufgeregt dahin und dorthin, blieb unvermittelt stehen, einmal vor dem Schubladekasten, einmal vor dem Hängeschrank. Am Feierabend dieses Tages voll Aufregung und Mühsal drückte eine ungeheure Müdigkeit Herrn Verlocs Lebenskraft nieder.

Er hob die Augen nicht, bevor er seine Gattin die Stiege herunterkommen hörte. Sie war, wie er es vermutet hatte, zum Ausgehen gekleidet.

Frau Verloc war ein freies Weib. Sie hatte das Schlafzimmerfenster aufgestoßen, um entweder „Hilfe, Mörder" zu schreien oder sich selbst hinauszuwerfen. Denn sie wußte nicht genau, welchen Gebrauch sie von ihrer Freiheit machen sollte. Ihre Persönlichkeit schien in zwei Stücke gerissen, deren geistige Tätigkeit nicht völlig zusammenzupassen schien. Die Gasse, die schweigend und öde vor ihr lag, stieß sie ab, weil sie ihr auf Seiten des Mannes zu stehen schien, der seiner Straflosigkeit so sicher war. Sie fürchtete sich, zu schreien, weil vielleicht niemand kommen würde. Ganz sicher würde niemand kommen. Ihr Selbsterhaltungstrieb schreckte vor dem tiefen Sturz in den engen, schlammigen Graben zurück. Frau Verloc schloß das Fenster und zog sich an, um auf andere Weise auf die Straße hinunter zu gelangen. Sie war ein freies Weib. Sie hatte sich vollständig angekleidet und auch einen schwarzen Schleier vors Gesicht gebunden. Als sie im trüben Licht des Wohnzimmers vor ihm stand, bemerkte Herr Verloc, daß sie sogar ihr kleines Täschchen am Handgelenk hängen hatte ... Natürlich wollte sie nun eiligst zu ihrer Mutter.

Seinem ermüdeten Hirn drängte sich der Gedanke auf, daß Frauen doch im Grunde recht unbequeme Geschöpfe waren. Doch er war zu großmütig, um diesem Gedanken länger als einen Augenblick nachzuhängen. Dieser Mann, grausam in seiner Eitelkeit getroffen, blieb doch großmütig in seiner Haltung und erlaubte sich weder die Genugtuung eines bitteren Lächelns, noch die einer verächtlichen Bewegung. Mit wahrer Seelengröße blickte er nur nach der Holzuhr an der Wand und sagte mit vollendeter, wenn auch etwas gemachter Ruhe:

„Fünfundzwanzig Minuten nach acht, Winnie. Es hat keinen Sinn, so spät noch dahin zu gehen. Du würdest heut abend keinesfalls zurückkommen können."

Vor seiner ausgestreckten Hand war Frau Verloc kurz stehengeblieben. Er fügte nachdrücklich hinzu: „Deine Mutter wird zu Bett gegangen sein, bevor du hinkommst. Dies ist eine Neuigkeit, die gut warten kann."

Nichts lag Frau Verloc ferner, als zu ihrer Mutter zu gehen. Sie wich vor dem bloßen Gedanken daran zurück, fühlte einen Stuhl hinter sich, folgte der Anregung und setzte sich. Ihre Absicht war gewesen, ganz einfach für immer aus der Türe zu gehen. Und so richtig dieses Gefühl war, so nahm es, ihrer Herkunft und ihrem Stande entsprechend, auch schlichte Form an. „Ich wollte lieber alle Tage meines Lebens durch die Straßen wandern“, dachte sie. Doch dieses Geschöpf, dessen Innenleben einer Erschütterung ausgesetzt worden war, mit der verglichen das stärkste Erdbeben der Geschichte als lächerliche Nebensache erscheinen mußte, dieses Geschöpf war durch die geringfügigsten Umstände, durch zufällige Berührungen zu lenken. Sie setzte sich. Mit ihrem Hut und Schleier sah sie wie ein Besuch aus, als hätte sie auf einen Augenblick zu Herrn Verloc hereingesehen. Ihre augenscheinliche Gefügigkeit ermutigte ihn, während der Umstand ihn ärgerte, daß sie sich so stumm und nur vorübergehend fügte.

„Laß dir sagen, Winnie,“ begann er etwas von oben herab, „daß dein Platz heute abend hier ist. Zum Teufel! Du hast mir die verdammte Polizei auf die Fersen gesetzt. Ich tadle dich nicht – aber es bleibt doch dein Werk! Du solltest lieber den verwünschten Hut wegtun. Ich kann dich nicht ausgehen lassen, liebes Mädel“, fügte er weicher hinzu.

Frau Verloc hakte an dieser Erklärung mit krankhafter Hartnäckigkeit ein. Der Mann, der Stevie gerade unter ihren Augen weggeführt hatte, um ihn an einem Ort umzubringen, dessen Name ihr augenblicklich nicht gegenwärtig war, – dieser Mann wollte ihr nicht erlauben, auszugehen. Natürlich nicht. Nun, da er Stevie ermordet hatte, würde er sie nie mehr gehen lassen. Er würde sie, für nichts und wieder nichts, festhalten wollen. Und bei dieser bezeichnenden Folgerung, die alle Kraft ungesunder Logik aufwies, begannen Frau Verlocs zerstreute Gedanken zusammenhängend zu arbeiten. Sie konnte an ihm vorbeischlüpfen, die Türe aufreißen, hinausrennen. Aber er würde hinter ihr dreinstürzen, sie um den Leib fassen und in den Laden zurückzerren. Sie konnte kratzen, stoßen, beißen – und auch stechen; zum Stechen aber brauchte sie ein Messer. Frau Verloc saß still unter ihrem schwarzen Schleier, in ihrem eigenen Hause, wie ein maskierter, geheimnisvoller Besucher mit unergründlichen Absichten.

Herrn Verlocs Großmut hatte menschliche Grenzen. Die waren nun erreicht.

„Kannst du nichts sagen? Du hast eine eigene Art, einen Mann zu ärgern. O ja! Ich kenne deinen Taubstummentrick. Du hast ihn mir schon früher vorgemacht. Aber eben jetzt hilft er dir nichts! Und zuerst einmal nimm das verfluchte Ding ab. Man weiß ja nicht, ob man zu einer Puppe spricht oder zu einer lebenden Frau."

Er trat vor, riß mit ausgestreckter Hand den Schleier herunter und enthüllte dabei ein unbewegtes Gesicht, an dem seine nervöse Gereiztheit zerbrach wie eine Glasflasche, die gegen einen Fels geschleudert wird. „So ist's besser", sagte er, um seine augenblickliche Verlegenheit zu verbergen, und zog sich an seinen alten Platz am Kamin zurück. Es kam ihm gar nicht in den Sinn, daß seine Frau ihn aufgeben konnte. Nur schämte er sich ein wenig, denn er hatte sie lieb und war edelmütig. Was konnte er tun? Alles war schon gesagt. Er brach heftig los:

„Beim Himmel! Weißt du, daß ich in allen Winkeln gesucht habe? Ich habe mich fast preisgegeben, um jemand für das verfluchte Geschäft zu finden. Und ich sage dir nochmals, ich konnte niemand finden, der närrisch oder hungrig genug gewesen wäre. Wofür hältst du mich eigentlich – für einen Mörder, oder für was? Der Junge ist weg. Aber glaubst du, ich habe es gewollt, daß er in die Luft flog? Er ist weg. Seine Nöte sind 'rum. Unsere beginnen erst, sage ich dir. Gerade, weil er sich in die Luft gesprengt hat. Ich tadle dich nicht. Aber versuche doch zu verstehen, daß es ein reiner Unfall war; genau so ein Unfall, als hätte ihn ein Omnibus überfahren, während er die Straße überquerte."

Sein Edelmut war nicht grenzenlos, eben weil er ein Mensch war – und nicht ein Ungeheuer, wofür ihn Frau Verloc hielt. Er hielt inne, und ein Schnauben, das seinen Schnurrbart hob und die weißschimmernden Zähne bloßlegte, gab ihm den Ausdruck eines nachdenklichen Tieres, eines nicht sehr gefährlichen, langsamen Tieres mit glattem Kopf, brummiger als ein Seehund und mit heiserer Stimme.

„Und da wir schon dabei sind: es ist genau so gut dein Werk, wie das meine. Das ist so. Du kannst mich anstarren, so lange du willst. Ich weiß ganz gut, wie weit du es darin treiben kannst. Schlag mich tot, wenn ich je daran gedacht habe, den Jungen dazu zu verwenden. Du hast ihn mir immer wieder in den Weg geschoben, als ich halb verrückt war vor lauter Nachdenken, wie ich uns allen die Teufelei vom Halse schaffen könnte. Warum zum Henker hast du das getan? Man konnte es fast für Absicht halten. Und ich will verdammt sein, wenn ich es nicht dafür hielt. Man kann ja nie wissen, wieviel du von dem, was vorgeht, insgeheim begriffen hast, bei. deiner verfluchten, kaltschnäuzigen Art, nirgendwohin zu sehen und nichts zu sagen."

Seine heisere Stimme schwieg eine Weile. Frau Verloc entgegnete nichts. Angesichts dieses Schweigens schämte er sich seiner Worte. Doch wie es friedlichen Männern in häuslichen Zwisten oft geschieht: da er sich schämte, ging er noch einen Schritt weiter.

„Du hast mitunter eine verteufelte Art, den Mund zu halten," fuhr er fort, ohne die Stimme zu heben, „genug, um einen verrückt zu machen. Ein Glück für dich, daß ich nicht so leicht über deine taubstummen Künste aus dem Häuschen gerate, wie vielleicht manche andere. Ich habe dich gern. Aber treib du es nicht zu weit! Dies ist nicht die Zeit dazu. Wir sollten nachdenken, was wir nun am besten zu tun haben. Ich kann dich heute abend nicht mehr ausgehen lassen, damit du mit irgendeiner verrückten Geschichte über mich zu deiner Mutter rennst. Ich will es nicht haben. Gib dich keinem Irrtum darüber hin: wenn du sagst, daß ich den Jungen umgebracht habe, dann hast du ihn mindestens ebensogut umgebracht."

An Echtheit der Empfindung und Offenherzigkeit übertrafen diese Worte bei weitem alles, was je in dieser Häuslichkeit ausgesprochen worden war, die, unter dem Aushängeschild eines Handels mit mehr oder minder geheimen Waren, von dem Solde für eine Geheimtätigkeit erhalten wurde: armselige Mittel, die einem Durchschnittsmenschen geeignet scheinen konnten, die unvollkommene menschliche Gesellschaft vor den nicht minder geheimen Gefahren seelischer und körperlicher Zerrüttung zu bewahren. Die Worte waren ausgesprochen worden, weil Herr Verloc tatsächlich empört war; doch blieb die trauliche Behäbigkeit dieses Heims augenscheinlich unberührt davon, dieses Heims, das in einer düsteren Straße, hinter einem Laden gelegen war, wohin die Sonne nie drang. Frau Verloc hörte ihn mit vollendeter Höflichkeit bis zu Ende an und erhob sich dann von ihrem Stuhl, in Hut und Jacke, wie eine Besucherin, die sich empfehlen will. Sie näherte sich ihrem Gatten, einen Arm ausgestreckt, wie zu stummem Lebewohl. Ihr Schleier, dessen eines Ende an ihrer linken Gesichtshälfte herunterhing, gab ihren gemessenen Bewegungen einen Anstrich von Leichtfertigkeit. Als sie aber am Kamin ankam, stand Herr Verloc nicht länger dort. Er war zum Sofa hingegangen, ohne sich auch nur mit einem Blick von der Wirkung seines Redeschwalls zu überzeugen. Er war müde, dabei aber ganz ehelich ergeben. Doch fühlte er sich im zartesten Punkt seiner geheimen Schwäche verletzt. Wollte sie in dem fürchterlich erdrückenden Schweigen verharren – nun gut, dann mochte sie es tun. Sie war Meisterin in jener häuslichen Kunst. Herr Verloc warf sich wuchtig auf das Sofa, wie gewöhnlich, ohne sich um das Schicksal seines Huts zu kümmern, der, daran gewöhnt, für sich selbst zu sorgen, unter dem Tisch Zuflucht suchte.

Er war müde. Die letzten Reste seiner Nervenkraft waren in den erstaunlichen Fehlschlägen dieses Schicksalstages aufgegangen, der einen Monat voll Schlaflosigkeit, Gespensterseherei und Unrast abschloß. Er war müde. Der Mensch ist nicht von Stein. Hol' alles der Teufel! Herr Verloc nahm seine besondere Ruhestellung ein, in Überkleidern. Der eine offene Flügel seines Überrocks schleifte auf dem Boden. Herr Verloc lag auf dem Rücken. Doch sehnte er sich nach besserem Ausruhen – nach Schlaf – nach ein paar Stunden köstlichen Vergessens. Das würde später kommen. Vorläufig ruhte er einmal und dachte: „Wenn sie nur den verdammten Unsinn lassen wollte! Es macht einen toll!"

An Frau Verlocs Gefühl neugewonnener Freiheit schien irgend etwas nicht zu stimmen. Anstatt nun zur Türe hinauszugehen, lehnte sie sich mit den Schultern gegen den Kaminsims, wie ein Wanderer an einem Zaune rastet. Durch den schwarzen Schleier, der wie ein Fetzen an ihrer Wange herunterhing, kam etwas Wildes in ihr Aussehn, ebenso wie durch die Starrheit ihrer schwarzen Augen, die das Licht restlos aufnahmen, ohne auch nur einen Schimmer davon zurückzustrahlen. Die Frau, die eines Handels fähig gewesen war, dessen bloße Andeutung Herrn Verlocs Begriff von Liebe über den Haufen geworfen hätte, zögerte nun, wie unter dem peinlichen Eindruck, daß sie etwas tun müsse, um der Angelegenheit einen richtigen Abschluß zu geben.

Auf dem Sofa räkelte Herr Verloc seine Schultern in die bequemste Lage und sprach aus vollem Herzen einen Wunsch aus, der gewiß so fromm war, wie nur irgend etwas, das aus dieser Quelle zu erwarten war.

„Ich wünschte zu Gott," knurrte er, „daß ich weder Greenwich Park, noch irgend etwas, was dazu gehört, je gesehen hätte."

Die leisen Worte füllten das Zimmer mit ihrem Klang, der der bescheidenen Art des Wunsches angemessen war. Die Luftwellen von geziemender Länge verbreiteten sich nach genauen mathematischen Gesetzen, umfluteten alle unbelebten Dinge im Zimmer und schlugen auch an Frau Verlocs Kopf, als wäre es ein Kopf von Stein. Und so unglaublich es klingen mag, Frau Verlocs Augen schienen noch größer zu werden. Dieser hörbare Wunsch aus Herrn Verlocs übervollem Herzen überflutete eine leere Stelle im Gedächtnis seines Weibes. Greenwich Park! Ein Park! Dort war der Junge getötet worden! Ein Park –

zerfetzte Zweige, abgerissene Blätter, Kies, Fetzen von brüderlichem Fleisch und Bein, alles wie in einem Feuerwerk durcheinander gewirbelt. Nun erinnerte sie sich daran, was sie gehört hatte, und sah es zugleich bildhaft vor sich. Sie mußten ihn mit der Schaufel zusammenkratzen. Von zwingenden Schauern geschüttelt, sah sie die grauenhafte Handlung, wie er vom Boden aufgekratzt wurde, geradezu vor sich. Frau Verloc schloß verzweifelt die Augen, warf über die Vision das Dunkel ihrer Lider, wo nach dem Niederregnen zerfetzter Gliedmaßen Stevies abgerissener Kopf losgelöst schweben blieb, um endlich ins Schattenhafte zu verschwimmen, wie der Schlußeffekt eines künstlichen Feuerwerks. Frau Verloc schlug die Augen auf.

Ihr Antlitz war nicht länger steinern. Jedermann hätte die feine Veränderung in ihren Zügen, im Blick ihrer Augen bemerken können, die ihr ein überraschend neues Aussehen gaben; einen Ausdruck, der von Berufenen selten mit der für wissenschaftliche Untersuchung nötigen Ruhe und Sicherheit beobachtet werden kann, über dessen Bedeutung aber nach dem ersten Blick kein Zweifel möglich war. Frau Verlocs Zweifel über den Abschluß des Handels war behoben; ihr Verstand, nun scharf gesammelt, arbeitete unter der Macht ihres Willens. Aber Herr Verloc beobachtete nichts. Er ruhte in der zuversichtlichen Hingegebenheit, die aus übermäßiger Ermüdung kommt. Er wollte keinen Streit mehr – nicht mit seiner Frau – mit niemand in der Welt. Seine Beweisführung war unwiderleglich gewesen. Er wurde um seiner selbst willen geliebt. Auch ihr Schweigen legte er jetzt günstig aus. Nun war es Zeit, ein Ende zu machen. Das Schweigen hatte lange genug angehalten. Er brach es, indem er sie leise anrief:

„Winnie."

„Jawohl", antwortete Frau Verloc, das freie Weib, gehorsam. Nun hatte sie ihren Verstand in der Gewalt, und ihre Stimme; sie fühlte, daß sie in geradezu übernatürlicher Weise jede Fiber ihres Körpers beherrschte. Nun gehörte alles ihr, denn der Handel war zu Ende. Sie sah klar. Sie war listig geworden. Mit Vorbedacht antwortete sie ihm so bereitwillig. Sie wollte nicht, daß der Mann seine Stellung auf dem Sofa ändern sollte, die für ihr Vorhaben so günstig war. Sie gab nach. Der Mann rührte sich nicht. Nach ihrer Antwort aber blieb sie nachlässig gegen den Kaminsims gelehnt, in der Haltung eines rastenden Wanderers. Sie hatte keine Eile. Ihre Stirn war glatt. Herrn Verlocs Kopf und Schultern waren ihr durch die hohe Lehne des Sofas verborgen. Sie hielt die Augen auf seine Füße gerichtet.

So blieb sie rätselhaft stumm und plötzlich gesammelt, bis sie Herrn Verloc in ehelichem Befehlston sprechen und dabei mit einer kleinen Bewegung ihr auf dem Sofa Platz machen hörte.

„Komm her", sagte er in einem Ton, den man für grob halten konnte, von dem Frau Verloc aber genau wußte, daß er einladend gemeint war.

Sie stürzte sogleich vor, als wäre sie immer noch ein treues Weib und durch ungebrochene Bande an jenen Mann geknüpft. Ihre rechte Hand tastete leicht über den Tischrand, und als sie am Sofa ankam, war das Vorlegemesser ohne den geringsten Laut von der Fleischplatte verschwunden. Herr Verloc hörte das leise Knarren der Diele und war zufrieden. Er wartete. Frau Verloc kam. Als hätte Stevies heimatlose Seele geradewegs in der Brust seiner Schwester, Schirmerin und Gönnerin Zuflucht gesucht, so wuchs mit jedem Schritt die Ähnlichkeit ihres Gesichts mit dem ihres Bruders, sogar bis zum Hängen der Unterlippe, sogar noch bis zum leichten Schielen der Augen. Doch Herr Verloc sah das nicht. Er lag auf dem Rücken und starrte zur Decke. Er sah zum Teil auf der Decke und zum Teil auf der Wand den beweglichen Schatten eines Armes und einer geballten Hand, die ein Vorlegemesser hielt. Der Arm zuckte auf und nieder. Seine Bewegungen waren gemessen. Gemessen genug, daß Herr Verloc das Glied und die Waffe erkennen konnte.

Sie waren gemessen genug, um ihm die volle Erkenntnis der Gefahr zu ermöglichen und den Geschmack der Todesangst in seinen Mund zu bringen. Sein Weib war wahnsinnig geworden – tollwütig. Sie waren gemessen genug, um die erste lähmende Wirkung der Entdeckung vorübergehen und eine schnelle Überlegung reifen zu lassen, wie er aus dem Kampf mit der bewaffneten Irren siegreich hervorgehen könnte. Sie waren gemessen genug, daß Herr Verloc einen Plan ausarbeiten konnte, wie er hinter den Tisch springen und das Weib mit einem schweren Holzstuhl zu Boden schlagen würde. Und doch waren sie nicht gemessen genug, als daß Herr Verloc noch Zeit gehabt hätte, Hand oder Fuß zu rühren. Das Messer stak schon in seiner Brust, es traf auf keinen Widerstand. Der Zufall konnte so spielen.

In diesen wuchtigen, über die Lehne des Sofas weg geführten Stoß hatte Frau Verloc alles gelegt, was von ihren unbekannten, niedrigen Vorfahren her in ihr lebte; die tierische Rohheit der Höhlenzeit und die nervöse Hemmungslosigkeit dieses Zeitalters der Schenkdielen. Herr Verloc, der

Geheimagent, drehte sich unter dem Stoß leicht zur Seite und verschied, ohne ein Glied zu rühren, mit einem halb geflüsterten „Nicht!“ auf den Lippen.

Frau Verloc hatte das Messer fahren lassen und ihre außergewöhnliche Ähnlichkeit mit ihrem verstorbenen Bruder war bis auf das gewöhnliche Maß verschwunden. Sie holte tief Atem, leicht und frei zum ersten Male, seit Hauptinspektor Heat ihr den Fetzen von Stevies Überrock gezeigt hatte. Sie lehnte sich mit gekreuzten Armen auf die Lehne des Sofas. Diese bequeme Stellung nahm sie nicht ein, um Herrn Verlocs Leichnam zu betrachten oder gar sich daran zu weiden, sondern nur wegen der wellenförmigen Bewegung des Wohnzimmers, als stünde es in einem Unwetter auf hoher See. Sie war schwindlig, aber ruhig. Sie war ein freies Weib geworden, von einer so vollendeten Freiheit, daß ihr nichts zu wünschen und gar nichts mehr zu tun blieb, da Stevies berechtigte Ansprüche auf ihre Liebe aufgehört hatten zu sein. Frau Verloc, die in Bildern dachte, hatte nun nicht mehr unter Gesichten zu leiden, weil sie überhaupt nicht dachte. Sie regte sich nicht. Sie war eine Frau, die sich einfach ihrer völligen Unverantwortlichkeit und Muße erfreute, fast in der Art eines Leichnams. Sie regte sich nicht. Sie dachte nicht, ebensowenig wie die sterbliche Hülle des verblichenen Herrn Verloc auf dem Sofa. Abgesehen von der Tatsache, daß Frau Verloc atmete, befanden sich die beiden in schöner Übereinstimmung: in der Übereinstimmung, die auf kluger Zurückhaltung, ohne überflüssige Worte und Gebärden, aufgebaut und die Grundlage ihrer ehrbaren Häuslichkeit gewesen war. Denn sie war ehrbar gewesen und hatte mit schicklichem Schweigen die Fragen übergangen, die sich bei der Übung eines Geheimerwerbs und dem Handel mit unsauberen Waren ergeben mögen. Bis zum letzten Augenblick war die äußere Form gewahrt und unziemliches Geschrei und sonstige offenherzige Aufführung vermieden worden. Und nachdem der Streich gefallen war, setzte sich diese Ehrbarkeit in Reglosigkeit und Schweigen fort.

Nichts rührte sich, bis Frau Verloc langsam den Kopf hob und mißtrauisch nach der Uhr sah. Ihr war ein Ticken im Zimmer zum Bewußtsein gekommen. Es tönte ihr immer aufdringlicher ins Ohr, während sie sich doch gut erinnerte, daß die Uhr an der Wand stumm war, ohne hörbaren Gang. Was sollte es nun heißen, daß sie plötzlich so laut zu ticken begann? Die Zeiger zeigten zehn Minuten vor neun. Frau Verloc kümmerte sich nicht um die Zeit, und das Ticken hielt an. Sie kam zu dem Schluß, daß es nicht die Uhr sein könne, und ihr träger

Blick glitt über die Wand, flatterte und wurde leer, während sie sich anstrengte, zu bestimmen, woher das Geräusch käme. Tick, tick, tick.

Nachdem sie eine Zeitlang gelauscht hatte, senkte Frau Verloc ihren Blick langsam auf den Körper ihres Mannes. Seine Ruhestellung war so bequem und vertraut, daß sie das tun konnte, ohne sich durch die peinliche Neuheit der Erscheinung beunruhigt zu fühlen. Herr Verloc hielt sein gewöhnliches Schläfchen. Ihm schien wohl zu sein.

Infolge der Lage des Körpers war Herrn Verlocs Gesicht für Frau Verloc, seine Witwe, nicht sichtbar. Ihre schönen trägen Augen, die auf der Fährte des Klanges langsam herunter wanderten, wurden sinnend, als sie auf ein flaches Stück Horn trafen, das ein wenig über die Sofakante hervorragte. Es war der Griff ihres Vorlegemessers, an dem weiter nichts auffiel, als daß er im rechten Winkel aus Herrn Verlocs Brust hervorstand, und daß irgend etwas davon heruntertropfte. Dunkle Tropfen fielen auf den Bodenbelag, einer nach dem anderen, mit einem Ticken, das lauter und schneller wurde, wie der Gang einer verdorbenen Uhr. Auf seinem Höhepunkt ging dieses Ticken in ein beständiges Tröpfeln über. Frau Verloc beobachtete diese Veränderung, und der Schatten der Angst kam und ging auf ihrem Gesicht. Es war ein Tröpfeln, düster, schnell, dünn, – Blut.

Angesichts dieses unvorhergesehenen Umstandes gab Frau Verloc die Haltung von Muße und Unverantwortlichkeit auf.

Mit einem jähen Griff nach ihren Röcken und einem leisen Aufschrei rannte sie nach der Tür, als wäre das Tröpfeln das erste Anzeichen einer Springflut. Als sie den Tisch in ihrem Weg fand, gab sie ihm, als lebte er, mit beiden Händen einen Stoß von solcher Kraft, daß er ein Stück weit auf seinen vier Beinen mit lautem Scharren wegrutschte, während die große Schüssel mit dem Rindsbraten krachend zu Boden stürzte.

Dann wurde alles still. Frau Verloc war stehengeblieben, sobald sie die Tür erreicht hatte. Ein runder Hut, der frei im Zimmer lag, nachdem der Tisch weggerückt worden war, schaukelte leise auf seiner Rundung, in dem Luftzug, den ihre Flucht erzeugt hatte.

XII

Winnie Verloc, die Witwe von Herrn Verloc, die Schwester des seligen Stevie (der in Stücke gerissen worden war im Stande der Unschuld und in der Überzeugung, an einem Unternehmen zum Nutzen der Menschheit teilzunehmen), Winnie Verloc rannte nicht über die Vorzimmertür hinaus. Auch so weit war sie nur vor ein wenig tröpfelndem Blut geflohen, in einer Bewegung triebhafter Abwehr. Doch nun war sie stehen geblieben, mit stieren Augen und gesenktem Kopf. Als hätte ihre Flucht durch das enge Wohnzimmer lange Jahre gewährt, war die Frau Verloc an der Türe eine wesentlich andere Frau, als jene, die sich über das Sofa gelehnt hatte, ein wenig schwindlig, sonst aber frei, die tiefe Ruhe ihrer müßigen Unverantwortlichkeit genießend. Frau Verloc war nicht länger schwindlig. Ihr Kopf war klar. Sie war auch nicht länger ruhig. Sie fürchtete sich.

Wenn sie es vermied, in der Richtung nach ihrem ruhenden Gatten hin zu sehen, so war es nicht, weil sie sich vor ihm gefürchtet hätte. Herr Verloc war durchaus nicht furchtbar anzusehen. Ihm schien ganz wohl zu sein. Überdies war er tot. Frau Verloc gab sich keinen Hirngespinsten über die Toten hin. Nichts bringt sie zurück, weder Liebe noch Haß. Sie können einem nichts tun. Sie sind nichtig. In ihrem Innern herrschte eine Art erhabene Verachtung für den Mann dort, der sich so leicht hatte töten lassen. Er war das Haupt eines Haushalts gewesen, der Gatte einer Frau und der Mörder ihres Stevie. Und nun war er in jeder Hinsicht ohne alle Bedeutung. Er kam noch weit weniger in Betracht, als die Kleider auf seinem Leibe, als sein Überrock, seine Stiefel – als der Hut, der dort auf dem Boden lag. Er war nichts. Er war nicht wert, daß man hinsah. Er war auch nicht länger mehr der Mörder des armen Stevie. Der einzige Mörder, der im Zimmer gefunden werden mußte, wenn Leute kamen, um nach Herrn Verloc zu sehen, war – sie selbst!

Ihre Hände flogen so, daß sie zweimal vergeblich versuchte, ihren Schleier wieder umzubinden. Die müßige Unverantwortlichkeit war ihr vergangen. Sie fürchtete sich. Herrn Verlocs Tötung war mit einem Stoß geschehen. Damit hatte sie sich von den angesammelten Schreien befreit, die in ihrer Kehle staken, von den ungeweinten Tränen in ihren heißen Augen, von der irren Wut über die grausame Rolle, die dieser Mann gespielt hatte (der nun weniger als nichts war), als er sie ihres Jungen beraubte. Der Stoß war ohne klares Bewußtsein geführt worden. Das Blut aber, das von dem Messergriff auf den Boden niedertropfte, hatte einen klaren Mordfall daraus gemacht. Frau Verloc, die es immer vermieden, den Dingen auf den Grund zu sehen, war nun gezwungen, dieser Sache ganz auf den Grund zu gehen. Dabei sah sie kein vorwurfsvolles Gesicht, keinen mahnenden Schatten, kein Sinnbild der Reue oder Verklärung. Sie sah einen Gegenstand. Und das war der Galgen. Frau Verloc fürchtete sich vor dem Galgen.

Sie machte sich ein besonderes Schreckbild davon. Da ihr jenes letzte Mittel menschlicher Gerechtigkeit nie vor Augen gekommen war, außer in den Holzschnitten, die einer gewissen Art von Erzählungen beigegeben sind, so sah sie den Galgen zunächst gegen einen stürmischen Himmel ragen, mit Ketten und Gerippen behängt und von Vögeln umflattert, die den Toten die Augen aushacken. Das war schreckhaft genug, doch Frau Verloc, wenn auch nicht hochgebildet, kannte die Einrichtungen ihres Landes doch zur Genüge, um zu wissen, daß Galgen nicht mehr an den Ufern düsterer Flüsse oder auf sturmumwehten Hügelkuppen errichtet werden, sondern in den Höfen von Gefängnissen. Da, zwischen vier hohen Mauern, wie in einem Brunnen, wurde ums Morgengrauen der Verbrecher herausgeführt, um mit entsetzlicher Bedachtsamkeit hingerichtet zu werden und, wie die Zeitungen immer sagten, „in Gegenwart der Behörden". Während ihre Augen am Boden hafteten, ihre Nüstern in Angst und Scham bebten, sah sie sich selbst mitten in einer Schar von fremden Herren in Seidenhüten, die ruhigen Bluts an das Geschäft gingen, sie am Halse aufzuhängen. Das – niemals! Niemals! Und wie wurde es gemacht? Die Unmöglichkeit, sich die Einzelheiten dieser ruhigen Hinrichtung vorzustellen, steigerte ihre losgelöste Angst bis zum Irrsinn. Die Zeitungen brachten niemals irgendwelche Einzelheiten, ausgenommen die eine, die allerdings regelmäßig am Schlüsse der mageren Berichte auftauchte. Frau Verloc erinnerte sich gut daran. Ein brennender Schmerz durchzuckte ihr Hirn, als würden ihm die Worte: „die Fallhöhe betrug vier Meter" mit heißer Nadel eingeritzt. „Die Fallhöhe betrug vier Meter." Diese Worte übten sogar körperliche Wirkung aus. Ihre Kehle begann sich krampfhaft zusammenzuziehen, um der Erwürgung zu entgehen; und das Sturzgefühl war so lebhaft, daß sie mit beiden Händen nach ihrem Kopf faßte, als wollte sie ihn davor bewahren, von den Schultern gerissen zu werden. „Die Fallhöhe betrug vier Meter." Nein! Das durfte nicht sein! *Das* konnte sie nicht ertragen. Nicht einmal den Gedanken daran. Sie konnte nicht länger daran denken. Darum faßte Frau Verloc den Entschluß, augenblicklich hinzugehen und sich von einer der Brücken in den Fluß hinunterzustürzen.

Diesmal gelang es ihr, den Schleier zu befestigen. Sie stand da, das Gesicht wie unter einer Maske, ganz schwarz von Kopf bis zu Fuß, bis auf die paar Blumen auf ihrem Hut, und sah nach der Uhr. Die mußte wohl stehengeblieben sein. Sie konnte nicht glauben, daß nur zwei Minuten vergangen sein konnten, seitdem sie zuletzt darnach gesehen hatte. Natürlich nicht. Sie war die ganze Zeit über nicht gegangen. Tatsächlich aber waren nur drei Minuten vergangen von dem Augenblick an, da sie zum erstenmal, nach dem Stoß, tief und frei aufgeatmet hatte, bis nun, wo Frau Verloc vor dem Entschluß stand, sich in der Themse zu ertränken. Frau Verloc konnte es nicht glauben. Sie schien gehört oder gelesen zu haben, daß Wand- und Taschenuhren immer im Augenblick der Tat stehen blieben, um zur Entdeckung des Mörders mitzuhelfen. Es war ihr gleichgültig: „Zur Brücke – und hinunter." ... Doch ihre Bewegungen waren langsam. Sie schleppte sich mühselig durch den Laden und mußte sich an den Türgriff klammern, bevor sie die nötige Kraft fand zu öffnen. Die Straße erschreckte sie, da sie ja entweder zum Galgen oder zum Fluß führte. Sie taumelte über die Schwelle, den Kopf voran, die Arme ausgebreitet, wie jemand, der sich über ein Brückengeländer stürzt. Dieser Austritt ins Freie gab einen Vorgeschmack des Ertrinkens; ein feuchter Dampf umfing sie, drang in ihre Nüstern, legte sich in ihr Haar. Es regnete nicht gerade, doch hatte jede Gaslampe einen schillernden Hof von Nebel. Der Packwagen mit den Pferden war fort, und in der schwarzen Straße bildete das verhängte Fenster der Kutscherkneipe einen viereckigen, dunkelroten Lichtfleck nahe über der Pflasterhöhe. Während Frau Verloc sich darauf zuschleppte, bedachte sie, daß sie eine recht freundlose Frau war. Das war richtig, so richtig, daß sie in dem plötzlichen Verlangen, ein befreundetes Gesicht zu sehen, an niemand sonst denken konnte als an Frau Neale, die Scheuerfrau. Sie hatte keine eigenen Bekanntschaften. Gesellschaftlich würde sie von niemand vermißt werden. Man muß nicht glauben, daß die Witwe Verloc ihre Mutter vergessen hätte. Das nicht. Winnie war eine gute Tochter gewesen, weil sie eine hingebungsvolle Schwester war. Ihre Mutter hatte immer bei ihr Rückhalt gesucht. Dort war weder Trost noch Rat zu erwarten. Jetzt, da Stevie tot war, schien das Band gerissen. Sie konnte nicht mit der furchtbaren Nachricht vor die alte Frau treten. Überdies war es auch zu weit. Der Fluß war jetzt ihr Ziel. Frau Verloc versuchte, ihre Mutter zu vergessen.

Jeder Schritt kostete sie eine Willensanstrengung, die die letztmögliche schien. Frau Verloc hatte sich an dem roten Schein des Kneipenfensters vorbeigeschleppt. „Zur Brücke – und hinunter", wiederholte sie sich mit wilder

Hartnäckigkeit. Sie streckte gerade noch rechtzeitig die Hand aus, um an einem Laternenpfahl Halt zu finden. „Niemals komme ich vor dem Morgen dahin", dachte sie. Die Todesfurcht lähmte ihre Anstrengungen, dem Galgen zu entgehen. Es schien ihr, als kämpfte sie sich schon seit Stunden durch diese Gasse vorwärts. „Niemals komme ich dahin", dachte sie. „Sie werden mich finden, während ich noch durch die Gasse laufe. Es ist zu weit." Sie hielt ein und keuchte unter ihrem schwarzen Schleier.

„Die Fallhöhe betrug vier Meter."

Sie stieß den Laternenpfahl heftig von sich weg und fühlte, wie sie weiterschritt. Doch eine neue Woge von Schwäche schlug über sie weg wie eine Sturzsee und spülte ihr das Herz glatt aus der Brust. „Niemals komme ich dahin", murmelte sie, blieb plötzlich stehen, und schwankte leise hin und her. „Niemals."

Angesichts der völligen Unmöglichkeit, bis zur nächsten Brücke zu gehen, dachte Frau Verloc an eine Flucht ins Ausland.

Der Gedanke kam ihr plötzlich. Mörder entflohen. Sie entflohen ins Ausland. Nach Spanien oder Kalifornien. Bloße Namen. Die weite Welt, zum Ruhm der Menschheit geschaffen, war für Frau Verloc nur ein weiter, weißer Fleck. Sie wußte nicht, welchen Weg sie nehmen mußte. Mörder hatten Freunde, Verwandte, Helfer – hatten Kenntnisse. Sie hatte nichts. Sie war der einsamste aller Mörder, die je einen Todesstreich geführt hatten. Sie war alleine in London: und die ganze Stadt mit ihren Wundern und ihrem Schmutz, mit ihrem Straßengewirr und ihrer Lichtflut, schien in hoffnungslose Nacht versunken, schien auf dem Grunde eines schwarzen Abgrunds zu ruhen, aus dem emporzuklimmen eine Frau ohne Hilfe nicht hoffen durfte.

Sie schwankte nach vorne und stürzte nochmals blindlings vor, in der quälenden Angst niederzufallen; nach wenigen Schritten aber empfand sie unerwartet das Gefühl von Halt und Sicherheit. Als sie den Kopf hob, sah sie, daß ein Mann dicht unter ihren Schleier spähte. Genosse Ossipon fürchtete sich nicht vor fremden Frauen, und kein falsches Feingefühl konnte ihn davon abhalten, die Bekanntschaft einer offenbar schwer betrunkenen Frau zu suchen. Genosse Ossipon hatte Geschmack an Frauen. Diese hier hielt er zwischen seinen beiden großen Händen aufrecht und maß sie mit geschäftlichem Blick, bis er sie flüstern hörte: „Herr Ossipon!" Da hätte er sie fast zu Boden fallen lassen.

„Frau Verloc!“ rief er aus, „Sie hier!“

Es schien ihm undenkbar, daß sie getrunken haben sollte. Aber man weiß ja nie. Er ging auf die Frage nicht weiter ein, sondern versuchte, sie an seine Brust zu ziehen, in dem Bestreben, das gütige Geschick nicht zu erzürnen, das ihm die Witwe des Genossen Verloc so in die Hände spielte. Zu seiner Verwunderung gab sie gerne nach und ruhte sogar einen Augenblick in seinem Arm, bevor sie sich freizumachen versuchte. Genosse Ossipon wollte gegen das gütige Geschick nicht unhöflich sein. Er zog ganz natürlich seinen Arm zurück. “Sie haben mich wiedererkannt“, stammelte sie und blieb auf unsicheren Beinen vor ihm stehen.

„Natürlich tat ich das“, sagte Ossipon mit größter Bereitwilligkeit. „Ich fürchtete, Sie würden stürzen. Ich habe in letzter Zeit zu oft an Sie gedacht, um Sie nicht immer und überall zu erkennen. Ich habe immer an Sie gedacht – seit ich Sie zuerst gesehen habe.“

Frau Verloc schien nicht zu hören. „Sie wollten in den Laden kommen?“ fragte sie fahrig.

„Ja; sofort“, antwortete Ossipon. „Unmittelbar nachdem ich die Zeitung gelesen hatte.“

Tatsächlich hatte sich Genosse Ossipon gut zwei Stunden in der Nachbarschaft der Brett Street herumgetrieben, unfähig, einen raschen Entschluß zu fassen. Der muskelstarke Anarchist war nicht eben ein kühner Eroberer. Er erinnerte sich, daß Frau Verloc niemals auf seine Blicke auch nur mit dem kleinsten ermutigenden Zeichen geantwortet hatte. Überdies dachte er, der Laden könnte von der Polizei überwacht sein; und Genosse Ossipon wünschte nicht, der Polizei eine übertriebene Meinung von seinen revolutionären Neigungen beizubringen. Auch jetzt wußte er nicht genau, was zu tun war. Im Vergleich mit seinen gewöhnlichen Liebesgeschichten war dies ein großes und ernsthaftes Unternehmen. Er wußte nicht, wie viel daran war und wie weit er würde gehen müssen, um das zu kriegen, was zu kriegen war – vorausgesetzt, daß überhaupt etwas zu kriegen war. Diese Ratlosigkeit hemmte seinen Schwung und gab seinem Tone eine Nüchternheit, die gut zu den Umständen paßte.

„Darf ich fragen, wohin Sie gehen?“ fragte er halblaut.

„Fragen Sie nicht“, schrie Frau Verloc mit einem mühsam unterdrückten Schauer. Ihre ganze, wilde Lebenskraft wehrte sich gegen den Gedanken an den Tod. „Ganz gleich, wohin ich wollte ...“

Ossipon schloß daraus, daß sie unerhört aufgeregt, aber ganz nüchtern war. Sie blieb eine Weile schweigend an seiner Seite, tat aber dann plötzlich etwas, was er nicht erwartet hatte. Sie schob ihre Hand unter seinen Arm. Er war von der Tatsache selbst überrascht, aber nicht minder von der fühlbaren Entschlossenheit der Bewegung. Da dies aber eine zarte Angelegenheit war, so benahm sich Genosse Ossipon mit aller Zartheit. Er begnügte sich damit, die Hand leise an seine gewaltigen Rippen zu drücken. Zur gleichen Zeit fühlte er sich vorwärtsgedrängt und gab dem Drängen nach. Am Ende der Brett Street fühlte er, daß er nach links sollte, und folgte.

Der Obsthändler an der Ecke hatte die glühende Farbenpracht seiner Orangen und Zitronen verhüllt, und Brett Place lag im Dunkeln, nur gesprenkelt durch die Nebelhöfe um die wenigen Lampen, die seine dreieckige Form erraten ließen, und mit einer Traube von drei Lampen an einem Pfosten in seiner Mitte. Die dunklen Gestalten des Mannes und der Frau glitten langsam, Arm in Arm, den Wänden entlang und erweckten in der trostlosen Nacht den Eindruck von Liebenden ohne ein Heim.

„Was würden Sie sagen, wenn ich Ihnen erzählte, daß ich dabei war, Sie aufzusuchen?“ fragte Frau Verloc und umklammerte seinen Arm.

„Ich würde sagen, daß Sie niemand finden könnten, der freudiger bereit wäre, Ihnen in Ihrem Kummer beizustehen“, antwortete Ossipon in dem Bewußtsein, daß er rasende Fortschritte machte. Tatsächlich verging ihm bei dem Tempo dieser heiklen Geschichte fast der Atem.

„In meinem Kummer“, wiederholte Frau Verloc langsam.

„Jawohl.“

„Und wissen Sie, was mein Kummer ist?“ flüsterte sie mit sonderbarer Eindringlichkeit.

„Zehn Minuten, nachdem ich die Abendblätter gelesen hatte,“ erklärte Ossipon feurig, „traf ich einen Burschen, den Sie vielleicht ein- oder zweimal in dem Laden gesehen haben mögen, und hatte ein Gespräch mit ihm, das mir nicht den geringsten Zweifel mehr ließ. Dann machte ich mich auf und fragte mich, ob Sie – – Ich habe Sie mehr geliebt, als ich sagen kann, schon seitdem ich Sie zum erstenmal gesehen hatte“, rief er aus, als könnte er seine Gefühle nicht länger bezähmen.

Genosse Ossipon nahm mit Recht an, daß keine Frau imstande war, einer solchen Versicherung gar keinen Glauben zu schenken. Doch wußte er nicht, daß Frau Verloc sie mit all der Gier aufnahm, die der Selbsterhaltungstrieb dem Zugriff des Ertrinkenden verleiht. Der Witwe des Herrn Verloc erschien der muskelstarke Anarchist wie ein strahlender Bote des Lebens.

Sie gingen langsam weiter, in gleichem Schritt. „Ich dachte es", murmelte Frau Verloc schwach.

„Sie haben es in meinen Augen gelesen", vermutete Ossipon mit großer Bestimmtheit.

„Ja", hauchte sie in sein geneigtes Ohr.

„Eine Liebe wie die meine konnte einer Frau wie Ihnen nicht verborgen bleiben", fuhr er fort und versuchte sich dabei materielle Betrachtungen fernzuhalten, wie zum Beispiel den Wert des Ladens und die Höhe des Geldbetrags, den Herr Verloc auf der Bank haben mochte. Er verlegte sich auf die Gefühlsseite der Angelegenheit. Im tiefsten Herzen war er über seinen Erfolg ein klein wenig sittlich entrüstet. Verloc war ein guter Kerl gewesen und gewiß ein sehr anständiger Gatte, soweit man es beurteilen konnte. Doch so oder so wollte Genosse Ossipon seinem Glück, einem toten Mann zuliebe, gewiß nicht aus dem Wege gehen. Entschlossen unterdrückte er sein Mitgefühl mit dem Geist des Genossen Verloc und fuhr fort:

„Ich konnte es nicht verbergen. Ich war zu sehr erfüllt von Ihnen. Ich glaube wohl, daß Sie es in meinen Augen sehen mußten. Doch ich konnte es nicht ahnen. Sie waren immer so fern ..."

„Was sonst haben Sie erwartet?" fuhr Frau Verloc auf. „Ich war eine anständige Frau."

Sie unterbrach sich und fügte dann wie im Selbstgespräch düster hinzu: „Bis er mich zu dem gemacht hat, was ich bin."

Ossipon überging das und nahm den Faden wieder auf.

„Er ist mir Ihrer niemals ganz würdig erschienen", begann er und ließ alle Kameradschaft fahren. „Sie hätten ein besseres Geschick verdient!"

Frau Verloc unterbrach ihn bitter:

„Besseres Geschick! Er hat mich um sieben Jahre meines Lebens betrogen!"

„Sie schienen so glücklich mit ihm zu leben." Ossipon versuchte die Lauheit seines früheren Verhaltens zu entschuldigen. „Das hat mich schüchtern gemacht. Sie schienen ihn zu lieben. Ich war überrascht – und eifersüchtig."

„Ihn lieben!" rief Frau Verloc gepreßt aus, zwischen Wut und Hohn. „Ihn lieben! Ich war ihm eine gute Gattin. Ich bin eine anständige Frau. Sie dachten, ich liebte ihn! Sie! Sieh doch, Tom – –"

Der Klang dieses Namens kitzelte den Stolz des Genossen Ossipon, denn sein Rufname war Alexander, und nur im engsten Freundeskreise wurde er Tom genannt. Es war ein Freundesname – für Augenblicke der Hingabe. Er hatte keine Ahnung, daß sie ihn je von irgend jemand hatte nennen hören. Es war offenbar, daß sie ihn nicht nur aufgegriffen, sondern in ihrem Gedächtnis, vielleicht in ihrem Herzen gehütet hatte.

„Sieh doch, Tom, ich war ein junges Mädchen, am Ende meiner Kräfte. Ich war müde. Ich hatte zwei Leute, die auf meine Arbeit angewiesen waren, und es schien mir, als könnte ich nicht weiterarbeiten. Zwei Leute – die Mutter und den Jungen. Er gehörte weit mehr mir als der Mutter. Ich hielt ihn nächte- und nächtelang auf dem Schoß, ganz alleine im Oberstock, als ich selbst kaum älter war als acht Jahre. Und dann – er war mein, sage ich dir ... Du kannst das nicht verstehen. Kein Mann kann es verstehen. Was sollte ich tun? Da war ein junger Bursche ..."

Die Erinnerung an den frühen Roman mit dem jungen Metzger lebte auf, hartnäckig wie das Bild eines zerstörten Ideals, in diesem Herzen, das aus Angst vor dem Galgen bebte und sich wütend gegen den Tod wehrte.

„Das war der Mann, den ich damals liebte", fuhr Herrn Verlocs Witwe fort. „Ich nehme an, daß auch er es in meinen Augen sehen konnte. Fünfundzwanzig Schilling pro Woche; und sein Vater drohte ihn aus dem Geschäft hinauszuwerfen, wenn er verrückt genug wäre, ein Mädel zu heiraten, das eine bresthafte Mutter und einen blödsinnigen Bruder auf dem Halse hatte. Er wollte trotzdem nicht von mir lassen, bis ich eines Abends die Kraft fand, ihm die Türe vor der Nase zuzuschlagen. Das mußte ich tun. Ich liebte ihn zärtlich. Fünfundzwanzig Schilling die Woche! Dann war da der andere Mann – ein guter Mieter. Was sollte ein Mädchen tun? Konnte ich auf die Straße gehen? Er schien gütig. Jedenfalls wollte er mich haben. Was sollte ich tun, mit der Mutter und dem armen Jungen? Was sollte ich tun? Ich sagte ja. Er schien gutartig, er war freigebig, er hatte Geld. Er sagte niemals etwas. Sieben Jahre – sieben Jahre eine gute Gattin, ihm, dem gütigen, dem großmütigen, dem – Und er liebte mich. O ja. Er liebte mich, bis ich mitunter selbst manchmal wünschte sieben Jahre. Sieben Jahre sein Weib. Und weißt du, was er war, dein teurer Freund? Weißt du, was er war? ... Er war ein Teufel!"

Die übermenschliche Wucht dieser geflüsterten Feststellung verblüffte den Genossen Ossipon völlig. Winnie Verloc fuhr herum, hielt ihn an beiden Armen und sah ihm ins Gesicht; sah ihm ins Gesicht, in der einsamen Dunkelheit von Brett Place, durch den sinkenden Nebel, in dem alle Geräusche des Lebens sich zu verlieren schienen, wie in einem dreieckigen Brunnen aus Asphalt und Ziegeln, aus blinden Häusern und fühllosen Steinen.

„Nein, das wußte ich nicht", erklärte Ossipon mit einem blitzdummen Gesicht, dessen Komik aber verschwendet war, bei einer Frau, die unter der Angst vor dem Galgen litt. „Jetzt aber weiß ich's, ich – ich verstehe", flunkerte er und überlegte dabei, welcher Art Neigungen Verloc unter der schläfrigen, geruhigen Oberfläche seines Ehelebens gefrönt haben mochte. Das war tatsächlich grausig. „Ich verstehe", wiederholte er und stieß dann in plötzlicher Aufwallung hervor: „Unglückliche Frau!" voll reinen Mitgefühls, anstatt des mehr vertraulichen „Armer Liebling!" das er sonst zu gebrauchen pflegte. Das war kein gewöhnlicher Fall. Er war sich bewußt, daß etwas Außergewöhnliches vorging, und ließ die Größe des Ziels nicht aus den Augen. „Unglückliche, brave Frau!"

Er freute sich über die neuentdeckte Abwechslung, konnte aber nichts anderes mehr finden. „Aber jetzt ist er tot", war alles, was ihm einfiel. Und in den vorsichtigen Ausruf legte er ein beträchtliches Maß von Feindseligkeit. Frau Verloc griff beinahe fieberhaft nach seinem Arm. „So hast du also erraten, daß er tot ist", flüsterte sie ganz außer sich. „Du! Du hast erraten, was ich tun mußte! Tun mußte!"

In dem unbestimmbaren Ton dieser Worte klang Frohlocken, Erlösung und Dankbarkeit mit. Ossipons Aufmerksamkeit wurde weit über die Grenze seines sonstigen Künstlerstolzes hinaus angespannt. Er fragte sich, was wohl mit ihr los war, warum sie sich in diesen Zustand wilder Erregung hineingesteigert hatte. Er begann sogar sich zu fragen, ob nicht die ganze Sache in Greenwich Park in der unglücklichen Ehe der Verlocs ihren Grund hatte. Er ging so weit, Herrn Verloc zu verdächtigen, daß er diese außergewöhnliche Art des Selbstmordes gewählt habe. Bei Gott, das konnte die völlige Sinnlosigkeit und Torheit des Anschlages erklären! Eine anarchistische Kundgebung war nach Lage der Dinge nicht erfordert. Ganz im Gegenteil; und Verloc wußte das so genau wie jeder andere Revolutionär seines Grades. Was mußte es für einen Spaß geben, wenn Verloc einfach ganz Europa zum Narren gehalten hatte, die revolutionäre Welt, die Polizei, die Presse und den griesgrämigen Professor noch dazu. Tatsächlich, dachte Ossipon verwundert, schien es fast sicher, daß er das getan hatte! Armer Teufel! Plötzlich leuchtete ihm auch die Möglichkeit ein, daß von den zwei Eheleuten vielleicht nicht gerade der Mann der Teufel gewesen war.

Alexander Ossipon, mit dem Spitznamen der Doktor, war von Natur zu nachsichtigem Urteil über seine Freunde geneigt. Er sah nach Frau Verloc, die an seinem Arm hing. Über seine Freundinnen urteilte er in erster Linie von praktischen Gesichtspunkten aus. Frau Verlocs Entzücken über sein Wissen um Herrn Verlocs Tod, der ja durchaus kein Rätselraten gebraucht hatte, beschäftigte ihn nicht übermäßig. Sie redeten oft wie die Narren. Er war aber neugierig, wie sie davon erfahren haben mochte. Die Zeitungen konnten ihr nichts gesagt haben, außer der blanken Tatsache: daß der in Greenwich Park zerrissene Mann nicht erkannt worden war. Es war auf keine Weise denkbar, daß Verloc ihr etwa seine Absicht – welche es auch gewesen sein mochte – angedeutet haben konnte. Diese Frage reizte den Genossen Ossipon ungemein. Er blieb kurz stehen. Sie hatten die drei Seiten von Brett Place abgeschritten und waren wieder nahe bei der Mündung der Brett Street.

„Wie hast du es zuerst erfahren?“ fragte er, in einem Ton, den er den Enthüllungen der Frau anzupassen suchte.

Sie schauderte heftig, bevor sie mit klangloser Stimme antworten konnte: „Durch die Polizei. Ein Hauptinspektor kam. Hauptinspektor Heat nannte er sich. Er zeigte mir eine –“

Frau Verloc würgte. „O Tom, sie mußten ihn mit einer Schaufel zusammenkratzen.“

Ihre Brust bebte von trockenem Schluchzen. Im Augenblick fand Ossipon die Sprache wieder.

„Die Polizei! Willst du sagen, daß die Polizei schon da war? Daß Hauptinspektor Heat persönlich es dir sagen kam?“

„Ja“, bestätigte sie mit derselben klanglosen Stimme.

„Er kam. Gerade so. Er kam. Ich wußte nichts. Er zeigte mir einen Fetzen vom Überrock und – Gerade so. ›Kennen Sie das‹, sagte er.“

„Heat! Heat! Und was tat er?"

Frau Verloc ließ den Kopf sinken. „Nichts. Er tat nichts. Er ging weg. Der Mann hatte die Polizei auf seiner Seite", murmelte sie trostlos. „Es kam auch noch ein anderer."

„Ein anderer – ein anderer Inspektor?" fragte Ossipon in größter Erregung, ganz im Ton eines erschreckten Kindes.

„Ich weiß nicht. Er kam. Er sah wie ein Ausländer aus. Vielleicht war es einer von den Gesandtschaftsleuten."

Genosse Ossipon brach unter dem neuen Schlag fast zusammen.

„Gesandtschaft! Weißt du denn, was du da sagst? Welche Gesandtschaft? Was in aller Welt meinst du mit Gesandtschaft?"

„Die in Chesham Square. Die Leute, die er so verfluchte. Ich weiß nicht. Was ist denn auch dabei?"

„Und der Mensch – was tat er oder sagte er dir?"

„Ich erinnere mich nicht ... nichts ... es ist mir gleich. Frage mich nicht", bat sie müde.

„Schon gut. Ich will's nicht mehr tun", gab Ossipon zärtlich nach, und das war ehrlich gemeint, nicht etwa weil er von der bittenden Stimme gerührt war, sondern weil er den Boden unter seinen Füßen schwinden fühlte, angesichts der Abgrundtiefe dieser dunklen Geschichte. Polizei! Gesandtschaft! Teufel! Aus Angst, seinen Verstand Wege gehen zu lassen, die zu erhellen sein natürliches Licht vielleicht nicht ausreichen konnte, verbannte er gewaltsam alle Vermutungen, Annahmen und Grübeleien aus seinem Kopf. Da war die Frau, die sich ihm geradezu an den Hals geworfen hatte, und das war die Hauptsache. Nach allem, was er gehört, konnte ihn aber nichts mehr überraschen, und als ihn Frau Verloc, wie plötzlich aus einem schönen Traum geschreckt, wild anflehte, sofort mit ihr aufs Festland zu fliehen, da fuhr er durchaus nicht auf. Er sagte nur mit echtem Bedauern, daß vor dem nächsten Morgen kein Zug ginge, und blieb stehen. Im Scheine einer Gaslampe, die in einem Nebelschleier steckte, sah er gedankenvoll in ihr schwarz verschleiertes Gesicht.

Dicht neben ihm verlor sich ihre Gestalt in der Nacht, wie eine Figur, die aus einem schwarzen Steinblock halb herausgemeißelt ist. Es war unmöglich zu sagen, was sie wußte, wie weit sie mit Polizei und Gesandtschaft verbündet war.

Wollte sie aber fort, so war es nicht seine Sache, ihr zu widersprechen. Er selbst wünschte sich fort. Er fühlte, daß dieser Laden, Hauptinspektoren und Mitgliedern fremder Gesandtschaften so vertraut, für ihn selbst nicht der rechte Platz war. Den mußte man fahren lassen. Aber da war ja noch das andere. Die Ersparnisse, das Geld!

„Du mußt mich bis zum Morgen irgendwo verstecken", sagte sie furchtsam.

„Die Sache ist die, meine Liebe, daß ich dich nicht zu mir nehmen kann. Ich teile das Zimmer mit einem Freunde."

Er fürchtete sich selbst ein wenig. Morgen würden die verdammten Kriminaler gewiß an allen Bahnhöfen stehen, und wenn die sie einmal in die Hände bekamen, aus dem oder jenem Grund, dann war sie ihm tatsächlich verloren.

„Du mußt aber. Hast du mich denn gar nicht lieb, gar nicht ein bißchen lieb?" fragte sie. „Woran denkst du?"

Das klang heftig, doch ließ sie ihre Hand entmutigt niedersinken. Sie schwieg, während der Nebel fiel und die Dunkelheit ungehemmt über Brett Place herrschte. Keine Seele, nicht einmal die irrende, verliebte Seele einer Katze, kam in die Nähe des Mannes und der Frau, die einander ansahen.

„Vielleicht wäre es möglich, irgendwo eine sichere Unterkunft zu finden", sagte Ossipon schließlich. „Die Wahrheit ist aber, meine Liebe, daß ich nicht genug Geld habe, um es versuchen zu können – nur einige Pence. Wir Revolutionäre sind nicht reich."

Er hatte fünfzehn Schillinge in der Tasche. Und nun fuhr er fort:

„Und dann haben wir die Reise vor uns – als erstes gleich am Morgen."

Sie regte sich nicht, gab keinen Laut, und dem Genossen Ossipon sank der Mut. Augenscheinlich hatte sie keine Anregung zu geben. Plötzlich griff sie nach ihrer Brust, als hätte sie dort einen scharfen Schmerz empfunden.

„Aber ich," hauchte sie, „ich habe Geld. Ich habe Geld genug. Tom! Komm fort von hier!"

„Wieviel hast du?" fragte er, ohne sich vom Fleck zu rühren; denn er war ein vorsichtiger Mann.

„Ich habe das Geld, sage ich dir, das ganze Geld."

„Was meinst du damit? Das ganze Geld, das auf der Bank war? Oder was?“ sagte er ungläubig, doch entschlossen, sich von keinem Glücksfall überraschen zu lassen.

„Ja, ja“, sagte sie zappelig. „Alles, was da war. Ich habe alles.“

„Wie zum Teufel hast du es fertiggebracht, es jetzt schon abzuheben“, wunderte er sich.

„Er gab es mir“, murmelte sie, mit einem Male zitternd ergeben.

Genosse Ossipon hielt seine steigende Überraschung mit fester Hand nieder.

„Nun, dann – sind wir gerettet“, sagte er langsam.

Sie lehnte sich vor und sank an seine Brust. Er hieß sie willkommen. Sie hatte das ganze Geld. Ihr Hut war im Zustand merklicher Erregung; ihr Schleier ebenso. Ossipon war in seinen Gefühlsbezeugungen angemessen, aber nichts weiter. Sie nahm sie ohne Widerstreben und ohne Hingabe entgegen, gleichmütig, als wäre sie nur halb bei Besinnung. Sie machte sich aus seiner kühlen Umarmung ohne Anstrengung los.

„Du wirst mich retten, Tom“, rief sie zurückweichend, hielt ihn aber noch an den Aufschlägen seines feuchten Überrocks fest. „Mich retten! Mich verbergen! Laß sie mich nicht kriegen! Du mußt mich erst töten. Ich könnte es nicht selbst tun – ich könnte es nicht, könnte es nicht, auch nicht wegen des einen, das ich so fürchte.“

Sie war verwünscht rätselhaft, dachte er, sie begann endlose Befürchtungen in ihm zu erwecken. Er sagte verdrießlich, denn er war mit wichtigen Gedanken beschäftigt:

„Wovor zum Teufel fürchtest du dich denn?“

„Hast du denn nicht erraten, was ich tun mußte?“ schrie die Frau. Abgelenkt durch die Körperlichkeit ihrer schreckhaften Gesichte, den Kopf erfüllt von peinigenden Worten, die ihr das Grauen ihrer Lage wachhielten, hatte sie ihr unzusammenhängendes Gestammel für letzte Klarheit gehalten. Ihr fehlte das Bewußtsein dafür, wie wenig sie hörbar in den abgerissenen Sätzen ausgesprochen hatte, deren Ergänzung immer nur in Gedanken erfolgt war. Sie hatte alle Erlösung einer vollen Beichte empfunden und jedem Satz des Genossen Ossipon, dessen Wissen doch nicht die geringste Ähnlichkeit mit ihrem eigenen hatte, eine besondere Meinung untergeschoben. „Hast du nicht erraten, was ich tun mußte?" Ihre Stimme sank. „Dann brauchtest du nicht länger zu raten, wovor ich mich fürchte", fuhr sie in bitterem Schmerz fort. „Ich will es nicht. Ich will nicht. Ich will nicht. Ich will nicht. Du mußt versprechen, mich vorher zu töten!" Sie schüttelte die Aufschläge seines Rocks. „Es darf nicht sein!"

Er versicherte ihr kurz, daß von seiner Seite keine Zusage nötig sei, nahm sich aber wohl in acht, ihr ausdrücklich zu widersprechen, denn er hatte viel mit aufgeregten Frauen zu tun gehabt und liebte es, seine Haltung von seiner Erfahrung bestimmen zu lassen, anstatt seinen Witz immer von neuem an jeden Fall zu wenden. In diesem Fall war sein Witz in anderer Richtung tätig. Die Worte einer Frau fielen ins Wasser, die Mängel eines Fahrplans aber blieben. Es kam ihm gehässig zum Bewußtsein, daß England eine Insel ist. „Man könnte ebensogut jede Nacht hinter Schloß und Riegel gesetzt werden", dachte er böse und war so außer sich, als sollte er mit der Frau auf seinem Rücken über eine Mauer klettern. Plötzlich schlug er sich vor die Stirn. Nach langem Grübeln war ihm endlich der Southampton-St. Malo-Dienst eingefallen. Das Schiff ging um Mitternacht. Es gab einen Zug um zehn Uhr dreißig. Er wurde heiter und tatenfroh.

„Von Waterloo. Zeit genug. So haben wir doch noch etwas gefunden ... Was jetzt? Das ist nicht der Weg", wehrte er.

Frau Verloc hatte ihren Arm unter den seinen geschoben und versuchte, ihn wieder in die Brett Street hineinzuziehen.

„Ich habe vergessen, die Ladentür zuzumachen, als ich hinausging", flüsterte sie in furchtbarer Aufregung.

Der Laden und alles, was darin war, hatte aufgehört, den Genossen Ossipon zu beschäftigen. Er wußte seine Wünsche zu zügeln. Ihm lagen die Worte auf der Zunge: „Was weiter? Laß es gehen", doch er beherrschte sich. Er haßte Auseinandersetzungen über Kleinigkeiten. Er beschleunigte sogar erheblich den Schritt bei dem Gedanken, daß sie das Geld in der Schublade gelassen haben konnte. Seine Bereitwilligkeit aber reichte bei weitem nicht an ihre fieberische Ungeduld hin.

Der Laden schien zunächst ganz dunkel. Die Türe stand halb offen. Frau Verloc lehnte sich mit der Stirn dagegen und keuchte: „Niemand war hier. Sieh! Das Licht – das Licht im Wohnzimmer."

Ossipon streckte den Kopf vor und sah einen schwachen Lichtschimmer ganz hinten im Laden.

„Dort ist Licht", sagte er.

„Ich habe es vergessen", Frau Verlocs Stimme klang schwach hinter ihrem Schleier vor. Und als er abwartend stehenblieb, um sie vorzulassen, sagte sie lauter: „Geh hinein und lösch es aus, oder ich werde verrückt."

Er hatte keine Entgegnung auf diesen so merkwürdig begründeten Vorschlag. „Wo ist das ganze Geld?" fragte er.

„Bei mir. Geh, Tom. Schnell! Lösch es aus ... Geh hinein", schrie sie auf und faßte ihn von rückwärts an beiden Schultern.

Genosse Ossipon, nicht gefaßt auf eine körperliche Kraftentfaltung, flog unter ihrem Stoß weit in den Laden hinein. Er war überrascht von der Stärke der Frau, und empört über ihr Benehmen. Doch ging er nicht zurück, um ihr auf offener Straße ernste Vorwürfe zu machen. Er begann über ihr phantastisches Gehaben bestürzt zu werden. Überdies war jetzt oder nie der Zeitpunkt gekommen, der Frau gefällig zu sein. Genosse Ossipon vermied geschickt die Ecke des Ladentisches und näherte sich ruhig der verglasten Wohnzimmertüre. Da der Vorhang vor den Scheiben ein wenig zurückgezogen war, so warf er ganz natürlich einen Blick hinein, während er gerade die Türklinke niederdrückte. Er sah ganz gedankenlos hinein, ohne Absicht und ohne alle Neugier. Er sah hinein, weil es ihn gerade so ankam. Er sah hinein und entdeckte Herrn Verloc, der ruhig auf dem Sofa lag.

Ein Schrei, der aus den tiefsten Tiefen seiner Brust kam, verhallte ungehört auf dem langen Weg und wurde zu einem schlechten, krankhaften Geschmack in seinem Munde. Zu gleicher Zeit machte Genosse Ossipon innerlich einen wilden Sprung nach rückwärts. Sein Leib aber, derart ohne verstandesmäßige Führung gelassen, klammerte sich krampfhaft und gedankenlos an dem Türgriff fest. Der muskelstarke Anarchist schlotterte nicht einmal. Er starrte nur, das Gesicht dicht an die Scheibe gepreßt, mit Augen, die aus dem Kopf hervortraten. Er hätte alles darum gegeben, wegzukommen. Seine wiederkehrende Besinnung aber machte ihm klar, daß es nicht genügen würde, den Türgriff loszulassen. Was war das – Irrsinn, ein Traum oder eine Falle, in die er mit teuflischer Kunst gelockt worden war? Warum – wozu? Er wußte es nicht. Erfühlte sich frei von aller Schuld, hatte ein völlig unbeschwertes Gewissen, soweit diese Leute in Betracht kamen, und der Gedanke, daß er aus geheimnisvollen Gründen von dem Ehepaar

Verloc ermordet werden sollte, fuhr ihm nicht so sehr durch den Kopf, als vielmehr durch den Magen und wieder hinaus, und hinterließ einen Anfall peinlicher Schwäche – – Übelkeit. Genosse Ossipon fühlte sich einen Augenblick lang – einen recht langen Augenblick lang – nicht sonderlich wohl. Und er starrte. Herr Verloc lag unterdessen ganz still und heuchelte aus unerfindlichen Gründen Schlaf, während sein wildes Weib die Tür bewachte – unsichtbar und lautlos in der dunklen, einsamen Gasse. War dies alles von der Polizei zurechtgemacht, um ihn, gerade ihn, zu erschrecken? Seine Bescheidenheit wies diese Erklärung zurück.

Der wahre Sinn des Bildes vor ihm ging Ossipon aber erst beim Anblick des Huts auf. Der schien ein ganz ungewöhnliches Ding, verhängnisvoll, ein Vorzeichen. Schwarz, mit der Krempe nach oben, lag er auf dem Boden vor dem Sofa, als wäre er dazu bestimmt, die Eintrittspfennige der Leute aufzunehmen, die kommen wollten, um Herrn Verloc in voller Ruhe sein häusliches Schläfchen machen zu sehen. Von dem Hut weg wanderten die Augen des muskelstarken Anarchisten zu dem verschobenen Tisch, ruhten eine Weile auf der zerbrochenen Schüssel, bekamen einen optischen Stoß, sozusagen, beim Anblick eines weißen Schimmers unter den halb geschlossenen Augenlidern des ruhenden Mannes hervor. Nun schien Herr Verloc nicht eigentlich zu schlafen, sondern nur mit gebeugtem Kopf dazuliegen und beharrlich auf seine linke Brust zu sehen. Und als Genosse Ossipon den Messergriff erblickt hatte, da wandte er sich von der Glastür ab und erbrach sich heftig.

Der Krach der Ladentür versetzte ihn in panischen Schrecken. Dieses Haus mit seinem stillen Inwohner konnte immer noch zur Falle werden – zu einer furchtbaren Falle. Genosse Ossipon hatte keinen klaren Begriff mehr davon, was mit ihm geschah. Er fuhr herum, rannte sich dabei die Kante des Ladentisches gegen die Hüfte, taumelte mit einem Schmerzensschrei und fühlte beim Klang der Ladenglocke, wie ihm die Arme unwiderstehlich an den Leib gepreßt wurden, während die kalten Lippen einer Frau hart an seinem Ohr die Worte formten:

„Schutzmann! Er hat mich gesehen."

Er gab den Widerstand auf. Sie ließ ihn nicht frei. Ihre Hand hatte sich mit einem Gewirr von Fingern in seinen fleischigen Rücken verkrallt. Während die Schritte näher kamen, atmeten sie schnell, Brust an Brust, in harten, keuchenden

Stößen, als stünden sie in tödlichem Kampf und nicht in Todesangst. Das dauerte lange.

Der diensthabende Schutzmann hatte tatsächlich etwas von Frau Verloc gesehen; da er aber aus der hellerleuchteten Straße am anderen Ende der Brett Street kam, war sie ihm nur als ein Schatten in der Dunkelheit erschienen. Und er war nicht einmal sicher, ob ein Schatten dagewesen war. Er hatte keinen Anlaß, sich zu beeilen. Als er vor den Laden kam, stellte er fest, daß er zu früher Stunde geschlossen worden war. Auch darin lag nichts Ungewöhnliches. Die Diensthabenden hatten bezüglich dieses Ladens besondere Weisung: was dort vorging, mußte, wenn es nicht grober Unfug war, unbehelligt bleiben. Alle Beobachtungen aber waren sofort zu melden. Nun war nichts zu beobachten; aus Pflichtgefühl aber und um sein Gewissen zu beruhigen, vielleicht auch wegen des zweifelhaften Schattens in der Dunkelheit, überquerte der Schutzmann die Straße und klinkte an der Tür. Das Schnappschloß, dessen Schlüssel, für immer außer Dienst, in des seligen Herrn Verlocs Brusttasche lag, hielt wie gewöhnlich stand. Während der gewissenhafte Beamte an der Türklinke rüttelte, fühlte Ossipon die kalten Lippen der Frau wieder an sein Ohr kriechen:

„Wenn er hereinkommt, töte mich – töte mich, Tom!"

Der Schutzmann ging weiter und ließ lediglich der Form halber das Licht seiner Blendlaterne über das Ladenfenster wegblitzen. Der Mann und die Frau innen standen noch einen Augenblick lang reglos, keuchend, Brust an Brust; dann lösten sich ihre Finger, ihr Arm sank langsam herab. Ossipon lehnte sich gegen den Ladentisch. Der muskelstarke Anarchist brauchte dringend einen Halt. Dies war grauenhaft. Er war fast zu erschüttert, um sprechen zu können. Schließlich brachte er aber doch ein paar klägliche Worte heraus, die zumindest zeigten, daß er seine Lage erfaßt hatte.

„Nur ein paar Minuten später, und du hättest mich geradeswegs an den Burschen mit seiner verdammten Blendlaterne hinrumpeln lassen."

Herrn Verlocs Witwe stand reglos mitten im Laden und sagte eindringlich:

„Geh hinein und dreh' das Licht ab, Tom, es macht mich noch verrückt."

Sie sah verschwommen seine heftig abwehrende Gebärde. Nichts in der Welt hätte Ossipon dazu bringen können, das Wohnzimmer zu betreten. Er war nicht abergläubisch, aber es war zu viel Blut auf dem Fußboden; ein großer Teich davon, rings um den Hut. Er war der Ansicht, daß er dem Leichnam da drinnen schon viel näher gekommen war, als für seinen Seelenfrieden – und für seinen Hals vielleicht gut sein mochte.

„Dann also den Gasometer! Hier! Sieh! In dieser Ecke!"

Die wuchtige Gestalt des Genossen Ossipon durchquerte schnell und schattenhaft den Laden und verschwand gehorsam in einer Ecke; doch fehlte diesem Gehorsam die Anmut. Er hantierte gereizt herum, und plötzlich ging das Licht hinter der Glastür aus, beim Klang eines gemurmelten Fluchs und eines keuchenden, halb irren Frauenseufzers. Nacht, der unvermeidliche Lohn für jede getreue menschliche Mühe auf dieser Erde, Nacht hatte sich auf Herrn Verloc gesenkt, den erprobten Revolutionär – einen von der alten Garde – den demütigen Wächter der Gesellschaft; den unschätzbaren Geheimagenten Δ aus des Barons Stott-Wartenheim Depeschen; den Diener von Gesetz und Ordnung, treu, verläßlich, genau, bewundernswert, mit vielleicht nur einer einzigen liebenswürdigen Schwäche: dem Aberglauben, um seiner selbst willen geliebt zu sein.

Ossipon tastete sich durch die stickige Luft, die nun so schwarz wie Tinte war, zum Ladentisch zurück. Die Stimme der Frau Verloc, die mitten im Laden stand, klang durch die Dunkelheit verzweifelt hinter ihm drein.

„Ich will nicht gehängt werden, Tom – ich will nicht –"

Sie brach ab. Ossipon warnte vom Ladentisch her: „Schrei nicht so", und schien dann angestrengt nachzudenken. „Hast du das ganz allein getan?" fragte er mit hohler Stimme, doch mit dem Anschein einer überlegenen Ruhe, die Frau Verlocs Herz mit dankbarer Zuversicht in seinen kraftvollen Schutz erfüllte.

„Ja", flüsterte sie unsichtbar.

„Ich hätte es nicht für möglich gehalten," murmelte er, „auch sonst niemand." Sie hörte, wie er sich bewegte und wie das Schloß der Wohnzimmertür einschnappte. Genosse Ossipon hatte den Schlüssel zu Herrn Verlocs Ruhestätte umgedreht, und das nicht aus Ehrfurcht vor der Ewigkeit oder aus sonst einer gefühlvollen Betrachtung, sondern aus einer rein verstandesmäßigen Erwägung – weil er durchaus nicht sicher war, ob sich nicht doch noch jemand im Hause versteckt hielt. Er glaubte der Frau nicht, oder vielmehr er fühlte sich unfähig, zu beurteilen, was noch in dieser Fabelwelt wahr, möglich, oder auch nur wahrscheinlich sein konnte. In dieser außerordentlichen Geschichte, die mit Polizei, Inspektoren und Gesandtschaften begonnen hatte und weiß Gott wo enden würde – vielleicht auf dem Schafott für irgend jemand – hatte ihm der Schrecken alle Fähigkeit zum Glauben oder Nichtglauben genommen. Er war entsetzt bei dem Gedanken, daß er außerstande sein würde, zu beweisen, wie er seit sieben Uhr seine Zeit zugebracht hatte; denn er hatte ja in der Brett Street herumgelungert. Er war entsetzt vor diesem wilden Weib, das ihn hier hereingelockt hatte und ihm wahrscheinlich die Mitschuld aufbürden würde, wenn er sich nicht in acht nahm. Er war entsetzt über die Schnelligkeit, mit der er in solche Gefahr verwickelt – verstrickt worden war. Es war knapp zwanzig Minuten her, seit er sie getroffen hatte – nicht mehr.

Frau Verlocs Stimme klang gepreßt, voll flehender Bitte:

„Gib's nicht zu, daß sie mich hängen! Führ' mich ins Ausland. Ich werde für dich arbeiten, ich werde, für dich schuften. Ich werde dich liebhaben. Ich habe niemand in der Welt ... Wer sollte sich um mich kümmern, wenn nicht du!" Sie unterbrach sich einen Augenblick; dann kam ihr aus der Tiefe der Einsamkeit, die ein von einem Messergriff tröpfelnder Blutfaden rings um sie geschaffen hatte, eine schauerliche Eingebung – ihr, der ehrbaren Haustochter der Belgravia-Pension, der treuen, anständigen Gattin des Herrn Verloc. „Ich werde nicht verlangen, daß du mich heiratest", hauchte sie, von Scham gequält.

Sie machte in der Dunkelheit einen Schritt vorwärts. Er fürchtete sich vor ihr. Es hätte ihn nicht überrascht, wenn sie plötzlich ein anderes Messer gezogen hätte, das für seine Brust bestimmt war.

Er hätte sicher keinen Widerstand geleistet. Er hatte tatsächlich im Augenblick nicht die Kraft, ihr zu sagen, daß sie wegbleiben sollte. Doch fragte er mit fremder, hohler Stimme: „Schlief er?"

„Nein", rief sie und trat schnell vor. „Nein, er schlief nicht. Er hatte mir gesagt, daß ihm nichts geschehen könne, nachdem er mir den Jungen unter den Augen weggenommen hatte, um ihn zu töten – den zärtlichen, unschuldigen, harmlosen Jungen. Der ganz mir gehörte, sage ich dir. Er lag auf dem Sofa, ganz bequem – nachdem er den Jungen getötet hatte – meinen Jungen! Ich wäre am liebsten auf die Straße hinausgelaufen, um ihm aus den Augen zu kommen. Und er sagt mir ›Komm her!‹ nachdem er mir erzählt hatte, daß ich am Tode des Jungen mitschuldig sei – hörst du, Tom? Er sagt mir so ›Komm her‹, nachdem er mir das Herz aus der Brust, zugleich mit dem Jungen, weggenommen hatte, um es in den Schmutz zu werfen."

Sie unterbrach sich und wiederholte dann wie im Traume zweimal: „Blut und Schmutz. Blut und Schmutz.“ Eine Erleuchtung überkam den Genossen Ossipon. So war es also der schwachsinnige Junge, der im Park umgekommen war. Und mehr als je schien es, daß alle Welt ringsum zum Narren gehalten worden war. Ganz und gar – ungeheuerlich. Im Übermaß des Erstaunens drückte er sich wissenschaftlich aus: „Der Degenerierte – großer Gott!“

„›Komm her‹“, erhob sich wieder die Stimme der Frau Verloc. „Was glaubte er denn von mir? Sag' mir, Tom. ›Komm her!‹ Zu mir! Einfach so! Ich hatte gerade das Messer angesehen und dachte mir, ich wollte also kommen, wenn er es gar so sehr wünschte. O ja. Ich kam – zum letztenmal ... Mit dem Messer.“

Er war ganz entsetzt über sie – die Schwester des Schwachsinnigen – sie selbst eine Schwachsinnige mit Neigung zum Mord ... oder vielleicht krankhaft verlogen. Man konnte sagen, daß Genosse Ossipon zu allen sonstigen Arten der Furcht auch noch wissenschaftlich entsetzt war. Seine Angst war so maßlos und in ihren Gründen so verwickelt, daß sie ihm eben darum den falschen Anschein von ruhiger und kühler Überlegung gab. Denn er bewegte sich und sprach mit Schwierigkeit, als wäre er innerlich halb erfroren – und niemand konnte sein geisterbleiches Gesicht sehen. Er fühlte sich halb tot.

Plötzlich sprang er in die Höhe. Ganz unerwartet hatte Frau Verloc die Ehrbarkeit ihres Heims entweiht durch einen schrillen, furchtbaren Schrei.

„Hilf, Tom! Rette mich! Ich will nicht gehängt werden!“

Er stürzte vor, preßte ihr die Hände auf den Mund, und der Schrei erstarb. Im Anprall aber hatte er sie niedergeworfen. Nun fühlte er, wie sie sich an seine Beine klammerte, und sein Entsetzen erreichte den Höhepunkt, wurde zu einer Art Betäubung, schuf Schreckensbilder, nahm die Formen des Säuferwahnsinns an. Nun sah er tatsächlich Schlangen. Er sah das Weib wie eine Schlange um seinen Leib gewickelt, nicht mehr abzuschütteln. Sie war nicht nur toddrohend. Sie war der Tod selbst – der Gefährte des Lebens.

Frau Verloc schien durch den Ausbruch erlöst und war nun weit entfernt, sich laut zu benehmen. Sie gab sich jämmerlich.

„Tom, du kannst mich jetzt nicht abschütteln,“ murmelte sie vom Boden aus, „außer du willst mir mit der Ferse den Kopf zertreten. Ich will dich nicht verlassen.“

„Steh auf“, sagte Ossipon.

Sein Gesicht war so bleich, daß es aus der tiefen Dunkelheit des Ladens hervorleuchtete; während Frau Verloc unter ihrem Schleier kein Gesicht, kaum noch eine erkennbare Gestalt hatte. Das Zittern von irgend etwas Kleinem, Weißem, einer Blume an ihrem Hut, deutete ihren Standort, ihre Bewegungen an.

Dieses Weiße erhob sich nun durch die Dunkelheit. Sie war vom Boden aufgestanden, und Ossipon bedauerte, nicht fort, in die Straße hinausgerannt zu sein. Doch er begriff ohne weiteres, daß ihm das nichts genützt hätte. Es konnte nichts nützen. Sie würde hinter ihm dreinrennen. Sie würde ihn kreischend verfolgen, bis sie jeden Schutzmann in Hörweite auf seine Fährte gesetzt hätte. Und dann wußte Gott allein, was sie über ihn aussagen würde. Er war so verstört, daß einen Augenblick lang der irre Gedanke ihm durch den Kopf ging, sie im Dunklen zu erwürgen. Und seine Angst wuchs! Sie hatte ihn! Er sah sich selbst in stetem Entsetzen in irgendeinem entlegenen Weiler in Spanien oder Italien leben; bis man auch ihn eines Morgens tot finden würde, mit einem Messer in der Brust – wie Herrn Verloc. Er seufzte tief. Er wagte sich nicht zu rühren. Und Frau Verloc wartete stumm ab, was ihrem Retter zu tun belieben würde; sie schöpfte Trost aus seinem nachdenklichen Schweigen.

Plötzlich begann er in fast natürlichem Tone zu sprechen. Seine Überlegungen hatten zu einem Schlüsse geführt.

„Komm, gehen wir, sonst versäumen wir den Zug."

„Wohin gehen wir, Tom?" fragte sie schüchtern. Frau Verloc war nicht länger mehr ein freies Weib.

„Fahren wir zuerst nach Paris ... Geh du voran und sieh, ob die Luft rein ist."

Sie gehorchte. Ihre Stimme klang gedämpft durch die vorsichtig geöffnete Türe:

„Alles in Ordnung."

Ossipon trat hinaus. Trotz seiner Bemühungen, recht vorsichtig zu sein, schnatterte die heisere Glocke hinter der geschlossenen Tür in den Laden hinein, als versuchte sie vergeblich dem schlafenden Herrn Verloc den endgültigen Abschied seiner Gattin – und zugleich seines Freundes anzuzeigen.

In der Droschke, die sie gleich bestiegen, begann sich der muskelstarke Anarchist zu erklären. Er war immer noch furchtbar bleich, und seine Augen schienen einen guten Zoll tief in sein fleischiges Gesicht versunken zu sein. Doch hatte er offenbar alles mit größter Schärfe überdacht.

„Wenn wir ankommen," setzte er sonderbar eintönig auseinander, „mußt du vor mir in den Bahnhof hinein gehen, als kennten wir einander nicht. Ich will die Karten nehmen und dir im Vorübergehen deine in die Hand stecken. Dann geh du in den Wartesaal erster Klasse für Damen und bleibe dort bis zehn Minuten vor Abfahrt. Dann kommst du heraus. Ich werde, draußen sein. Du steigst zuerst ein, als kenntest du mich nicht. Vielleicht nämlich sind Späheraugen da, die Bescheid wissen. Du alleine bist nur eine Frau, die mit dem Zuge abfährt. Ich bin bekannt. In meiner Begleitung könntest du leicht als Frau Verloc erkannt werden, die fliehen will. Verstehst du, Liebling?" fügte er mit einer Anstrengung hinzu.

„Ja", sagte Frau Verloc, die eng an ihn gelehnt in der Droschke saß, ganz starr aus Angst vor dem Galgen und dem Tod. „Ja, Tom", und innerlich fügte sie den grausigen Kehrreim an: „Die Fallhöhe betrug vier Meter."

Ossipon hatte ein völlig neues Gesicht, wie beim Erwachen aus schwerer Krankheit. Er sagte, ohne sie anzusehen: „Nebenbei – ich müßte jetzt das Geld für die Fahrkarten haben."

Frau Verloc hakte ihr Leibchen auf und händigte ihm, den Blick unverändert starr geradeaus gerichtet, die neue schweinslederne Brieftasche aus. Er nahm sie ohne ein Wort entgegen und schien sie irgendwo zutiefst in der eigenen Brust zu verbergen. Dann schlug er den Rock darüber zu.

All dies geschah, ohne daß ein einziger Blick gewechselt wurde; sie schienen zwei Leute, die nach dem Auftauchen eines ersehnten Ziels ausspähen. Erst als die Droschke um eine Ecke auf die Brücke fuhr, öffnete Ossipon wieder die Lippen.

„Weißt du, wieviel Geld drin ist?" fragte er und schien sich dabei an irgendeinen Kobold zu wenden, der zwischen den Ohren des Pferdes saß.

„Nein", sagte Frau Verloc. „Er gab es mir. Ich habe es nicht gezählt. Ich hatte damals nicht die Gedanken dazu. Später ..."

Sie machte eine kleine Bewegung mit der rechten Hand. Diese kleine Bewegung der rechten Hand, die kaum eine Stunde zuvor den tödlichen Stoß in eines Mannes Herz geführt hatte, war so eindringlich, daß Ossipon ein

Erschauern nicht unterdrücken konnte. Er übertrieb es sogleich mit Absicht und murmelte dazu:

„Mir ist kalt. Ich bin ganz durchfroren.“

Frau Verloc spähte starr geradeaus nach den Aussichten ihrer Rettung. Dann und wann tauchten, wie ein Lichtstreifen quer über die Straße, die Worte „Die Fallhöhe betrug vier Meter“ im Sehwinkel ihres starren Blickes auf. Durch den schwarzen Schleier blitzte das Weiße in ihren Augen, unternehmend, wie bei einer maskierten Frau.

Ossipons Unbeweglichkeit hatte irgend etwas geschäftliches, einen Beigeschmack merkwürdiger Amtlichkeit. Wieder hob er zu sprechen an, mit einer Plötzlichkeit, als hätte er dazu einen Halt fahren lassen.

„Sieh einmal! Weißt du vielleicht, ob dein – ob er sein Bankkonto unter seinem eigenen oder einem fremden Namen führte?“

Frau Verloc wandte ihm ihr zerwühltes Gesicht und den hellen Glanz ihrer Augen zu.

„Fremder Name?“ sagte sie nachdenklich.

„Überlege dir, was du sagst“, belehrte sie Ossipon in der leise schaukelnden Droschke. „Das ist von großer Wichtigkeit. Ich will es dir erklären. Die Bank hat die Nummern dieser Noten. Wenn sie ihm unter seinem eigenen Namen ausgezahlt wurden, dann könnten sie, wenn sein – sein Tod bekannt wird, dazu dienen, uns aufzuspüren, da wir ja kein anderes Geld haben. Du hast kein anderes Geld bei dir?“

Sie schüttelte verneinend den Kopf.

„Gar keines?“ beharrte er.

„Ein paar Pfennige.“

„Das wäre nämlich gefährlich. Das Geld müßte dann ganz eigens behandelt werden. Ganz eigens. Wir müßten vielleicht mehr als die Hälfte daran setzen, um diese Noten an einem sicheren Platz, den ich in Paris kenne, einzuwechseln. Andernfalls – ich meine, wenn er sein Konto unter fremdem Namen hatte und unter diesem auch ausbezahlt wurde – sagen wir Smith zum Beispiel – dann ist das Geld einwandfrei zu verwenden. Verstehst du? Die Bank hat keine Möglichkeit, festzustellen, daß Herr Verloc und, sagen wir, Smith eine und dieselbe Person sind. Siehst du nun, wie wichtig es ist, daß du dich bei der Antwort nicht irrst? Kannst du mir überhaupt antworten? Vielleicht nicht! Wie?"

Sie sagte bedächtig:

„Ich erinnere mich nun! Er legte nicht unter seinem eigenen Namen ein. Er sagte mir einmal, daß das Geld unter dem Namen Prozor hinterlegt sei."

„Bist du sicher?"

„Ganz gewiß."

„Du glaubst doch nicht, daß die Bank seinen wirklichen Namen kannte? Oder irgend wer in der Bank, oder –"

Sie zuckte die Schultern.

„Wie sollte ich das wissen? Ist das wahrscheinlich, Tom?"

„Nein, ich halte es nicht für wahrscheinlich. Es wäre nur angenehm gewesen, es zu wissen ... Wir sind da. Steig zuerst aus und geh geradeswegs hinein. Rühr' dich!"

Er blieb zurück und zahlte die Droschke von seinem eigenen Silbergeld. Der von ihm bis ins kleinste ersonnene Plan wurde durchgeführt. Während Frau Verloc, mit ihrer Fahrkarte nach St. Malo in der Hand, den Wartesaal für Damen betrat, ging Genosse Ossipon in die Bar und stürzte innerhalb sieben Minuten drei Gläser Brandy mit Wasser hinunter.

„Ich versuche eine Erkältung zu vertreiben", erklärte er dem Fräulein an der Bar mit einem freundlichen Nicken und verzerrtem Lächeln. Dann kam er heraus und brachte von der kleinen Erlustigung das Gesicht eines Mannes mit, der an der Quelle aller Sorgen getrunken hat. Er hob den Blick zur Uhr. Es war Zeit. Er wartete. Pünktlich trat Frau Verloc heraus, den Schleier gesenkt und ganz schwarz – schwarz, wie man sich gemeinhin den Tod selbst denkt, ein paar billige, blasse Blumen als Krone. Sie ging nahe an einer kleinen Gruppe von Männern vorbei, die lachten, deren Gelächter aber durch ein einziges Wort leicht zu ersticken gewesen wäre. Ihr Gang war träge, doch ihr Rücken gerade, und Genosse Ossipon sah ihr entsetzt nach, bevor er sich selbst in Bewegung setzte.

Der Zug fuhr ein, und es war kaum jemand vor der langen Reihe offener Türen zu sehen. Mit Rücksicht auf die Jahreszeit und das scheußliche Wetter gab es nur ein paar Fahrgäste. Frau Verloc schritt die Reihe leerer Abteile entlang, bis Ossipon von rückwärts ihren Ellenbogen berührte.

„Hier hinein."

Sie stieg ein, und er blieb auf der Plattform und spähte herum. Sie beugte sich vor und flüsterte:

„Was gibt's, Tom? Ist Gefahr?"

„Wart' einen Augenblick. Da kommt der Schaffner."

Sie sah, wie er den Mann in Uniform ansprach. Sie redeten eine Weile. Sie hörte den Schaffner sagen: "Sehr wohl, Herr", und dabei an die Mütze greifen. Dann kam Ossipon zurück mit den Worten: „Ich sagte ihm, daß er niemand in unser Abteil lassen sollte."

Sie lehnte sich auf ihrem Sitz vor: „Du denkst an alles ... Du bringst mich durch, Tom?" fragte sie in jäher Angst und schlug hastig den Schleier hoch, um ihren Retter anzusehen.

Sie hatte ein Gesicht entschleiert, hart wie Demant. Und aus diesem Gesicht blickten die Augen groß, trocken, erweitert, glanzlos, ausgebrannt, wie zwei schwarze Löcher in den weißen, strahlenden Augäpfeln.

„Es ist keine Gefahr", sagte er und sah sie mit einer hingerissenen Ernsthaftigkeit an, die Frau Verloc, auf ihrer Flucht vor dem Galgen, voll Kraft und Zärtlichkeit zu sein schien. Diese Ergebenheit rührte sie tief – und das demantne Gesicht verlor seine schreckhafte Starrheit. Genosse Ossipon sah sie an, wie nie ein Liebhaber seiner Liebsten Gesicht ansah. Alexander Ossipon, Anarchist, mit dem Spitznamen „der Doktor", Verfasser einer medizinischen (und unsauberen) Schmähschrift, gewesener Wanderlehrer in Arbeitervereinen, über die Hygiene im Dienst des Sozialismus – Ossipon war frei von den Skrupeln der herkömmlichen Moral, doch unterwarf er sich den Regeln der Wissenschaft. Er war Wissenschaftler und beobachtete wissenschaftlich diese Frau, die Schwester eines Entarteten, selbst eine Entartete, mit Neigung zum Mord. Er beobachtete sie und rief Lombroso an, wie ein italienischer Bauer sich seinem Lieblingsheiligen empfiehlt. Er beobachtete wissenschaftlich. Er beobachtete ihre Wangen, ihre Nase, ihre Augen, ihre Ohren ... Schlecht ... Fatal! Als Frau Verlocs blasse Lippen unter seinem leidenschaftlichen Forscherblick ihre Strenge verloren und sich leicht öffneten, beobachtete er auch ihre Zähne ... Kein Zweifel ... Typus des Mörders ... Wenn Genosse Ossipon seine verängstigte Seele nicht Lombroso empfahl, so unterließ er das nur deshalb, weil er aus wissenschaftlichen Gründen nicht glauben konnte, daß er irgendein Ding wie eine Seele mit sich trug. Doch war der wissenschaftliche Drang in ihm stark genug, um ihn auf der Plattform eines Bahnhofs zu einem Bekenntnis in gemacht lustigen Sätzen zu veranlassen.

„Er war ein außergewöhnlicher Bursche, dein Bruder! Sehr interessantes Studienobjekt. Vollendeter Typ in seiner Art. Vollendet!"

In seiner geheimen Angst sprach er wissenschaftlich. Als Frau Verloc diese Lobesworte über ihren geliebten Toten hörte, wiegte sie sich leise auf ihrem Sitz, und in ihre düsteren Augen kam ein Lichtschein, wie ein Sonnenstrahl, der über Wetterwolken huscht.

„Das war er wirklich", flüsterte sie sanft, mit bebenden Lippen. „Du hast dich immer sehr um ihn gekümmert. Ich habe dich geliebt dafür."

„Die Ähnlichkeit zwischen euch beiden war fast unglaublich", fuhr Ossipon fort, gab damit seiner geheimen Angst Stimme und versuchte, die zitternde Unruhe zu verbergen, mit der er die Abfahrt erwartete. „Ja, er sah dir ähnlich."

Diese Worte waren nicht sonderlich gefühlvoll oder teilnehmend. Es wirkte aber schon stark auf ihr Gefühl, daß die Tatsache dieser Ähnlichkeit betont wurde. Mit einem kleinen, schwachen Schrei streckte Frau Verloc die Arme vor und brach endlich in Tränen aus.

Ossipon stieg in den Wagen, schloß hastig die Türe und sah zum Fenster hinaus nach der Bahnhofsuhr. Noch acht Minuten. Während der ersten drei davon weinte Frau Verloc heftig und hilflos, ohne jede Unterbrechung. Dann sammelte sie sich ein wenig und schluchzte leise zwischen Tränenfluten. Sie versuchte zu ihrem Retter zu reden, zu dem Mann, der ihr wie der Bote des Lebens erschien.

„O Tom, wie konnte ich den Tod fürchten, nachdem er so grausam von mir genommen war. Wie konnte ich das! Wie konnte ich so feige sein!"

Sie wehklagte laut über ihre Liebe zum Leben, zu diesem Leben ohne Reiz und Anmut und fast ohne Anstand, nur ausgezeichnet durch ein ungewöhnliches Zielbewußtsein, das bis zum Mord gegangen war. Und wie es oft bei dem Jammer der Armen der Fall ist, die reich an Leiden sind, doch arm an Worten, brach die Wahrheit – der laute Schrei der Wahrheit – durch, in abgetragenem, künstlichem Gewände, das irgendwo unter falschen Gefühlsphrasen aufgelesen sein mochte.

„Wie konnte ich den Tod so fürchten! Tom, ich habe es versucht. Aber ich fürchtete mich. Ich habe es versucht, mich aus der Welt zu schaffen. Aber ich konnte es nicht. Bin ich gottlos? Ich fürchte, der Leidenskelch war noch nicht voll genug für eine wie mich. Dann, als du kamst ..."

Nach einem kurzen Schweigen schluchzte sie in vertraulicher Dankbarkeit hervor: „Ich will nun alle meine Tage für dich leben, Tom!"

„Geh hinüber in die andere Ecke des Wagens, vom Bahnsteig weg", drängte Ossipon. Sie ließ sich von ihrem Retter bequem zurechtsetzen, und er sah zu, wie ein neuer Weinkrampf, heftiger noch als der erste, vorüberging. Er beobachtete die Anzeichen wie ein Arzt, als zählte er die Sekunden. Schließlich hörte er die Pfeife des Zugführers. Eine unwillkürliche Zusammenziehung seiner Oberlippe entblößte seine Zähne mit dem vollen Ausdruck wütender Entschlossenheit, als er fühlte, daß der Zug anfuhr. Frau Verloc hörte und fühlte nichts, und Ossipon, ihr Retter, stand still. Er fühlte, wie der Zug schneller rollte und gewichtig in das laute Schluchzen der Frau polterte; dann durchquerte er in zwei langen Schritten das Abteil, öffnete die Tür und sprang hinaus.

Er war ganz am Ende des Bahnsteiges abgesprungen und sein Entschluß, den verzweifelten Plan durchzuführen, war so ingrimmig, daß er es wie durch ein Wunder noch in der Luft fertig brachte, die Wagentüre zuzuschlagen. Dann erst fand er sich wieder, während er wie ein geschossenes Kaninchen einen Purzelbaum schlug. Er war zerschlagen, durchgerüttelt, bleich wie der Tod und ohne Atem, als er wieder aufstand. Doch war er ruhig und durchaus imstande, dem aufgeregten Haufen von Eisenbahnern, der sich augenblicklich um ihn gesammelt hatte, die Stirn zu bieten. Er erklärte in freundlichen und überzeugenden Worten, daß seine Frau auf eine plötzliche Nachricht hin sofort in die Bretagne zu ihrer sterbenden Mutter gefahren sei; daß sie natürlich furchtbar aufgeregt und er wegen ihres Zustandes sehr besorgt gewesen sei; daß er versucht habe, sie aufzuheitern und dabei zunächst der Abfahrt gar nicht gewahr geworden sei. Dem allgemeinen Ausruf: „Warum sind Sie dann nicht nach Southampton mitgefahren, Herr?" begegnete er mit dem Hinweis auf die Unerfahrenheit einer jungen Schwägerin, die mit drei kleinen Kindern allein im Haus geblieben sei und sich über seine Abwesenheit aufgeregt hätte, da die Telegraphenämter ja geschlossen waren. Er habe ganz triebhaft gehandelt. „Ich glaube aber nicht, daß ich es nochmals versuchen werde", schloß er, lächelte in die Runde, verteilte einiges Kleingeld und verließ dann, ohne zu hinken, den Bahnhof. Draußen wies Genosse Ossipon, die Taschen mit Banknoten gespickt wie nie zuvor, das Angebot einer Droschke ab.

„Ich kann gehen", sagte er mit einem kleinen freundlichen Lachen zu dem höflichen Kutscher.

Er konnte gehen und ging. Er überquerte die Brücke. Späterhin sahen die Türme der Abbey in ihrer massigen Unbeweglichkeit seinen blonden Haarbüschel unter den Lampen vorüberstreichen. Auch die Lichter von Victoria und Sloane Square und die Parkgitter. Wiederum befand sich Genosse Ossipon auf einer Brücke. Der Strom, wunderbar in seinem Gemenge von ruhigen Schatten und tanzenden Lichtern, die sich weit weg in stumme Nacht verloren, nahm seine Aufmerksamkeit gefangen. Er stand lange da und sah über die Brüstung weg. Vom Glockenturm über seinem gebeugten Haupt hallte ein dröhnender Schlag. Er sah nach dem Zifferblatt... Halb ein Uhr, und eine stürmische Nacht im Kanal ...

Genosse Ossipon ging weiter. Seine kräftige Gestalt war in dieser Nacht in verschiedenen Bezirken der ungeheuren Stadt zu sehen, die auf einem Teppich von Schmutz unter der Decke rauhen Nebels ihren bösen Schlaf schlief. Man konnte ihn sehen, wie er die Straßen ohne Leben und Lärm überquerte, oder sich zwischen den endlosen Doppelreihen schattenhafter Häuser verlor, die neben den Linien von Gaslampen leere Hauptstraßen begrenzten. Er ging über Rondelle und Plätze, durch einförmige Straßen mit unbekannten Namen, wo sich der Staub der Menschheit träge und hoffnungslos ansetzt, jenseits vom Strom des Lebens. Plötzlich bog er in einen schmalen Vorgarten mit schäbigem Graswuchs ein und betrat ein kleines, rußiges Haus, dessen Türe er mit einem Drücker geöffnet hatte. Er warf sich ganz angezogen auf sein Bett und lag eine volle Viertelstunde reglos. Dann setzte er sich plötzlich auf, zog die Knie hoch und umklammerte seine Beine. Das erste Morgengrauen fand ihn mit offenen Augen in der gleichen Stellung. Dieser Mann, der so lange, so weit, so ziellos gehen konnte, ohne ein Zeichen von Ermüdung, konnte auch stundenlang reglos sitzen bleiben, ohne ein Glied oder auch nur ein Augenlid zu regen. Als aber die späte Sonne ihre Strahlen in das Zimmer schickte, löste er die Hände und fiel auf das Kissen zurück. Seine Augen starrten nach der Decke. Und plötzlich schlossen sie sich. Genosse Ossipon schlief im Sonnenschein.

XIII

Das ungeheure eiserne Vorhängeschloß an der Tür des Tellerschranks war der einzige Gegenstand im Raum, auf dem das Auge verweilen konnte, ohne an dem elenden Mangel an Formschönheit und an dem schäbigen Material Anstoß nehmen zu müssen. Dieser Tellerschrank hatte sich im laufenden Geschäft wegen seiner edlen Ausmaße als unverkäuflich erwiesen und war darum dem Professor von einem Matrosentrödler im Osten Londons um wenige Pence überlassen worden. Das Zimmer war groß, sauber, ehrbar und arm. Von jener Armut, die auf die Unterdrückung jeder Lebensnotdurft, bis auf das trockene Brot, schließen läßt. Die Wände zeigten die glatte Fläche der giftiggrünen Tapete mit untilgbaren Schmutzflecken da und dort, deren größte wie verschwommene Landkarten unbewohnter Erdteile aussahen.

An einem Brettertisch neben dem Fenster saß der Genosse Ossipon, den Kopf zwischen beiden Fäusten. Der Professor, in seinem einzigen, bös vertragenen Anzug, hatte die Hände tief in die überanstrengten Taschen seiner Jacke geschoben und schleppte auf dem Boden ein Paar unglaublich ausgetretener Pantoffel herum. Er erzählte seinem muskelstarken Gast von einem Besuch, den er neulich dem Apostel Michaelis abgestattet hatte. Der vollkommene Anarchist war beinahe gemütlich aufgelegt.

„Der Bursche wußte gar nichts von Verlocs Tod. Natürlich! Er liest ja keine Zeitung. Sie machen ihn zu traurig, sagt er. Doch abgesehen davon. Ich ging also in sein Landhaus. Keine Seele zu sehen. Ich mußte ein halbdutzendmal brüllen, bevor er mir antwortete. Ich dachte, er schliefe noch fest. Aber weit davon. Er hatte schon vier Stunden an seinem Buch geschrieben. Er saß in seinem engen Käfig, von Papieren eingesargt. Eine halb verzehrte, rohe Mohrrübe lag neben ihm auf dem Tisch. Sein Frühstück. Er lebt nun diät, von rohen Mohrrüben und ein wenig Milch."

„Wie sieht er dabei aus?" fragte Ossipon zerstreut.

„Engelhaft ... Ich nahm eine Handvoll seiner Blätter vom Boden auf. Die Armseligkeit der Beweisgründe ist verblüffend. Er hat keine Logik. Er kann nicht zusammenhängend denken. Aber das macht nichts. Er hat seine Lebensgeschichte in drei Teile geteilt, betitelt „Glaube, Hoffnung, Mitleid". Nun arbeitet er die Vorstellung einer Welt aus, die er sich wie ein ungeheures, sauberes Spital denkt, mit Gärten und Blumen, und in dem die Starken sich der Pflege der Schwachen zu widmen haben."

Der Professor unterbrach sich.

„Verstehst du die Narrheit, Ossipon? Die Schwachen! Die Quelle alles Übels auf dieser Erde!“ fuhr er ingrimmig fort. „Ich sagte ihm, daß ich mir eine Welt wie ein Schlachthaus erträume, wo die Schwachen der restlosen Vernichtung zugeführt würden.

Verstehst du, Ossipon? Die Quelle alles Übels! Sie sind unsere Zwingherren – die Schwachen, die Dummen, die Feigen, die Schwachherzigen und die Sklavenseelen. Sie haben Macht. Sie sind die Masse. Ihrer ist das Königtum der Erde. Vernichtung! Vernichtung! Das ist der einzige Weg zum Fortschritt. Das ist er! Folge mir, Ossipon. Erst muß die ganze Masse der Schwachen weg, dann die Menge der Halbstarken. Siehst du? Erst die Blinden, dann die Tauben und Stummen, dann die Lahmen und Bresthaften – und so weiter. Jeder Makel, jedes Laster, jedes Vorurteil und jede Bindung muß ihr Schicksal finden!“

„Und was bleibt?“ fragte Ossipon gepreßt.

„Ich bleibe! Ich bin stark genug“, versicherte der schmächtige, kleine Professor, dessen große Ohren, dünn wie Membranen, weit von dem mageren Schädel abstehend, nun plötzlich tiefrote Färbung annahmen.

„Habe ich nicht genug gelitten an dieser Unterdrückung durch die Schwachen?“ fuhr er angestrengt fort. Dann schlug er sich auf die Brusttasche: „Und doch bin ich die Stärke! – Aber die Zeit! Die Zeit! Gib mir Zeit! Oh, diese Masse, zu dumm, um Mitleid oder Furcht zu empfinden! Manchmal denke ich, daß sie tatsächlich alles zur Seite haben. Alles – sogar den Tod, meine eigene Waffe.“

„Komm und trinke ein Bier mit mir im Silenus“, sagte Ossipon nach einem Schweigen, das nur durch das schnelle Klappen von des Professors Pantoffeln unterbrochen worden war. Der Professor stimmte zu. Er war an diesem Tage gemütlich auf seine eigene Art. Er schlug Ossipon auf die Schulter.

„Bier! Soll's so sein! Wir wollen eins trinken und lustig sein. Denn wir sind stark, und morgen sterben wir!“

Er zog sich die Schuhe an und sprach dabei in seiner kurzen abgerissenen Art weiter:

„Was ist mit dir los, Ossipon? Du siehst trübe aus und suchst sogar meine Gesellschaft. Ich höre, daß du fortwährend an Orten zu sehen bist, wo Männer über Schnapsgläsern Dummheiten schwatzen. Warum? Hast du deine

Frauensammlung aufgegeben? Das sind die Schwachen, die die Starken füttern, wie?“

Er stampfte mit einem Fuß auf und zog den zweiten Schuh geschnürt an, einen schweren, oft geflickten Schuh, mit dicker Sohle, ungeschwärzt. Er lächelte grimmig in sich hinein.

„Sag mir, Ossipon, furchtbarer Mann, hat sich je eines deiner Opfer für dich getötet? Oder sind deine Siege in diesem Punkt unvollständig – denn Blut allein besiegelt die Größe. Blut. Tod. Sieh die Geschichte an!“

„Hol' dich der Teufel“, sagte Ossipon, ohne den Kopf zu wenden.

„Warum? Laß das die Hoffnung der Schwachen sein, deren Gottesglaube die Hölle für die Starken erfunden hat. Ossipon, mein Gefühl für dich ist das freundschaftlicher Verachtung. Du könntest keine Fliege töten!“

Während sie aber auf dem Dach eines Omnibusses zum Abendschoppen fuhren, verlor der Professor seine gute Laune. Die Betrachtung der Massen, die sich über das Pflaster bewegten, erstickte seine Selbstsicherheit unter den drückenden Zweifeln, deren er immer nur Herr werden konnte, wenn er sich eine Zeitlang in dem Zimmer mit dem festverschlossenen Tellerschrank aufgehalten hatte.

Genosse Ossipon, der hinter ihm saß, sprach über seine Schulter: „Und so träumt also Michaelis von einer Welt wie ein schönes, barmherziges Spital?“

„Jawohl. Unendliche Barmherzigkeit für die Heilung der Schwachen“, stimmte der Professor höhnisch zu.

„Das ist dumm“, räumte Ossipon ein. „Schwäche ist nicht zu heilen. Aber vielleicht ist Michaelis schließlich nicht ganz im Irrtum. In zweihundert Jahren werden Ärzte die Welt regieren. Die Wissenschaft regiert jetzt schon. Im Schatten vielleicht – aber sie regiert. Und alle Wissenschaft muß schließlich in der Wissenschaft des Heilens gipfeln – nicht der Schwachen, sondern der Starken. Die Menschheit will leben – leben.“

„Menschheit“, bemerkte der Professor mit einem selbstbewußten Glitzern seiner stahlgefaßten Brillen. „Die Menschheit weiß nicht, was sie will.“

„Aber du weißt es“, grunzte Ossipon. „Eben vorher hast du nach Zeit – Zeit gejammert. Nun gut, die Ärzte werden dir Zeit verschaffen, wenn du etwas taugst. Du nennst dich selbst einen von den Starken – weil du in deiner Tasche

Sprengstoff genug herumträgst, um dich selbst und, sagen wir, zwanzig andere Leute ins Jenseits zu befördern. Aber das Jenseits ist ein verdammtes Loch. Du brauchst Zeit. Du – wenn du einen Mann träfst, der dir unter Gewähr zehn Jahre Zeit verschaffen könnte, dann würdest du ihn deinen Meister nennen."

„Mein Wahlspruch ist: Kein Gott! Kein Meister!" sagte der Professor gemessen, während er sich zum Aussteigen anschickte.

Ossipon folgte ihm. „Warte nur, bis du flach auf dem Rücken liegst, nach Ablauf deiner Zeit", gab er zurück und sprang nach dem anderen vom Trittbrett ab. „Deines elenden, schäbigen, dreckigen Bißchens Zeit", fuhr er fort, während er die Straße überquerte und auf den Bürgersteig hüpfte.

„Ossipon, ich glaube doch, daß du ein Schwindler bist", sagte der Professor und stieß gewandt die Tür des Silenus auf. Als sie sich an einem kleinen Tisch eingerichtet hatten, entwickelte er diesen freundschaftlichen Gedanken weiter. „Du bist nicht einmal Arzt. Aber du bist spaßhaft. Deine Vorstellung einer Menschheit, die in ihrer Gesamtheit die Zunge herausstreckt und von Pol zu Pol auf das Geheiß einiger ernsthafter Witzbolde Pillen nimmt, ist ihres Propheten würdig! Prophet! Wozu über das nachdenken, was sein wird?" Er hob sein Glas. „Auf die Zerstörung von allem, was ist", sagte er ruhig.

Er trank und fiel in sein merkwürdiges Schweigen zurück. Der Gedanke an eine Menschheit, so zahlreich wie der Sand am Meer, so unzerstörbar und schwer zu behandeln, bedrückte ihn. Der Krach der platzenden Bomben verlor sich in der Unzählbarkeit der Körner ohne Widerhall. Diese Verloc-Sache zum Beispiel – wer dachte noch daran?

Ossipon zog plötzlich, als folgte er einem geheimen Antrieb, ein kleines, zusammengelegtes Zeitungsblatt aus der Tasche. Der Professor hob bei dem Rascheln den Kopf.

„Was ist's mit der Zeitung? Steht etwas darin?" fragte er.

Ossipon starrte ihn an wie ein überraschter Schlafwandler.

„Nichts. Gar nichts. Das Ding ist zehn Tage alt. Ich habe es in meiner Tasche vergessen, glaube ich."

Er warf das alte Ding aber nicht weg. Bevor er es wieder in die Tasche steckte, warf er einen verstohlenen Blick auf die letzten Zeilen eines Abschnitts. Die lauteten so: *"Ein undurchdringliches Geheimnis scheint für immer über dieser Tat des Irrsinns oder der Verzweiflung walten zu sollen."*

Das waren die Schlußworte einer kurzen Nachricht mit dem Titel „Selbstmord einer Dame vom Bord eines Kanaldampfers aus." Dem Genossen Ossipon waren die Schönheiten des Zeitungsstils wohl vertraut. *"Ein undurchdringliches Geheimnis scheint für immer ..."* Er wußte jedes Wort auswendig. *"Ein undurchdringliches Geheimnis ..."* Und der muskelstarke Anarchist ließ den Kopf auf die Brust hängen und verfiel in endlose Träumerei.

Er war durch diese Sache an der Wurzel seines Daseins bedroht. Er konnte keiner seiner vielen Eroberungen, die er auf Bänken im Kensington-Garten oder nächst den Parkgittern traf, nachgehen, ohne fürchten zu müssen, daß er mit einmal in die Erzählung vom Schleier eines undurchdringlichen Geheimnisses verfallen könnte ... Er fühlte sich wissenschaftlich beunruhigt bei dem Gedanken, daß der Irrsinn zwischen diesen Zeilen auf ihn lauern könnte. *"Für immer über..."* Es war wie eine Besessenheit, eine Marter. In letzter Zeit hatte er verschiedenen dieser Verabredungen fernbleiben müssen, die auf grenzenloses Vertrauen in die Sprache des Gefühls und der männlichen Zärtlichkeit gestimmt waren. Die Vertrauensseligkeit verschiedener Klassen von Frauen trug zur Befriedigung seiner Selbstliebe bei und verschaffte ihm einige Mittel. Er brauchte sie zum Leben. Daran lag es. Wenn er nicht länger damit fortfahren konnte, so lief er Gefahr, an Seele und Leib zu verhungern ... *"Diese Tat des Irrsinns oder der Verzweiflung. „*

„Ein undurchdringliches Geheimnis" mußte allerdings *"für immer walten"*, soweit die Menschheit in Betracht kam. Wie aber, wenn er allein von allen Menschen das verfluchte Wissen nie loswerden konnte? Und das Wissen des Genossen Ossipon war so gründlich, wie es der Zeitungsmann nur liefern konnte, bis zur Schwelle des *"undurchdringlichen Geheimnisses"*, das *"für immer..."*

Genosse Ossipon war gut unterrichtet. Er wußte, was der Matrose vom Deckdienst gesehen hatte: „Eine Dame in schwarzem Kleid und schwarzem Schleier wanderte um Mitternacht am Kai entlang. ›Fahren Sie mit, Madame?‹ hatte er sie aufmunternd gefragt. ›Hier, bitte!‹ Sie schien nicht zu wissen, was sie tun sollte. Er half ihr an Bord. Sie schien schwach zu sein."

Er wußte auch, was die Aufwärterin gesehen hatte: Eine Dame in Schwarz, mit weißem Gesicht, die mitten in der leeren Damenkajüte stand. Die Aufwärterin redete ihr zu, sich niederzulegen. Die Dame schien jedem Gespräch durchaus abgeneigt und schwer bekümmert. Als nächstes stellte die Aufwärterin fest, daß die Dame die Kajüte verlassen hatte. Die Aufwärterin ging dann an Deck, um nach ihr zu sehen, und Genosse Ossipon war unterrichtet, daß die gute Frau die unglückliche Dame in einem der Liegestühle fand. Ihre Augen waren offen, doch antwortete sie auf nichts von alledem, was man ihr sagte. Sie schien sehr krank. Die Aufwärterin holte den Oberwärter, und die beiden Leute standen zu Seiten des Liegestuhls und berieten über den außergewöhnlichen Fahrgast. Sie unterhielten sich in hörbarem Flüsterton (denn sie schien nichts zu hören) von St. Malo und dem Konsul dort und davon, daß man ihre Familie in England verständigen würde. Dann gingen sie an die Vorbereitungen, um die Frau hinunterzuschaffen, denn soviel man an ihrem Gesicht sehen konnte, lag sie tatsächlich im Sterben. Genosse Ossipon aber wußte, daß hinter jener weißen Maske der Verzweiflung eine starke Lebenskraft gegen Schrecken und Verzweiflung stritt, eine Liebe zum Leben, die der wütenden Angst widerstehen konnte, die zum Mord treibt, und der blinden, irren Angst vor dem Galgen. Er wußte das. Die Aufwärterin aber und der Oberwärter wußten nichts, als daß die Dame in Schwarz, als sie sie nach kaum fünf Minuten holen kamen, nicht mehr in dem Deckstuhl lag. Sie war nirgends. Sie war fort. Es war fünf Uhr morgens, und es war auch kein Unfall. Eine Stunde später fand einer der Matrosen einen Ehering, der auf dem Stuhl gelegen hatte. Er war an einer feuchten Stelle des Holzes haften geblieben und war durch seinen Glanz dem Mann aufgefallen. Auf der Innenseite war ein Datum eingraviert: 24. Juni 1..9. *"Ein undurchdringliches Geheimnis scheint für immer über dieser Tat des Irrsinns oder der Verzweiflung walten zu sollen..."*

Und Genosse Ossipon hob sein gebeugtes Haupt, so heiß geliebt von vielen schlichten Frauen dieser Insel, apollogleich im Glänze seines Haarbusches.

Der Professor war inzwischen unruhig geworden. Er erhob sich.

„Bleib", sagte Ossipon hastig. „Hör' einmal. Was weißt du von Irrsinn und Verzweiflung?"

Der Professor fuhr mit der Zungenspitze über seine trockenen Lippen und sagte lehrhaft:

„So etwas gibt's nicht! Mit aller Leidenschaft ist es jetzt vorbei! Die Welt ist mittelmäßig, lahm, ohne Kraft. Und Irrsinn und Verzweiflung sind eine Kraft. Und Kraft ist ein Verbrechen in den Augen der Narren, der Schwachen und Dummen, die die Welt regieren. Du bist mittelmäßig. Verloc, dessen Angelegenheit die Polizei so geschickt niedergeschlagen hat, war mittelmäßig.

Die Polizei hat ihn umgebracht. Er war mittelmäßig. Alle sind mittelmäßig. Irrsinn und Verzweiflung! Gib mir die als Hebel, und ich will die Welt bewegen. Ossipon, ich verachte dich von Herzen. Du bist sogar unfähig, das zu begreifen, was die Fettgemästeten ein Verbrechen nennen würden. Du hast keine Kraft.“ Er brach ab und lächelte höhnisch unter dem stolzen, wilden Glitzern seiner Brillengläser hervor.

„Und laß dir sagen, daß die kleine Erbschaft, die du angeblich gemacht hast, deinen Verstand nicht geschärft hat. Du sitzest bei deinem Bier wie eine Vogelscheuche. Leb' wohl.“

„Willst du sie haben?“ fragte Ossipon und sah mit einem blöden Grinsen auf.

„Was haben?“

„Die Erbschaft, die ganze Erbschaft.“

Der unbestechliche Professor lächelte nur. Die Kleider fielen ihm fast vom Leibe, seine Schuhe, formlos von Flicken, schwer wie Blei, ließen bei jedem Schritt Wasser durch. Er sagte:

„Ich will dir, beiläufig, eine kleine Rechnung für gewisse Chemikalien schicken, die ich morgen bestellen werde. Ich brauche sie dringend. Verstanden – wie?“

Ossipon senkte langsam den Kopf. Er war alleine. „*Ein undurchdringliches Geheimnis* ...“ Es schien ihm, als sähe er sein eigenes Hirn frei in der Luft vor sich hängen und im Takt eines undurchdringlichen Geheimnisses pulsen. Das war heller Wahnsinn ... *“Diese Tat des Irrsinns oder der Verzweiflung.“*

Das mechanische Klavier neben der Türe hämmerte einen Walzer herunter und brach plötzlich ab, als hätte es sich geärgert.

Genosse Ossipon, mit dem Spitznamen der Doktor, verließ die Silenusbierhallen. In der Türe zögerte er, blinzelte in den nicht übermäßig hellen Sonnenschein hinaus, – und die Zeitung mit der Nachricht von dem Selbstmord einer Dame war in seiner Tasche. Sein Herz schlug dagegen. Der Selbstmord einer Dame – *diese Tat des Irrsinns oder der Verzweiflung.*

Er ging durch die Straße, ohne darauf zu achten, wo er die Füße hinsetzte. Und er ging in eine Richtung, die ihn nicht zu einem mit einer anderen Dame vereinbarten Stelldichein führen konnte (einem älteren Kinderfräulein, die ihr Vertrauen in einen ambrosischen Apollokopf gesetzt hatte). Er ging weg davon.

Er konnte keiner Frau ins Gesicht sehen. Es war das Verderben. Er konnte weder denken, noch arbeiten, schlafen oder essen. Doch begann er zu trinken, mit Vergnügen, mit Hingabe, mit Hoffnung. Es war das Verderben. Seine revolutionäre Laufbahn, gestützt auf das Gefühl und das Vertrauen vieler Frauen, war von einem undurchdringlichen Geheimnis bedroht – dem Geheimnis eines menschlichen Hirns, das im Takt von journalistischen Phrasen pulste... *"Wird für immer walten ..."* Es ging der Gosse zu... *"voll Irrsinn oder Verzweiflung"*.

„Ich bin ernstlich krank", murmelte er mit wissenschaftlicher Einsicht vor sich hin. Er ging schon in seiner ganzen Größe, mit dem (von Herrn Verloc geerbten) Geld eines gesandtschaftlichen Geheimfonds in der Tasche, im Rinnstein hin, als übte er sich für die Aufgaben einer unabwendbaren Zukunft. Schon beugte er seine breiten Schultern und das Haupt mit den ambrosischen Locken, wie in Bereitschaft für das lederne Joch der Aushängetafeln. Wie in jener Nacht vor mehr als einer Woche wanderte Genosse Ossipon dahin, ohne zu sehen, wo er die Füße hinsetzte, ohne Ermüdung zu fühlen, ohne irgend etwas zu fühlen oder zu sehen, ohne einen Laut zu hören. „ *Ein undurchdringliches Geheimnis ...*" Er wanderte unbeachtet... „ *Diese Tat des Irrsinns oder der Verzweiflung.*"

Und auch der unbestechliche Professor wanderte und wandte seinen Blick von der verhaßten Menschenmenge ab. Er hatte keine Zukunft. Er verachtete sie. Er war eine Kraft. Seine Gedanken umspielten die Bilder von Zerstörung und Niedergang. Er wanderte dahin, schmächtig, schäbig, unbedeutend, elend – und furchtbar in der Einfalt seiner Idee, die Irrsinn und Verzweiflung zur Neugeburt der Welt zu Hilfe rief. Niemand sah nach ihm. Er ging unbeachtet und toddrohend dahin, wie eine Pest in der dichtbelebten Straße.

Ende